つけ　力強い動作を表現する効果音。また、足音・破壊・争闘などの擬音。上方では「かげ」。

道具幕《どうぐまく》　舞台転換の効果をあげるため、本舞台を見せる前に、舞台の前方に吊る幕。山幕・浪幕・網代《あじろ》幕など。

遠見《とおみ》　背景に用いられる書割りのうち、とくに遠景を描いたもの。山遠見・野遠見・海遠見など。また、遠景の人物の代わりに子役を使う演出をもいう。

ト書き　脚本でせりふ以外の動作、演出を書いた部分。片仮名の「ト」で始める習慣からの称。

とど　とどのつまりの略。一連の演技が終って、の意味。

鳥屋《とや》　花道のつき当たりの揚幕の中の小部屋。花道を使う役者が出を待つ部屋。

鳴物《なりもの》　三味線以外の下座音楽の総称。

西・東《にし　ひがし》　江戸の芝居で舞台に向って左側(下手)を西、右側(上手)を東という。

二重《にじゅう》　大道具の一種。舞台の上を高くするため、家屋の床・堤・河岸などを飾るとき土台として据える木製の台。また、この台を使って作った場所も「二重」という。

暖簾口《のれんぐち》　民家の場面で、屋体の正面に設ける出入り口。わらび手などを染めぬいた木綿地の暖簾をかける。

橋懸(掛)り《はしがかり》　舞台左の奥寄りの舞台と出入り口。

花道《はなみち》　下手寄りの観客席を貫く通路。特殊演出の舞台ともなる。仮花道は上手寄りに仮設される。

引抜き《ひきぬき》　舞台上で瞬時に衣装を変える方法。

引っぱり　舞台にいる俳優たちが、緊張感をたもち形をつけてきまること。幕切れなどに「引っぱりの見得」が行われる。

拍子幕《ひょうしまく》　拍子木を一つ大きく打ち、つづいて早間《ま》から大間《ま》に打って幕を引くこと。また、その打ち方。

平舞台《ひらぶたい》　二重舞台をつくらず、舞台平面をそのまま用いた舞台をいう。

本舞台三間《ほんぶたいさんげん》　舞台中心の三間四方の所。のちそれより拡大されたが、台本の冒頭の指定にこの表現が慣習的に用いられた。

見得《みえ》　一瞬動きを止め、身体で絵画美を表現する演技術。

山台《やまだい》　舞踊劇で、出囃子、出語りの音楽奏者が乗る台。

よろしく　作者が現場に演技や演出をまかせること。

六方《ろっぽう》　手足を大きく動かす歩く芸の一種。

「三人吉三廓初買」

〈大川端庚申塚の場〉　左より，
十七世中村勘三郎（お嬢吉三），二世尾上松緑（和尚吉三），
十一世市川団十郎（お坊吉三）

写真提供松竹株式会社

〈大川端庚申塚の場〉
七世尾上梅幸（お嬢吉三）

〈割下水伝吉内の場〉　左より，
二世尾上松緑（和尚吉三），八世坂東三津五郎（伝吉）

〈巣鴨在吉祥院の場〉　左より，
十七世中村勘三郎（お坊吉三），七世尾上梅幸（お嬢吉三）

＜巣鴨在吉祥院の場＞　左より，
二世中村扇雀［四世坂田藤十郎］（おとせ），二世尾上松緑（和尚吉三），
三世実川延若（十三郎）

〈本郷火之見櫓の場〉
七世尾上梅幸（お嬢吉三）

kabuki on-stage 14

三人吉三廓初買

延広真治 編著

監修
郡司正勝
廣末保
服部幸雄
小池章太郎
諏訪春雄

白水社

凡例

一、本巻所収の作品の底本は、巻末の解説中の〔底本〕の項に記載される。

一、作品の表記は現代仮名遣いに改めてあるが、「〱・々・ゝ」などの踊り字はそのまま採り入れた。難読字には適宜ルビを付す。

一、台本用語集＝各巻共通に用いられる用語の注釈を前後の見返しに掲げる。脚注に「⇩用語集」とあるのは、「この注釈を参照せよ」の指示である。

一、梗概＝各作品の荒筋を一括して巻頭に掲げる。

一、脚注＝注番号は、見開きページを単元として数え、語の肩に付ける。

一、芸談＝古今の名優による芸談を作品に即して引用・抜粋して掲げる。

一、解説＝〔通称・別題〕〔初演年月日・初演座〕〔作者〕〔初演の主な配役〕〔題材・実説〕〔鑑賞〕〔底本〕などを内容とする解説を一括して巻末に掲げる。

＝目次＝

梗概

三人吉三廓初買《さんにんきちさくるわのはつがい》

八幕十六場の大作で、その内、本書には『狂言百種』収録の六幕十場を採った。省略した二幕を含む全幕の梗概を、読売本（「解説」参照）によって示した。省略した幕には●を冠した。

●第一番目序幕　荏柄天神社内《えがらてんじんしゃない》の場・同松金屋座敷《おなじくまつがねやざしき》の場・笹目《ささめ》が谷柳原《やつやなぎわら》の場・同新井橋《おなじくあらいばし》の場

一刀流の達人海老名軍蔵《えびなぐんぞう》が庚申丸《こうしんまる》（短刀）を木屋文蔵《きやぶんぞう》より買うための百両を、研屋《とぎや》の与九兵衛《よくべえ》の仲介で鷺《さぎ》の首太郎右衛門《くびたろえもん》から高利で借りることにする。

庚申丸は源頼朝公より刀の目利きの達人安森源次兵衛《やすもりげんじべえ》が預かったが、盗人《ぬすびと》に奪われ切腹、家は断絶。それから十年余りの後、川浚《さら》いの人足が掘り出したのを与九兵衛が二分で買って文蔵に五十両で売り、更に軍蔵はそれを百両で買い、頼朝公に献上して出世をはかろうとする。木屋の手代十三郎《じゅうざぶろう》が庚申丸を料亭松金屋に持参したので、軍蔵は百両わたす。

十三郎が夜鷹《よたか》の一歳《ひととせ》の客となり財布を忘れる。

安森の若党弥作《やさく》が軍蔵に、庚申丸の譲渡を頼むが、拒絶され争いとなる。

序幕　両国橋西河岸《りょうごくばしにしがし》の場・大川端庚申塚《おおかわばたこうしんづか》の場

軍蔵が殺されたのを知った太郎右衛門は貸した金が戻らないので、与九兵衛から庚申丸を預かる。十三郎、百両失ったので入水《じゅすい》しようとして土左衛門伝吉《どざえもんでんきち》に止められ、一歳は伝吉の娘のおとせで百両は伝吉宅にある

登場人物関係図

横線は兄弟及びそれに準じ、横二重線は夫婦及びそれに準じ、縦線は親子、点線は養子を表す。

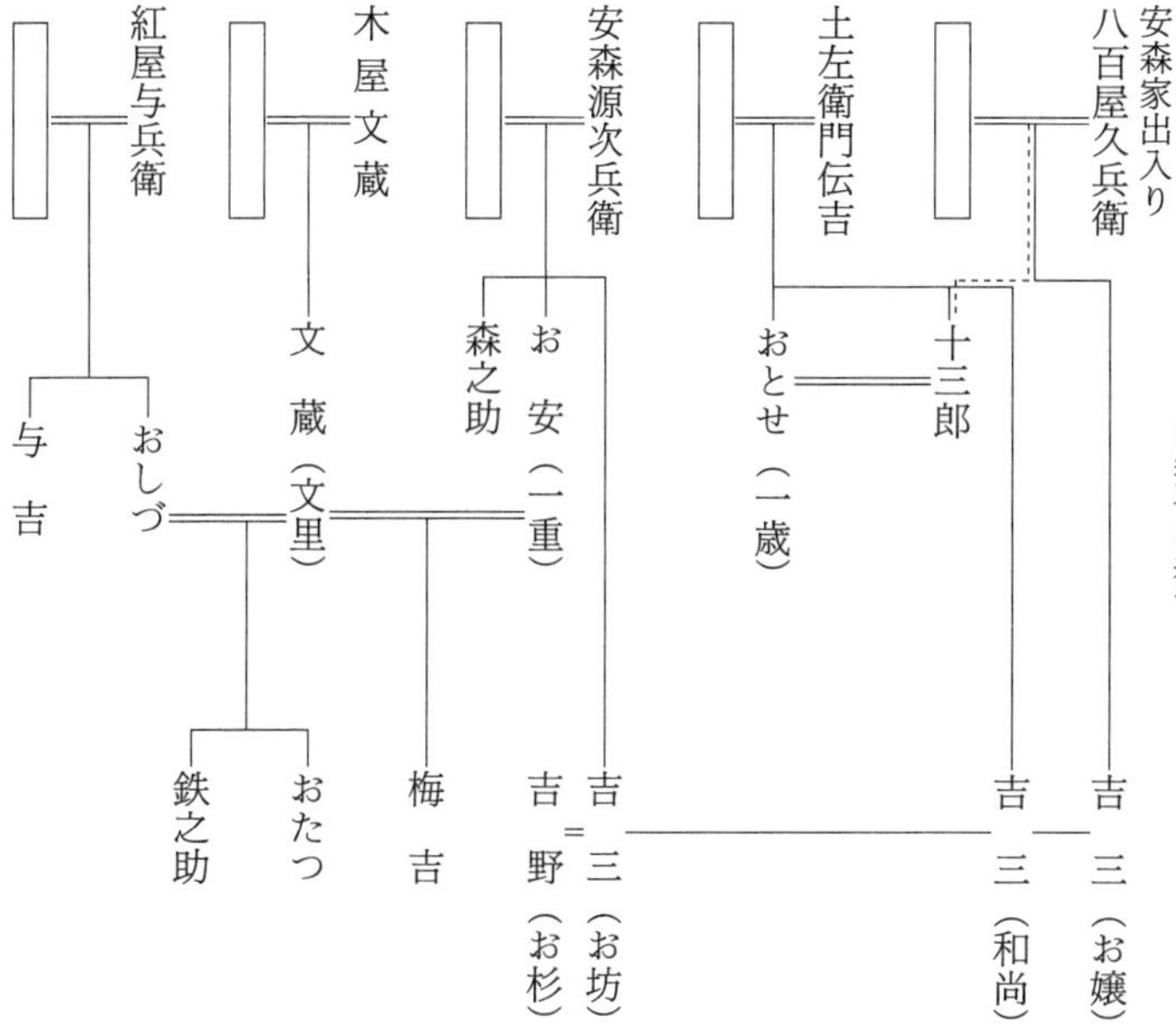

と聞く。

おとせ、十三郎に百両戻そうと柳原へ来るが、お嬢《じょう》吉三に百両を奪われ川へ蹴落とされる。太郎右衛門はその百両を取ろうとして逆に庚申丸を奪われる。続いてお坊《ぼう》吉三がお譲吉三に「百両貸せ」と迫るが拒まれて争うところへ、和尚《おしょう》吉三が仲裁に入り三人義兄弟となる。お嬢・お坊は和尚吉三に礼として百両を渡す。

二幕目　新吉原《しんよしわら》丁子屋《ちょうじや》の場・割下水《わりげすい》伝吉内《でんきちうち》の場

お坊吉三は丁子屋の吉野《よしの》の馴染《なじ》み客。ならず者に強請《ゆす》られていたお坊吉三の窮地を救ったのがお坊吉三の妹一重《ひとえ》（お安《やす》）に振り抜かれていた文里《ぶんり》（木屋文蔵）。一重は兄を救ってくれた文里の情け深さにほだされ、小指を切り、遂には自害しようとするが、文里はその小刀《こがたな》で一重が安森源次兵衛の娘と知り、庚申丸が有ればお家再興が出来ると聞き、力になろうと約束する。

八百屋久兵衛《きゅうべえ》に救われたおとせは、久兵衛に伴われて伝吉宅に帰って来る。久兵衛の話から、十三郎とおとせは双子で、産まれて直ぐに世間体をはばかり、伝吉が捨てた男の子が十三郎と判明。伝吉はかつて海老名軍蔵に頼まれ安森家から庚申丸を盗み、吠《ほ》える犬を斬《き》った弾みに庚申丸を川に落とした。犬は孕《はら》み犬で丁度懐妊していた女房から産まれた子には斑《ぶち》のような痣《あざ》があり、愕《おどろ》いた女房は入水。以後心懸けを改めた伝吉は、水死人を引き上げて葬るのが仇名となって土左衛門伝吉。しかし孕み犬を斬った報いはまだ終わらず、兄妹相姦の現実に、伝吉は過去の罪業の深さを知る。和尚吉三は昨日《きのう》、大川端で得た百両を父伝吉に贈るが、不正な金に違いないと受け取らないので仏壇に置いて出るが、おとせを女房にと懸け合いに来た釜屋武兵衛《かまやぶへえ》を伝吉は吉三と誤認し、百両投げ付ける。

●一番目大詰《おおづめ》　地獄正月斎日《じごくしょうがつさいじつ》の場・小磯宿化地蔵《こいそじゅくばけじぞう》の場

正月十六日、地獄では閻魔《えんま》大王が地蔵を招き紫式部に酌をさせていると、新入り亡者の朝比奈三郎《あさいなさぶろう》が地獄の主《あるじ》になると言い張り、三人で式部を争い、拳《けん》で勝った朝比奈が式部を連れて走り去る。

右は和尚吉三が化け地蔵のところで見た夢。兄妹相姦して畜生道に堕《お》ちるのも悪事の報いと恐ろしく、和尚吉三に立ち返ってお嬢吉三・お坊吉三にも盗みを止《や》めさせようと決意したものの、与九兵衛から父と妹が百両の金策に死に物狂いと聞き、悪に戻って親の難儀を救おうと決意する。

三幕目　新吉原八町堤《しんよしわらはっちょうづつみ》の場・同丁子屋二階《おなじくちょうじやにかい》の場・廓裏大恩寺前《くるわうらだいおんじまえ》の場

一重が文里の子を身籠もったと聞き、本妻おしづが出産後その子を引き取ろうと相談に行く途中で久兵衛に出会うが、十三郎が失った百両が戻せないと詫びられる。更に損料屋の利助《りすけ》などと出会い、おしづが借り賃を払えずにいる着物を剝《は》がされようとするところへ、弟の紅屋与吉《べにやよきち》が来かかり返済してくれる。伝吉が武兵衛に、かねての申し出を容《い》れて、「百両で一歳を買ってくれ」と言うが武兵衛は百両見せ、「これで一重と夫婦約束をするつもり」と拒否する。

おしづは一重に腹帯《はらおび》を贈り、互いに実の姉妹のように思うと述懐する。武兵衛は、「一重に頼まれた百両を贈る代わり、彫物の『文里二世の妻』を消し武兵衛と入れろ」と要求するが拒絶される。隣の部屋の客、お坊吉三は、吉野から「一重は文里に貢ぐ気で武兵衛の機嫌を取っている」と聞き、文里への恩返しに武兵衛から百両奪おうと決心する。

お坊吉三は武兵衛より百両奪う。それを見ていた伝吉が「倅《せがれ》が主人の金を失ったので、その百両を貸して下され」と懇願するが、拒否されたので、お坊吉三を襲い、かえって殺される。そこへ十三郎、おとせが来かかり、お坊吉三の落とした吉《きち》の字菱《じびし》の目貫《めぬき》を拾う。

四幕目　根岸《ねぎし》丁子屋《ちょうじや》別荘《べっそう》の場

別荘で療養の一重は重態。零落してしがない暮らしの文里ながら、お坊吉三からの百両を断る。文里一家が見舞うが、一重は長くはないと覚悟し、おしづが育てている梅吉《うめきち》を抱く。万端行き届いた一重の書き置きを文里が読む。

五幕目　巣鴨《すがも》在吉祥院《ざいきちじょういん》の場

和尚吉三への暇乞いに吉祥院へ来た、お坊吉三、堂守《どうもり》源次《げんじ》に酒と肴を買いに遣《や》らせ、須弥壇《しゅみだん》の下に隠れる。帰って来た途端に和尚吉三召し捕られ、捕手頭《とりてがしら》より「お坊吉三・お嬢吉三を捕らえるか、首を打てば罪を許し褒美を遣わす」と言われ、百両で受け合う。須弥壇から出て来たお坊吉三が和尚吉三に「縄をかけろ」と言い、安森源次兵衛の倅と話す。十三郎おとせも来る。父の殺害を聞き、敵《かたき》の手懸かりとして吉の字菱の目貫を見せられた和尚吉三は、窮迫している文蔵への百両調達と助太刀を承知するとともに、二人の殺害を決意。お坊は、伝吉と話し合ったら殺さずに済んだのにと後悔し、和尚吉三へ百両渡して死のうと決心。欄間《らんま》に潜んでいたお嬢吉三も自責の念から死を決意。本堂の裏手では和尚吉三が、十三郎、おとせに、「義兄弟を敵《かたき》と狙う以上は生かして置けない。その代わり二人の吉三は俺が討つ」と納得させ、犬のように這《は》う二人を殺す。十三郎の最期の願いは「文里様に百両返して下され」。本堂では、二人の吉三が死のうとするのを和尚吉三が止め、「お嬢吉三の取った百両は元来、二人からの寸志であり、伝吉が和尚吉三から受け取って十三郎の主人へ戻せば、事は納まったのに、それを突き返したのは伝吉の誤りで、お嬢吉三に科《とが》はない。お坊吉三は、父の切腹は伝吉が庚申丸を盗んだためなので、親の敵討ちをしたことになる。畜生道に堕ちた十三郎おとせを犬死にさせないため、その切り首を二人の身代わりにしてくれ」と説く。お嬢吉三からの置き土産の脇差しが庚申丸と判明、お坊吉三からの香典百両と合わせて二品揃《ふたしな》ったので、お嬢吉三には「久兵衛に百両を渡せ」、お坊吉三には「庚申丸を実家に持って行け」と指示する。

大切《おおぎり》　本郷火之見櫓《ほんごうひのみやぐら》の場

捕手頭に届けた首が偽物と知れて、和尚吉三は捕らわれの身となる。別々の道をたどった二人の吉三は木戸を隔てて出会う。お触れ（お嬢吉三・お坊吉三の二人を捕らえると合図に櫓の太鼓を打って木戸を開け）には背くが、木戸を開かせ、二品を届けるとともに和尚吉三を助けようと、お嬢吉三は櫓に上って太鼓を打ち、お坊吉三は捕手と闘う。木戸が開き和尚吉三も駆け付け、偽首《にせくび》の訴人をした釜屋武兵衛を殺す。来かかった八百屋久兵衛の言で三人の吉三との関係が明らかになり、久兵衛に二品を託す。久兵衛は「安森家も木屋も、これで再興」と走り去り、三人の吉三は巴《ともえ》に刺し違える。

三人吉三廓初買《さんにんきちさくるわのはつがい》

一名《な》題《だい》

二一富士《いちふじ》を契情《けいせい》の三
四山形《やまがた》に比《くらべ》
一重《ひとえ》九重《ここのえが》姉妹異見《きょうだいのいけん》
二羽《に》鷹《たか》を辻君《つじぎみ》の五
異名《いみよう》に較《なぞらえ》
一歳《ひととせ》十三《じゅうさんが》同胞馴初《きょうだいのなれそめ》
三茄子《さんなす》を小林《こばやし》の六
台詞《せりふ》に准《よそえ》
七一臈《いちろう》八別当《べっとうが》兄弟対面《きょうだいのたいめん》

九八百屋《やおや》お七《しち》の名《な》を仮《かり》てお嬢吉三《じょうきちさ》が振袖姿《ふりそですがた》誰《たれ》も娘《むすめ》と一〇夕《ゆう》まぐれに手《て》に入《い》る金《かね》の一包《ひとつゝ》み明《あけ》て名《な》のれば弟《おとうと》の難儀《なんぎ》を一一白髪《しらが》の土左衛門爺《どざえもんじゝい》が罪亡《つみほろぼ》しの一二後生《ごしょう》ねがひに仏久兵衛《ほとけきゅうべえ》が子故《こゆえ》の迷《まよ》ひ夫《それ》と悟《さと》って丁子屋《ちょうじや》の亭主《ていしゅ》が情《なさけ》におしづまで一三寮《りょう》へ忍《しの》んで一四相《あい》の山哀《やまあわ》れはつもる泡雪《あわゆき》に
一五通客文里《つうかくぶんり》が恩愛噺《おんあいばなし》
一六吉例《きちれい》一七曾我初夢《そがのはつゆめ》一八ハテ珍《めず》らしい地獄宴《じごくさかもり》の栄《さかえ》
一九斎日《さいにち》三夜《さんや》
小姓吉三《こしょうきちさ》の名《な》をしのぶお坊吉三《ぼうきちさ》が浪人姿《ろうにんすがた》未《たくみ》な計の朝《あさ》ぼらけに落《おと》せし証拠《しょうこ》の二〇封《ふう》じ文明《ぶみあけ》て言《い》はれぬ妹《いもうと》は犬《いぬ》の祟《たゝ》りに和尚吉三《おしょうきちさ》が二一引導渡《いんどうわた》せし身替《みがわ》り首《くび》も釜屋武兵衛《かまやぶへえ》が訴人《そにん》ゆゑ二二四鳥《しちょう》にかゝる四《よ》ツ辻《つじ》の櫓《やぐら》の太鼓《たいこ》二三打《うち》よつて覚悟《かくご》を二四死出《しで》の二五鳥《とり》部《べ》山袂《やまたもと》を絞《しぼ》る春雨《はるさめ》に
侠客伝吉《きょうかくでんきち》が因果譚《いんがものがたり》

二六十《え》干《とも》庚《かのえに》二七小《こ》猿《ざるの》拾《に》遺《かいめ》

一　歌舞伎狂言の題名。以下の、粗筋を述べた文章を「語り」といい、客の期待感を煽ったが、黙阿弥はその名人といわれ、掛け詞や縁語で美しく綴った。
二　初夢に見ると縁起が良いとされているものを順に並べて「一富士二鷹三茄子」。従来行われてきた曾我兄弟と工藤祐経との対面の場を黙阿弥が集大成した『寿曾我対面』（明治十八年正月、千歳座）では富士と鶴に見立てた見得で幕となる。
三　傾城（八六頁注二）とも表記。
四　『新吉原細見』で、遊女の位付けを表すのに用いられる目印。入り山形に二つ星が最高。
五　夜鷹。夜、街頭で客を引く最下級の売春婦で一度の遊興費が二十四文。二六頁注三参照。
六　朝比奈三郎義秀。巴御前の子と伝えられる勇力無双、水練も得意の士。曾我狂言では兄弟をかばい対面を取り持つ役回りで、鎌倉の地名に因み、小林（雪の下あたりに比定される）の朝比奈。
七　最上席の役人。
八　鎌倉幕府の政所（まんどころ。財政、訴訟などの担当）等の長官。
九　江戸本郷の八百屋の娘で、天和三年（一六八三）放火の罪で火炙りの刑に処せられたという。
一〇　「言う」意と掛ける。
一一　「知る」意と掛ける。
一二　没後の極楽往生を願い、信仰の道に入っていること。
一三　吉原の妓楼の別荘。
一四　伊勢神宮の内宮・外宮間の尾上坂・浦田坂一帯の称。「合う」との掛け詞。物乞いや大道芸人が間の山節をうたう。
一五　「柱」といい（「侠客伝吉が因果譚」も同じ）、春狂言の場合などに書く。
一六　中央の大字の行を「据え物」という。読売本（本書「解説」参照）では一番目大詰が、地獄正月斎日の場。
一七　江戸では正月狂言に曾我物を演ずるのが習わし。
一八　曾我狂言の山場である対面における工藤祐経・曾我兄弟の極まりの科白、「ハテ珍らしい対面じゃなあ」による。
一九　正月と七月の十六日（盆）の閻魔の縁日で、亡者も骨休みができる。二六頁注二参照。
二〇　封書。八百屋お七を演じて大当たりを取った初代嵐喜世三郎（正徳三年没、一七一三）の紋所、丸に封じ文（結び封にした手紙）に因む。
二一　迷いを去り、悟りを開くよう、死者に説き聴かせること。
二二　窮地に追いつめられる。
二三　「太鼓を打つ」と三人吉三が「寄り集まる」意を掛ける。
二四　「する」意と掛ける。死出の旅に出るは、死ぬこと。
二五　京都、東山三十六峰の一、阿弥陀峰。西麓一帯の鳥部野は埋葬地。
二六　初演の安政七年（一八六〇）の干支は庚申。このように横に書くので、「帯」といい奇数に限る。
二七　安政四年（一八五七）七月、市村座初演『網模様灯籠菊桐（あみもようとうろのきくきり）』の主人公小猿七之助。本作にも河原崎権十郎扮する、お坊吉三が登場する。

序幕　[一]両国橋西河岸《りょうごくばしにしがし》の場
[二]大川端《おおかわばた》[三]庚申塚《こうしんづか》の場

一　八百屋の娘　お七《しち》
　　実は旅役者　お嬢吉三《じょうきちさ》
一　伝吉《でんきち》娘　おとせ
一　木屋《きや》の手代《てだい》　十三郎《じゅうざぶろう》
　　実は伝吉倅《せがれ》　伝松《でんまつ》
一　[七]修験者《しゆげんじゃ》　無動院《むどういん》
　　実は浪人　鷲《わし》の森熊蔵《もりくまぞう》
一　百姓　豊作《とよさく》
　　実は浪人　[一〇]狸穴金太《まみあなきんた》

一　[四]巾着切り《きんちゃくき》　和尚吉三《おしょうきちさ》
　　実は[五]吉祥院《きちじょういん》の[六]所化《しょけ》　弁長《べんちょう》
一　土左衛門爺い《どざえもんじゝ》　伝吉《でんきち》
一　浪人　お坊吉三《ぼうきちさ》
　　実は安森《やすもり》の子息　吉三郎《きちさぶろう》
一　金貸《かねかし》　鷺《さぎ》の首太郎右衛門《くびたろえもん》
一　[八]研師《とぎし》　与九兵衛《よくべえ》
一　剣術者《けんじゅつしゃ》　[九]甘縄丹平《あまなわたんぺい》
　　実は浪人　[一一]蛇山長次《へびやまちょうじ》

（[一二]本舞台四間《しけん》、[一三]常足《つねあし》　[一四]砂地《すなじ》　[一五]蹴込《けこ》み。[一六]上手《かみて》、柳《やなぎ》の立ち木。[一七]日覆《ひおお》いより同じく[一八]釣り枝。下手《しもて》、材木の[一九]張物《はりもの》。[二〇]向こう、[二一]一《いち》の橋弁天《はしべんてん》、[二二]大川の[二三]遠見、

一　読売本では第一番目二幕目「花水橋材木河岸」。万治三年（一六五八）、現在より下流に架橋。下総と武蔵の両国を結び長さ九十六間。
二　読売本では「稲瀬川庚申塚」。隅田川（両国から霊岸島あたり）の河岸。
三　庚申の夜、寝ると体内の三尸（さんし）の虫が抜け出し、天帝に罪を告げ、早死にさせるとの庚申信仰により、青面（しょうめん）金剛・三猿などを祭った塚。
四　二〇頁注一参照。
五　吉祥寺をほのめかす。浄瑠璃『伊達娘恋鹿子』（菅専助等合作。安永二年初演、一七七三）でも吉祥院とする。二三八頁注三参照。
六　修行中の僧。
七　山伏。役（えん）の行者（ぎょうじゃ）を始祖と仰ぐ修験道の修行者。大峰山など山岳で修行し、御祈禱をして歩く。
八　刀剣などを磨く職人。
九　甘縄神明社（鎌倉市長谷一）一帯をさす古称。
一〇　江戸、麻布の地名（港区麻布狸穴町）と、「狸の金玉八畳敷」による命名。『網模様灯籠菊桐』の登場人物名。
一一　本所中之郷の長建寺横丁（墨

すべて[二四]両国《りようごく》 [二五]元柳 橋《もとやなぎばし》河岸《がし》の体《てい》。こゝに侍甘縄丹平、[二六]馬乗り袴《ばかま》、[二七]大小、[二八]武張《ぶば》ったこしらえ、修験者《しゆげんじや》無動院、[二九]緋《ひ》の衣《ころも》、[三〇]頭巾《ずきん》[三一]篠掛《すゞか》け、[三二]裁《た》っ着《つ》け、[三三]戒刀《かいとう》を差し、[三四]苛高《いらたか》の数珠《じゆず》を持ち謝りいる。百姓豊作、[三五]石持《こくも》ちの[三六]着《き》付《つけ》、[三七]手拭《てぬぐ》いを冠《かぶ》り、[三八]脚半草鞋《きやはんわらじ》の[三九]こしらえにて、[四〇]止めている。そばに金貸太郎右衛門、羽織、ぱっち、尻端折《しりはしよ》りにて、[四一]若い衆の[四二]仕出しと共に見物している。この[四三]見得、[四四]波の音、[四五]舟の騒ぎ唄《うた》にて幕明く）

丹平　ヤア止《と》めるな〳〵。[四六]了見ならぬぞ〳〵。

無動院　どうぞ了見してくだされ〳〵。

丹平　イヤ〳〵ならぬ〳〵。

豊作　モシお侍様、あのとおり謝っています。[四七]了見のうしてやらっしゃれ。

丹平　ヤアわいらが知ったことではない。口出しせずとすっこんでおれ。

豊作　ア、気の毒なことだな。

太郎右衛門　モシ〳〵、こりゃ一体どうしたのでござります。

豊作　モシ皆様、聞かっしゃりませ。このお侍様へあの[四八]法印殿《ほういんどの》が突き当たり、詫びのしようが悪いとて、切ってしまうと言わっしゃるのだ。

太郎　それは[四九]剣呑《けんのん》なことだな。

（ト太郎右衛門びっくりなす。修験者[五〇]思入れあって、太郎右衛門にす

田区東駒形二丁目の内）の異称。蛇を長虫という。

一二　⇨用語集。幕末頃より四間とのト書きが見られる。

一三　⇨用語集（二重）。高さ一尺四寸。

一四　河岸を表すため砂を描く。

一五　二重の前面や側面の部分。

一六　⇨用語集

一七　すだれに紙を張り、黒く染めて舞台天井の前面より垂らしたもの。

一八　横一列に釣り下げた枝。

一九　木の枠や桟に紙などを張り、その上に風景などを描いてある大道具。

二〇　舞台正面。

二一　一之橋の南詰の弁天社（墨田区千歳一）。杉山検校が総録屋敷内に勧請、現在は江島杉山神社。

二二　吾妻橋あたりより下流の隅田川。

二三　⇨用語集

二四　江戸切っての盛り場。現在の両国（東両国）の対岸。

二五　元柳橋は両国橋の南、薬研堀が大川と接する地点に架かっていた（中央区東日本橋一）。その辺りの大川の河岸。

二六　活動しやすいように襠（まち）を高く、裾を広くした袴。

がり）

無動　モシ、[一]見かけてこなたをお頼み申すが、どうか了見さっしゃるよう共々詫びをしてくだされ。コレ拝みます〳〵。

豊作　こなたもこゝで掛かり合い、詫びをしてやってくだされ〳〵。

太郎　オ、合点《がってん》だ〳〵〇[二]イヤ申しお侍様、あのように頼みますゆえ、あなたへお詫びを致しますが、どうか御了見なされてやってくださりませ。

豊作　お願いでござります〳〵。

丹平　ヤアまたしても口出し致すか〇コレ、身どもを誰だと思う。[三]伊賀袴《ばかま》[四]野《の》太刀《だち》を差し、[五]吸筒《すいづつ》の酒にぶら〳〵と、[六]よさこいを唄う侍とは訳が違うぞ。およそ[七]十五の春よりして、[八]日本《にっぽん》六十余州を普《あまね》く剣道修行《しゅぎょう》なし、[九]当時[一〇]一刀流の達人と言わるゝこの大先生に突き当たり、ろく〳〵詫びも致さぬ法印、[一一]無反《むぞ》りの刀《たち》が目に入らぬか。久しく[一二]胴試《だめ》しを致さぬゆえ、真っ二つに致してくれる。

太郎・豊作　そこをどうぞ御了見なされて。

丹平　イヤならぬ〳〵。[一三]たって[一四]わいらも詫び言致すと、[一五]重ね胴にぶっぱなすぞ。

太郎・豊作　イエ真っ平御免くださりませ。

〔前頁注続き〕

二七　刀と脇差し。士分を表す。

二八　いかにも武家らしく、ごつごつとした。

二九　高位の僧が着る、濃く明るい赤色の法衣。山伏は着用しない。

三〇　兜巾。径三寸または二寸五分の小さな黒色の布製で頭に頂く。五智（仏が備える五種の智）や十二因縁（三世にわたり因となり果となる、生・老・死など十二の因縁）を象る。

三一　山伏が着衣の上に更に着る、麻の僧衣。上衣と袴よりなり、柿渋で染めてあり、小はぜで後ろで留める。

三二　膝より下を細く脚半仕立てにした袴で、旅などで用いる。

三三　不動明王の利剣になぞらえた宝剣、祈禱などの際に用いられる。

三四　算盤（そろばん）珠のような形をした修験者の持つ数珠。百八あり、揉むと高い音がする。

三五　紋の部分を丸く白抜きにした、無地かそれに近い着物。誠実で純朴な役柄に使用。衿は黒繻子が多い。

三六　舞台で着用する衣裳のうち特に上着をさす。

三七　一二四頁注三参照。

三八　脛を覆う布。旅や作業の際、

丹平　サア、法印は覚悟致してそれへ直れ。[一六]
（トこれにて、修験者思入れあって）
無動　スリヤ、どうあっても切らっしゃるとか。
丹平　オヽ[一七]車切《くるまぎ》りに致してくれる。
無動　愚僧はことを好まぬゆえ、いったん詫びは致せども、聞き入れなくば是非に及ばぬ。修験道の[一八]行力《ぎょうりき》にて、こなたの相手になりましょう。
丹平　なに、身どもが相手になると申すか。
無動　いかにも相手になりましょう○コレ、[一九]慈姑《くわい》頭で[二〇]錫杖《しゃくじょう》を振り、[二一]舟玉《ふなだま》十[二二]二社大権現《しゃだいごんげん》と、[二三]そゝり半分[二四]切見世《きりみせ》を、流して歩く法印と、一つに思うと当てが違うぞ。こなたも日本六十余州、剣道修行なしたらば、我も日本六十余州、あらゆる高山に分け登り、難行苦行なしたる[二五]先達《せんだつ》、[二六]不動明王《ふどうみょうおう》の、[二七]金縛りの法を行うから、抜かれるならば抜いてみよ。おのれが[二八]五体は動けぬぞ。
丹平　ムハヽヽ、片腹痛きその一言《いちごん》。いかなる邪法を行うとも、妖魔《ようま》を払うは[二九]剣《つるぎ》の徳。サア動けぬように致してみやれ。
無動　[三〇]言うにや及ぶ○仕度さっせえ。
丹平　心得た。

保護や軽快さのために用いる。
三九　扮装。
四〇　丹平が無動院を斬ろうとするのを。
四一　立役中、最も下級の役者。衣裳は興行主より借り、顔見世番付以外に芸名は載せない。稲荷町（いなりまち）ともいう。
四二　⇩用語集
四三　こういった様子。
四四　大太鼓を長撥（ながばち）で打って波音を表す。初めにズドンズドンと強く打って波頭を表し、後はドドドドドと刻んで波の打ち寄せる様を表現。これを繰り返す。昭和四十七年一月、国立劇場上演の際は（以下、横道万里雄・石橋健一郎「陰囃子総合付帳私案（三）」。『楽劇学』八、二〇〇一年三月刊による）、「一つとや」の唄入り（一八七頁注九）と水ノ音。
四五　遊山舟での酒宴の騒ぎを表し、佃節（つくだぶし）を用いる。
四六　許せない。
四七　「を」が連声の結果「の」となり、長音化して田舎者の感じを出す。
四八　山伏。修験者。
四九　危険な。
五〇　⇩用語集

（ト[一]あつらえ、[二]のっとのような[三]合方になり、侍、[四]下緒《さげお》を取って、襷《たすき》に掛け袴《はかま》の[五]股立《もゝだち》を取る。修験者も、[六]衣の露[七]をとり、[八]身拵《みごしら》えする。このうち太郎右衛門、百姓思入れあって）

太郎　ハア、、そんなら法印殿もきかぬ気で、かねて噂に聞いている、不動の金縛りとやらを、さっしゃるとか。

豊作　これはよい所へ来合わせて、珍しいことを見ますわえ。

無動　いずれも方、それにござって、愚僧が行力《ぎょうりき》を見物さっしゃれ。

皆々　これは見物事《けんぶつごと》だわえ。

丹平　サア、今一刀の下《もと》に命とるが、金縛りとやら行わぬか。

無動　オ、、今たちどころに汝《なんじ》が五体、[九]立ちずくみに致してくれるぞ。

丹平　こしゃくなことを。

（ト丹平、刀へ[一〇]そりを打ち、抜こうと身構える、無動院、[一一]印を結び）

無動　東方には[一二]降三世《ごうさんぜ》、南方には軍吒利夜叉《ぐんだりやしゃ》、西方《さいほう》には大威徳《だいいとく》、北方には金《こん》剛夜叉《ごうやしゃ》、中央、[一三]大聖不動明王《だいしょうふどうみょうおう》、[一四]のうまくさんまんだばさらだ、せんだまかろしやな、そわたやうんたらたかんまん。

（ト無動院、いろ〳〵に印を結び、突き付ける。このうち、丹平、抜きかけては抜けぬ思入れ。皆々びっくりなし、見とれいる。丹平、無

〔一六―一七頁注〕
一　見込んで。
二　思い入れ（⇩用語集）を表す記号。
三　裁っ付け（一五頁注三）。黒船来航以後、西洋砲術を学ぶ者が増加したが、砲を使う便宜上、筒袖に伊賀袴を着用した（『守貞謾稿』三）。
四　長くて粗野な刀。薩摩藩下級武士の剣術の流派が野太刀自顕流。
五　酒や水などを入れる携帯用の竹製などの容器。
六　土佐や薩摩の民謡、維新の志士に好まれた。小寺玉晁『玉晁小歌集』六に、安政五年（一八五八）夏として、よさこい節を収め、刊年未詳ながら『新文句はうたよせ本』に「この頃のはやりもの（略）お武家は手に手をひき、連れ節でよさこい〳〵と歌ひます」（玩究隠士『類別大津絵節集成』江戸板編）とある。
七　大名旗本の通常の元服の年齢。
八　全国。畿内七道で六十六。壱岐・対馬を加えると六十八。
九　現在。
一〇　伊藤一刀斎を流祖とする剣術の流派。後に徳川将軍指南の流儀となって栄え、多数の分派を生じ、幕末では千葉周作の北辰一刀流が

理やりに抜きにかゝると、無動院、のうまくさんまんだ、と印を結び、差し付ける。丹平の刀、しゃんと納まり抜けぬ思入れ。太郎右衛門、感心なし）

太郎　なるほど、不思議なものだわえ。

無動　なんと、愚僧の行力《ぎようりき》を、見さしったか。

（ト無動院、印を結んだ手を開く。これにて、丹平、刀を抜き）

丹平　[一五]うぬ、法印め、覚悟なせ。

無動　こいつはたまらぬ。

（トいっさんに、[一六]向こうへ逃げだす。丹平、刀を抜いたまゝ追いかけて、向こうへ入る。このうち百姓は、太郎右衛門の[一七]紙入れ、皆々の[一八]煙草《たばこ》入れなどひっさらい、上手へ逃げて入る）

太郎　なるほど、金縛りは不思議なものだ。印を結んでいるうちは、ちょっとも抜けなんだが、その手がゆるむと、すぐに抜けた○

（ト懐を見て）

オヤ、抜けたと言えば、紙入れを[一九]抜かれたか。ヤア、コリャ大変だ〳〵。

（ト太郎右衛門、立ち騒ぐ。仕出し皆々も、懐、腰の回りを尋ね）

○　オヽ、ほんに、わしも紙入れを抜かれました。

著名。

一一　刀身に反りが無いか、極く浅い刀。突くのに適し幕末に流行した。

一二　死罪に処せられ首が無く、血を抜いた死体の胴を、刀の利鈍の程をためすために斬ること。

一三　強いて。

一四　目下に対して使う対称。

一五　二人の死体を重ねての、試し斬り。

一六　座れ。

一七　輪切り。

一八　修験道修行の功徳によって得られた威力。

一九　山伏の髪形三種の中の下（さげ）山伏。在俗修験者のもので大日如来であることを表す。総髪の髪を後ろで元結で束ね短く垂らし、慈姑の芽に似る。

二〇　修験者が教化のため出歩く際に携行する杖。頭部に六個または十二個の輪を付け、触れ合うと音が出る。

二一　船を守る神霊、船中にまつる。船の主要部十二か所に一体を当てて十二船霊という。

二二　熊野権現の主祭神である、三所権現・四所明神・五所王子、合わせて十二所権現。十二社と誤ったのは、江戸近郊で熊野権現を勧

△ お前も抜かれたか。わしも煙草入れを切られました。
太郎 たしかに今の百姓が、巾着切《きんちゃくき》り[一]に違いない。
□ これを思えば法印や、あの侍も相《あい》[二]ずりか。
☒ なんにしろあと追っかけ、見え隠れに付けてみよう。
○ それがいゝ〳〵。サア、いずれもござれ。
皆々 どろぼう〳〵。
（トばた〳〵[三]、通り神楽[四]にて、仕出し、向こうへ追いかけて入る。あと、時の鐘[五]、合方。太郎右衛門、腕組みをなし）
太郎 さて〳〵、つまらぬ目に逢ったわえ。昨日《きのう》[六]荏柄《えがら》の天神で、天引き[七]に取った利息礼金、すぐに子に子を産ませよう[八]と、紙入れへ入れておいたを、ちょろり、せしめられてしまった○考えてみると夢のようだが、夢なら早く覚めてくれぬか。
（ト首をかたげ、腕組みをなし、考えいる。端唄《はうた》[九]の合方、通り神楽になり、向こうより、研師《とぎし》の与九兵衛、羽織、ぱっち、尻端折《しりはしょ》り、一腰《ひとこし》[一〇]を差し、出て来たり、花道[一一]にて）
与九兵衛 夕べ、十三《じゅうざ》が帰りを待ちかけ、百両こっちへせしめようと、思いのほかに人違いで、引っこ抜いた紙入れには、僅か金が四、五両ばかり、

〔一七頁注続き〕
請したので知られる、十二社（そう）権現（熊野神社。新宿区西新宿二）が念頭にあったためであろうか。
二三 冷やかし。
二四 時間で区切って遊ぶ、長屋風の下級の女郎屋。新吉原では百文が基準。一部屋ごとに入口は路地に面しており、客が居る間は入口の戸を閉める。
二五 修験道で、指導する立場の者。
二六 五大明王の主尊。忿怒の相を示し、背に火炎を負い、一切の悪魔や煩悩を降伏する。菩提心の揺るがぬところより不動。
二七 不動の左手に持った羂索（けんざく）の威力で相手を動けなくする秘法。
二八 全身。
二九 剣の霊威。
三〇 言うまでもない。もちろん。
〔一八頁注〕
一 ⇩用語集
二 下座の鳴物（⇩用語集）の一で、祝詞（のりと）より転じた名称。修験者の祈りの場などに使う。昭和四十七年一月、国立劇場では、行力試しにまかしょノ合方を使う（科白などには異なるところがある）。

それはみんな乞食に取られ、打《ぶ》たれただけが儲《もう》けとなり、つまらぬことと思ったところ、今日《きょう》、約束ゆえ海老名《えびな》様へ、庚申丸《こうしんまる》に研《と》ぎをかけ、持って行ったらとんだこと。夕べ切られて死なっしゃった。そこで預かりのこの短刀は、主《ぬし》がなければおれが物。早く百両に売りたいものだが○たゞ気がかりは口[一二]入れゆえ、鷺の首が百両を、おれに返せと言わにゃあいゝが○

（ト言いながら、本舞台へ来たり、太郎右衛門に行き当たり）

これは粗[一三]相を致しました。真っ平御免くださりませ。

（ト与九兵衛見て）

太郎　ヤ、そう言うこなたは、研与九《とぎよく》じゃないか。

与九　オヽ、鷺の首の太郎右衛門様か。なにを立っていさっしゃるのだ。

太郎　聞いてくりゃれ、とんだ目に逢った。昨日《きのう》取った利息と礼金、紙入れへ入れておいて、巾着切りに引っこ抜かれた。早速紙入れに困るわえ。

与九　お困りならばあげましょうか。夕べ紙入れを拾いました。

（ト前[一四]幕の紙入れをやる）

太郎　それはなによりかたじけないが、中に金は入っていぬかな。

与九　虫のいゝことを言わっしゃる。

太郎　なんぞ金儲けの口はないかな。

三　⇨用語集

四　刀の鞘（さや）につける紐で、帯に結び留めるのが本来の用途。

五　足さばきをよくするために股立ち（袴の左右のあきを縫い留めた所）をつまみ上げ、帯や袴の紐にはさむ。

六　篠掛け衣（一五頁注三二）の略。

七　手を動き易くするために露（袖口を括って下へ垂らした紐の端）を絞って筒袖のようにする。

八　身支度を調える。

九　立ったまま体が硬直して動けなくなる。

一〇　刀の柄（つか）を握り刃を外側に少しひねり、鞘尻を上げて抜刀の体勢をとる。

一一　仏や菩薩などの悟りや誓願の内容を象徴的に表すように、手の指を種々の形にする。修験道で重んずる。

一二　以下（一七頁注三六参照）、修験道で尊ばれる、五大明王。降三世（東方を守り、貪瞋痴（とんじんち）の三毒の煩悩を降伏）、軍荼利（南方を守り、阿修羅・悪鬼を折伏）、大威徳（西方を守り、一切の生類を悩害する一切の怨敵を調伏）、金剛夜叉（北方を守り、一切の悪魔を降伏）。

一三　不動明王を敬って冠する。

与九　儲けの金はないが、損の口がある。
太郎　それは聞きたくないな。
与九　聞きたくなくても言わねばならぬ。昨日《きのう》わしが口入れで、百両貸した軍蔵《ぐんぞう》様が、夕べ切られて、死なっしゃりました。
太郎　軍蔵様が、ム、、、。
（ト太郎右衛門、びっくりなし目をまわし、倒れる）
与九　大方こんなことだろうと思った◯
（ト抱き起こし）
コレ、太郎右衛門様、気をたしかに持たっしゃりませ。なんだ、口から泡を吹いて。コリャ、[一]癲癇《てんかん》じゃあないか◯
（トあたりにある馬の[二]草鞋《わらじ》を取って）
幸いこゝに馬の草鞋。これを[三]頭へ乗せてやろう◯
（ト草鞋をのせ、紐を結ぶ）
イヤ、[四]こりゃ癲癇ではないとみえる◯なんぞ気付けを飲ましてやりたいが、あいにく何も薬はなし◯
（ト川の中を見て）
オヽ、いゝところへ[五]溲瓶《しびん》が流れて来た。これで水を飲ましてやろう。

〔一八―一九頁注続き〕
一四　慈救呪（じくのじゅ）。不動明王の三陀羅（大中小）の内の中呪。唱えると身より光明を発し、災害を免れ、願い事が適う。曩謨三曼荼嚩曰羅赧、旋陀摩訶嚕遮那、娑婆多耶吽多羅吒干鋡。
一五　相手を罵って発する語。
一六　揚幕へ。
一七　鼻紙入れの略。外出の際必要な小物（鼻紙・金銭・薬・小楊枝等）を入れる懐中用の二つまたは三つ折りの袋物。
一八　刻み煙草を入れる携帯用の袋物。材料に革・織物・紙などあり、煙管筒と揃いにしたり、懐中用・腰提げ用などある。
一九　抜き取られる。
〔二〇―二二頁注〕
一　巾着（当座の銭や薬を入れ腰に提げる小袋）の紐を切ったり、底を切り裂いて中身を盗んだりする者。すり（掏摸）。
二　共犯者。
三　⇩用語集（つけ）。拍子木で付け板を続けて小刻みに打ち、あわただしい足音を強調する、音響効果。
四　太神楽（だいかぐら。四四頁注七）が街頭を流して行く様を写した下座音楽（⇩用語集）で、初

（ト溲瓶で水を汲み、太郎右衛門の口へつぎ込み、これにて、ウンと心付く）

太郎　コレ、与九兵衛殿、軍蔵様はどうさっしゃった。

与九　人に切られて、死なっしゃりました。

太郎　それでは貸した百両は、

与九　[六]冥土《めいど》へ行かねばとれませぬ。

太郎　これまで[七]爪に火を灯《とも》し、よう〳〵貯めたあの百両、冥土へ行かねば取れぬなら、死んで取りに行かねばならぬ。

（ト与九兵衛の差している脇差しへ手を掛ける）

与九　[八]これはしたり、太郎右衛門様。死んで冥土へ行った日には、首尾よく金を受け取っても、この[九]娑婆《しゃば》へは帰られませぬぞ。

太郎　ハアヽ、生き返っては来られぬかな。それでは死ぬのは、まあ止《や》めだ。[一〇]〇ヤ、この脇差しは軍蔵様が、昨日《きのう》わしから百両借りて買わしった庚申丸。コリャよい物が目に掛かった。これを代わりに取っておこう。

（ト引ったくる。与九兵衛その手を押さえ）

与九　イエ〳〵、これは軍蔵様からわしが預かった庚申丸。めったにこれは渡されませぬ。

春の雰囲気をかもし出す。大太鼓・篠笛などで、世話の人物の出入りに囃す。

五　下座の鳴物。銅羅または本釣鐘を打ち、時刻の報知や場面転換などに用いる。

六　鎌倉の鬼門の護りとして鎌倉市二階堂に鎮座。長治元年（一一〇四）勧請、菅原道真を祭る。ここでは湯島天神（文京区湯島三）を想定。

七　貸す金から利息や礼金を先に差し引くこと。

八　金を次々にふやそうと。

九　端唄（幕末に江戸で大流行した、短い音曲）の地だけを三味線で弾く。

一〇　一振りの刀。

一一　⇩用語集

一二　金銭貸借などの仲介。

一三　御無礼。

一四　読売本では、序幕笹目が谷新井橋の場で、与九兵衛が（与吉が十三郎から借りた提灯のため人違いをし）与吉の紙入れを抜き取る。読売本の二幕目が序幕となる底本では、この表現は不適切。

一　突如人事不省となって倒れ、硬直・手足の痙攣を起こすなど、

太郎　渡されぬとて百両の代わり、これが取らずにおかれるものか。
与九　それはお前、無理というものだ。
太郎　無理ならこなたが口入れゆえ、百両まどうて[一]おれに返すか。
与九　サア、それは。
太郎　この脇差しを、預けておくか。
与九　サア、[二]
太郎　サア、
両人　サア〳〵、
太郎　なんと、渡さずばなるまいが。
与九　エ、仕方がない。
（ト脇差しを渡す。太郎右衛門、腰へ差し）
太郎　ア、、せりおうたので、のどがひっつくようだ。
与九　のどがひっつくなら、これを飲みなせえ。
（ト与九兵衛、腹を立ち、溲瓶《しびん》を突き出す）
太郎　ヤ、こりゃ溲瓶ではないか。
与九　サア、それは。
（ト風[三]の音。太郎右衛門、ぞっとして）

〔二二―二三頁注続き〕
多様な病状を呈するが、しばらくすると回復。
二　蹄鉄を打っていないので、蹄を保護するため緒を通す乳（ち）のない草鞋をはかせていた。
三　草鞋や藁草履を頭にのせると癲癇が治るとの俗信による。
四　癲癇持ちか否かの判定には、鉈（なた）豆を食べさせてみるとの俗信があった。ここは馬の草鞋を乗せても治らないので判断。
五　病人などの尿を採るために使う陶製の瓶。
六　死者の霊魂がさまよい行く暗黒の世界、地獄など。
七　蠟燭や油の代わりに爪に火をともす。極度に吝嗇な比喩。
八　（他をたしなめて）何とまあ。
九　梵語、音訳。この世。釈迦が衆生を救い教化する世界。歌舞伎十八番の『毛抜』（『鳴神不動北山桜』。寛保元年初演。一七四二）に、久米寺弾正が閻魔あての手紙を書き、小原万兵衛に、これを届けて死んだ小磯を連れて戻れと言って斬り倒す場面がある。
一〇　ふと脇差しに気付いて。

一　つぐなう。

太郎　最前からの様子といい、こゝに溲瓶があるからは○

（ト頭の草鞋を取って）

さてはいよ〳〵つまゝれたか○

（ト狐に化かされた思入れにて、[四]眉毛を濡《ぬ》らし）

してみると、この脇差しも、棒の折れかもしれぬわえ。

与九　どうしたとえ。

太郎　うぬ、与九兵衛に化けやあがって。どうするか見やあがれ。

（トくだんの庚申丸を鞘《さや》のまゝ振り上げ、与九兵衛に打って掛かる）

与九　これは、気でも違ったのか、なんでわしを打ちなさるのだ。

太郎　打たねえでどうするものだ。大方さっきの法印も、[五]一つ穴の狐だろう。

与九　なに、法印とはなんのことだ。

太郎　なんのことがあるものか。早く[六]尻尾《しっぽ》を出しゃあがれ。

（ト波の音、[七]獅子の鳴物にて、太郎右衛門、与九兵衛を追い回す。[八]とゞ、与九兵衛、上手へ逃げて入る。太郎右衛門、あとを追いかけ入る。[九]本釣鐘、波の音、合方になり、向こうより、木屋の手代、十三郎、[一〇]羽織、着流し、頰かむりをなして、[一一]しお〳〵と出て来たり、花道にて）

二　以下は、相手が明確な返答をしない場合、返答を急き立てる際の定型化した遣り取り。「繰り上げ」といい、上方歌舞伎には少ない。

三　下座の鳴物。大太鼓を長撥で十六回打つのが一つの単位。風の音の他に、不気味な感じなどを表す。

四　狐に騙されないための呪い。

五　悪事の仲間。

六　正体を現せ。

七　獅子が戯れ狂う様子を表す鳴物。昭和四十七年一月、国立劇場では、一つとやノ合方を弾き流し、水ノ音。

八　⇨用語集

九　下座の鳴物。小型の釣鐘を「コーン」と打つ。時の鐘（二〇頁注五）の他に、場面の気分を引き締める等のために用いる。昭和四十七年一月、国立劇場では、時の鐘、独吟（「都鳥」。便り来る舟の）、水ノ音。

一〇　袴を着けない略装。

一一　しょんぼりと。

十三郎　いまさら言って返らねど、夕べ思わぬ柳原《やなぎわら》[一]で、大事に金を持ちながら、袖を引かれてうか〳〵と[二]、思案のほかの夜鷹《よたか》[三]小屋、身の上話を聞いているうち、喧嘩〳〵という声に、びっくりなして逃げ出るはずみ、大枚《たいまい》[四]百両という金を、財布のまゝに落としてしまい、尋ねようにも騒ぎの中、程《ほど》経《へ》てそこへ来てみれば、帰ったあとにて誰も居ず、もしや夕べの夜鷹殿が、拾いはせぬかと暮れるを待ち、尋ねて行《い》たれど暗闇ゆえ、誰が誰やら顔さえ知れず、察するところかの金を、拾って今宵《こよい》は出ぬことか、こりゃどうしたらよかろうなあ◯

（ト右の鳴物にて、本舞台へ来たり、思入れあって）

どう考え直しても、死ぬよりほかの思案はない。内へ戻って両親に、このことを話したとて、これが一両や二両なら、どうか都合も出来ようが、百両という大金が、しょせん出来よう当てはなし。なまなか御苦労掛けようより、いっそこの身を捨てたなら、お情け深い旦那様ゆえ、親に金を償《つぐの》えと、おっしゃってはくださるまい。その御難儀を掛けぬが言い訳[五]◯とはいえ肩へ棒[六]を当て、しがない暮らしのその中で、十両取りの頼母子講《たのもしこう》[七]。月々掛けるももう何年。そち[八]の年《ねん》[九]の明けた時、元手[一〇]の足しと宿下がり[一一]に、行くたび〳〵にその話。着物[一二]の丈の伸びるのと、年季のつまるを楽しみに、

一　筋違橋（すじかいばし。旧交通博物館西）より浅草橋までの神田川南岸の土手。古着屋・古道具屋が並んでおり、夜は寂しく、夜鷹が出没した。
二　浮わついた気分で。
三　夜鷹（最下級の売春婦で、遊興費二十四文）が客を取る掛け小屋。妓夫が作り、昼は取り片付けておく。
四　大層な金高。
五　詫び。謝罪。
六　天秤棒。養父は行商の八百屋久兵衛。
七　複数の人間が一定の掛け金を積み立て、定期的に籤引きなどで順次所定の金額（ここは十両）を取得して行く、相互扶助組織。
八　お前。主として男性が目下に用いる。
九　年季（契約による雇用期間）が終わる。年季証文を雇主に差し出して契約する。
一〇　独立して店舗を持つ際の資金。
一一　正月と盆（七月）の十六日、またはその前後に奉公人が休暇（一両日より数日）を貰って、親元または身元保証人の家に帰ること。その際、主人は小遣い・仕着せを与える。藪入り。
一二　右の注一一の仕着せ。

待ちに待ってる両親に、死に顔見するが情けない。さぞやお嘆きなさろうが、これも前世[一三]の約束と、諦めてくださりませ○

（ト手を合わせ拝み）

人目に掛からぬそのうちに、少しも早くこの川へ○

（ト石を拾い袂《たもと》へ入れ）

南無阿弥陀仏。

（ト後ろの川へ飛び込もうとする。この以前、上手より、土左衛門爺い伝吉、[一四]紋羽《もんぱ》頭巾、どてら、半天、紺の股引《もゝひき》、尻端折《しりはしょ》り、[一五]井桁《いげた》に橘《たちばな》、[一六]信者講としるせし[一七]長提灯《ながちょうちん》を持ち、出かゝり、この時ツカ〳〵と来て、十三郎をとらえ）

伝吉　コレ、若い衆、待たっしゃい。

十三　イエ〳〵、死なねばならぬ訳ある者。こゝ放してくださりませ。

伝吉　知らねえことなら仕方もなし、目に掛かったら止めにゃあならねえ。

十三　そこをどうぞ見逃して。

伝吉　イヽヤ、見逃すことはならねえ○待てと言ったら、待たっしゃい○

（ト伝吉、十三郎を引き止め、真ん中へ連れて来て、中腰《ちゅうごし》になり）

この結構な世を捨て、死のうと言うはよく〳〵な、せつない訳のあること

一三　生まれる前の世。仏教では、現世での幸不幸は、前世の業（行状）の結果として約束されていると考える。

一四　防寒用頭巾。紋羽はネルのように柔らかく毛ば立たせた厚地の綿織物。

一五　日蓮宗の紋所。

一六　信者達の団体。二九頁注一三参照。

一七　細長い円筒型の提灯。折り畳むと丸提灯より扱い易い。

だろうが、そこが若気《わかげ》の[一]無分別。死なずに思案をしたがいゝ。どういう訳か[二]膝とも談合《だんこう》、わしに話して聞かせなせえ。たとえ及ばぬことなりとも、そこは白髪《しらが》の年の功。[三]どこがどこまで引き受けて、お前《めえ》の難儀を救ってあげよう。死なねばならぬ一通り、心を静めて、コレ、若いの、わしに話して聞かせなせえな。

十三　見ず知らずのわたくしを、御深切におっしゃって、くださりまするあなたゆえ、隠さずお話し申しまする○

（ト[四]合方替わりて）

わたくしことは[五]本町《ほんちょう》の、木屋文蔵《ぶんぞう》の召仕《めしつか》い、十三郎と申す者。昨日《きのう》、去るお屋敷へ、百両という商いなし、金を受け取って帰り道、柳原で袖引かれ、思わず遊《あす》んだ夜鷹小屋。喧嘩と聞いて逃げる折、その百両を取り落とし、もしやその夜の夜鷹殿が、拾いはせぬかと最前も、尋ねて行《い》たれど巡り逢わず。それゆえ主人へ言い訳に、身を投げ死するこの身の覚悟。折角お止めくだすったれど、大枚百両という金が、なければ生きていられぬ[六]仕儀。どうぞ見逃してくださりませ○いずくのお方か知らねども、[七]袖振り合うも縁とやら、ふびんなと思《おぼ》し召さば、死んだ後《あと》にて一遍の、[八]御回向《ごえこう》お願い申しまする。

一　思慮のなさ。
二　談合は相談。（考えあぐねた時は自分の膝でも相談相手になるの意より）どんな相手でも相談すれば、それだけの効果はある。
三　とことん。徹底的に。
四　雰囲気を変えるために。昭和四十七年一月、国立劇場では、独吟（「都鳥」。憎くやつれなき）に水ノ音から、「女子の念も」ノ合方に変わる。
五　江戸の中心を形成する、本町通りの両側に四丁目まであり、金座の他、豪商の家が立ち並んでいた。一二二頁注四参照。
六　事の成り行き。
七　袖振り合うも多生（他生）の縁。見知らぬ者同士が道で袖が触れ合うほどのことも、前世の因縁に導かれてのことである。どんな些細な他人との交渉も、深い宿縁に拠って起こるので、疎かに考えてはいけない。
八　読経などで冥福を祈る。

（ト十三郎泣きながら言う。伝吉、このうち、さては[九]という思入れあって）
伝吉　そんなら夕べ柳原で○
（ト言いかけ、伝吉あたりを窺《うかゞ》い）
金を落としたのは、お前《めえ》か。
十三　ハイ、さようでござります。
伝吉　それじゃあ、死ぬにゃあ及ばねえ。
十三　エ○死ぬに及ばぬとは。
伝吉　お前《めえ》が落とした百両は、おれが娘が拾って来た。
十三　シテ、お前の娘御《ご》[一〇]は。
伝吉　夕べ、柳原で買いなすった、一歳《ひととせ》[一一]という夜鷹さ。
十三　エ。
伝吉　大方お前《めえ》が尋ねて来《こ》ようと、今夜も場所[一二]へその金を、持って行ったが間違ったか。なんにしろ、百両に、つゝがねえから案じなさんな。
十三　それは有難うござりまする。
伝吉　アヽ、信心はしようものだ。題目講[一三]へ行ったばかり、お前《めえ》の命を助けたが、内にいたならやみ〱[一四]と、老い先長い若い者を、殺してしまうとこ

九　それじゃあ（この男か）。
一〇　御は、敬意を表す接尾語。娘さん。
一一　講釈師、馬場文耕『当世武野俗談』（宝暦七年序写。一七五七）に次のような記載がある。本所より出る、当時夜鷹は四千人いたが、おしゅんは毎夜筋違橋の際の、髪結床の裏で客を取っていた。去年の大晦日の夜には、客が三百六十余人有ったので、一年の日数に当たり、しかも大晦日なので、親方が、一とせのおしゅんと名乗らせた。この伝承による命名であろう。
一二　一歳の営業場所。仮設小屋を造る。
一三　法華宗檀徒の信仰の深化、相互扶助、檀那寺の維持などを目的とする組織。題目は、「(南無)妙法蓮華経」。唱えれば何人（なんぴと）も成仏し得るという。
一四　むざむざと。

ろであった。これもひとえに祖師[一]の御利益《ごりやく》。南無妙法蓮華経〳〵。

（卜肌[二]の数珠を出し、拝む）

十三　落とした金につゝがなく、危うい命をこの場にて、お助けありしあなたこそ、十三がための神仏《かみほとけ》。いずれいずくのお方にて、お名はなんとおっしゃりますか、お聞かせなされてくださりませ。

伝吉　お前《めえ》の方から聞かねえでも、言わねえけりゃならねえ名を、つい年寄りの後《あと》[三]や先。わしゃあ本所《ほんじょう》[四]の割下水《わりげすい》[五]で、家業はいやしい夜鷹宿。以前は鬼とも言われたが、一年増しに角《つの》も折れ、今じゃあ仏の後生願い[六]、土左衛門[七]を見るたびに、引き上げちゃあ葬るので、あだ名のようにわしがことを、土左衛門爺い[八]伝吉といいます。見かけによらねえ信心者《しんじんしゃ》さ。

十三　そんなら、土左衛門伝吉様とか。

伝吉　ちょっと聞くと悪党のようだが、悪い心は少しもねえから、安心して内へ来なせえ。お前《めえ》に巡り逢わねえけりゃあ、娘も帰って来ようから、そうしたならば金を持って、親元なり主人なり、おれがお前《めえ》を連れて行き、こう〳〵いう訳であったと、詫び言をして進ぜましょう。

十三　スリャ、詫び言までしてくださりますとか。

伝吉　仏造って[九]魂入れずだ。主人方《かた》へ帰るまで、世話をしにゃあ心が済まね

一　仏教の一宗一派の開祖。ここでは日蓮。

二　肌につけた。

三　（年が寄ったせいで）会話の前後が逆になること。

四　現在、「ほんじょ」が通常であるが、江戸なまりで「ほんじょう」と呼ぶ人々もいる。ほぼ墨田区南部に該当。明暦の大火（三年、一六五七）以後、両国橋架橋、竪川・横川・割下水等の開削、湿地埋立て等により開発が進み、百姓、下級の幕臣が居住した他、各藩邸、ことに下屋敷が多く設けられた。蚊が名物。

五　南割下水（江戸東京博物館東より横十間川まで、総武線に平行）。道路を割って中央に幅九尺の下水を通したので割り下水。現在は暗渠となり、割下水通り。

六　切に極楽往生を願い、常日頃より信仰を持ち善根を積む人。一二頁注三。

七　水死人。享保頃の相撲取り成瀬川土左衛門が肥満体であったためという。山東京伝『近世奇跡考』（文化元年刊、一八〇四）一には、享保九年（一七二四）六月の番付には前頭筆頭とあり、八百屋お七物に登場する土左衛門伝吉は、成瀬川の名を借りたと記す。

え。

十三　エヽ、それほどまでに。有難うござります。

伝吉　見りゃあ見るほどまだ若いが、お前《めえ》、幾つになんなさるえ。

（ト伝吉、十三郎を見て）

十三　ハイ、十九になりまする。

伝吉　アヽ、それじゃあ娘と同じ年だ。

十三　お娘御も一〇戌《いぬ》でござりまするな。

伝吉　オヽ、戌さ○

（ト伝吉思入れ）

アヽ、一一川端《かわばた》にうか〳〵して、犬にでも吠《ほ》えられねえうち、早く内へ行きやしょう。

十三　ハイ、お供致しましょう。

（ト伝吉、十三郎をつく〴〵見て）

伝吉　さっき、一足遅く来て、おれがあだ名の土左衛門に、なったらさぞや親たちが、

十三　エ。

伝吉　イヤ、おれも悪い倅《せがれ》があるが、一二片輪な子ほどかわいゝと、別れていれ

八　伝吉に現成庵一日上人の面影がありはしまいか。上人は元来船頭であったが、文化十三年（一八一六）、佃島沖の汐干狩りで髑髏を拾い葬ったのが縁で、以後水死人を見付け次第葬り、遂に出家。

九　「詫び言をしないと」を略す。物事を苦心の末、ほとんど成し遂げながら、肝心の点を欠いていることの比喩。

一〇　十二支の十一番目、戌の年。本作初演時に近いのは、天保九年（一八三八）生まれで、二十三歳となる。十九歳は女の厄年。

一一　「犬の川端歩き」（歩きまわっても全く収穫が無いことなどの比喩）から思いついたのであろうか。

一二　親にすれば子は皆かわいいが、不具な子は、一層かわいく思われる。

ど一日でも、胸に忘れることはねえ。必ず苦労を掛けなさんな。

十三　ハイ。

（ト思入れ）

伝吉　サア、更けねえうちに行きやしょうか。

（ト提灯を取り上げる）

十三　アヽ、モシ、それはわたくしが。

（ト提灯をとる）

伝吉　そりゃあ、[一]はゞかりだね。

（ト十三郎、提灯を取り、中を見て）

十三　ヤ、コリヤ蠟燭《ろうそく》が、

伝吉　[二]南無阿弥陀仏か。

十三　エ。

伝吉　イヤ、念仏は、[三]謗法《ほうぐ》だった。

（ト十三郎、先に提灯を持ち、伝吉行きかゝる。この見得、波の音、[四]早めたる合方にて、上手へ入る。[五]知らせに付き、道具回る）

（本舞台四間《しけん》、[六]中足《ちゅうあし》の二重、石垣、波の蹴込《けこ》み。[七]上《かみ》の方《かた》に、四尺ほど

一　御苦労だね。

二　お陀仏。燃え尽きる。

三　仏法を謗（そし）ること。その罪により成仏できないという。法華宗の伝吉が浄土宗の信者のように六字の名号をとなえたから。「ぼうほう」との読みもあるが、合巻『三人吉三廓の初買』初（本書「解説」参照）も「ほうばふ」とあり底本に従う。

四　下座音楽。人物の急速な出入りなどに、調子を早めて演奏する。昭和四十七年一月、国立劇場では、「縁しも長き」（長唄「巽八景」）ノ合方に水ノ音。

五　舞台が回るきっかけを奈落などに、狂言方が拍子木を打って知らせる。二度目で回り出し、回り終わって異状がないと確認して、もう一度打つ。

六　二重の高さ二尺一寸。高足（二尺八寸）と常足（一四頁注一三）の間。

七　舞台に向かって右手。上手。左手は下の方。

八　庚申信仰により、青面金剛・猿田彦・三猿・帝釈天などを祭った堂（一四頁注三参照）。

九　庚申待ちの本尊の一。体は青色、目は赤く三眼、口に牙があり手は六本、頭髪は逆立ち身に蛇を

の[八]庚申堂《こうしんどう》、賽銭箱《さいせんばこ》。軒口に[九]青面金剛《しょうめんこんごう》と記せし額。この脇に、くゝり猿[一〇]を三つ付けしあつらえの額[一一]。後ろ、[一二]練り塀[一三]、はすに、橋の見える[一四]片遠《かたとお》見《み》。すべて、[一五]両国橋北河岸《きたがし》の体《てい》。やはり、波の音、通り神楽にて、道[一六]具止まる）

（ト時の鐘、[一七]端唄《はうた》の合方、[一八]かすめて通り神楽をか[一九]ぶせ、向こうより、[二〇]辻君《つじぎみ》のおとせ、黒の着付《きつけ》、手拭《てぬぐ》いをかぶり、ござを抱え出て来たり、花道にて）

おとせ　夕べ、金を落とせしお方は、夜目《よめ》にもしかと覚えある、なりの様子は奉公人衆。定めてお[二一]主《しゅう》の金と知り、少しも早く戻したく、大方今宵《こよい》柳《やなぎ》原《わら》へ、わたしを尋ねてござんしょうと、拾うた金を持っていたれど、ついに尋ねてござんせぬは、もしやお主《しゅう》へ言い訳なさに、ひょんなことでもなされはせぬか。たった一度逢《お》うたれど、心に忘れぬいとしいお方。案じるせえか胸騒ぎ。ア、、[二二]心ならぬことじゃなあ。

（ト思入れあって、[二三]揚幕の方を、もしや尋ねて来ぬかと見るこな[二四]し。向こうより、お嬢吉三、[二五]島田鬘《かづら》[二六]振袖、[二七]お七のこしらえにて、出て来たり）

お嬢吉三　ア、モシ。はゞかりながら、お女[二八]中様。お尋ね申したいことがご

まとい、足下に二匹の邪鬼を踏みつけ、忿怒の形相を表す。元来は密教で伝尸（でんし。肺結核）を癒すと信じられていたのが庚申信仰に取り入れられ、三尸虫を除くと考えられた。

一〇　綿を入れた四角な布の袋の隅を一か所に集めて括り、綿を入れて丸くした頭を縫い付けて猿に似せて、魔除けなどにする。

一一　青面金剛の侍者、三匹猿に因む。猿を否定形に通わせ、人の短を見ざる、人の非を聞かざる、人の過失を言わざるを表す。

一二　この場面のために特に注文して作った額。

一三　粘土に石灰や砂などを混ぜ合わせた練り土と、平瓦を積んで築き、上を瓦で葺いた塀。東京では、増上寺（港区）などに現存。

一四　遠見⇩用語集。背景の一部だけを遠見に描くのが片遠見。

一五　両国橋に北河岸は不審。読売本に花水橋北河岸とあり、花水橋を両国橋に改めたものの、北河岸を訂正するのを忘れたのであろう。読売本には二幕目花水橋材木河岸の場が花水橋南岸、稲瀬川庚申塚の場が同北河岸とある点より見て、第一場が両国橋西河岸なので、その逆の東河岸と思われる。

ざりますわいな。

とせ　ハイ、なんでござります。

お嬢　アノ、亀井戸[一]の方へは、どう参りまする、お教えなされてくださいませいな。

とせ　ハイ、亀井戸へおいでなされますなら、これから右へまっすぐに、行き当たったら、左へ曲がり◯

（ト言いながら、お嬢吉三のなりを見て）

と、さあ、詳しゅうお教え申しても、お前様[二]には知れますまい。どうで[三]わたしの帰り道、割下水《わりげすい》まで共々に、お連れ申してあげましょう。

お嬢　それは有難うござりますわいな。連れて参りし供にはぐれ、知らぬ道にたゞ一人。怖《こお》うてなりませねば、お邪魔ではござりましょうが、どうぞお連れなされてくださりませいな。

とせ　イエ、もうわたしが内へ帰りますには、一つ道でござりますから、お安いことでござります。

お嬢　さようなれば、お女中様。

とせ　こう[四]、おいでなされませいな◯

（ト右の鳴物にて、おとせ先に、お嬢吉三、本舞台へ来たり）

〔前頁注続き〕
一六　回り舞台が止まる。
一七　昭和四十七年一月、国立劇場では、石投げノ合方に水ノ音。
一八　音を静かに弱めて。
一九　演奏中の端唄の合方と同時に、通り神楽を演奏する。
二〇　夜鷹（一二頁注二五・二六頁注二三参照）。
二一　御主人。
二二　気が気でない。
二三　⇨用語集
二四　⇨用語集
二五　若衆髷から変化したといわれ、未婚女性の代表的髪型。高島田・投島田など種類が多い。
二六　袂が長く脇の下を縫い留めない袖。未婚の女性が着る。
二七　丸に封じ文の紋を付けた振袖（二二頁注三〇参照）。
二八　成人女性の総称。敬意を表す表現。

一　江東区亀戸・大島界限であるが、柳島・大島などが複雑に入り込む反面、墨田区江東橋等に飛地があった。
二　いつもはお供のいる、地理不案内のお嬢様育ちだから。
三　どうせ。

モシ、お嬢様。お前様はどちらでござります。

お嬢　アノ、わたしゃ本郷[五]二丁目の、八百屋の娘で、お七と申しますわいな。

とせ　八百屋のお七様と、おっしゃりますか。

お嬢　シテ、お前様のお内は。

とせ　ハイ、わたしの内は割下水で、とゝさんの名は、伝吉、わたしゃ、おとせと申します。

お嬢　シテ、御商売は。

とせ　サア、その商売は。

（ト困る思入れ）

お嬢　なにをお商いなされますえ。

とせ　ハイ、お恥ずかしいが、ござの上にて。

お嬢　アノ、[六]十九文屋《じゅうくもんや》でござりますか。

とせ　イエ、[七]二《に》十四《じゅうし》文でござります。

お嬢　そんならもしや。

とせ　お察しなされませいな。

（トおとせ、お嬢の背中を叩く。この折、懐の財布を落とす。手早くお嬢取り上げ、[八]ぎっくり、思入れあって）

四　このように。

五　本郷通りを挟んだ、文京区二・三丁目の一部（壹岐坂上辺り）。三丁目に歯磨薬屋の兼康があり、「本郷もかねやす迄は江戸の内」とよまれた。

六　十九文均一の安物品を売る露店。

七　夜鷹、一切りの玉代（二六頁注三参照）。

八　鋭くにらみつける様子。

お嬢　モシ、なにやら落ちましたぞえ。

（ト出す）

とせ　オヽ、コリャ大事のお金。

お嬢　エヽ、お金でござりますか。

とせ　アイ、しかも大枚《たいまい》小判で百両。

お嬢　大層お商いがござりましたな。

とせ　御冗談ばかり、ホヽヽ。

お嬢　アレエ。

（ト[一]ぎょうさんに、お嬢、おとせに抱き付く）

とせ　ア、モシ、どうなさいました。

お嬢　今、向こうの[二]家《や》の棟《むね》を、[三]光り物が通りましたわいな。

とせ　そりゃ大方、[四]人魂《ひとだま》でござりましょう。

お嬢　アレエ。

（トまた、しがみ付く）

とせ　なんの怖いことがござりましょう。夜商売《よしょうばい》を致しますれば、人魂なぞは度々ゆえ、怖いことはござりませぬ。たゞ、世の中に怖いのは○

（トこの時、[五]本釣鐘を打ち込み）

一　大袈裟に。
二　死者の霊は四十九日の間、屋の棟（屋根の一番高い所）を去らないという。
三　人魂などの発光体で、恐れられるもの。
四　死者の体を脱け出た霊魂。燐光による青白い尾を引き、空中をとぶなどという。
五　昭和四十七年一月、国立劇場では、ここでは打たず、三九頁「月も朧に」を引き立てるように使う。

人が怖《こお》うございます。

お嬢　ほんに、そうでございますなあ。

（ト言いながら、お嬢、おとせの懐の財布を引き出すゆえ、びっくりなし）

とせ　ヤ、こりゃ、この金を、なんとなさいます。

お嬢　[六]なんともせぬ。貰うのさ。

とせ　エ、○

（トおとせ驚き）

そんならお前は、

お嬢　どろぼうさ。

とせ　エ。

お嬢　ほんに、人が怖いの。

（ト財布を引ったくる）

とせ　そればかりは。

（トおとせ、取りに掛かるを、振り払う。おとせ、[七]たじ〳〵として、思わず川へ落ちる。[八]水の音、[九]波煙ぱっと立つ）

お嬢　ア、、川へ落ちたか○

六　ここから男の声になる。
七　足もとがよろめいて。底本「だち〳〵」とあるのを、合巻『三人吉三廓の初買』初の「たぢ〳〵」に従い改めた。二七七頁注六参照。
八　ドンと大太鼓を打つ。
九　波しぶき。おとせの落ちる切り穴の下から団扇で細かく切った紙片を煽ぎ出す。三亭春馬『御狂言楽屋本説』初篇（安政五年刊、一八五八）に図示。

（ト川を見込み）

ヤレ、かわいそうなことをした○

（ト言いながら、財布より百両包《づつ》みを出し）

思いがけねえこの百両。

（トにったり[一]思入れ。この時、後ろへ、太郎右衛門、窺《うかゞ》い出《い》で）

太郎　その百両を。

（ト取りに掛かるを突き回し[二]、金を財布へ入れ、懐へ入れる。太郎右衛門、また掛かる[三]。この時、お嬢吉三、太郎右衛門の差している庚申《こうしん》丸《まる》を、[四]鞘《さや》ごと引ったくり、太郎右衛門、それを、と寄るを、すらりと抜き、振り回す。このとたん、向こうより、垂れ[五]を下ろせし[六]四つ手《で》駕《かご》をかつぎ来たり。これを見て、びっくりなし、駕を下手《しもて》へ捨て、下手へ逃げて入る。太郎右衛門は、白刃《しらは》に恐れ、上手《かみて》へ逃げて入る。時の鐘。お嬢吉三あとを見て）

お嬢　ハテ、臆病な奴らだな○

（ト駕の提灯《ちょうちん》で白刃を見て）

ム、、道の用心、ちょうど幸い○

（ト庚申丸を差し、空の朧月《おぼろづき》を見て）

一　薄笑いを浮かべて。

二　体を突いてぐるっと回す。

三　勢いよく向かって行く。

四　百両と庚申丸の二品を三人吉三の内の一人が同時に持つのはこの時が初めて。四三頁十一行目で、もう二品は離れ、再び揃うのは、二七六頁九行目で、和尚吉三の手に入る。庚申丸はお嬢が持ち続けるが、百両は持ち主を変えて行く。

五　藺（い）で編み、垂らして客を隠す。

六　四本の竹を四隅の柱とし、割り竹を編んだ台に客を乗せ、茣蓙で周りを囲うようにした町駕籠。

七　このような七五調の長ぜりふを厄払い（注三参照）の文句に似ているところから、厄払いという。

八　春の月の、ぼんやりと霞んでいる様。

九　シラウオ科の魚、江戸の名物。体長十センチほど。半透明であるが死後白く不透明となるのに因んだ名称。寒の入り（一月六日頃）より立春（二月四日頃）ごろが旬、踊り食いや吸物などにする。葵の紋が頭部に有るとされ、冬至（十二月二十二日頃）ごろより桃の節句（旧暦三月三日）ごろまで日々、将軍の食膳に供された。

一〇　産卵のため隅田川を遡上する

[七]月も[八]朧《おぼろ》に[九]白魚《しらうお》の、[一〇]かゞりもかすむ春の空。つめたい風もほろ酔《え》いに、心持ちよくうかくと、[一一]浮かれ烏《がらす》のたゞ一羽、ねぐらへ帰る川端《かわばた》で、棹《さお》の雫《しずく》か[一二]濡《ぬ》れ手で粟《あわ》。思いがけなく、手に入《い》る百両。

（ト懐の財布を出し、にったり、思入れ。この時、上手にて）

[一三]厄払い　おん厄払いましょう、厄落としく。

お嬢　ほんに今夜は[一四]節分か。[一五]西の海より川の中、落ちた夜鷹《よたか》は[一六]厄落とし。[一七]豆沢山《だくさん》に一文の、銭と違って金包《づつ》み。こいつあ春から、縁起《えんぎ》がいゝわえ。

（トこの折、下手にある四つ手駕の垂れを、ぱらりと上げる。内に、お坊吉三、[一八]吉《きち》の字菱《じびし》の紋付きの着付、[一九]五十日鬘《かづら》、大小のこしらえにて、お嬢吉三を窺う。お嬢もお坊吉三を見てぎっくり、思入れ。時の鐘、少し凄《すご》みのあつらえの合方になり、お嬢、金を懐へ入れ、庚申丸を袖で隠し、上手へ行こうとする。お坊吉三、思入れあって）

お坊吉三　モシ、姉《ねえ》さん、ちょっと待っておくんなせえ。

お嬢　[二〇]ハイ。なんぞ御用でござりますか。

お坊　ア、、用があるから呼んだのさ。

お嬢　なんの御用か存じませぬが、わたしも急な、

（ト行きかけるを）

白魚を、夜中船ごとに篝火を焚き、火影に寄って来るところを四つ手網で漁る。江戸の風物詩。

一一　夜分、家に落ち着かず浮かれ歩く人物。

一二　（濡れた手で粟をつかめば、粟粒が多く付いて来るところから）労少なくして多くの利益を得る喩え。底本「泡」は、「雫」の縁語で、「泡（あぶく）銭」を効かせた表記。「泡」と「粟」はアクセントを異にする。四〇頁九行目は「あは」と平仮名表記。

一三　厄年の者の厄を払おうと、顔を手拭いで包み尻端折りをし、各戸を回って来る物乞い。

一四　節分（立春の前日）の他、大晦日・正月六日・同十四日に厄払いが来る。節分・立春は太陽の運行、正月は月の運行によるため、旧暦ではほぼ同時であるのに対し、新暦で正月と節分・立春が一か月ほど離れる。

一五　厄払いの文句の中に、「いかなる悪魔が来たるとも此厄はらひがひつとらへ西の海とは思へども、ちくらが沖へさらり」とあるのを踏まえる（『守貞謾稿』二十七）。

一六　厄年（男、二十五歳と四十二歳等。女、十九歳と三十三歳等）の厄を払うこと。

お坊　用もあろうが手間はとらさぬ。待てと言ったら待ってくんなせえ。

（トこれにてお嬢、ム、と思入れ。お坊、駕[一]より雪踏《せった》[二]を出し、刀を持ち、出て、お嬢を見ながら刀を差す。両人、顔を見合わせ、気味合い[三]の思入れにて、中腰《ちゅうごし》になり）

お嬢　待てとあるゆえ、待ちましたが、シテ、わたしへの御用とは。

お坊　サア、用というのはほかでもねえ。浪人ながら、二腰《ふたこし》[四]たばさむ、武士が手を下げ、こなたへ無心[五]。どうぞ貸してもらいたい。

お嬢　女子《おなご》をとらえ、お侍が、貸せとおっしゃるその品は。

お坊　濡れ手で粟の百両を、

お嬢　エ[六]。

（ト思入れ）

お坊　見[七]かけて頼む、貸してくだせえ。

お嬢　そんなら今の様子をば。

お坊　駕にゆられてとろ〳〵と、一ぱい機嫌の初夢に、金と聞いては見逃せねえ。心は同じ盗人《ぬすびと》根性。去年の暮から間《ま》が悪く、五十[八]とまとまる仕事もなし、遊びの金にも困っていたが、なるほど世間[九]はむずかしい。友禅《ゆうぜん》[一〇]入りの振袖で、人[一一]柄作《づく》りのお嬢さんが、追い[一二]落としとは気が付かねえ。これか

〔前頁注続き〕

一七　厄年の数の大豆と銭十二文を、厄払いに与えるのを踏まえる。

一八　「吉」の字を図案化した菱形の紋所。

一九　浪人などを表す歌舞伎の鬘。月代（さかやき。額際から頭頂にかけての毛髪を剃った部分）を五十日間剃らずに伸びた有様を表す。

二〇　再び女の声になる。

一　駕籠の後部の外側に鉤が二本出ており、履物の内側を駕籠の方に向けて鼻緒を引っ懸ける場合と履物を駕籠の蒲団に下に入れる場合などあるが、ここは後者。

二　竹の皮で表を作り、裏に牛や馬などの革を張り、踵の部分に鉄を打ってある草履。歩くとちゃらちゃら音がする。

三　互いの心を推し量りながら無言で、自分の気持ちを表す。

四　大小（刀と脇差し）。士分の象徴。

五　無遠慮に金品をねだる。

六　ここから再び男の声。

七　一六頁注一参照。

八　五十両。

九　世の中は複雑で解りかねる。

一〇　友禅模様の入った。天和から

ら見るとおれなざあ、[一三]五分《ごぶ》月代《さかいき》に着流しで、[一四]小長い刀の[一五]落とし差《ざ》し。ちょっと見るから往来の、人も用心するこしらえ。金に成らねえももっともだ。

お嬢　それじゃあお前《めえ》の用というのは、これを貸してくれろとかえ。

（ト懐から手を出し、財布を見せる）

お坊　[一六]取らねえ昔と諦めて、それをおれに貸してくりゃれ。

（トお嬢せゝら笑い）

お嬢　こりゃあ、大きな当て違い。[一七]犬脅しとも、知らねえで、大小差していなさるゆえ、大方[一八]新身《あらみ》の胴試《だめ》し、[一九]命の無心と思いのほか、お安い御用のはした金、お貸し申してあげたいが、凄みなせりふでおどされては、お気の毒だが貸しにくい。まあお断り申しましょう。

お坊　貸されぬ金なら借りめえが、[二〇]なり相応に下から出て、許してくれとなぜ言わねえ。[二一]木《き》咲《ざ》きの梅より愛敬《あいきょう》の、[二二]こぼるゝ娘の憎まれ口。犬脅しでも大小を、伊達《だて》に差しちゃあ歩かねえ。[二三]切り取《ど》りなすは武士の習い。きり〳〵金を、置いて行け。

お嬢　イヽヤ、置いては行かれねえ。ほしい金ならこっちより、そっちが下から出たがいゝ。[二四]素人衆《しろとしゅう》には大枚《たいまい》の、金もたゞ取る世渡りに、未練に惜し

元禄（一六八一—一七〇四）にかけて活躍した宮崎友禅が光琳風を学んで考案した模様。

一一　上品な格好をした。六二頁注六・二五三頁注六参照。

一二　追い剝ぎ。

一三　五分ほどに伸びている月代。「さかいき」は「さかやき」の転じた語。浪人などの風。五十日鬘（三九頁注一九）で表現。

一四　「小」は、忌み嫌われる感じを添える。

一五　こじり（刀の端）を下げ、縦に近い角度で差すこと。崩れた差し方で浪人などに見られる。

一六　金を取っていない過去が現在も続いていると仮定して。

一七　見せかけだけの、大して役に立たない刀。

一八　新しく造って、まだ使用していない刀。

一九　命を要求（四〇頁注一五参照）。

二〇　振袖姿の娘にふさわしく。

二一　自然の状態で立木に咲いた梅。室咲き（蕾のある枝を切り、火気のある部屋や地下熱を利用した穴蔵に入れて早く咲かせる）に比して色香に優る。

二二　愛嬌があふれ出る意と、梅が咲き乱れる意と掛ける。

二三　斬り殺して所持品を奪う。

みはしねえけれど、こう言いかゝった上からは、空吹く風にさからわぬ、柳に受けちゃあいられねえ。切り取《ど》りなすが習いなら、命と共に取んなせえ。

お坊　そりゃあ、取れと言わねえでも、命も一緒に取る気だが、お主《ぬし》もさだめて名のある盗人《ぬすっと》。[一]無縁にするもふびんなゆえ、今日《きょう》を[二]立ち日《び》に[三]七七日《なゝなぬか》。[四]一本花《いっぽんばな》に線香は、殺したおれが手向けてやるが、その俗名を名乗っておけ。

お嬢　名乗れとあるなら、名乗ろうが、まあおれよりは、そっちから、[五]七本塔婆《しちほんとうば》へ書き記す、その俗名を名乗るがいゝ。

お坊　こりゃあ、おれが悪かった。人の名を聞くその時は、まあこっちから名乗るが礼儀。こゝがあだ名の[六]お坊さん。[七]小ゆすり[八]かたり、[九]ぶったくり。[一〇]押しのきかねえ悪党も、一年増しに功を積み、お坊吉三と肩書きの、[一一]武家お構いのごろつきだ。

お嬢　そんならかねて話に聞いた、お坊吉三はお主《ぬし》がことか。

お坊　シテ、また、そっちの名はなんと。

お嬢　問われて名乗るもおこがましいが、[一二]去年の春から坊主だの、ヤレ[一三]悪婆《あくば》のと、姿を替え、憎まれ口もきいてみたが、きかぬ辛子と悪党の、凄みのないのは馬鹿げたもの。そこで今度は[一四]新しく、八百屋お七と名をかりて、

〔前頁注続き〕

二四　堅気の人達。

一　無縁仏。冥福を祈ってくれる縁者のいない死者。

二　命日。

三　没後、四十九日の間。死者はこの世と来世との間にあって、暗黒の空間をさまよう。縁（ゆか）りの者の供養は死者の往生を助けるという。三六頁注三参照。

四　死者の枕元に供える。一本に限られ、樒（しきみ）の枝葉が多い。

五　四十九日まで、死後七日目ごとに墓に立てる卒都婆（供養のための細長い板で、塔の形の切り込みがある）。

六　坊っちゃん育ちの世間知らず。

七　けち臭いゆすり（脅して金品を巻き上げること）。

八　人を騙して金品を取り上げること。

九　強引に奪うこと。

一〇　人を威圧する力。

一一　二度と武士の身分に戻れない。

一二　三代目岩井粂三郎は、安政六年二月五日より、『小袖曾我薊色縫（こそでそがあざみのいろぬい）』（黙阿弥作、市村座初演）で、

振袖姿で稼ぐゆえ、お嬢吉三と[一五]名に呼ばれ、世間の狭い食い詰め者さ。

お坊　おのが名前に似寄りゆえ、とうから噂に聞いていた、お嬢吉三とあるからは、相手がよけりゃあなおさらに、

お嬢　この百両を取られては、お嬢吉三が名折れとなり、

お坊　取らねえけりゃあ負けとなり、お坊吉三が名のすたり。

お嬢　互いに名を売る身の上に、引くに引かれぬこの場の出合い。

お坊　まだ[一六]彼岸にもならねえに、[一七]蛇が見込んだ青蛙《あおがえる》。

お嬢　取る、取らないは命ずく。

お坊　腹が裂けても飲まにゃあおかねえ。

お嬢　そんならこれをこゝへかけ、

（トお嬢、百両包みを、舞台前、真ん中へ置く）

お坊　[一八]虫拳《むしけん》ならぬ、

両人　この場の勝負。

（ト[一九]あつらえ鳴物になり、両人肌脱ぎ、一腰《ひとこし》を抜き、[二〇]立ち回り。[二一]よきほどに、向こうより和尚吉三、紺の腹掛け、股引《もゝひき》、どてら、半天、頬かむりにて、出て来たり、花道にて、この体《てい》を見て、思入れあって、ツカ〳〵と、舞台へ来たり）

十六夜（おさよ）に扮し、尼になったり、強請（ゆす）りを働く。

一三　女方の役柄で岩井のお家芸。粋で色気のある美貌の悪女で、粂三郎の祖父四代目半四郎が創始。

一四　新趣向で。

一五　仇名。

一六　春の彼岸。春分（三月二十一日頃）の前後三日を含む七日間。啓蟄（三月六日頃）に、冬眠からさめた虫が土中より出て活動し始めるという。

一七　恐怖で身動きできない様子を、「蛇に見込まれた蛙」と喩えるのを踏まえる。青蛙は殿様蛙などの総称であるとともに、青二才の意を掛ける。

一八　蛇（人差し指で表現）は蛙（親指）に勝ち、なめくじ（小指）は蛇に勝つという拳。

一九　昭和四十七年一月、国立劇場では、梅の栄（長唄）ノ合方に、マゴサ、水ノ音。

二〇　⇨用語集（たて）

二一　頃合いをはかって。

和尚吉三　二人とも待った〳〵〇

（トこの中へ割って入り、双方を止める立ち回り。とゞ、和尚吉三着[一]ていたる半天を取って、両人切り結ぶ白刃《しらは》へ掛け、この上へのり、双方を止め、三人きっと見得[二]）

どういう訳か知らねえが、止めに入った。待ってくだせえ。

（ト手拭いをとる。両人見て）

お坊　ヤア、見知らぬそちが、いらぬ止めだて。

お嬢　怪我せぬうちに、

両人　のいた〳〵。

和尚　イ[三]、ヤ、のかれぬ二人の衆。[四]初雷《はつがみなり》も早過ぎる、氷も解けぬ川端《かわばた》に、水にきらつく刀の稲妻。[五]不気味《ぶきび》な中へ飛び込むも、まだ知人《ちかづき》にゃあならねえが、顔は覚えの名うて[六]の吉三、いかに血の気が多いとて、[七]太神楽《だいかぐら》じゃああるめえし、初春《はつはる》早々[八]剣《つるぎ》の舞、どっちに怪我があってもならねえ。今一対《いっつい》の二人は、名[九]におう富士の[一〇]大和屋《やまとや》に、劣らぬ筑波の山崎屋[一一]。高い同士の真ん中へ、[一二]背伸《せい》びをして高島屋[一三]が、見かねて止めに入ったは、どうなることと、さっきから、お女中様[一四]がお案じゆえ、丸く[一五]納めにあだ名さえ、坊主上がりの和尚吉三、幸い今日《きょう》は節分に、争う心の鬼[一六]は外、福は内輪の三人吉三。

一　読売本では、おとせの持っていた、ござを使う。合巻『三人吉三廓の初買』初は、和尚の肩に掛けていた「はをり（革羽織）」。
二　⇩用語集（きっとなる。見得）
三　以下、つらね（独特のメリハリを効かせた長ぜりふ）。
四　立春後、初めての雷。啓蟄のころよく鳴るので虫出しといわれる。
五　振り仮名は底本に従ったが、現在は「ぶきみ」と発音。
六　評判の。
七　獅子舞を中心に、手品・曲鞠（きょくまり）・皿回しなどを演ずる大道芸で、笛や太鼓ではやす。伊勢太神宮・熱田太神宮との関連で発生、普及した。
八　太神楽の演目（獅子が剣をくわえて舞うなどする）と、刀剣を振り回す意を掛ける。
九　名高い。
一〇　お嬢吉三役、粂三郎の屋号。
一一　お坊吉三役、権十郎の屋号。
一二　和尚吉三役、小団次は小柄。
一三　小団次の屋号。
一四　御見物の御婦人方。観客に媚びる科白。
一五　坊主頭は丸い。
一六　節分に豆をまきながら唱える、

[一七]福茶《ふくぢゃ》の豆や梅干の、遺恨《いこん》の種を残さずに、小粒の山椒《さんしょ》のこのおれに、厄払いめくせりふだが、[一八]さらりと預けてくんなせえ。

（トきっと言う。両人も、[一九]さては、という思入れあって）

お坊　そんならこなたが名の高い、

お嬢　吉祥院《きちじょういん》の所化《しょけ》上がり、

お坊　和尚吉三で、

両人　あったるか。

（ト和尚吉三、頭を押さえ）

和尚　そう言われると面目ない。名高いどころか、ほんの[二〇]ぴいぴいく。根が吉祥院の[二一]味噌すりで、弁長といった小坊主さ。賽銭箱からだんく と、[二二]祠堂《しどう》金《きん》まで盗み出し、とうく寺を[二三]だりむくり、[二四]鼠布子《ねずみぬのこ》も[二五]お仕着せの、[二六]浅黄《あさぎ》と替わり二、三度は、[二七]もっそう飯も食って来たが、非道な悪事をしねえゆえ、お上《かみ》のお慈悲で命が助かり、こうしているがなにより楽しみ。盗みの科《とが》で[二八]取らるゝなら、仕方もねえが[二九]おのがでに、命を捨てるは悪い[三〇]了見。子細は後で聞こうから、不承《ふしょう》であろうが、この白刃《しらは》、おれに預けて引いてくだせえ。

お坊　いかにも和尚が言葉を立て、向こうが預ける心なら、こっちはこなた

「鬼は外、福は内」を踏まえる。

一七　節分や正月三が日などに飲む、小梅の梅干・大豆・山椒の煎じ茶。

一八　厄払いの文句（三九頁注二五参照）を踏まえる。

一九　和尚吉三と気付いて。

二〇　未熟者。ぺいぺい。

二一　味噌すり坊主。炊事などの下働きをする僧侶。

二二　先祖の冥福を祈り、仏事を永続させるために寺に寄進された金銭。

二三　不始末をして追放され。

二四　鼠色の木綿の綿入れ。

二五　主人が奉公人に与える季節に応じた着物。ここでは獄衣。

二六　ほのかに緑色を帯びた薄い青色。

二七　獄中の飯。物相は飯を盛って量を測る曲物（まげもの）。獄屋では物相に盛り切りで朝・夕二度与える。

二八　命を取られる。合計十両、または窃盗三度で死罪。

二九　自分自身で。「で」は底本「手（て）」を改めた。

三〇　考え。思案。

に預ける気。
お嬢　そっちが預ける心なら、こっちも共々預ける気。
和尚　そんなら二人が得心して、
お坊　この場はこのまゝ、
お嬢　こなたに預けて、
和尚　引いてくれるか。
お坊　イザ、
お嬢　イザ、
両人　イザ〳〵。
（ト和尚吉三、半天を取る。両人、刀を引いて、左右へ別れる。和尚、思入れあって）
和尚　シテ、両人が命を掛け、この争いはどういう訳。
お嬢　元は、根も葉もないことで、おれが盗んだその百両。
お坊　貸せというより言いがかり、ついに白刃《しらは》のこの争い。
和尚　ムヽ。そんなら二人が百両を、貸す、貸すめえと言いつのり、大事の命を捨てる気か。そいつぁとんだ由良之助[一]だが、まだ了見が若い〳〵[二]。
こゝは、一番、おれが裁きを付けようから、嫌でもあろうが、うんと言っ

一　大星由良之助。『仮名手本忠臣蔵』（浄瑠璃の初演は、寛延元年八月、竹本座）の主人公、実在の人物名では大石内蔵助。
二　歌舞伎、四段目で、由良之助が討死をしようと逸る藩士達をたしなめる科白。本シリーズ8『仮名手本忠臣蔵』では、「まだお心が若い〳〵」とある。小団次は本作上演の前年（安政六）九月、市村座興行、『仮名手本忠臣蔵』において、初役の由良之助を勤めたが、その際には、「了見が若い」（考えが未熟）と言ったのであろう。

て、話に乗ってくんなせえ。互いに争う百両は、二つに割って五十両。お嬢も半分、お坊も半分、止めに入ったおれにくんねえ。その埋草《うめくさ》に、和尚が両腕、五十両じゃあ高いものだが、抜いて刀をそのまゝに、鞘へ納めぬおれが挨拶[三]。両腕[四]切って百両の、高[五]を合わせてくんなせえ。

（ト和尚吉三、腕まくりをして、両人へ腕を突き付ける。両人感心の思入れ）

お坊　さすがは名うての和尚吉三。両腕捨てての、この場の裁き。

お嬢　切られぬ義理も折角の、志ゆえ言葉を立て、

お坊　こなたの腕を、

両人　貰いましたぞ。

和尚　オヽ、遠慮に及ばぬ。切らっしゃい。

（ト合方[六]きっぱりとなり、和尚吉三、腕を突き出す。お坊吉三、お嬢吉三と顔見合わせ、思入れあって、一時《いっとき》に、和尚の腕を引き[七]、すぐに二人とも我が腕を引く。和尚これを見て）

和尚　我が両腕を引いたうえ、二人が腕を引いたのは、

お坊　[八]ものは当たって砕けろと、力にしてえ、こなたの魂[九]。

お嬢　互いに引いたこの腕の、流るゝ血潮を汲み交わし、

三　双方の面目を立てて、円満に事を納めるような取りなし方。
四　片腕を鋸で引き切らせたという、江戸初期の侠客、腕の喜三郎の面影を感じる。喜三郎は後、剃髪し片枝と号した。
五　金高を同じにする。
六　科白や仕草を際立たせるため、強く演奏する。昭和四十七年一月、国立劇場では、筑摩祭ノ合方。
七　刃を当てて切り傷をつける。
八　成功するか否かは、何事も決行してみないと解らない。
九　心の持ちよう。

お坊　兄弟分に、
お嬢　なりたい、
両人　願ひ。
和尚　こいつぁ面白くなって来た。実はこっちもさっきから、そう思ってはいたけれど、うぬぼれらしく言われもせず、黙っていたがそっちから、頼まれたのはなによりうれしい。
お坊　そんなら二人が望みをかなえ、
お嬢　兄貴になってくんなさるか。
和尚　イヤ、ならねえでどうするものだ。聞きゃあ、隣は[一]水滸《すいこ》伝《でん》。顔の[二]揃《そろ》った豪傑に、しょせん及ばぬことながら、こっちも一番[三]三国志、[四]桃園《とうえん》ならぬ塀越しの、梅の下にて兄弟の、[五]義を結ぶとは有難《ありがて》え。
お坊　幸いこゝに、[六]供物《くもつ》の土器《かわらけ》。
お嬢　これでかための[七]血盃《ちさかずき》。
（トお坊、庚申堂より供物の土器《かわらけ》を出し、三人これへ腕の血を絞り）
両人　まず兄貴から。
和尚　そんなら先へ○
（ト和尚飲んで、お坊へさす。お坊飲んで、お嬢へさす。お嬢飲んで、

一　中村座興行『金瓶梅曾我松賜（きんぺいばいそがのたまもの）』。明代成立の小説『金瓶梅詞話』を翻案した、曲亭馬琴作合巻『新編金瓶梅』（天保二年―弘化四年刊、一八三一―一八四四）を脚色した作。その『金瓶梅』は『水滸伝』を枠組とし、武松など共通する登場人物がいるため、『三国志』を引き合いに出す都合上、姦淫小説として著名な『金瓶梅』に触れず、なじみ深い『水滸伝』のみに触れる。
二　『水滸伝』には百八人の豪傑が登場。それに中村座の座組み（五代目尾上菊五郎、初代中村福助―後の四代目芝翫―など）に対する頌辞を掛けた表現。
三　明代、羅貫中作小説『三国志演義』は、『水滸伝』『西遊記』『金瓶梅』とともに四大奇書の一。江戸の人々には文山『通俗三国志』（元禄二年―五年刊、一六八九―一六九二）、池田東籬亭『絵本通俗三国志』（天保七年―十二年刊、一八三六―一八四一）や講談で親しまれた。
四　『通俗三国志』第一回、「祭二天地一桃園結レ義」において、劉備・張飛・関羽の三人が満開の桃園で義兄弟の契りを結ぶ。

和尚へ戻す）
これでめでたく、
（ト和尚飲んで、土器《かわらけ》を叩きつけ、微塵《みじん》になし）
砕けて土となるまでは、
お坊　変わらぬ誓いの、
お嬢　兄弟三人。
（ト和尚思入れあって）
和尚　思えば不思議なこの出合い。互いに姿は変われども、心は変わらぬ盗人根性《ぬすっと》。
お坊　譬《たと》えにもいう手の長い[八]、今年は庚申年《かのえさるどし》に、
お嬢　庚申堂の土器《かわらけ》で、義を結んだる上からは、
和尚　後《のち》の証拠に三匹の、額に付けたるくゝり猿。
（ト和尚、庚申堂に掛けてありし、くゝり猿の額を取って、二人に一つずつやる）
お坊　三つに分けて、一つずつ、
お嬢　守り[九]へ入れて別るゝとも、
和尚　末は三人つながれて、

五　結義。義兄弟となること。
六　神饌を供える素焼きの皿。
七　契りをかわそうとする当事者の血を注ぎ入れた盃。
八　猿の手の長いのと、手癖の悪いのを掛ける。
九　守り袋。

お坊　意馬《いば》心猿《しんえん》[一]の馬の上[二]、
お嬢　浮世の人の口の端《は》[三]に、
お坊　こういう者があったりと、
和尚　死んだ後《あと》まで悪名《あくみょう》は、
お嬢　庚申の夜《よ》の話し種《ぐさ》、
和尚　思えばはかねえ、
三人　身の上じゃなあ。
　（ト三人、よろしく[四]思入れあって）
和尚　サア、長居[五]は恐れ。二人ともに、この百両を二つに分け、
　（ト以前の百両包みを取って出す）
お坊　イヤ、その百両は、二人が捨てる命を救われし、
お嬢　礼というではなけれども、争う[六]ものは中《なか》よりと、
お坊　そりゃあ、こなたが納めてくだせえ。
和尚　イヽヤ、これは受けられねえ。ぜひとも二人に半分ずつ。
　（ト百両包みをねじ切り、ちょっと目方[七]を引いて、両方へ出す。これにて、お坊、お嬢、顔見合わせ、思入れあって、金を受け取り）
お坊　そんならいったん受けた上、

一　煩悩や欲望が激しくて心の乱れが抑えきれないことの喩え。心猿は「庚申」「括り猿」の縁、意馬は「馬の上」を呼び出すために使用。
二　死刑に付加した引回しの刑では、罪人を馬（鞍の上に菰を掛ける）に乗せる。
三　噂話。
四　⇩用語集
五　長居は無用。
六　「争う物は中より取れ」。争う両者の間に第三者が仲裁に入り、争いの種となった物を預かる際の言い種を、争う両者が使った。
七　手で持って目方を量る。

お嬢　また改めて、お主《ぬし》へ、
両人　返礼。
（ト両方より出す。和尚、思入れあって）
和尚　ム、、夜《よ》が[八]つまったに[九]べん〱と、[一〇]義理立てするも面倒だ。否《いな》やを言わずこの金は、志ゆえ貰っておこう。
（ト和尚、金を取って鼻紙へ包み）
お坊　それで二人が、
両人　心も済む。
和尚　この返礼は、またそのうち。
お坊　思いがけねえ力が出来、
お嬢　祝いにこれから、
（ト三人立ち上がる。この時、以前の駕かき、両人、窺い出て）
駕や　うぬ、盗人《ぬすっと》め。
（ト和尚に掛かるを、左右へ突きやる。お坊お嬢引き付けて）
和尚　[一一]三人一座で、
（ト両人、ム、、とうなずき、一時《いっとき》に、投げのけ、駕かき、起き上がろうとするを、お坊踏み付ける。お嬢は腰を掛け、押さえる。和尚は

八　押し詰まる。夜がふける。
九　だらだらと。時間ばかりかかって解決しない状態。便々と。
一〇　義理を立て合う。
一一　三人同席して。

半天を引っ掛ける。三方、一時《いっとき》に[一]柝《き》の頭《かしら》)

三人　義を結ぼうか。

(ト三人引[二]っ張り、よろしく。[三]波の音、舟の騒ぎ唄にて、[四]拍子幕)

一　⇨用語集

二　⇨用語集

三　昭和四十七年一月、国立劇場では、舟は出て行くノ唄入りにマゴサ、波ノ音。

四　世話物に多く見られる幕の引き方。科白の区切りで大きくチョンと拍子木を打ち、科白が終わって、静かに早目にチョチョチョと打って行き、その後次第に強くゆっくり、チョンチョンチョンと打つ間に幕を引き、引き終わると、大きく止め柝（とめき）を打つ。黙阿弥の打ち方は河竹風と呼ばれ、「きざみの木を、中途で波を打たせるやうなことをせず、ずうっと打ち上げる」という（河竹繁俊『歌舞伎作者の研究』）。

五　公許の遊里で、江戸文化の発信地の一。元吉原（中央区日本橋人形町界隈）より、明暦三年（一六五七）八月移転開業（台東区千束四丁目）。二万千六百坪。

六　江戸町二丁目、仲之町より入って右側にあった新吉原を代表する妓楼の一。別称、鶏舌楼。『傾城買二筋道』（以下『二筋道』。本書「解説」参照）には、大店との指摘があるのみで、店の名はない。既に丁子屋は退転しているので、使ったのであろう。

二幕目

[五]新吉原《しんよしわら》[六]丁子屋《ちょうじや》の場
割下水《わりげすい》伝吉内《でんきちうち》の場

一　丁子屋《ちょうじや》の[七]一重《ひとえ》
一　同《おなじく》　[八]九重《こゝのえ》
一　同　[九]吉野《よしの》
一　伝吉《でんきち》娘　おとせ
一　丁子屋の[一〇]初瀬路《はつせじ》
一　同　[一一]飛鳥野《あすかの》
一　[一二]番頭新造《ばんとうしんぞう》　花の香《はなのか》
一　[一三]新造　花琴《はなこと》
一　同　花鶴《はなづる》
一　[一四]茶屋の下女　おなか
一　夜鷹《よたか》[一五]虎鰒《とらふぐ》[一六]おてふ《チョウ》
一　新造　花巻《はなまき》

一　夜鷹　[一七]婆《ばゝ》あおはぜ
一　木屋《きや》の手代《てだい》　十三郎《じゅうざぶろう》
一　[一八]木屋文蔵《きやぶんぞう》　俳名《はいみょう》文里《ぶんり》
一　和尚吉三《おしょうきちさ》
一　お坊吉三《ぼうきちさ》
一　土左衛門爺《どざえもんじゝ》い伝吉《でんきち》
一　[一九]釜屋武兵衛《かまやぶへえ》
一　[二〇]八百屋　久兵衛《きゅうべえ》
一　[二一]遣手《やりて》　[二二]おつめ
一　浪人　蛇山長次《へびやまちょうじ》
一　同　鷲《わし》の森熊蔵《もりくまぞう》
一　伝吉子分　権次《ごんじ》

七　一重桜に因む。『二筋道』では遊女に桜に由縁のある名をつける。それをついで黙阿弥は『二筋道』に登場しない遊女にも桜に因む源氏名を与える。丁子屋では雛鶴・丁山・千山などが著名。
八　九重桜に因む。
九　桜の名所吉野山（奈良県吉野郡）に因む。
一〇　奈良より初瀬（奈良県桜井市）に至る道。初瀬は桜の名所。
一一　江戸の桜の名所飛鳥山（北区王子一丁目）に因み、吉野にそろえて命名。
一二　自らの出世の望みを断ち、花魁（おいらん）の世話役に徹し、袖を留めている。振袖新造などからは煙たがられる存在。
一三　振袖新造。一人前の花魁になるための見習いで、十三・四歳より十六歳位まで。あたかも姉妹のような関係を結んでいる花魁に仕え、名代として客に出、前帯。川柳では熟睡し、食欲旺盛でよく笑う存在として詠まれる。
一四　引手茶屋。客を妓楼へ案内したり、座敷で酒宴をさせたりする茶屋。吉原では仲之町のほぼ両側にあり、大門を入った右側の七軒は著名。上客は茶屋を通して登楼し、茶屋は客の勘定に責任をもつ。

一　浪人　狸穴金太《まみあなきんた》
一　丁子屋の[一]若い者　喜助《きすけ》
一　茶屋の若い者　忠七《ちゅうしち》
一　夜鷹　[二]うで蛸《だこ》おいぼ

（本舞台、一面の平[三]舞台。向こう床の間。この脇、[四]違い棚、黒塗りの箪笥《たんす》。下手《しもて》、[五]夜具棚。この下《しも》二枚襖《ふすま》、上下《かみしも》、[六]折り回し、[七]塗り骨障子屋体《てい》。[八]いつもの所、[九]階子《はしご》の上がり口。すべて丁子屋[一〇]二階、[一一]吉野部屋の体。こゝに、[一二]台の物、[一三]白鳥の徳利あり。新造《しんぞう》花巻、[一四]胴抜きなり、おなか、茶屋女にて、争いいる。そばに[一五]新造両人[一六]部屋着のなりにて[一七]立ちかかりいる。この見得、[一八]流行唄《はやりうた》にて、幕明く）

おなか　モシ、花巻さん、悪ふざけも[一九]大概になさいまし。

花巻　オヤ、なにをわたしが悪ふざけをしたえ。サア、それを聞こう〳〵。

花琴　なんだか知らぬがみともない。まあ静かに[二〇]しなんしな。

花鶴　コレ、おなかどん。なにを花巻さんがしなんしたのだえ。

なか　モシ、皆さん、聞いておくんなさいまし。吉野さんのお客の吉三さんが、[二一]引け過ぎに一杯飲むから、いゝのを持って来いとおっしゃったゆえ、わざ〳〵[二二]五《ご》十間《じっけん》の[二三]奥田《おくだ》へ、いゝのを取りにやって、今、こゝへ持って来たばかりのところ、この花巻さんが飲みなすったのでござります。それも一

〔前頁注続き〕
二五　本作では夜鷹に魚貝類の名を付ける。虎鰒は頭が大きく、胸鰭の後に大黒紋があり、卵巣や肝臓に猛毒を持つが美味。梅毒を患っていることを諷する。
二六　ふぐの卵巣に因む。形が蝶に似る。
二七　三年魚以上のはぜに因む。『魚猟手引』（天保五年序刊、一八三四）一に、「三才よりをばばあといふ」。「三十振袖四十島田」と冷笑される夜鷹の若作りを諷した名。
二八　この姓は刀の研師に多い。安政七年（一八六〇）版『安政武鑑』（須原屋刊）に「御研師」として掲げる十人の中、木屋五郎左衛門等五人が木屋。
二九　八百屋お七物では、お七を金ずくで女房に望む敵役。
三〇　八百屋お七物ではお七の父。
三一　遊女の世話と取締りをし、折檻に及ぶ場合もあり、文学作品では客からは祝儀を欲しがる、太った嫌われ者に描かれる。
三二　倹約ぶりを表す「爪に火をとぼす」、欲深かの意の「爪の長い」等に因む命名。

杯か二杯なら、見ない顔も致しますけれど、御覧なさいまし。[二四]一《いっ》すいもございませぬ〇

（ト徳利を見せ）

なんと腹が立ちましょうじゃございませぬか。

花琴　そりゃあ、花巻さんが悪う[二五]ざます。なぜそんな[二六]げすばったことをしなんす。

花鶴　お前ばかりじゃあない。花魁《おいらん》の恥に[二七]なりんすよ。

花巻　なに、わたしゃあそんなこととは知らず、今、腹が痛くってなりんせんから、なんぞ薬を[二八]貰いんしょうと、吉野さんの所へ来たら、あんまり吉三さんとよく寝ていなんすから、わたしゃあ残り物だと思って、薬の代わりにこのお酒を、ちっとばかり飲みんしたのさ。

なか　残り物と言うのがありますものかね。たった今、持って来たばかりでございます。

花巻　残り物でないと言うが、このお酒は、いくら持って来たのだえ。

なか　一升持って参りましたのさ。

花巻　オヤ〱、まあたった湯飲みで五、六杯。あれで一升かえ。高いものだねえ。

一　客との応対、寝ずの番、客の呼び込み、客の末払い金の取立て、文遣いなどを担当する男。年齢に無関係にいい、喜助は通称。

二　強引に客を誘い離さない手管を諷した命名。女陰の上品を蛸と称すのとも関連。

三　⇩用語集

四　床の間の脇に作った、左右段違いの棚板。

五　夜具を収める棚。

六　舞台の正面から側面にかけて、上手下手ともに鍵の手に道具を置く。

七　骨を黒塗りにした障子で囲った屋体。

八　花道の付け際のやや上手寄り。

九　二階に上がったばかりのところ。切り穴を作り階段をつけ、手摺りで囲う。

一〇　遊女の部屋は二階にある。客との対面や共寝の部屋は二階、顔を衆人にさらす見世は一階。

一一　吉野は座敷持ちなので、自分の部屋と客用の部屋をもつ。

一二　台の物屋（通称喜の字屋）と呼ばれる仕出し屋から、運び込まれる料理膳。中心には松に鶴などを飾り、肴を盛りつけた洲浜形の台。代金は一分と二朱の二種。

一三　首が細長くて白い焼き物の徳

なか　花巻さん、大概になさいまし。腹さん〴〵飲んでしまって、人の内の酒が少ないの多いのと、そんなことを言われては、わたしどもの暖簾《のれん》に掛かりますから、遣手衆《やりてしゅう》[一]に断らにゃあならない。サア、わたしといっしょにおいでなさいませ。

（ト花巻の手を取ると、両人止めて）

花琴　コレサ、おなかどん、腹も立とうが春早々[二]、花巻さんを叱らして[三]も、あんまり手柄にもなりんすまい。

花鶴　腹も立とうが、了見しなんし。

なか　イエ〳〵、花巻さんには常不断《じょうふだん》[四]、こんな目に逢いますから、きっと断らにゃあなりませぬ。

花巻　サア、断るなら断ってみろ。

なか　断らなくってどうするものか。

両人　ハテ、まあ、待ちなんしと言うに。

（ト右の合方[五]にて、おなか、花巻を引っ立てようとする。これを両人止める。下手より、吉野、胴抜き、しごきなり[六]にて出て、これを止め）

吉野　これはしたり。お前方は、吉三さんが寝ていなんすに、静かにしてお

〔五四―五五頁注続き〕
利。

一四　袖口や裾を胴とは違う、色や模様で仕立てたなまめかしい感じの着物。

一五　読売本では、初瀬路・飛鳥野。

一六　女郎の普段着。帯は巻帯にする。無理心中を迫られた際など、捕まえられてもすぐ解けるようにとの配慮という。

一七　立っている。

一八　下座音楽。その時代に流行った歌曲（長唄を除く）を流用。世話物の幕明きなどに使う。黙阿弥は端唄を好んだ。

一九　ほどほどにして下さい。

二〇　しなさいよ。里言葉の一。里言葉は遊女の出身地の訛りを隠すための特殊な言葉遣い。妓楼による特色や流行による盛衰もある。丁子屋の特色は「ざんす」であったが、次第に丁子屋以外でも使われだした。以下逐一、里言葉との注はつけない。

二一　引け四つ。夜見世は四つ（十時頃）に終わるのが定めであったが、営業時間を延ばす便法として九つ（十二時頃）を引け四つと称し、四つに拍子木を打たず九つに四つの拍子木を打ち、夜見世を閉じ、直ちに九つの時を知らせるこ

くんなんしな。

花巻　モシ、吉野さん、聞いておくんなまし。

吉野　聞かずともようざます。今、後ろで聞いておりんした。

なか　モシ、花魁、わたしの申すのが、無理じゃあござりますまい。

吉野　まあ、よいからお前は内へ行って、御苦労でも、もう一遍持って来てくんなまし。

なか　ハイ、参るのは参りますけれど。

（ト吉野、紙にひねった金を出し）

吉野　コリャ、少しだが、お年玉だよ。

（トおなか取って）

なか　これは有難うござりますが、お気の毒でござります。

（ト頂いて、帯の間へ挟む）

花琴　吉野さん、今、文里さんがおいでなんしたから、お知らせ申しいすよ。

吉野　オヤ、文里さんがおいでなんしたか。よく知らしておくんなんした。

花巻　オヤ〱、文里さんが来なんしたえ。うれしいねえ、わたしも行こうや。

吉野　それじゃあ、花巻さんも文里さんに、

とが黙許された。

二二　五十間道。日本堤から新吉原大門までの道。長さに因む呼称で、三曲がりになっていた。悪所が、鷹狩りに通行の将軍の目に入るのを憚ってという。茶屋や高札場などがあった。

二三　大門に向かって左側の、最も大門に近い場所にあった酒店。

二四　一滴。

二五　ございます。

二六　下品に振舞う。

二七　なりますよ。

二八　貰いましょう。

一　訴える。

二　正月。興行月に合わせた設定。

三　叱っても。

四　いつでも。

五　幕明きと同じ流行唄で。

六　しごき帯をしたしどけない姿で。しごき帯は、一幅（ひとの。約三六センチ）の布を適当の長さに切り、しごいて帯としたもので、寝間着などに用いる。

両人　[一]岡惚《おかぼ》れざますか。
花巻　イヽエ、文里さんはおいでなんすと、むしょうにおごりなんすから、それがいゝのざます。
花琴　それじゃあ、食い気《け》ざますか。
花巻　どうで色気の方はむずかしいから、[二]食い気の方へ凝るつもりさ。
なか　道理こそ、今の一升もぺろり飲んでしまいなさいました。
花巻　エヽ、一升も[三]気が強い、五合《ごんごう》あるか無しのくせに。
吉野　また、そんなことを言いなますか。
花鶴　早く文里さんの所へ、おいでなんし。
なか　ほんに、わたしも早く行って、あとのを取って参じましょう。
花巻　ドレ、行ってうまい物を食べようや。
（ト右の合方にて、花巻は下手、おなかは階子《はしご》の口へ入る）
花琴　モシ、吉野さん、なぜ二階中でうれしがる文里さんを、一重さんは嫌がりなんすだろうね。
花鶴　ほんに、わたしらまでお気の毒ざます。
花琴　それに引き替え、吉野さんと吉三さんの仲のよさ。
花鶴　大方、今夜は[四]しっぽりと。文里さんの所《とこ》へもおいでなんすまい。

一　他の遊女の馴染み客を好きになること。
二　嵐吉六は、滑稽な敵役が役所で、しゃくれた顔をしていたので、仇名を散り蓮華（陶製のさじ）、役名も花巻（揉み海苔を振りかけた蕎麦やうどん）と食べ物に因む。
三　厚かましい。図々しい。
四　下に「濡れる」に当たる語が略されている。共寝の情の濃（こま）やかさを表す擬態語。

吉野　なに、今じきに参りんすから、よろしく申しておくんなまし。
花琴　アイ〇そんなら吉野さん。
花鶴　早くおいでなんし。
（トやはり右の合方にて、両人、下手、障子屋体へ入る）
吉野　このまあ、吉三さんはいつまで寝なんすのだろう。
（ト言いながら、上手《かみて》の障子を開ける。内に、吉三[五]中月代《ちゅうざかやき》、前帯[六]にて、煙草《たばこ》をのみいる）
お坊吉三　べら棒め。あしか[七]じゃあるめえし、寝てばかりいるものか。
吉野　オヤ、起きていなましたか。
（ト吉三のそばへ来る）
お坊　手前《てめえ》の廓詞《さとことば》がようやく聞きよくなった。
吉野　ほんにわたしゃあ南[八]から、こっちへ来たその当座は、ありんす[九]に、まことに困った。
お坊　手前《てめえ》もおれも四年越し、苦労ばかりしているが、いゝ客でも引っ掛けて、小遣いでもくれねえか。
吉野　そりゃあお前《めえ》の言うのが無理だ。もとより意気地《いくぢ》のない上に、お坊吉三と名の売れた、[一〇]悪足《わるあし》があるものを、なんでいゝ客が付くものか。

五　月代の毛が少し伸びた頭。荒んだ生活を表す。
六　結び目を前にした帯。
七　最も南に分布する海獣。銚子のあしか島に棲息する他、見世物にもなった。体長一・五メートル（雌）から二メートル（雄）に及び、大そう睡眠を好むとされる。
八　東海道品川宿（品川区北品川・南品川）。北と呼ばれる吉原に対しての称で、旅籠屋の飯盛り女郎として抱える。吉原より安直で、房総半島が眺められ、魚貝類に恵まれているのを、客は喜んだ。目黒不動の参詣などが口実に使われたが、地理的に近いのは、増上寺の僧や薩摩侍であった。
九　里言葉の代表。「あります」。
一〇　たちの悪い間夫。

お坊　言われてみるとそんなものか○そりゃあそうと今聞いた、文里というのは、おれが妹《いもと》の、一重の所《とこ》へ来る客だの。
吉野　アイ、まことに、程のいゝ一客ざますが、なぜ、一重さんは嫌いなんすか。
お坊　ためになる客だということだが、そういう客なら取り留《と》二めておいて、おれにちっと貸してくれりゃあいゝに。
吉野　虫のいゝことを言いなます。
（ト流行唄になり、喜助、若い者にて、階子の口より止めながら出て来る。あとより長次、熊蔵、金太、着流し、そぼろなる三浪人のこしらえにて、出て来る）
喜助　モシ、お待ちなさいと申しましたら、まあお待ちなさいませ。
長次　イ、ヤ、待たれねえ。吉三に逢いさえすりゃあいゝのだ。
熊蔵・金太　手前《てめえ》にゃあ用はねえ。
喜助　それでも、今日《きょう》はおいでなさいませぬものを。
長次　なに、いねえことがあるものか。
熊蔵　たしかにいるのを、
金太　知って来たのだ。

一　気が利いて、洗練されている。
二　繫ぎとめて。
三　みすぼらしい。

お坊　ヤ、あの声は。

（トお坊吉三、三人を見て、逃げようとするを）

長次　オイ、吉三〳〵、逃げるにゃあ及ばねえぜ。

お坊　なに、逃げるものか。

喜助　ア、、しまったことをした。

熊蔵　[四]これほどこゝにいるものを。

金太　これでも今日《きょう》は来ねえのかえ。

（ト喜助を突き倒す）

喜助　イエ、真っ平御免なさいまし。

長次　コレ、お坊、ちっと手前《てめえ》に用があって、嫌がられるを合点《がってん》で、[五]のたくり込んだ蛇山長次。

熊蔵　鷲の森の熊蔵が、てっきりこゝと[六]ねらって来たのだ。

金太　[七]穴っ入《ぱい》りを捜すのは、はずれこのねえ狸穴《まみあな》の金太だ。

長次　[八]うんざりする顔だな。

（ト三人、よき所へ[九]住まう）

吉野　コレ、喜助どん、あれほどお前《めえ》に言っておくのに。

喜助　それだからお断り申したけれど。

四　ちゃんとここに居るくせに（しらじらしい）。

五　「強いて入ってくる」意を、蛇の縁で使う。

六　空から鷲が獲物をねらって襲いかかるように。

七　情婦のもとにしけこんだ。狸は山林に穴を掘って隠れ棲む習性がある。

八　（吉三の立場から言えば）つくづく嫌になる顔だ、そうだろう。

九　座る。

(ト喜助、頭を掻《か》く)

お坊　ア、コレ、なにをぐず〲言うのだ○サア、みんなこっちへ来て、まあ一《いっ》ぺいやらっしな。

長次　どうで馳走になるつもりだ。

金太　オイ、お杉さん○じゃあねえ、今じゃあ吉野さん。モシ花魁、昔馴《な》染《じ》みの金太だ。なんとか言ってもいゝじゃあねえか。

熊蔵　[一]コウ、[二]一分《いちぶ》の女に出世したって、そんなに[三]重《おも》っくれなさんな。

長次　ほんに品川じゃあ、[四]一つ蟹《かに》の味噌を食い合ったもんだ。知らねえ顔をしなさんな。

熊蔵　あの時分にゃあ[五]ばくれんだったが、[六]強気《ごうぎ》に人柄になったな。

(ト吉野、脇を向き、煙草をのみいる。吉三、思入れあって)

お坊　ときに、三人顔を揃《そろ》えておれに逢いに来たは、なんぞ用か。

長次　用がありゃこそ、[七]突き当てに来たのだ。

お坊　ム丶、用というのはほかじゃああるめえ○

(ト[八]丼《どんぶり》の紙入れより金を出し、紙に包み)

サア、これで[九]揚屋《あげや》町《まち》へでも行って寝やれ。

(ト放ってやる。長次取り上げ見て)

一　おい。勢いを付けて言う時に用いる。

二　座敷持ち女郎。自分用の部屋と、それに続く客用の部屋を持ち、揚代金夜のみで一分。

三　尊大ぶる。

四　江戸前の渡り蟹は美味。蟹を食べる際には行儀が悪くなり、殊に味噌（甲の裏にある味噌状のもの。蟹黄）は見た目にも汚い。同じ蟹を食い合うのは、親密な間柄の証拠。「一つ釜の飯」を品川に因んで言い換えた。山東京伝作『古契三娼』（天明七年刊）に、神奈川宿の飯盛り女郎が、後に亭主とした客との間柄を「焼蟹喰合ふ中」と表現。

五　すれっからしの女。

六　大そう上品に。

七　捜し当てに。

八　更紗や緞子（どんす）などで製した高価で大型の鼻紙入れ。博奕打ちが好んだ懐中物で、鼻紙、小金、薬などを入れる。

九　廓内五丁町の一。大門を入って、仲之町の右側、江戸町一丁目の次の通り。元来、揚屋（太夫と遊興し、共寝する家）を集めたための町名であるが、宝暦年中（一七五一―一七六四）に、太夫が無くなったのに連動して揚屋も消滅、

長次　なんだ、三人の中へたった三分《ぶ》か。
熊蔵　一〇三人で三分無くなす知恵を出しと、川柳にゃああるけれど、三分ばかりじゃあ一一酒にも足りねえ。
金太　たゞ取る金でありながら、しみったれなことをしねえで、一二器用に分けてくんなせえ。
お坊　なんだ、手前《てめえ》たちは凄《すご》みを付けて、これで足りざあ足りねえから、幾らくれろと言わねえのだ。
長次　こりゃあこっちが悪かった。兄い、堪忍してくんねえ。それじゃあお言葉に従って、三分じゃあ足りねえから、十両ばかり貸してくんねえ。
お坊　なに、十両貸してくれ。一三こけを相手にするように、御大層なことを言うなえ。
長次　言わねえでどうするものだ。両国橋の河岸端《かしばた》で、馬乗り袴《ばかま》に一四朱鞘《しゅざや》の大小、剣術遣いにおれを化かし、
熊蔵　一五内をかぶって一六法印町《ほういんまち》に、居候《いそうろ》にいた時から、山伏姿で喧嘩と見せ、
金太　止めに入った百姓の、間抜けなりで気をゆるさせ、見ている奴の紙入れや、煙草入れをおれにすらした。この一七狂言の作者は手前《てめえ》、
長次　なんぼ筋を立って渡したとて、一人でさらって一八随徳寺《ずいとくじ》は、あんまり虫

半籬など、格下の妓楼や商家等の混在する町となる。

一〇『柳多留』初篇（明和二年刊、一七六五）には「三人で三分なくなる智恵を出シ」。「三人寄れば文殊の知恵」というが、若者が三人寄ると吉原行きの相談がまとまる。

一一『守貞謾稿』後一に上酒の値を、「安政に至り一升三百四、五十文より或は四百文」と記す。幕末期は銭が安く、上演年では（『日本史総覧』）、金一両（四分）に対し銭六千文から六千七百七十二文が匹敵。十分に飲めるはずであるが。
一二　潔く。
一三　馬鹿。
一四　朱漆で塗った鞘。禁止の時期もあるなど目に立つだけに時代を反映しており、幕末には若い武人が好んだ。
一五　家をしくじって。
一六「麻布古川橋附近」（三村竹清『江戸地名字集覧』）。現在の港区南麻布二丁目及び、対岸の白金一丁目・三田五丁目の古川橋付近。山伏が多く住むのが俚俗名の由来であろう。
一七　この悪企みの筋書を書いたのは。
一八「ずいと（素早く行動する）

がよすぎるから、三人揃って分け前《めえ》を、
三人　貰いに来たのだ。
（トこれにて吉野、あたりを[一]兼ねる思入れ。喜助びっくりする。この時、上手障子屋体を開け、文里、羽織、着流しにて、喜助を招ぐ。喜助、そっと上手へ行く。文里、様子を聞き、思入れ）
お坊　コレ、貸せなら貸してやりもしょうが、そんな言いがかりをされちゃあ。
三人　なに、言いがかりをするものかえ。
お坊　ハテ、野暮に大きな声をせずと、まあ静かに言っても分かることだ。
長次　イヽヤ、静かに言っちゃあ二階中へ、
三人　盗人《ぬすっと》をしたのが分からねえ。
吉野　アヽモシ、そのようなことを言わずとも、[二]主《ぬし》も悪いようにはしなさんすまいから。
（ト吉野、気をもみ止めるを）
長次　エヽ、手前《てめえ》の知ったことじゃあねえ。
熊蔵　サア、吉三。大きな声をするのが嫌なら、
金太　器用に分け前《めえ》、

〔前頁注続き〕行く」のを寺号めかした表現で、後のことなど構わず逃げ出す。山号をつけて、一目山（散）随徳寺とも。なお光雲山随徳寺は実在（真宗大谷派。台東区下谷二）。

一　気兼ねする。
二　遊女が客を指していう代名詞。
三　愛敬を捨てて威しに来る。

三人　出してしまえ。

（ト三人、尻をまくり、吉三へ詰め寄る。吉三、きっと思入れあって）

お坊　どうしたと、そう手前《てめえ》たちが友達の、よしみもなくこゝへ来て、大きな声をするからは、この以後おれと付き合わねえ了見で言うのだろう。友達ずくなら五両が十両、ありさえすりゃあ貸してもやるが、愛敬《あいきょう》[三]こぼして来たからにゃあ、もう三分の金もやらねえから。荒事《あらごと》[四]か荒磯《あらいそ》[五]か、鯉[六]はこっちの持ち前《めえ》だ。うぬらが声に恐れるものか。元はれっきとした扶持人《ふちにん》[七]。お[八]乳母《んば》日傘《ひがさ》でそやされた、お坊育ちのわんぱくが、異名《いみょう》に成ったこの吉三。悪いことなら親譲り[九]、見よう[一〇]三升《みます》に一年増し。その御贔屓《ごひいき》を笠に着て、なりより肝が大きくなり、怖いということ知らねえおれだ。こう言いだしたら二朱もいやだ。こゝに持ってるこの金を、中[一一]へ土産に地獄へさきがけ。三人連れて行こうから、度胸を据えて、いっしょに行きやれ。

三人　オヽ、行かねえでどうするものだ。

（ト三人立ち掛かる。この時、喜助出て、三人を止め）

喜助　まあ〳〵、お待ちなされませ。

三人　エヽ、うぬらが知ったことじゃあねえ。

四　江戸歌舞伎の演出上の特色。勇士などの超人ぶりを、大袈裟で様式的な演技と扮装で表現する。元禄期に活躍した初代市川団十郎以来、市川家で伝承され、歌舞伎十八番のほとんどは荒事である。

五　市川家の替紋の一。波間に跳ねる鯉の文様化。市川三升『九世団十郎を語る』（昭和二十五年、推古書院刊）に、「荒磯の鯉は二代目から用ひて鏡の蓋の模様に残つてゐる。五代目は助六の印籠に鯉の滝登りの蒔絵あるものを使つたが鯉も市川家には因縁の深いもの」とある。なお細木香以（文里の雛型といわれる）が組織した権十郎（九代目団十郎）の贔屓団体を荒磯連という。

六　掛け詞。江戸訛りで声はコイ。

七　扶持（玄米の支給）をもらっている人。武士。

八　外出の際には乳母が日傘をさしかけるように、おだてられた。

九　七代目団十郎は極めて芸域が広かったが、その一つに『東海道四谷怪談』の田宮伊右衛門などの色悪（一見、柔らか味があり女を口説いたりする敵役）がある。

一〇　「見よう見真似」に、三升の紋を掛ける。

一一　監獄の長。この場合は閻魔。

喜助　イエ、わたくしではござりませぬ。あのお客様がお止めなされまする。
三人　なに、あの客とは。
文里　へイ、はゞかりながら、わたくしでござりまする。
（ト文里、前へ出る。吉三見て）
お坊　これは〳〵、どなたでござりまする。御深切に有難うござりますが、
　お構いなすってくださりますな。
吉野　モシ、吉三さん。主《ぬし》が今言うた、文里さんでありんす。
お坊　それじゃあ妹《いもと》一重がお客か。
文里　ハイ、時折二階へ遊びに来る、文里という小道具屋[一]でござりますが、
　どうぞこれからお心安く。
長次　コウ〳〵、その挨拶より、こっちの挨拶、
三人　どう埒《こらち》をつけるのだ。
文里　イヤ、どうのこうのと商人《あきゅうど》ゆえ、こういうことは、食べつけ[三]ませぬが、
　見栄《みえ》[四]の場所にてそのように、大きな声をなさるのは、深い様子もござりましょうが、そこをなんともおっしゃらず、一つあがって御機嫌よく、お帰りなされてくださりませ。仲人役《ちゅうにんやく》に、こゝで御酒《ごしゅ》をと存じますが、またもやとやこうないように、定めてお馴染みもござりましょうから、それへど

一　目貫、鍔（つば）など、刀剣の付属品を扱う商人。
二　けりをつける。
三　不慣れですが。
四　体裁を取りつくろう場所で。

うぞおいでなされ、一口あがってくださりませ。

（ト三人うなずき合い）

長次　そりゃあ通人《つうじん》[五]と噂ある、こなたが止めることだから、

熊蔵　了見なして飲みもしょうが、

金太　[六]酒ばかりもおかしくねえな。

（トこのうち、文里、紙入れより金を出し、紙に包み、喜助に渡す）

喜助　モシ、文里様から御挨拶、失礼ながらお三人へ。

（ト長次、取って）

長次　こりゃあ小判で十五両。

熊蔵　一人《ひとり》前《まえ》が、五両ずつか。

金太　しかし、これを出さしては。

文里　ハテ、御遠慮なしに、どうぞそれで。

長次　イヤ、さすがは名高い文里先生[七]。

熊蔵　恐れ入ったこの扱い。

金太　[八]通り者は別なものだ。

文里　さようにおっしゃりますと、面目次第もござりませぬ。

長次　さようなら、[九]お辞儀なしに、[一〇]貰い立《だ》ちと致します◯オイ兄い、腹も

五　遊里の人情や事情に精しく、万事にさばけている人。
六　酒だけではつまらない。
七　通人などに対する敬称。
八　通人。
九　遠慮なしに。
一〇　物を貰いながら礼もそこそこに立ち去ること。

　立ったろうが堪忍しねえ。
熊蔵　つい[一]播磨《はりま》[二]屋で、一《いっ》ぺいやった御神酒《おみき》[三]の加減で、言ったのだ。
金太　花魁、あとでいゝように言ってくんねえよ。
長次　さようなら文里先生、
三人　おいとまを申します。
　（ト三人辞儀をして立ち上がる）
お坊　御挨拶ゆえ黙っているが、このまゝあいら[四]を帰すのは。
　（ト立ち掛かるを止めて）
文里　ハテ、何事もわしにめんじて〇ソレ喜助、お三人をお送り申せ。
喜助　かしこまりました。
長次　そんなら吉三〇花魁、
三人　おやかましゅうございました。
喜助　サア、おいでなされませ。
　（ト流行唄にて、三人、喜助付いて階子の口へ入る。あと、端唄《はうた》の合方になり）
お坊　かねて噂には聞いておりましたが、初めてお目に掛かり、早々《そう〳〵》、とんだ御厄介を掛けて、お気の毒[五]でございまする。

一　ちょっと。
二　五十間道、大門に向かって右側にあった安直な料理屋。名物はあぶ玉（油揚げを細かく刻んで油っ気を抜き玉子をかけて煮たもの）。『曾我綉俠御所染（そがもようたてしのごしょぞめ）』（文久四・元治元年二月、市村座）四幕に「引けまで播磨屋へでも行って、一口やらうぢゃあねえか」など、黙阿弥の作によく登場。篠田鉱造『明治百話』（昭和六年、四条書房刊）。
三　神前に供える酒。ここは単に酒を洒落て言ったもの。
四　あいつら。
五　きまりが悪い。

文里　なにさ、まんざら知らぬ人じゃあなし、一重さんの兄御とあるからは、見てもいられぬ繋がる縁。必ず心配なさいますな。
吉野　ほんにわたしゃどうなることかと案じていたに、よい所《とこ》へ、
お坊　文里さんのござったので、
吉野　波風[六]なしにこの場のおさまり、
お坊　有難うござりまする。
（ト文里思入れあって）
文里　そのお礼には及びませぬが、聞けば以前は御身分の、あるお方ということだが、いかに若いといいながら、なぜあんな衆に付き合いをなされます。朱に交われば[七]と譬《たと》えのとおり、お前に悪い気はなくとも、つい染みやすいが人心《ひとごころ》。この後《のち》、決[八]《け》して、あんな衆と付き合いはなされますな。悪い噂のある時は、その身の○と、しかつめらしく言うわしも、女房子がありながら、こうして遊びに参りますから、立派な口は利けませぬが、しかしおのれが家業を精出し、余分があらば気[九]《き》保養《ほうよう》、遊ぶための遊女屋だから、誰に遠慮もない訳だが、それもまた凝り過ぎると、はては人の物まで○[一〇]。イヤサ、物笑いにならぬよう、程よく遊びにおいでなさい。吉野さんも無理留《ど》めは、決《け》してよしになさるがいゝ。

六　円満に争いごとも解決し。
七　「朱に交われば赤くなる」の略。人は交友関係によって、良くも悪しくもなるとの喩え。
八　「けっして」の変化した語。
九　精神的な疲れをいやすこと。「保」の漢音は「ホウ」。
一〇　「盗むようになる」と言いかけそうになるのを、抑える。

吉野　ほんにうれしい主《ぬし》の御意見。
お坊　これからきっと慎みます。
文里　イヤ、わしとしたことが、つまらねえことを言って、大きにお邪魔を致しました。
　（ト文里立ち上がる）
お坊　まあ、いゝじゃあござりませぬか。
文里　またお目に掛かりましょう。
吉野　そんなら文里さん。
文里　お休みなさい。
　（ト流行唄になり、文里思入れあって、上手へ入る。あと、見送り）
お坊　なるほど噂にゃあ聞いていたが、行き渡り[一]のいゝほんの江戸ッ子。なぜ妹《いもと》が嫌うのか。おれなれば、大事にするのに。
吉野　ほんに、文里さんには誰さんでも。
お坊　それじゃあ手前《てめえ》も。
吉野　アイ、わちきゃあ一倍大事にするよ。
お坊　アノ文里を。
吉野　イエ、お前をさ。

一　気配りの行き届いた。

（ト顔を見る。お坊突き退け）

お坊　[二]おきゃあがれ。

（トせゝら笑う。流行唄にてこの道具、[三]ぶん回す）

（本舞台、一面、平舞台、向こう、床の間、違い棚。下手《しもて》、夜具棚。この下《しも》、白木《しらき》の[四]箪笥《たんす》。上下《かみしも》、折り回し、塗り骨障子。すべて一重部屋の体《てい》。[五]蒲団の上に、以前の文里、煙草《たばこ》をのみいる。このそばに、一重、部屋着のこしらえにて、硯箱を置き、[六]巻紙へ、[七]むだ書きをしている。下手、長火鉢のそばに、花の香、[八]番新《ばんしん》のこしらえにて、[九]鼻紙にて、火をあおぎ、新造《しんぞう》花琴、花鶴両人いる。この[一〇]模様、端唄《はうた》にて、道具止まる）

一重　エヽ、人の気も知らずに、あの騒ぐことは〇コレ、花琴、また誰か筆を持って行ったのか。

花の香　外山《とやま》さんか。そう言って来な。

花琴　アイ、外山さんが、御免なんし、つい[一一]急に入《い》りいしたから、お借り申すと、さっき礼を言いなんした。

花の　ほんに外山さんも[一二]大概《てえげえ》だよ。いつでも部屋の物を使って〇コレ、花

二　よしにしろ。

三　回り舞台を回す。回り舞台は、舞台の板を円形に切って、道具を飾ったまま回転させ、舞台転換を速やかに行うための機構。

四　遊女は見栄を張るため、中身は空っぽのこともある。

五　敷き蒲団。合巻『三人吉三廓の初買』二によると、二枚重ね（二つ蒲団）。

六　半切り紙（縦五寸から六寸）を横にし、文面に応じて継ぎ足した書簡用箋で、巻いて封をする。

七　無意味な手紙を書くこと。遊女が客を振る行動の一つ。「書いている側に野郎の根付也」（『川傍柳』一、安永九年序刊、一七八〇）。

八　番頭新造の略。合巻『三人吉三廓の初買』二では、島田髷、留め袖、前帯に鼻紙を挟み、縞模様を着ている。

九　小菊紙であろうか。楮（こうぞ）を原料とし、丈夫で柔らかく艶のある高級品で、土佐などで産出。

一〇　様子。

一一　急にちょっと入用ができましたので。

一二　ほどほどにしてほしい。

琴さんも、花鶴さんも、今に主《ぬし》が御酒《ごしゅ》をおあがんなんすから、もっと炭をついで、ちろり[一]やなにかを揃《そろ》えておきなまし。

両人　アイ、、。

（ト酒道具を出す）

一重　コレ〳〵、花鶴、もっと行灯《あんどう》[二]を明るくしな○なぜこんなに暗い行灯《あんどう》だの。

花鶴　いくら掻《か》[三]き立てんしても、これより明るくなりいせん。

一重　明日《あした》からもっと明るい行灯《あんどう》と、取り替えてもらや。

（トむだ書きをして引き裂き、じれる思入れ）

文里　コレ、どうしたのだ。

一重　どうもしいせん。

文里　なんだか顔付き[四]が悪いようだ。花の香や、薬でも飲ませればいゝに。

花の　いくらそう申しても、飲みなんせん。

一重　なに、わたしの顔付き[五]の悪いのは、産まれつきさ。

文里　そんな愛想《あいそ》づかしをやめて、一つ飲んだら気が晴れよう。

一重　わたしゃどういう産まれやら、人に物を言われると、腹が立ってなりいせん。なにも言っておくんなんすな。

一　酒を温めるための円筒型の器。銅などで出来、上部につると注ぎ口があり、酒を徳利に移し盃で飲む。短時間で（ちろりと）燗が出来る意で命名。

二　木・竹で組んだ円筒・角筒型の枠に紙を貼って風を防ぎ、中に入れた油皿の油を吸わせた灯心に火を着け、明るくする照明具。上部に、取っ手があり、持ち運びする。使用しない行灯を置いておく部屋を行灯部屋といい、多くは狭くて日が差さない。明るくするには灯心の数を殖やす方法もあるが、油代がかさむ。「あんどう」と「あんどん」に関しては坂梨隆三『近世の語彙表記』（平成十六年、武蔵野書院刊）。

三　藺草（いぐさ）の茎の髄や綿糸を撚って作った灯心の、油皿の縁から出ている部分が燃え尽きると、灯心抑え（油皿の中で浮き上がらぬように抑える器具）で、残った灯心を引き上げ、縁より再び出す。

四　顔色。

五　容貌。同じ語を故意に文里と違う意にとる。

文里　イヤ、もう、年の行かねえそのうちは、おかしくもねえに笑ったり、なんでもねえことに、腹を立つものだ。そうしていつまでもこゝにいたら、風邪を引くとわりいから、羽織でも着ればいゝ。
花の　モシ花魁《おいらん》、文里さんが気をもみなんす。花鶴さん、なんぞ着せ申しな。
花鶴　アイ〳〵。
一重　エヽ、もう、うっとしい○
（ト筆を打ち付け[六]）
わたしにかまっておくんなんすな。
（ト端唄にて、一重、ツイ[七]と立って、下手、障子へ入る）
文里　また癇癪《かんしゃく》か、困ったものだ。
（ト端唄の合方にて、引き違えて、下手より、九重、部屋着[八]、姉女郎[九]のこしらえにて出て来たり）
九重　オヤ、一重さんは。
花の　今ちょっと下へ○まあ、お入りなんし。
九重　コレ、花鶴さん、文里さんが来なんしたと、吉野さんに知らしておくんなんし。
花鶴　今、初瀬路さんや飛鳥野さんが、知らせにおいでなさんした。

六　投げつけ。
七　すっと。
八　合巻『三人吉三廓の初買』二では、一重より黒味の勝った上着を着用。島田髷。
九　妹女郎（新造）を一人前の花魁に育てるために心を砕く存在。

九重　オヤ、そうかえ。

（トよき所へ来る）

文里　オヽ、九重さんか、待ちかねていました。

九重　よくおいでなんした。久しくおいでなさんせんから、みんな待ちかねて、噂ばかりしておりいした。

文里　いつ来てもそう言ってくれるので、実におらあうれしいから、友達と寄ると、お前《めえ》方の噂ばかりしているよ。

九重　オヤ、悪くかえ。

文里　なに、もってえねえ。誰が悪く言うものか。

（ト右の合方にて、下手より、以前の吉野来たり）

吉野　九重さん、おいでなんしたか。

九重　吉野さんか。文里さんがおいでなんしてうれしいね。

（トこれにて吉野、よき所へ住まい）

吉野　文里さん、なんとお礼を申そうやら、主《ぬし》もよろしく申しいした。

文里　なんの礼に及ぶものかな。

吉野　イエ〳〵、主《ぬし》のお陰で助かりいした。

文里　コウ〳〵、そんなにお前《めえ》に言われると、かえってこっちで気[一]の毒だ。

一　照れくさい。

もうい〻かげんにしてくんねえ。

吉野　それはそうと、一重さんは。

九重　またどこぞへか、行きなんしたとさ。

文里　サア、一重にかまわず、お前方と久しぶりで、[二]一ぱい飲もう。みんなの口にあうものを、[三]海老長《えびちょう》へ言い付けておいたから、今に忠七が持って来るだろう。

九重・吉野　それはうれしゅうざますね。

文里　コレ花琴、初瀬路さんや飛鳥野さんを呼んで来てくれ。

花琴　アイ〱。

（ト上手《かみて》にて）

初瀬路・飛鳥野　花琴さん、今そこへ、参りんすよ。

（ト上手より、両人出て来たり）

文里　サア〱、これでいつもの顔が揃った。

花の　ちょうどお燗《かん》がようざます。

文里　それじゃあ一つ始めようか。

（ト花琴、花鶴台の物を出し、これより[四]捨てぜりふにて、酒盛りになり、やはり右の合方にて、階子《はしご》の口より、忠七、[五]茶屋の若い者にて、

二　少し酒を。
三　台の物屋（料理の仕出し屋）の名。黙阿弥は『網模様灯籠菊桐』（安政四年七月、市村座初演）では四幕目三日月長屋の場に登場させている。「屋台の男、ぶら提灯を持ち、台を頭へ載せて出て、『海老長でございます。お誂へ』」。
四　⇩用語集
五　引手茶屋（五三頁注一四）。

肴《さかな》を持ち出て来たり）

忠七　モシ、旦那、大きに遅なわりました。

文里　オヽ、忠七か。

忠七　あいにくお客が落ち合いまして。

文里　なに、ちょうどよかった○まあ、こゝへ来て、一つ飲むがいゝ。

忠七　有難うございます。そのかわり、花魁方のお好きなものばかり、持って参りました。

初瀬　ほんに、仲《なか》の町《ちょう》にも多く若い衆があるが、

飛鳥　忠七どんに限るね。

忠七　気の利かないのが。

花の　まあ、そんなものさ。

忠七　これは御挨拶。

（ト皆々わや〳〵と酒盛りになる。下手より、おつめ、遣手《やりて》のこしらえにて、出て来たり。あとより、さしがねの狆《ちん》、付いて来て、文里の膝へ登る）

おつめ　これは文里さん、よくおいでなされました。このごろはさっぱりと、お見限りでござりますね。

一　文里は引手茶屋を通して登楼しているので、妓楼の出す酒肴の他に、別に注文する際は、その引手茶屋にし、引手茶屋より更に台の物屋に注文する。
二　遅くなりました。
三　混み合いまして。
四　道の両側に引手茶屋があった。
五　これは参ったな。
六　髪型は遣手結び（おばこ結び）など、黒襟をかけ、上着は縞模様などで前帯。遣手は太り肉（じし）というのが川柳の約束。
七　黒塗りの細い竹の先に鯨の鬚（ひげ）などを付けて弾力を持たせ、更にその端に小道具の狆をつけ、後見が竹を動かす。
八　屋内で飼う小形の愛玩犬。唐土より渡来したというがジャパニーズと呼ばれる。目・鼻・口が顔の中央に集まり、額が広いのが愛嬌となっており、白と黒などの斑（まだら）。

文里　なにさ、この間から来たかったけれど、仲間の市《いち》が続いたので、それで大きに御無沙汰《ごぶさた》をした。
花琴　オヤ〳〵、そんなに市《いち》へおいでなんすなら、今度、羽子板を買って来ておくんなんし。
忠七　そりゃあ[九]観音様の市《いち》だ。旦那の市《いち》は[一〇]道具市のことさ。
つめ　ほんにこの子たちは、いつでも、そんなことばかり。これだから旦那、世話がやけて困ります。
文里　しかし、こゝが[一一]廓《くるわ》の命だ○
（ト紙入れより包んだ金を出し）
こりゃあ[一二]わざとお年玉。
（トおつめへ祝儀をやる）
つめ　これはいつもながら有難うございます○忠七どん、よろしく○
（ト狆を見て）
オヤ、[一三]いかなこっても、[一四]駒《こま》が旦那のお膝へ乗ってさ。
花の　いつでも主《ぬし》がおいでなんすと、じきに来てねだりいす。
九重　狆まで文里さんはいゝとみえるよ。
吉野　そりゃあかわいゝざますね。

九　浅草寺での歳の市。羽子板はじめ正月用の品々を商う。十二月十七・十八日に催されたが、境内はもとより、南は浅草見付、西は上野黒門町に至るまで露店で埋めつくされ、雑踏し、吉原も賑わった。
一〇　小道具類の流通を計るため、同業者参加で開かれる会。
一一　世間知らずなのが客には、別世界に遊ぶ気持ちがしてかえって魅力となる。遊女たちの無知や無邪気さを落咄に仕立てた名作が、朋誠堂喜三二『柳巷訛言（さとなまり）』（天明三年刊、一七八三）。
一二　少ないがお年玉。
一三　いくらなんでも。
一四　狆の名。

（トこの時、下手へ、以前の喜助、出て来たり）

喜助　モシ、おつめどん。按摩《あんま》さんが来て、待っていますぜ。

つめ　今、行かれないから、帰してくだせえ。

喜助　そんなことを言わねえで、早く行って揉《も》んでもらいなせえ。

つめ　それじゃあ旦那、御免なさいまし。

文里　まあいゝじゃあねえか。

つめ　イエ、按摩が待っておりますから○サア、駒よ、来い〳〵。

（ト始終合方にて、おつめ、狆を抱き、下手へ入る）

九重　折角御酒《ごしゅ》が始まって、面白くなったとこへ、おつめどんが来たから、[一]うんざりしました。

吉野　それに、文里さんが[二]合わせなますから、[三]いつまでいようかと思いした。

花の　[四]御説法《ごせっぽう》の話が出ると、[五]引けがものはありますね。

忠七　そいつは真っ平だ。

喜助　大方皆さんがお困りなさるだろうと、思いましたから、按摩さんを呼びこんで、おつめどんを呼び出しました。

忠七　そいつぁ喜《き》す公、[六]大当たりだ。

文里　こりゃあ早速、当座の褒美《ほうび》だ。

一　いやになりました。遣手は嫌われるのが約束。
二　調子を合わせなさるので。
三　おつめがいつまでいるのかと。
四　お説教。お小言。
五　引け四つ（五四頁注三参照）まで。
六　上出来だ。

　　　（ト文里、紙包みの祝儀をやる）

喜助　これは有難うござります。

　　　（トこの時、ばた〳〵にて、花巻かけて来たり、忠七の陰へ隠れる）

忠七　花巻さん、どうなさいました。

花巻　今、廊下で与助《よすけ》どんにからかったら、どこまでも追っかけんすものを。

忠七　ときに、喜助どん、[七]一拳《いっけん》いこうか。

喜助　なんのへぼのくせに。

忠七　へぼならなんぞ、掛けてやろう。

喜助　今、お貰い申した御祝儀を、掛けよう。

忠七　おれもさっき頂いたのがあった。

　　　（ト両人、紙包みの祝儀を掛ける）

花巻　こりゃあ面白うざます。サア〳〵早くやんなまし。

　　　（トこれより、流行唄《はやりうた》の[八]狐拳《きつねけん》になり、両人、振りあって、喜助、負ける）

喜助　エ、、いま〳〵しい、負けたか。

初瀬　[九]おつめどんの思いざます。

花巻　忠七どん、なんぞおごんなまし。お前《めえ》のように、いゝ人はないに。

七　拳で一勝負しようか。
八　三すくみ拳の一。狐（両手を開いて鬢の辺りに上げる）は庄屋（両手を膝に置き両肩をいからす）を化かし、庄屋は鉄砲（左手を握って出し右肘を曲げた猟師）に威光で勝ち、鉄砲は狐を撃つ。『皇都午睡』初編には、「打や囃せや太鼓に鼓に大鼓ヒヤリテン〳〵チリンカ〳〵コロリンシヤン〳〵大名公家お上人に山伏はつち〳〵座頭の坊屋根屋に大工に畳差船頭馬方四つ手駕頼ませよ〳〵そこらでセイ」の後で狐拳となるなどとある。
九　負けた原因は、喜助がおつめを呼び出したことに対する、おつめの恨み。

忠七　まだ、花巻さんの好きなものがあります。
花巻　オヤ、誰ざますえ。
忠七　[一]新仲《しんなか》の町《ちょう》の。
花巻　なに、新仲の町え。
忠七　それ、桜の[二]木の[三]大福が、餡《あん》がたんとでいゝと、言いなすった。
皆々　こりゃあ[四]当てられたね。
花巻　エヽ、憎らしい。
　（ト忠七の背中を打つ）
忠七　そんなことをしなさると、[五]とうすみさまに言い付けますする。
花巻　とうすみさまとは、[六]冬映《とうえい》さんのお弟子かえ。
忠七　なに、[七]きのえねやのさ。
花巻　エヽ、かつぎなます。
喜助　アヽ、いゝ気味だ。
初瀬　花巻さん、
皆々　つねっておやんなんし。
忠七　イヤ、[八]いたち屋は、御免でござります。
　（ト流行唄になり、忠七、逃げ出すと、花巻追っかける。これを、喜

一　未詳。揚屋町のことをこのように称した時期もあるのであろうか。次注参照。
二　揚屋町の、仲之町より入って右側八軒目にあり（斎藤真一『明治吉原細見記』）、仮名垣魯文『新吉原全盛競　娼妓評判記』（明治三年刊）二には、「菓子は（略）あげや町さくらの木」と、廓内の菓子屋三軒の中に入っている。『曾我綉侠御所染』（文久四年二月、市村座。一八六四）四幕五条坂仲の町の場で、素見客が「桜の木の大福が大きくていゝの」と言う。黙阿弥はこの店の大福の宣伝を頼まれていたのであろうか。
三　あんを薄い餅の皮で包んだ菓子。山田桂翁『宝暦現来集』（天保二年序）一に「明和八年冬、小石川御箪笥町に、至て貧敷後家暮らしの、おたよと申女商人なるが、白き餅の中へ塩計のあんを入て売たるもの也。一両年過ると、その餅へ砂とうを入、外にて腹ぶと餅と唱へ替て売たり。又寛政中比より、同じ餅をあたゝめて大福餅と唱へ替、一寸専ら流行のものなり。又近比は漉あんにして砂とうを入る。古へはつぶあんに塩計也」。
四　やられたね。
五　灯心の訛りで、人名に擬す。

助止めながら、下手へ入る。このうち、始終、文里ふさぐ思入れ）

九重　こんなにみんなが騒ぐのに、いつにない文里さんが、今日《きょう》は顔の色も悪し。

吉野　どうやら、ふさいでいなます様子。

初瀬　[九]お気に済まぬことでもあらば、

飛鳥　御遠慮なしにわたしらへ、

花の　どうぞ言うて、

皆々　おくんなんし。

（トこれにて、文里、思入れあって）

文里　サア、このふさぐのは、名残惜しさに。

九重　エ、名残、

皆々　おしさとは。

文里　[一〇]そう深切に言ってくれるお前方へ、打ち明けて、とうから言おうと思っている、わたしが心の一通り、九重さんを初めとして、皆《みん》なもどうぞ聞いてくんねえ◯

（トあつらえ、[一一]しっぽりとした合方になり）

どういうことの因縁か、二年このかた通うのも、[一二]初手《しょて》は仲間の付き合いで、

灯心は油皿の灯油にひたして火を点ずる細長いもの。灯心草（藺）の髄などで作る。

六　俳諧師。四代目牧冬映。三代目は嘉永二年（一八四九）没。ただ森鷗外『細木香以』に香以の取巻きを列挙する中に、「乙芽は後の冬映」とあるを知るに過ぎない。同じく香以の取巻きの黙阿弥作『江戸桜清水清玄』（安政五年三月、市村座）では、藤兵衛を紀伊国屋文左衛門に擬し、河原崎権十郎（九代目団十郎）が勤め、冬映を扮しているため、花巻が冬映に言及すると、見物は嬉しがる。嵐吉六が東栄の名で登場させる。

七　甲子灯心の語より、灯心売りを示唆。甲子の日には大黒天を各家で祭るが、この日灯心を買うと家が富み栄えると信じられ、吉原近くの女などが行商に出た。

八　「いいたちごっこ」「ねえずみごっこ」と唱えながら、手の甲をつまみ合う児童遊戯の、いたちごっこを、「つねって」の縁で出し、甲子屋との表現に合わせて、いたち屋と言いなす。いたちごっこは、一人が左手の甲を出すと、他の一人が右手でつまみ、さらに他の者がその上よりつまむ。手の高さを動かさず、順々につまみ合うこと

一度が二度の[一]酉《とり》の町《まち》、雪の朝《あした》の[二]居続けも、[三]ふり通されたこの文里。笑った顔を見たことも、まだ[四]内証《ないしょう》の手を離れたばかり、年のゆかねえ一重ゆえ、[五]気随気儘《きずいきまゝ》ももっともだが、どうで[六]苦界《くがい》と言うからは、好いた客ばかりはねえ。嫌な客にも[七]程を合わせ、人の上に立つ者は、[八]欲を知らにゃあ身が立たねえ。行く末長い苦界の[九]入《い》り訳、とっくり言って聞かしたいが、顔を見るのもいやなわしゆえ、いゝことも悪く聞いて、かえってためにならねえから、こゝは仲よしの九重さん、お前が意見をしてやんなせえ。これせえ頼めばわしも安堵。もう心残りもねえゆえ、思い切ってこれから来ぬ気○しかし付き合いで来た時は、[一〇]格子まで来《こ》ようから、今までのよしみを思い、よく来たと言ってくんなせえ。二年越しに馴染《なじ》んで来た、今夜が二階の見納めだと、思えば名残が惜しまれて、それでおいらあふさぐのだ。

(ト文里、ほろりと思入れ。皆々も泣きながら)

九重　そんなら主《ぬし》は今宵《こよい》ぎり、

吉野　もうこの二階へは、

皆々　おいでなんせぬか。

文里　来ぬと言うのもこれまでの、やっぱり縁であったろうよ。

初瀬　コリャマア、どうしたら、

〔八〇—八一頁注続き〕を繰り返すため、手が高くなり遂には届かなくなって終わる。ここは、忠七が花巻につねられるのを嫌がっての科白。

九　お気に障ること。

一〇　梅暮里谷峨『傾城買二筋道』の文里の科白。「おめへ方が欠けると花が散るわな。まあ下にいな。あの子の来ねへ内、おめへ方に話して置てへ事がある。かならず笑つてくれちやあ恨みだぜ。(略。九重・初瀬路の科白) いゝやよ。おめへ方も知つてる通り、一重さんもよく〳〵嫌なればこそ、こふ久しく来る内にも、ついぞ笑つた顔を見せた事も無へに可哀想に、こふ便々と来るもあんまり知恵が無へと思ふから、もふ来めへ〳〵と幾たびか思ふけれども此様に、お前方が心安くしてくれるが嬉しさ。またはあの子もまだ年が行かぬへから、気随だろふと思へば悪くされる事は何とも思わづ、おめへ方の前だが人のかみに立つ者は、人に指を差され無へようにしねへきやあならぬが、一重さんのよふに欲が無くつては次第に身づまりになるだろふと、行く末が思ひ過しがしられて案じられるから、今夜嘶そふか明日嘶そふかと思ふが、

皆々　ようざましょう。

（ト皆々泣く）

吉野　ほんまにまあ、今宵限りおいでなんせぬお心で、今も今とて一重さんの、縁に繋がる吉三さんの、難儀を救うお志。こんなお方がまたとあろうか。心で拝んでおりんした。

（ト吉野、泣く）

九重　その御深切を聞く上は、一重さんに意見をして、聞かぬ時は内証の、耳へ入れても一重さんに、詫びをさせねば済みいせん。

文里　ハテ、その意見は帰ったあとで、言って聞かしておくんなせえ。

九重　イエ〳〵主《ぬし》のいさっしゃるうち。

花の　どうぞ九重さん、よいように。

九重　わたしが言って聞かせよう◯

（ト立ち上がり、下手へ来る。この以前より、下手、障子の内へ、一重出て、これを聞きいる。九重見て）

ヤ、一重さんか。

一重　エ。

（トびっくりして逃げ出す）

此よふな事を言つたらまた気に障ろふと思つて言いかねていたよ。あの子はあのよふに思ふが俺あ」と跡を残して「まあ、それはともあれ、こふ久しく来ると言ふも縁だろふと思つて異見を言つたら、もふ来めへと思ふが、どふで俺が言つちやあ、あの子のためになるめへから、おめへ方もとも〴〵よく苦界が、おめへ方もとも〴〵よく苦界の入り訳を言つて気の直るよふに異見をしてやつてくんなせへ、頼むぜ。これでもふ思ひ残す事は無へが、今夜が此二階のいとまごひだと思へば馬鹿な味な気になつた」とほろりと泪こぼす。一座は一度に泣きいだす。「こふ久しく心安くしたものだから来ねへと言つても、もし付きやいで来たくらいなら、格子迄来るから、今迄のよふに心安く会つてくんなよ」。

二　しんみりとした。

三　初めは。

一　酉の市。吉原の裏手に当たる鷲（おおとり）神社の祭礼。十一月酉の日に行われ、一の酉、二の酉という。三の酉まである年は火事が多い等と信じられていた。熊手におかめの面などをつけた縁起

九重　アレサ、待ちなんしと言うに。

（ト流行唄にて、追っかけて、下手へ入る）

吉野　お腹も立とうが文里さん、どうぞ今夜はわたしらに、めんじて泊まって、

皆々　おくんなんし。

文里　そうみんなに言われると、帰るにも帰れず。といっていれば、未練の種○

（ト湯飲みを出し）

吉野さん、一つ、ついでくんな。

吉野　オヤ[一]、これでかえ。

文里　二階の名残だ。一杯《いっぺい》つぎな。

吉野　それだといって。

文里　ハテ、酒でも飲まねばいられねえ。

（トこれにて吉野是非なくつぐ。この見得、流行唄にて、道具回る）

（本舞台、やはり平舞台。向こう、廊下を見たる、遠見の座敷。上下《かみしも》、折り回し、塗り骨障子屋体。九重部屋の体《てい》。上手に、九重きせる[二]を持

〔八二頁注続き〕物を売る。

二　妓楼に一泊した翌日も帰宅せず、そのまま妓楼で遊んで居ること。雪の朝は居続けの何よりの口実。「のこり社すれ〳〵　雪なればよしとずっぷり引かぶり」（『川柳評万句合』明和元年梅。一七六四）。

三　雪の縁語「降り」と、掛ける。

四　女郎屋の主人。またその居間で帳場も兼ねる。「無い」と掛ける。

五　自分勝手。我がまま。

六　遊女の辛い境遇。多くの苦しみが、海のように広がっている人間世界を指す、仏語の「苦海（苦界とも記される）」による。

七　調子を合わせ。

八　妹女郎などのための出費もあるので。

九　入り組んだ事情。

一〇　妓楼の、道に面した部屋（遊女が居並んで客に顔をさらして指名を待つ）の格子。

一　小道具屋の旦那の文里に、茶碗酒は不釣り合いなので驚いて。

二　喜熨斗古登子『吉原夜話』には花魁について、「金蒔絵の煙草

ち、下手に一重、うつむきいる。この見得、合方にて、道具止まる）

九重　コレ、一重さん。お前なんと思いなんすか。文里さんの今の言葉、人に知らせもしなさんすまいが、お前の胸に覚えのあること。もったいないほど深切に、しなさんすほど意地を張り、ふり通すのをこの里の、三意気地《いきじ》と思っていやしゃんすか。そりゃ大きな了見違い。初手《しょて》は嫌でも真実の、心に惚《ほ》れるが遊女の習い。とりわけてまた文里さんは、四一座をせぬ者までが、悪く言う者は一人もおっせん。ちっと足が遠くなれば、待ち遠がって噂ばかり。お前も聞いていなさんしたろうが、吉野さんの今の話。今宵限りもう来ぬと、愛想《あいそ》の尽きたお前の兄《あに》さん、吉三さんの難儀をば、救いなさんすその深切。人のことでももったいなく、わたしゃ涙が止まりいせん。お前も以前は武士の五胤《たね》、よく思案してみなさんせ。

一重　六九重さんのそのお言葉、身に、しみ〴〵とうれしゅうおっす。ほんに久しゅう来《き》なんすうちも、ついにいやらしいこともなく、七紋日《もんぴ》物日《ものび》の苦労もさせず、わたしが気儘《きまゝ》を柳に八受け、帰らしゃんしたその後《あと》では、ア、気の毒なと思いしても、ついうか〳〵と今日《きょう》までも。

九重　サア、悪くしたのを済まぬことと、お前の心が付いたなら、文里さんに謝って、九呼びとげなさんすようになさんせ。つらい勤めのその中でも、

盆には紋散らしの銀伸べの煙管がついているのが普通です」と回想する。

三　他と張り合って自分の意志を貫こうとする気構え。張りと意気地は遊女の生き甲斐とされた。

四　同席。

五　武士の血筋。

六　谷峨『傾城買二筋道』の一重の科白。「そのよふにおめへさん方が私を思って言っておくんなんすと思へば、いっそ嬉しうおす。ほんに文里さんは久しくおいでなんす内も嫌らしい事もなく、勤めにくゝもおすせんし、物前の苦労をせぬも何やかや主の世話ゆへだと思ひすが、なぜかそのよふに深切にされるほど猶いやでなりいせんから、つい悪くしいすけれども、いつでも機嫌よくお帰りなんすゆへ、跡では気の毒になりいして、今度来なんした時は良くしいせうと思っても、顔を見いすと腹が立ってなりいせん。おほかた敵同士とやらでおすせう。堪忍しておくんなんし」。

七　紋日と物日はよく続けて用いられるが同義で廓の祝日。揚代金は倍となる。逆に客のない遊女は自ら揚代金を払わねばならなかった。紋日は時代によって変動があ

姉と言わるゝわたしゆえ、妹《いもと》と思うてこの意見、必ず悪く聞きなますな。
一重　なんの悪う聞きましょう。お前の意見に気を取り直し、呼び申す心なれど、いまさらどうもこの顔が。
九重　合わされぬと思うなら、なぜあのようにしなんした。浮気な里にも傾《けい》[一]城《せい》の、意気地《いきじ》と義理[二]がありんすぞえ。
（ト九重、鼻紙を顔へ当て泣く。一重も思入れあって）
一重　九重さん堪忍してくださんせ。いまさらなんと言い訳も、言いおくれたる身のつらさ。顔をぬぐうて文里さんへ、わたしゃ謝りに参りんす。
九重　そんならわたしの意見に付き[三]。
一重　サア、済まぬことと気が付けば、今も今とて兄《あに》さんの、難儀を救うてくださんした、お情け深い文里さん。命に代えても取り留《と》[四]めて、お呼び申すようにしいす。
九重　オヽ、それでこそ誠の傾城。意見を言うたわたしを初め、朋輩衆《ほうばいしゅう》[五]もさぞよろこび。
（トこの時、初瀬路、飛鳥野、出て来たり）
初瀬　九重さん、さっきからお前の意見、障子の外で聞いていいした。
飛鳥　よく一重さんも気を取り直し、謝るようになりんした。

〔前頁注続き〕るが、寛政の改革により大幅に削減された。本作上演時の『新吉原細見記』には、正月は松の内、三月は三・四日、五月は五・六日、七月は七・十五・十六日、八月は朔日、九月は九日、十月は二十日とある。
八　逆らわずに受け流す。
九　馴染み客として通わせ続ける。
一　高級な遊女を指す古風な言い方。
二　客に対して実践すべき道。
三　従って。
四　引き留めて。
五　仲間の遊女たち。

初瀬　[六]善は急げというからは、
飛鳥　帰らしゃんせぬそのうちに、
九重　少しも早う文里さんへ。
一重　アイ○
（ト涙をぬぐい）
謝りに参りいしょう。
（ト[七]唄になり、一重、しお〳〵と立って、下手へ入る）
九重　ほんに、あんな困る子はないぞ。
初瀬　しかし、九重さんのお骨折りで、
飛鳥　どうか今宵は仲直り。
九重　ようやく安堵致しいした○アイタ、、。
（ト[八]癪《しゃく》の痛き思入れ）
初瀬　モシ、九重さん、
[九]両人　どうなさんした。
九重　あんまり文里さんのことで気をもんだゆえ、[一〇]つかえが[一一]おりたらまた癪が○ほんに苦界《くがい》でござんすなあ。
（ト流行唄にて、よろしく道具回る）

六　良いことは機会を逃さずに急いでせよ。
七　退場に伴い、哀愁を帯びた唄を下座で唄う。
八　主として腹部に発作性の激痛をもたらす、胃痙攣・胆石・十二指腸潰瘍の穿孔や、神経症に当たる心因性も含む疾患。きりきりと痛むのを「差し込む」といい、そこを押して痛みを柔らげる。
九　初瀬路・飛鳥野の二人。
一〇　胸がふさがって咽喉が詰まったような症状。
一一　治る。

（本舞台、元の一重の部屋の道具。流行唄の合方にて、道具止まる）

（トあつらえ[一]独吟になり、下手より一重出て来たり、上手の障子を開けようとして、開けかねる。思入れあって、障子のそばへ来て）

一重　[二]モシ、文里さん〳〵、さぞ腹が立ちなんしたろうが、どうぞ今までのことは堪忍して、機嫌を直しておくんなんし。モシ、文里さん〳〵○

（ト呼べども返事なきゆえ、ハッと泣き、[三]袖を口へ当てる。これにてまた独吟になり、[四]ものを言わぬはもっともだという思入れあって、独吟の切れ。合方）

二年このかたおいでなんすに、ついに一度機嫌ようお帰し申したこともなく、いまさらわたしが謝ったとて、心の解けぬは無理ならず。なぜ今まではあのように、人がほめれば逆ろうて、つまらぬ意地を張り通し、悪くしたのがもったいない。思い回せば回すほど、主《ぬし》には済まぬことばかり○

（ト障子の内へ、思入れあって）

ハ、、、。

（ト泣き伏す。これにて文里障子を開け、[五]煙草盆をさげ、出て来たり）

一　立て唄（主席の唄方）のみが歌う唄。めりやす（長唄の一種で短い曲）が多く用いられ、沈んだ寂しい雰囲気をかもし出す。

二　『傾城買二筋道』では「『もし〳〵』といへど一向いらへ無く、今宵いわねば別れての跡でいふては返らぬ事と、思ひ回せば気も急かれ、なんとせんとは思ひしが思ひ余りて、『堪忍して』とわつと叫べば文里は目覚し様子にて」。

三　泣き声が洩れないようにするしぐさ。

四　文里が黙っているのを、一重はもっともだと思う。

五　火入れ（火をつける）、灰吹き（灰殻を捨てる）、煙管などの喫煙具一式を載せて置く盆で、多くは手に提げられるように作られている。

六　『傾城買二筋道』では、「段〳〵のお腹立ち無理とはさらに思ひゝせん。どふぞ堪忍して」と。

七　『傾城買二筋道』では、「これは改つた。腹を立つくらいなら今迄人の口歯に懸つて来わしねへが、そのよふに嫌がるものをべん〳〵と来たは俺が罪だつけよ」。

八　『傾城買二筋道』では、「そのよふにおつせいす程、なぜあのよふな気であつたと思へば、いつそ

文里　花魁、なにを泣くのだ。

一重　[六]モシ、文里さん、これまで長のわたしがわがまゝ、さぞお腹が立ちましたろうが、どうぞ堪忍しておくんなんし。

文里　[七]なに、腹を立つものか。嫌がられるを知りながら、やっぱりお前の顔が見たさ、べん〳〵と来たのはこっちが誤り。

一重　[八]エ、モ、そのように言いなんすほど、いっそ死にとうざんす。

文里　つまらねえことを言ったものだ。今、仲の町で指折りの花魁、文里ふぜいの義理立てに、死のうなぞとは、悪い了見。嘘にもそんなことは言いなさんな。

一重　いまさらなんと言おうとも、しょせんお心は解けまいが、せめてわたしが身の言い訳○

（トまた独吟になり、一重、箪笥《たんす》の引き出しより[九]小刀《こがたな》を出し、[一〇]煙草箱へ小指を当て、[一一]小刀で切る。文里、これを見て、思入れ。一重痛みをこらえ、くだんの指を紙へ乗せ）

[一二]今改めて主《ぬし》への[一三]心中《しんじゅう》。これで心の疑いを、どうぞ晴らしておくんなんし。

文里　花魁、こりゃあ指かえ。

一重　アイ。

死にとふおつす。今迄が今迄だから、どふで承知はしなんすめへ」と。この後で指を切る。

九　紙を切る、木片を削るなど、日常の雑用に使う、ナイフに似た刃物。

一〇　刻み煙草を入れる小箱。読売本も『傾城買二筋道』も枕。切り当ては枕を使う場合が多い。「指切りのとたんに滑る塗り枕」（『柳多留』六十三篇）。

一一　第一関節より切断。小刀を小指に当てる人物、小刀を上から叩く人物の、二人の介添えが付く場合もある程で、当人のみで切断するのは容易ではない。多くは失心するといい、予め気付け、血止めなども準備する。

一二　『傾城買二筋道』では、「これまでの事はかんにんして疑ぐり晴らしておくんなんし」と。

一三　相手を思う真実心を表し示すこと。起請文を渡す、髪を切る、相手の名を腕に彫る、生爪を剝がす等の方法があり、清博美『川柳心中考』（平成元年、太平書屋刊）に詳しい。

文里　イヤ[一]、お志はかたじけないが、こればかりは貰いたくねえ。
　（ト指を取ってほうり出す）
一重　エヽ。
　（トびっくりなす。あつらえの合方になり）
文里　女郎の指をうれしがって、貰う気なら二年越し、ふられにこゝへ来《き》やあしねえ。さすが年端《としは》が行かぬゆえ、欲を知らねえ花魁と、子供のように思うから、悪くされるもいとわずに、無駄な金を使いに来たが、こういうずぶとい仕打ちをされちゃあ、持って生まれた癇《かん》にさわらあ。そうたい苦《く》界《がい》というものは、三つ蒲団の花魁でも、菰《こも》一枚の夜鷹《よたか》でも、おのれが勝手に身を売って、勤めをする者は一人もねえ。親兄弟や夫のため、せつない義理に沈める体。それを思えばふびんさに、気随気儘も里の習いと、柳に受けて気に入らぬ、風[二]も素直に通してやった。つらく[三]するなら一筋に、なぜつらくはしねえのだ。なまじ情けの空涙[四]、今になってなんのことだ○言いてえことも数々あれど、言えば言うほどこの身の恥。若い者でもあることか、四十に近い文里ゆえ、恥を思ってなんにも言わねえ。痛《いて》え思いのこの指は、どこぞへ売[五]って金にしろえ。
　（ト文里、きっと言って、煙草をのみいる。このうち、一重始終泣き

一　『傾城買二筋道』では、「いらねへわへ。こんな物をゑばにして、かゝれるよふな咎はしねへは。これ今迄は年歯がゆかぬ故、あどけ無へ欲の無へ子だと思ふから、悪くされるも厭わづ来たが、打つて変つて、こふ図太とい仕打ちをされては、もふ癇癪に障る。これ、まづ惣たい苦界といふものは、錦の夜着にからまるも、菰一枚のよたかでも、めん〳〵の好きで勤するのは一人も無へ。親はらからのために身を沈め、それを思へば不憫さに気随気儘も里の習いと通してやるぞよ。辛からば只一筋に辛からで心に思わぬ空涙、今になつて何のたわ事。言い度へ事はかず〳〵有れど、我と我がでに恥を言ふのが恥かしさにこらへているぞ。どこへぞ売つて金にしろ」と。
二　したいようにさせてやった。
三　「つらからばただ一筋につらからで情けのまじるいつはりぞ憂き」（仮名草子『薄雪物語』等）。
四　見せかけに流す嘘の涙。
五　小指は再生しないので、余程の決意がないと切断できないため、偽りの心中立ての小道具として、死体より切り取るなど売買の対象にもなった。また肉は糝粉（しん

いて）
一重　[六]なるほど腹も立ちいしょう。それもわたしが心柄ゆえ、[七]身を恨んでおりますが、せめて一言《ひとこと》堪忍したと、言いなんすを聞いた上では、命もわたしゃ惜しゅうおっせん。
文里　いまさら言っても無駄なこと。おれもなんにも言わねえから、お前《めえ》もなんにも言いなさんな。
一重　そんならどうでも。
文里　言えば言うほど互いの恥だ。
一重　ハア、◯
（ト泣き伏す。また独吟になり、一重、以前の小刀を取り、独吟の切れにて）
そうじゃ。
（ト死のうとするを、文里、あわてててこれを止め）
文里　[八]ア、コレあぶねえ、なにをするのだ。
一重　[九]どうぞ死なしておくんなんし。
文里　エヽ、怪我でもするとならねえわ。放せと言ったら放さねえか◯
（ト小刀を無理に引ったくる。一重は、ハッと泣き伏す。文里、小刀

こ）、爪は鳶の羽根などの細工物もあった。

六『傾城買二筋道』では、「成程腹も立ちいせう。それも私が心柄だと身を恨んでおりいすが、せめて一ト言堪忍したと言いなんすを聞いた上では命はさら〳〵惜しうおすせん」と。
七　自分自身を。
八『傾城買二筋道』では、「やれ早まるな。何ゆへ死ぬ」と。

九『傾城買二筋道』では、「何ゆへとは聞へいせん、どふで疑り晴はせず、未来で言訳しいすから、構わづ離して殺して」と。

を見て）

この小刀をどうしてお主《ぬし》が。

一重　サアこれはわたしが親のかたみ。

文里　この小刀は我が親、文蔵《ぶんぞう》様が秘蔵《ひそう》[一]にて、その頃花[二]の友達に、たって望まれ譲りしは、たしか安森源次兵衛《やすもりげんじべえ》様。

一重　エ。

（ト一重思入れ）

文里　そんならもしや、安森の。

一重　アイ。恥ずかしながら娘でござんす。

文里　ム、、その安森の娘御が、どういう訳でこの里へ。

一重　まだその時は子供ゆえ、後《のち》々聞けばとゝさまが、お主《しゅう》様より預かりの、[三]庚申丸《こうしんまる》という短刀を、盗み取られし落ち度にて、御切腹ゆえ家断絶。それから長の浪々中、母の病気に苦界《くがい》の勤め。

文里　[四]スリャ、研屋与九兵衛《とぎやよくべえ》が、世話にて買いし庚申丸。あの短刀ゆえ没落ありしか。知らぬこととてその短刀、一昨日《おととい》海老名《えびな》軍蔵《ぐんぞう》様へ、研屋与九兵衛が、百両に売ったが、その代金を受け取りし、十三《じゅうざ》はそれより行方知れず。[五]聞けば買い主軍蔵様も、人に殺され死んだとやら、なんにしろ短刀は、

一　「ひさう」から「ひざう」に転じた語で『言海』二版（明治二十四年刊）では、両語を立項する。

二　生け花。花道も茶道も男のたしなみであった。

三　読売本の序幕、荏柄天神社内の場で、十年前のこの事件による安森家の断絶と遺族の零落ぶりが描かれている。「梗概」参照。

四　右によると、川浚いの人足が川より掘り出したのを、与九兵衛が二分で買い、それを文蔵に五十両で売り、更に与九兵衛を介して文蔵が百両で売る。軍蔵は源頼朝に献上して出世を目論む。

五　読売本の序幕、笹目が谷新井橋の場で、安森家の若党弥作が庚申丸をめぐって軍蔵を殺害。

研屋に聞いたら行方も知れよう○ハテ、とんだ話になって来た。
一重　そんなら失《うしの》うた短刀が、お前のお手にあったるとか。
文里　それも一昨日《おとゝい》売ったゆえ、今ではどこの手にあるか。
一重　その短刀をお上《かみ》へあげれば、[六]末の弟《おとゝ》で家再興。昔馴染みとあるからは、たゞこれまでは水にして、力となってくださんせ。
文里　[七]見る影もねえ男だが、[八]江戸の気性にあとへは引かねえ。
一重　エヽ、うれしゅうござんす○これにつけてもまだほかに、お頼み申すこともあれば、わたしといっしょに、奥へ来ておくんなんし。
文里　知らぬ先はともかくも、安森様の娘とあらば、頼むことなら聞いてやろう。
一重　どうぞ聞いておくんなんし○
（ト一重いそ〳〵して、立ち上がる。この時、[九]雨車《あまぐるま》になり、一重、思入れあって）
モシ、文里さん、雨が降って来いしたよ。
（トこれにて文里立ち上がり、[一〇]連子《れんじ》の外をちょっと見て）
文里　どうで今夜も、
一重　エ。

六　森之助。注三では、みすぼらしい若衆として登場。
七　小団次は小柄で容姿に恵まれなかった。
八　侠気を誇る。小団次は文化九年（一八一二）江戸日本橋出生。
九　雨の擬音を出す道具。丸い箱の中に砂利や豆を入れ、回転させる。三亭春馬『御狂言楽屋本説』初（安政五年刊）に、「いとぐるまのごとくにまはすなり」。
一〇　連子窓。木や竹の桟を縦や横に、細い間隔ではめ込んだ窓。外から内は見えにくく、内から外を見るのに便。

文里　ふられるだろう。

（ト文里にっこりと思入れ。一重憎らしいという思入れ。「[一]あれ、また憎や」の唄にて、道具回る）

（本舞台三間の間、常足《つねあし》の二重。向こう、[二]暖簾口《のれんぐち》。上手《かみて》、[三]縁起棚《えんぎだな》。内に、よろしく[四]福助、[五]土の金など飾り、この脇、[六]鼠壁。神棚に、[七]札箱《ふだばこ》、[八]供えを飾り、下手《しもて》、[九]仏壇付きの押し入れ戸棚。上《かみ》の方《かた》、[一〇]一間、障子屋体。下《しも》の方《かた》、一間、台所口。[一一]三尺の腰障子、[一二]提灯《ちょうちん》の側《かわ》の連子窓《れんじまど》。いつもの所、門口。すべて、割下水《わりげすい》、伝吉内の体《てい》。こゝに夜鷹《よたか》のおはぜ、小さな箱、化粧道具を入れ、[一三]己惚《うぬぼ》れ鏡で[一四]顔をしている。そばにおてふ《チョウ》[一五]半分顔を塗って、きせるを持って、叩き立てている。下手においぼ、すり鉢の火鉢へ焚火《たきび》をして、そばに、五合徳利《ごんごうどくり》、皿に、うで蛸《だこ》の足二本あり。茶椀にて酒を飲みいる。[一六]四《よ》つ竹節《だけぶし》、通り神楽にて、幕明く）

はぜ　エ、、耳やかましい。なにをそんなに大きな声をするのだ。

てふ《チョウ》　そう言ううぬが聾《つんぼ》だから、小さな声じゃあ分からねえ。

いぼ　なんだか知らねえが、静かに言っても分かろうじゃあねえか。

てふ　コウ、おいぼさん、聞いてくんな。今顔をしようと思ったら、[一七]白粉《おしろい》が

一　唄入りの一。廓の夜更けを表し、幕切れに用いる。長唄「巽八景」（天保十年開曲。一八三九）の替唄で、「あれまた憎や鳥の声、口説白けて明けの鐘」。
二　⇨用語集
三　内証にあり、木製の陽物を安置し、千羽鶴・括り猿などを吊り下げ、お神酒を供え、商売繁昌を祈る棚。
四　叶福助。頭でっかちな侏儒で、裃姿で座蒲団に座す。幸福を招くとして享和三年（一八〇三）頃より流行。今戸（台東区）で造る。
五　土で作った模造の大判・小判。
六　鼠色の壁。貧しさを表す。
七　お守り札を入れる箱。
八　神仏への捧げ物。ことに鏡餅。
九　上に仏壇を入れ、下は物を入れる。奥行三尺が通常。
一〇　幅が一間。
一一　幅が三尺で下の方が板の障子。
一二　提灯に張ってある紙を障子代わりにしている。貧しさを表す。
一三　ガラスを使った懐中鏡。通常の金属製の鏡に比べて顔が美しく映る。
一四　化粧をする。
一五　佐山半七丸『都風俗化粧伝』（文化十年刊、一八一三）四に、化粧の順序として、解いた白粉を

足らねえから、貸せと言えば貸さねえと言うゆえ、そんならわっちが貸してやった銭を、返してくれと言うのだ。
いぼ　そうでもあろうが親方も、おとせさんが帰らねえので、気をもんでいなさらあな。
てふ　それをわっちあ知っているから、言いてえことも言わねえのだ。
はぜ　言いてえことがあるなら、思いれ言うがいゝ。なんぞというと返せ〳〵、と、こっちこそ貸しがあれ、そっちから借りた覚えはねえ。
てふ　なに、ねえことがあるものか、一昨日《おとゝい》の晩蕎麦《そば》が二杯、帰りがけに夜[一八]明かしで、[一九]きらず汁《じる》に酒が一合。今朝《けさ》も[二〇]漬物屋の沢庵を、八文買うとき四《し》文貸し、ちょうどそれで百ばかりだ。
はぜ　そりゃあ手前《てめえ》がこの間、[二一]和田の[二二]中間《ちゅうげん》に[二三]立て引く時、七《しち》十二文貸しがあらあ。まだその上に[二四]四《し》文屋《もんや》の、十二文という[二五]棒鱈《ぼうだら》を、手前《てめえ》に二つ食わしたから、こっちも百貸しがあるのだ。
てふ　べら棒め、あの棒鱈は歯がなくって、食えねえと言うから、それでおれが食ってやったのだ。
はぜ　なんでもいゝからおれが方へ、百返しておいて、理屈を言え。
てふ　うぬに返《けえ》す銭があるものか、こっちへ百、取らにゃあならねえ。

先ず額につけて延ばし、次に両眉の上、眉の間につけて延ばすとある。白色顔料の中で主なものは、透明感のある、はらや（水銀より造り伊勢特産）と、やや不透明な鉛白（鉛より造り対馬産が優れる）を使い分けて、美しく見えるよう化粧したが、鉛白が多く用いられた。

一六　裏長屋、貧家などの場に使う。元来、竹片を背中合わせにして、片手に二枚ずつ両手に持ち、打ち合わせて拍子をとり大道で唄ったもの。昭和四十七年一月、国立劇場では、四つ竹ノ合方のみ。

一七　高年齢者の多い夜鷹は厚化粧でごまかす。『守貞謾稿』二十二に、夜鷹の化粧法の特色として、「顔ノミ白粉ヲツケ頸ハ白粉ヲ粧ハズ」とある。襟足に塗る白粉は、ぱっちりといい、顔に塗るのとは異なる。

一八　夜通し商売している店。

一九　おからを擂って入れた味噌汁。油揚げの細切り、ささがき牛蒡、こんにゃくや葱などを加える。安価で二日酔いに効果がある。

二〇　漬物の行商人。『守貞謾稿』六に「漬物売　（略）江戸ニテハ漬物屋ト云」。

二一　読売本では鎌倉に設定する、

はぜ　いくら取ろうとぬかしても、やらねえと言ったらどうする。
てふ　どうするものか、腕ずくで取る。
はぜ　面白い、取らるゝものなら、取ってみろ。
てふ　取らねえで、どうするものだ。
（ト獅子の鳴物[一]になり、おてふ《チョウ》は長ぎせる、おはぜはあり合う薪《まき》を持って、打って掛かるを、おいぼ、これを割って入り、双方を止め）
いぼ　コレサ[二]〳〵、いゝかげんにしねえのか○
（トおいぼ、半天を脱いで、両人叩き合う、きせると薪を押さえ）
待てと言ったら、まあ〳〵待った。
てふ　いらぬ止めだて、
両人　のいた[三]〳〵○
いぼ　イ、ヤ、のかれぬ、のきませぬ。あぶねえきせると薪の中、見かねて止めに入ったは、三十振袖四十島田[四]、今一対《いっつい》の二人は、名におう関[五]のばゝあおはぜに、ほかに嵐[六]の虎鰒《とらふぐ》おてふ《チョウ》、互いに争う百の銭、この貸し借りは夜鷹[七]湯《ゆ》の、下水[八]に流してさっぱりと、きれいに預けてくんなせえ。
（ト半天を取る。両人別れて）
てふ　オ、、そういうことなら預けもしょうが、

〔前頁注続き〕その名残。鎌倉幕府の宿老として勢力を有した和田義盛（建保元年五月三日没。一二一三）に因む。

三二　武家に奉公し、お供や掃除などの雑務をこなした。一季または半季の渡り奉公で、不品行の手合いが多く、川柳では夜鷹の相手とする。

三三　立て替える。

三四　四文、八文、十二文（四文銭通用のため）程度の安い煮染めなどの食物を売った屋台店。

三五　鱈を三枚におろし、頭・尾・背骨・内臓などを除き干したもの。白色が味よく、黄を帯びるのはそれに劣る。朝鮮産が優れ、相撲取りは多く食すと力が増すといわれる。

一　昭和四十七年一月、国立劇場では、可笑味追駆（おかしみおっかけ）ノ合方。

二　以下九七頁の「義を結ぼうか」まで、大川端庚申塚の場の、和尚吉三が止めに入って（四四頁）から幕切れまでの綟（もじ）り。しゃれた趣向で脇役が儲ける場。

三　どけ。

はぜ　そうして百の貸し借りは、
いぼ　中へ入ったわっちが[九]不肖《ふしょう》、夕べ[一〇]お信《しな》の[一一]床花《とこばな》に、[一二]小銭《こせん》交じりで貰った百、二つに分けて五十ずつ。足らぬ所は両腕の、代わりに二本の蛸《たこ》の足、高いものだが五十として、これで百にしてくんねえ。
（卜[一三]桔梗袋《ききょうぶくろ》へ入れし銭と、蛸の足を二本出す）
てふ　さすがは名代のうで蛸《だこ》おいぼ、両足出しての扱いを、
はぜ　まさかこのまゝ取られもしめえ。
いぼ　そんならこゝに二合ばかり、残った酒で仲直り、
てふ　ものは当たって砕けろか、
はぜ　[一四]犬と猿とのかみ合いも、
いぼ　これから兄弟同様に、
てふ　三人寄って、
三人　義を結ぼうか。
（卜[一五]四つ竹、通り神楽になり、三人、酒を飲みいる。向こうより、権次の[一六]妓夫《ぎゅう》、出て来たり、すぐに内へ入り）
権次　コウ、お前《めえ》たちはまだ仕度をしねえのか。
いぼ　なに、しねえどころか、とうに[一七]身仕舞《みじま》いもしてしまって、

四　年齢に不相応な若造りを冷評する表現。三十代なら留め袖、四十代なら丸髷がふさわしい。
五　婆あおはぜには関孫六が扮している。また弘福寺（墨田区向島五）に、咳のおばばと称する石像があり、祈ると百日咳が本復すると信じられていた。
六　虎鰒おてふには嵐吉六が扮している。「ほかにあらじ」と掛ける。
七　夜鷹宿の近くで夜遅くまで営業している銭湯。
八　使った湯を流す溝。
九　不肖（自分を卑下して）ではあるが。
一〇　農閑期における信濃からの出稼ぎの百姓。川柳では大食漢として扱う。
一一　寝床で出す祝儀。吉原では妓格によって金額は異なるが、二、三両。それが（一両を六千文として）、夜鷹だけに百文。
一二　一文銭。四文銭は大銭。
一三　底を桔梗の五弁の花のように五枚の布を縫い合わせた手製の巾着。
一四　不仲の喩え。
一五　昭和四十七年一月、国立劇場では、四つ竹ノ合方のみ。
一六　客引きや用心棒をかね、遊興

てふ　お前《めえ》の来るのを待っていたのだ。
権次　おらあまた、遅くなったから、場所へ小屋を掛けて来た。
はぜ　そりゃあ、いゝ手回しだの。
権次　そうして親方は奥かえ。
三人　アイ、奥にいなさるよ。
（ト奥にて）
伝吉　オヽ、権次が帰ったか○
（ト四つ竹の合方にて、奥より、前幕の伝吉、行灯《あんどう》を持ち、出て来たり）
ヤレ〳〵、大きに御苦労だった。
権次　つい、先から先を歩いて、思いのほか遅くなりました。
伝吉　どうだ、娘の居所は知れねえか。
権次　アイ。少しでも当たりのある所《とこ》を、方々《ほうぐ》尋ねて来やしたが、どうも居所が知れませぬ。これが[一]身性《みじよう》でも悪けりゃあ、逃げでもしなすったと思いやすが、親分の娘にしちゃあ、堅過ぎるおとせさん、そんな気づけえもあるめえし。それにこゝにいる三人なら、おっ放《ぱな》しておいても大丈夫だが、[二]野玉《のだま》に過ぎた容貌《きりよう》ゆえ、[三]引っかつがれでもしやあしねえか。

〔前頁注続き〕費未払いの処理なども行い、夜鷹と夫婦の場合もある。
一七　身仕度。

一　身持ち。品行。
二　夜鷹。
三　誘拐される。

伝吉　サア、それをおれも案じられ、今日《きょう》はろく／＼飯も食えねえ。こんな気じゃあなかったが、こゝがだん／＼取る年で、先から先を考えるので、ほんに余計な苦労をするよ。

権次　しかしこんなに案じるものの、夕べどこぞへ泊まりなすって、昼間帰るも間《ま》が悪く、すぐに場所へ行きなすったかもしれねえ。

伝吉　なんにしろ、手前《てめえ》たちは、これからすぐに場所へ行き、おとせがいたら、誰でもいゝから、先へ一人帰《けえ》ってくれ。

はぜ　アイ／＼。いなすったら[四]年役《としやく》に、わっちが先へ帰って来よう。

権次　エ、、おっかあ、楽な方へ逃げたがるな。

はぜ　こりゃあ、年寄りの役徳だ。

権次　サア／＼、仕度がよけりゃあ、[五]出舟《でぶね》としょうぜ。

（トこのうち、権次、縁起棚に盛ってある塩へ[六]切り火を打ち、[七]門口へまき、あとを三人にやる。皆々、塩をふり、権次、[八]銭箱を風呂敷にて背負い）

そんなら親方、行って来ます。

伝吉　行く道も気を付けてくれ。

権次　合点《がってん》でございます。

四　年長の者の義務として。

五　出帆しよう。女陰を舟玉という縁で、「出かけよう」を洒落れて言った。

六　火打ち石と火打ち金を打ち合わせて出る火は神聖とされ、無事を祈って出発の際、打ちかける。

七　穢れを清めるためにまく。塩花。

八　銭を入れる木箱で丈夫に出来ており、錠がかかる。

（ト三人、鼠鳴き[一]をして、おはぜ、おいぼは、黒のお高祖頭巾《こそずきん》[二]、おてふ《チョウ》は、頰かむりをする。伝吉、向こうへ思入れあって）

伝吉　只ならいゝが、空身《からみ》[三]でねえゆえ。

権次　エ。

伝吉　イヤサ、から傘[四]を持って行けばいゝ。

権次　ほんに悪い雲行きだ。

いぼ　水《すい》ばれ[五]は、真っ平だ。

てふ　ばれ[六]ねえうちに、

権次　道を急いで、

三人　さいで[七]〳〵。

（ト四つ竹節[八]、通り神楽にて、皆々、向こうへ入る。あと見送り）

伝吉　アヽ、案じられるは娘が身の上。大枚《たいまい》百両という金ゆえ、ひょっと間違いでもある時は、おれはともあれ奥にいる、夕べ助けた木屋の若い衆、内へ帰すこともならず、どうしたらよかろうか。なるほど道に落ちた物[九]を、拾うなとはよく言ったことだ。鈍《どん》[一〇]な金を拾ったばかり、余計な苦労をしにゃあならぬ〇アヽ、早く便り[一一]を聞きてえものだ。

（トやはり右の鳴物[一二]にて、向こうより、久兵衛、半天、股引《もゝひき》、尻端折《しりはしょ》

一　客の多いことを願って口をすぼめて鼠の鳴き声を真似ること。
二　目ばかり出し、首筋を包む部分が十分にある防寒用の頭巾。
三　体一つで何も持たない状態（おとせは百両所持）。
四　権次の手前、言いつくろう。
五　香具師などの隠語。雨降り。
六　「水ばれ」の「ばれ」で、降ること。
七　さあおいで。
八　昭和四十七年一月、国立劇場では、四つ竹ノ合方のみ。
九　侍（ほぼ、お月見以上に該当）以上の身分の場合、路上の金子を拾うことは、ふさわしくない行為とされ、拾わず、発見した旨のみ届けるべきものとされていた。平松義郎『近世刑事訴訟法の研究』（昭和三十五年、創文社刊）。
一〇　つまらない。
一一　様子を知りたい。
一二　昭和四十七年一月、国立劇場では、慕う心（長唄「浜松風恋歌（はままつかぜこいのよみうた）」）ノ唄入り。

りにて、弓張り提灯《ぢょうちん》[一三]を持ち、前幕のおとせを連れ、出て来たり）

久兵衛　コレ、娘御、お前の内はどこらだな。

おとせ　ハイ、向こうに見えますが、わたしの内でござります。

久兵　ア、、そんなら向こうでござるか○これから内へ帰っても、死のうなぞという無分別は、決《け》して出さっしゃるな。

とせ　御深切にお止めくだされ、有難う存じます。

久兵　さぞ親御が案じてござろう○サ、、少しも早く行きましょう○

（ト本舞台へ来たり、門口にて）

ハイ、ちょっとお頼み[一四]申しまする。

伝吉　アイ、どこからござりました。

とせ　とゝさん、わたしでござんす。

（ト内へ入る）

伝吉　オヽ娘か。ヤレ、よく帰って来た。

とせ　夕べとんだ災難に逢《お》うて、すでに死んでしまうところ、このお方に助けられ、お陰で帰って来たゆえに、ようお礼を言うてくださんせ。

伝吉　これは〳〵、どなた様でござりますか。娘が命をお助けくだされ、有難う存じます。

一三　竹を弓のように曲げ、その上下両端の間に懸けて伸ばした提灯。

一四　他家を訪れた際の、案内を乞う表現。

久兵　イヤモ、す[一]でのことに危ういところ、よう〱のことで、お助け申しました。

伝吉　シテまあ、夕べの災難とは、どんなめに逢ったのだ。

とせ　サア、金を落としたそのお人を、尋ねに場所へ行《い》たところ、お目に掛からずすご〱と、帰る途中の大川端《おおかわばた》。[二]道から連れになったのは、年の頃は十七、八で、振袖着たるよい娘御。[三]夜目《よめ》にも忘れぬ紋所は、[四]丸の内に封じ文《ぶみ》。その娘御が盗人《ぬすびと》にて、持ったる金を取られし上、川へ落とされ死ぬところを、このお方に助けられ、危うい命を拾うたわいな。

（トこれを聞き、伝吉びっくりなし）

伝吉　エ、〇スリャ、拾った金を取られしとか。

とせ　アイナア。

伝吉　ハテ、[五]是非もないことだなあ。

（ト当惑の思入れ。久兵衛、前へ出て）

久兵　イヤ、その後《あと》はこのわしが、かいつまんでお話し申そう。イヤ、わしは八百屋久兵衛というて、[六]百姓半分青物商い。夕べ[七]東葛西《ひがしかさい》から、舟に牛蒡《ごぼう》や菜を積んで、通りがかった[八]両国川、水に溺れて苦しむ娘御。よう〱上げて介抱なし、我が家《や》へ伴い帰りしところ、御覧のとおりの貧乏暮らし、

一　もうちょっとのところで。
二　途中から。
三　夜、暗い中で見ても。
四　初代嵐喜代三郎（正徳三年閏五月十五日没。一七一三）が八百屋お七に扮して大当たりを取ったのに因み、以後お七役は喜代三郎の紋をつける。封じ文は、手紙を別紙で包み、糊で封をし、封じ目に「〆」などの印をつけた書簡。一二頁注㊂。
五　やむを得ない。
六　農業と兼業の八百屋。
七　武蔵国葛飾郡の、江戸川と中川に挟まれた地域。現在の葛飾区・江戸川区一帯。小松菜などの野菜の産地。
八　両国橋あたりの隅田川の称。

着替えの着物もないゆえに、[九]紡太《ぼうた》を着せて夜通し掛かり、ようやく[一〇]火箱で着物を干し上げ、今朝《けさ》連れて参ろうと、思う出先[一一]へひょんなこと、わしが倅《せがれ》が奉公先で、金を百両持ったまゝ、行方が知れぬと主人より、[一二]人が参ってびっくりなし、取りあえず、まず先方《さきかた》へ顔を出し、それから方々《ほうぐ》心当たりを尋ね捜せど、行方知れず。それゆえ大きに遅なわり、余計に苦労を掛けましたは、どうぞ許してくださりませ。

伝吉　それは〳〵、お前様の御苦労の中で、いかいお世話。なんとお礼を申そうやら○それにつけてこっちにも、似寄った話がありますが、シテ、息子殿の年格好は。

久兵　今年十九でござりますが、わしと違って色白《いろじろ》で、目鼻立ちも[一三]ぱっちりと、親の口から申しにくいが、[一四]よい男でござりまする。

とせ　どうか様子をお聞き申せば、金を落としたお方のよう。

久兵　それゆえもしや言い訳なく、ひょんなことでもしはせぬかと、案じられてなりませぬ。

伝吉　そのお案じはごもっとも。誰しも同じ親心。したがその息子殿は、別[一五]条ないから安心なさい。

久兵　エ、スリャ、達者でおりますとか。

九　紡太布子。太い木綿糸で織った布で仕立てた綿入れ。
一〇　足あぶり。木箱の中に土製の火入れがある。
一一　矢先に。
一二　使いの人。
一三　くっきりと。
一四　十三郎役の十三代目羽左衛門の美貌ぶりを当て込む。
一五　異状。

伝吉　今お前に逢わせましょう○オイ、十三《じゅうざ》さん〳〵。
十三郎　ハイ。只今それへ参ります。
（ト合方[一]にて、奥より前幕の十三、しお〳〵と出て来たり。久兵衛見てびっくりなし）
久兵　ヤ、倅か。
十三　おやじさまか。
久兵　よくまめ[二]でいてくれた。
十三　ア、面目次第[三]もござりませぬ。
（トうつむく顔をおとせ見て）
とせ　ヤ、お前はどうしてこっちの内へ。
十三　サア、金を失い言い訳なく、川へ身を投げ、死のうとせしを、伝吉様に助けられ、夕べから御厄介。
とせ　それはよう来てくださんした○これについても今の今まで、わたしゃ死にとう思うたは、どうした心の間違いやら。死んだらこゝで逢われぬもの、もう〳〵死ぬ気は少しもない。鶴亀《つるかめ》[四]〳〵。
（トおとせ、十三に惚《ほ》れている思入れ。伝吉、さては[五]というこなし）
久兵　そんなら死ぬ気はなくなりましたか。ヤレ〳〵、それはよい了見○

一　昭和四十七年一月、国立劇場では、慕う心（長唄「浜松風恋歌」）ノ唄入り。
二　丈夫で。
三　恥ずかしくて人に合わせる顔がない。
四　不吉なこと、縁起の悪いことを追い払うために唱える文句。しぐさを伴う時と文句だけの時とある。一四六頁十行目のト書き参照。
五　それでは、おとせは十三郎に。

ア、、思えばい六かなる縁ずくか、
伝吉　こなたの息子はおれが助け、
久兵　お前の娘はわしが助け、
十三　捨てる命を拾えども、
とせ　拾うた金は盗まれて、
伝吉　今となっては、
久兵　互いの難儀、
十三　コリャどうしたら、
四人　よかろうぞ。
（ト四人思入れ）
伝吉　まあ、なんにしろその百両、娘が拾って盗まれたら、こっちものがれぬ掛かり合い、死ぬ身になって共々に、金の調達《ちょうだつ》しようから、まあそれまでは息子殿、行方の知れねえ体《てい》にして、わたしに預けてくんなせえ。悪いようにはしめえから。
久兵　それは〳〵有難い。御深切なそのお言葉、あまえてお願い申すのも、七そでないことではござりますが、なにをお隠し申しましょう、実の親子でないゆえに、こっちに隔てはなけれども、難儀を掛けて気の毒なと、居に

六　どういう縁で成り行きが決まるのだろうか。
七　不当なこと。

くいこともございましょうかと、それが案じられまする。お願い申しとうございますが、しかし馴染《なじ》みもないあなたへ、お気の毒でございまする。
伝吉　なに、その気兼ねには及ばねえ。こんな商売、年中人の一人や二人、ごろついているわしが内、決《け》して案じなさらねえがいゝ。
久兵　それは有難うございまする。
十三　そんならわしはこちらの内に、
とせ　これからいっしょにいさんすのか。
伝吉　オ、サ、なくした金の出来るまでは、おれが預かり、内へおくのだ。
とせ　そりゃマア、うれしい。
伝吉　ヤ。
とせ　イヤサ、内が賑やかでようござんすな。
（トおとせ十三顔見合わせ、うれしき思入れ）
伝吉　そりゃあそうとこの息子殿、義理ある仲と言いなさるが、貰いでもしなすったのかえ。
久兵　イエ、拾いましたのでございます。
伝吉　エ○そりゃあ、どこで。
久兵　忘れもせぬ十九年あと[一]、実子が一人ありましたが、子育て[二]のないとこ

一　前。
二　子どもが丈夫に育たない。

ろから、名さえお七と付けまして、女姿[三]で育てましたが、ちょうど五つで
かどわかされ、行方の知れぬを、所々方々、捜して歩く帰り道、法恩寺[四]の
門前で、拾ってまいったこの倅。コリャ失う倅のその代わり、祖師様から
のお授けと、内へ連れて帰ってみれば、守り[五]の内に入れてあった、土細工[六]
の小さな犬に、十月十三日の誕生と、書き記してあったので、戌《いぬ》の年の生
まれと知れ、十三日の生まれ日は、すなわち祖師の御縁日[七]ゆえ、すぐに十《じゅう》
三《ざ》と名を付けて、育てましたるこの倅。実の親はなに者か、どうで我が子
を捨てるからは、ろくな者ではござりますまい。

（トこれを聞き、伝吉、ぎっくり[八]思入れあって、おとせ、十三を見て、
愁いの思入れ）

伝吉　スリャ、法恩寺の門前で、息子殿は拾ったのか。ハテ、思いがけねえ
ことだな。

（トよろしく[九]思入れ。久兵衛もこなしあって）

久兵　イヤ、勝手ながらわしは、主人方《かた》へ言い訳に、これから回って行きま
すれば、もうおいとま致しまする。

伝吉　それじゃあ息子殿の身の上は、わしに任せておきなせえ。

久兵　なにぶんお頼み申しまする。

三　この場合、男は女の子として育てると無事に育つと信じられていた。曲亭馬琴『南総里見八犬伝』の犬塚信乃は（十七回）、三人の兄すべて夭逝したため、「子育のなきものは、男児（をのこご）なれば女（め）の子とし」て女装で育てられる。

四　日蓮宗の関東での触頭（寺社奉行と他の寺との仲立ち役の寺）で、本所出村（墨田区太平一）にある。

五　守り袋。守り札や臍の緒、生年月日、両親の名などを記した書き付け等を入れ、首などに懸ける袋、金襴などで製する。

六　土人形の小さな犬。

七　日蓮は、弘安五年（一二八二）十月十三日、示寂。その日は御影講・御命講・御会式（おえしき）などといい、盛大な法会が行われる。

八　不意に心の弱みに強い衝撃を受け、驚き恐れる様子。

九　八で生じた心の動揺を押し隠す気持ち。

（ト十三前へ出て）

十三　ア、思い回せばわたくしは、いずくの誰が胤《たね》なるか、実の親は名さえも知らず。まだ[一]当歳《とうざい》のその折から、この年までの御養育。大恩受けしおやじさまへ、なに一つ[二]御恩も送らず、御苦労掛ける不孝の罪。どうもそれが済みませぬ。

久兵　ハテ、それとても約束事。必ず[三]きな〱思わぬがよい。

（ト久兵衛、立ちかゝる）

とせ　そんならもう、お帰りでござりますか。

久兵　ハイ。またお礼に上がりますが、なにぶんともに倅がお世話を。

とせ　そりゃもう、わたしが○

（トうれしき思入れにて）

どのようにも。

久兵　それは有難うござります○さようなれば、伝吉殿。

伝吉　久兵衛殿。

（ト久兵衛、門口へ出て）

久兵　倅。

十三　ハイ。

一　数え年で一歳。生まれたて。
二　御恩返しもせず。
三　くよくよ悩む。

（ト門口へ来る。久兵衛、顔を見て）

久兵　わずらわぬようにしやれ。

（トほろりとして、門口をしめる。唄《うた》になり、久兵衛、涙をぬぐい向こうへ入る）

伝吉　折角娘が帰ったらと、思った金もいすか[四]となり、いまさらしようもねえ訳だが、しかし金は世界の湧《わ》き物、明日《あす》にも出来めえものでもねえ。まあ案じずと二人とも、夕べからの心遣い、奥へ行って寝るがいゝ。

とせ　そんならとゝさん、十三さんと奥へ行ってもようござんすか。

伝吉　アヽ、いゝとも〳〵。若い者は若い者がいゝ。年寄りじゃあ話が合わねえ。

とせ　サア、十三さん、とゝさんのお許しゆえ、これから奥でしっぽりと

○イエ、今宵《こよい》はしっぽり降りそうなれば、寝ながら話を。

（トうれしき思入れにて、十三の袖を引く[五]）

十三　イエ、まだわたくしは眠うござりませぬ。

とせ　眠うなくとも、わたしといっしょに。

十三　ではござりまするが。

（ト行きかねる思入れ）

四　鶍（いすか）の嘴（はし）。鶍は雀に似るが、やや体は大きく、針葉樹の種子を餌とするため、上下のくちばしが曲がって食い違っている。そこで、物事がうまく行かないことに喩える。

五　夜鷹が客を誘う、「袖を引く」行為と、二重写しになる。このような場合、女性が男性よりも積極性を示すのが演劇の約束で、現実を反映しているわけではない。曲亭馬琴『戯子名所図会』（寛政十二年刊、一八〇〇）一に「都（すべ）て色情（いろごと）は女から持かけ」。勝部青魚『剪灯随筆』（天明頃写。一七八一―一七八九）に「日本の婬書は飾りて書く故、偽りが甚し。芝居にても、女の方から慕とふやうに作る也」。

伝吉　眠くなくば、炬燵《こたつ》へでも、あたりながら話しなせえ。
とせ　アレ、とゝさんも、あゝ言わしゃんすりゃ。
十三　そんなら御免くださりませ。
伝吉　どうで夜具も足りめえから、眠くなったらそのまゝに、炬燵へすぐ[一]に寝なさるがいゝ。
十三　有難うござりまする。
とせ　ほんに、このようなうれしいことが。
（トうれしき思入れ。伝吉見て）
伝吉　ア、なんにも知らず、
両人　エ。
伝吉　早く寝やれよ。
（ト唄[二]になり、おとせ、いそ〳〵として、十三の手を取り、奥へ入る。時の鐘。伝吉、あと見送り、溜め息をつき、じっと思入れ。[三]四つ竹節、通り神楽になり、向こうより和尚吉三、前幕のなり、頬かむりにて出て来たり）
和尚吉三　昨日《きのう》思わず大川端の庚申塚《こうしんづか》で、お嬢、お坊の二人と、兄弟分になった時、おれによこしたこの百両、こいつばかりは満足に貰った金だ。し

一　直に。改めて蒲団を敷かずに、炬燵に足を入れたまま、畳の上で。
二　昭和四十七年一月、国立劇場では、慕う心（長唄「浜松風恋歌」）、合方。
三　同じく、懺悔々々（雑様唄）ノ唄入り。

かし、あいらが持っている金だから、どうで清くもあるめえが、おれがためにゃあ清い金だ。久しくおやじにも逢わねえから、まあ半分はおやじへ土産。こんな根性でも、おやじがことは案じられらあ。[四]おつなものだな。

（ト門口へ来たり）

アイ、御免なさい。

（ト門口を開ける）

伝吉　誰だ。

和尚　とっつぁん、おれだよ。

（ト手《て》拭《ぬぐ》いを取り、内へ入る）

伝吉　オヽ、吉《きち》か。なにしに来た。

和尚　なにしに内へ来るものか。お前もだん〳〵取る年だから、[五]変わることでもありゃあしねえかと、ちょっと見舞いに寄ったのだ。

伝吉　そりゃあ[六]奇《き》特《どく》なことだったが、おらあまた、無心にでも来たかと思った。

和尚　とっつぁん、そりゃあ昔のことだ。今じゃあどこに[七]くすぶっていても、[八]塩噌《えんそ》に困るようなことはねえ。[九]寝ていて人が小遣いを、持って来てくれるようになった。これというのも親のお陰。これまでたび〳〵無心を言い、

四　変なもの。
五　別状。
六　殊勝なこと。感心なこと。
七　家の中や寂しい田舎に引きこもって。
八　塩や味噌などの生活必需品。
九　自分が働かなくても。

なんの中でも義理とやら。小遣いでもあげてえと、思った[一]壺[二]に目[三]が立って、昨夜《ゆうべ》ちっとばかり勝ったから、それを持って来やしたのさ。

伝吉　イヤ、その志はかたじけないが、勝ったというその金も、噂の悪い手《て》前《めえ》ゆえ、おらあどうも安心ならねえ。大方五両か十両だろうが、そりゃあ手前《てめえ》のことだから、おれに難儀は掛けめえが、はした金でその時[四]に、苦労をするのはおらあいやだ。志は貰ったから、金は持って帰《けえ》ってくれ。

（トこれにて吉三、むっとして）

和尚　そりゃあお前《めえ》が言わねえでも、百[五]も承知二百も合点《がってん》。エヽ、幾つになっても小僧のように、おれを思っていなさるだろうが、三年[六]たちゃあ三つになりやす。久しぶりで訪ねて来るに、まさかわっちも五両や十両の、はした金は持って来ねえ。

伝吉　なに、はした金は持って来ねえ。

和尚　ちょっとしても、ソリャ五十両あるよ。

（ト懐から、前幕の金を出し、伝吉の前へほうり出す。伝吉、取り上げ）

伝吉　スリャ、あのこれを。

（トびっくりなす）

一　「小遣いをあげたいと思った」と、「思った通りにサイコロの目が出た」と掛ける。
二　坪皿。賽子（さいころ）賭博の用具。賽を入れガラガラと回して伏せ、上を向いた賽子の目の数で、勝敗を争う。
三　よい賽子の目が出る。
四　悪事が発覚した時。
五　「百も合点二百も承知」とも。十二分に解っている。
六　どんな者でも三年たてば、それだけ成長する意の諺。

和尚　またいるなら持ってきやしょう。

（ト和尚吉三、[七]かます煙草《たばこ》入れを出し、煙草をのみいる。伝吉はこの金が欲しき思入れあって、どうで盗んだ金だから、よそうというこなし）

伝吉　五両か十両のはした金と思いのほか、こりゃあ小判で四、五十両。ちょうどこっちに入り用の○サア欲しい金でも貰えねえ。以前と違って悪事をやめ、今じゃあ信者講の世話役に、お題目と首っ引き[八]ゆえ、そでねえ金は貰えねえ。

和尚　なぜ貰えねえと言いなさるのだ。親の難儀をみつぎのため、子が金を持って来るのは、言わずと知れた親[九]孝行。お上《かみ》へ知れりゃあ辻々へ、張り札が出て御褒美《ごほうび》だ。なんでそでねえと言うのだろう。

伝吉　イヤ、御褒美が出て辻々へ、張り札が出りゃあいゝけれど、もう[一〇]百両[一一]とまとまれば、この[一二]江戸中を引き回し、その身の悪事を書き記した、捨て[一三]札が出にゃあならねえわ。はした金でも取るめえと、思ったところへ五十両。なお〱こりゃあ貰えねえ。早く持って帰ってくれ。

（ト金を吉三の前へ、突き戻す）

和尚　そりゃあとっつぁん、分からねえというものだ。たとえこの金でくれ[一四]

七　懐中に入れ持ち歩く、二つ折りの刻み煙草入れ。

八　一つのことに集中、没頭すること。

九　権十郎（お坊吉三役）の兄、八代目市川団十郎が、弘化二年（一八四五）五月八日、北町奉行所へ呼び出され、親孝行により褒美十貫文を給わり、その「申渡」が江戸市中に張り出され、売られもした。

一〇　既に。

一一　五十両とあるべき箇所。和尚吉三が持って来る金額は、読売本では百両。それを五十両に改めたため混乱が起こった。以後、逐一は記さない。

一二　十両以上盗めば死罪（一度には十両未満であっても加算して十両を越えれば同じ扱い）。金額の多寡などの条件により引き回しが付加される場合もある。

一三　名前、罪状等を記した板（横六尺、縦一尺三寸、札串九尺二寸）。引き回しの際には紙幟とともに、罪人に先立って非人が掲げて歩く。獄門の場合、台の横に三十日間建てる。

一四　食らい込むの訛り。召し捕られる。

え込み、明日《あす》が日、首を取らるゝとも、お前《めえ》に難儀を掛けるものか。堅気な人なら怖かろうが、根が悪党のなれの果て、びく〳〵せずと取っておきねえ。

伝吉　イヤ〳〵、こりゃあ取られねえ。というのは若い時分にした、悪事がだん〳〵報《むく》って来て、今も今とて現在[一]の〇まだこの上にこの金を、取ったらどんな憂[二]き目を見ようか。ア、、恐ろしいこと〳〵。

和尚　なんだな、そんな愚痴を言って。取る年とは言いながら、お前《めえ》もけち[三]な心になったの。それじゃあどうでもこの金は、いらねえと言いなさるのかえ。

伝吉　サア、今もおれが言うとおり、なくてならねえ百両の、土台にすえる五十両。唾《つ》[四]の出るほど欲しいけれど。

和尚　欲しけりゃあ、取っておきなせえな。

（トまた金を伝吉の前へ置く）

伝吉　イヤ〳〵、この金ばかりは取られねえ、早く持って帰《けえ》ってくれ。

（ト金を取って吉三にほうり付ける。吉三むっとなし）

和尚　エ、、いらざあよしねえ、あげやすめえ。悪党ながら一人の親、ちっと[五]も楽をさせてえから、わざ〳〵持って来た金も、気に入らざあよしやしょう。

一　正真正銘の。紛れもない。
二　辛い目。
三　心が小さく、度胸に乏しい。
四　口の中に唾が出るほど。
五　少しでも。

（ト吉三、金を取って、懐へ入れる）

伝吉　サア〳〵、ほかに用もねえことなら、手前《てめえ》がいると目障りだ。ちっとも早く帰《けえ》ってくれ。

和尚　帰《けえ》れと言わねえでも、帰《けえ》りやす。いつまでこゝにいられるものか。

伝吉　その根性[六]が直らずば、この後《のち》内へ来てくれるな。

和尚　なに、来いと言ったって来るものか。

（ト言いながら、腹を立ちし思入れにて、門口へ出る）

伝吉　オヽ、来てくれぬ方が孝行だ。

（ト吉三、門口へ出て、思入れあって）

和尚　以前は名うての悪党だったが、あゝも堅気になるものか○

（ト門口より）

それじゃあとっつぁん。

伝吉　なんだ。

和尚　首[七]にならにゃあ、逢わねえよ。

（ト門口ぴっしゃり[八]としめる。時の鐘、[九]あつらえの合方にて、吉三、花道へ行きかけ、懐の金を出し、[一〇]どうぞしてやりてえという思入れあって、頬かむりをなし、門口へ帰る。このうち、伝吉も思入れあって、

六　生まれつきの性質。
七　打ち首になる。
八　乱暴に戸を閉める。
九　昭和四十七年一月、国立劇場では、懺悔々々（雑様唄）ノ唄入り。時の鐘は使わない。
一〇　どうかして渡してやりたい。

暖簾口《のれんぐち》より、奥を窺《うかゞ》い）

伝吉　二人ながら昨日《きのう》からの、疲れでぐっすり寝入った様子○

（ト平舞台へ下《お》り、よき所へ住まい）

ア、寝ている姿を見るにつけ、思い出すはこの身の悪事○

（トあつらえ[一]合方になり、門口の吉三、これを聞き、窺いいる）

かわいや奥の二人は、知らずにいるが双子[二]の同胞《きょうだい》。産まれたその時世間をはゞかり、女の餓鬼《がき》[三]は末始終《すえしじゅう》[四]、金にしようと内へ残し、藁《わら》[五]の上から寺へ捨てた、男の餓鬼があの十三。回り回って同胞《きょうだい》同士、枕を交わし畜生[六]の、交わりなすもおれが因果。しかも十年あとのこと、以前勤めた縁により、海《え》老《び》名《な》軍蔵《ぐんぞう》様に頼まれ、安森源次兵衛《やすもりげんじべえ》が屋敷へ忍び、お上《かみ》から預かりの、庚《こう》申丸《しんまる》の短刀を、盗んで出たる塀の外、吠《ほ》えつく犬に仕方なく、その短刀でぶっ放《ぱな》[七]したが、はずみにそれて短刀を、川へ落として南無三宝《なむさんぼう》[八]。その夜は逃げて明くる日に、そしらぬ振りで行ってみりゃあ、切ったはめいた[九]のははらみ犬。ついに短刀の行方も知れず。考えてみりゃあ一飯《いっぱん》[一〇]でも、貰う恩を忘れずに、門戸《もんこ》[一一]を守る犬の役、殺したおれは大きな殺生《せっしょう》[一二]。その時かゝあがはらんでいて、産まれた餓鬼はぶちのように、体中に痣《あざ》のあるので、初めて知った犬の報い、一部始終を女房に話すと、すぐに血[一三]が上がり、産まれ

一　昭和四十七年一月、国立劇場では、東上総ノ合方。

二　双生児は畜生腹として忌まれる場合が多く、養子や捨て子の対象となる。男女の場合、前世に心中した、兄妹相姦を侵した等の伝承もあって強く忌まれる一方、夫婦子などと呼び、かえって喜ぶ地方も存する（宮崎市倉岡柳瀬、高知県幡多郡田ノ口村など）。鎌田久子「多胎児の民俗」（『日本常民文化紀要』八）。

三　子（下品な表現）。

四　行く行くは（遊女に売ったり妾奉公をさせたり）。

五　生まれた時から。藁は産婦の床に用いる。

六　獣類。兄妹婚など人倫に悖る肉体関係を有する者を畜生に喩え、来世は畜生道に堕ちると信じられていた。近松門左衛門『津国女夫池』三（享保六年上演、一七二一）に「畜生道に落しとて（略）犬共なれ猪共なれ来世迄も夫婦の中」。

七　ぶった斬る。一六頁注一五参照。

八　しまった。南無三。元来は、三宝（仏・法・僧）に帰依し奉るの意。

九　雌犬。

一〇　一回の食事。一椀の飯。

た餓鬼を引き抱え、川へ飛び込み非業《ひごう》[一四]の最期。それから悪心発起《ほっき》[一五]して、罪滅ぼしに川端《かわばた》へ、流れ付いたる土左衛門を、引き揚げちゃあ葬るので、あだ名になった土左衛門伝吉。今じゃあ仏[一六]になったゆえ、死ぬる命を助けたる、十三が双子にまたぞろや、犬の報いに畜生道[一七]。悪いことは出来ねえと、思うところへ吉三が来て、おれへ土産の五十両、なくてならねえ金なれど、手に取られぬはだん〳〵と、この身に報うこれまでの、積もる悪事の締め[一八]高に、算用[一九]される閻魔《えんま》[二〇]の帳合《ちょうあ》[二一]い。ハテ、恐ろしいことだなあ。

（ト伝吉、よろしく思入れにて言う。このうち、門口の吉三、うなずき、下手、台所の口より、二重へ出《い》で、仏壇へ、くだんの百両[二二]の金包みを乗せ、思入れあって、また元の門口へ出て、これでいゝと思入れあって、向こうへ行きかける。やはり右の合方[二三]にて、向こうより、武兵衛、羽織、ぱっち、尻端折《しりはしょ》り、頬かむりにて、出で来たり、花道にて行き合い[二四]、吉三は向こうへ入る）

武兵衛　ハテ、今すれ違って行った奴は、伝吉の倅のたしかに吉三。おとせを女房に貰いてえが、あいつが兄ゆえ玉にきず[二五]だ。

（ト揚幕の方を見て、吉三を見送り、思入れ。伝吉、思入れあって）

伝吉　アヽ、これを思うと非業ながら、死んだかゝあがまだしもだ。

一一　家。
一二　一切の生き物の命を断つこと。仏教で、最も重い罪の一つである殺生戒を犯すこと。
一三　かっと頭に血が上る。産後、精神的に強い打撃を受け、逆上したため。
一四　思いがけない災難で、罪なくして死ぬこと。
一五　他者を害する心を改悛して。
一六　仏のように慈悲深い心の持ち主。
一七　生前の悪業により死後、畜生に生まれ苦しみを受ける世界。六道（衆生が前世の業によっておもむく六つの迷いの世界）の一で、地獄・餓鬼に次いで苦しみが大きい。
一八　合計。
一九　精算。
二〇　人間の生前の行動を監視し、その死後は閻魔帳などにより審判し、賞罰を与える地獄の王で、死者の霊魂を支配する。
二一　生前の罪を記録してある閻魔帳との照合。
二二　五十両とあるべき箇所。
二三　昭和四十七年一月、国立劇場では、風ノ音。
二四　すれ違う。
二五　完全なものにある小さな欠点。

（ト言いながら、仏壇へ線香を上げる）

武兵　ドレ、伝吉に逢って掛け合おうか[一]。

（ト武兵衛、本舞台へ来る。このうち、伝吉、仏壇の金を見付け、取り上げて）

伝吉　ヤア、コリャ今の金○

（トこれにて、武兵衛、頬かむりをしたまゝ、そっと、門口を開ける。伝吉、これを見て）

[二]うぬ、まだそこにいやあがったか。

武兵　ヱ。

（トびっくりして、後《あと》へ体を引く）

伝吉　この金持って○

（ト武兵衛に金包みを打ち付け、門口を、[三]しゃんとしめる。これを柝《き》の頭《かしら》）

[四]おとゝい失《う》せろ。

（ト門口を押さえたまゝ、きっと思入れ。武兵衛は、百両包みを拾い、びっくり思入れ。この見得、よろしく、[五]四つ竹節、通り神楽にて、拍子幕）

一　交渉しようか。
二　吉三と思い違えて罵る。
三　きちんとぴったり。
四　もう二度と来るな。げじげじを捨てたり、嫌な人物を追い返す際に投げかける言葉。
五　昭和四十七年一月、国立劇場では、只合崩（ただあいくずし）ノ合方に風ノ音。

三幕目

新吉原《しんよしわら》[六] 八町堤《はっちょうづつみ》の場
同丁子屋二《おなじくちょうじやに》階《かい》の場
廓裏《くるわうら》[七]大恩寺前《だいおんじまえ》の場

一　丁子屋《ちょうじや》の一重《ひとえ》
　実はお坊吉三妹《ぼうきちさいもと》　お安《やす》
一　文蔵《ぶんぞう》女房　おしづ
一　丁子屋の吉野《よしの》
一　伝吉《でんきち》娘　おとせ
一　番頭新造《ばんとうしんぞう》　花《はな》の香《か》
一　新造　花琴《はなこと》
一　同《おなじく》　花鶴《はなづる》
一　木屋《きや》の手代《てだい》　十三郎《じゅうざぶろう》
一　八百屋　久兵衛《きゅうべえ》

一　土左衛門爺《どざえもんじゝ》い伝吉《でんきち》
一　浪人　お坊吉三《ぼうきちさ》
一　釜屋武兵衛《かまやぶへえ》
一　紅屋《べにや》の息子　与吉《よきち》
一　遣手《やりて》　おつめ
一　研屋《とぎや》　与九兵衛《よくべえ》
一　[八]損料屋《そんりょうや》　利助《りすけ》
一　茶屋の若い者　忠七《ちゅうしち》
一　新造　花巻《はなまき》

（本舞台三間。後ろ、小高き土手。向こう[九]、土手下の遠見。日覆《ひおお》いよ

六　日本堤（次頁注三）に同じ。
七　浄土宗大音寺（台東区竜泉一―二十一）の門前。同寺は吉原の裏手にあり、お歯黒溝に添って迂回し、日本堤より大門に入る道筋に当たる。上野方面よりの客が利用。現在は、「お竹蔵の場」として上演される。
八　賃貸料をとって衣類や道具類などを貸す商売。
九　その奥に。

り、柳《やなぎ》の釣り枝。上下《かみしも》[一]よしず張りの出茶屋[二]。すべて、新吉原日本堤[三]の体《てい》。よき所に床几《しょうぎ》[四]を直し[五]、こゝに若い衆、地回りの仕出し三人、立ち[六]かゝりいる。通り神楽にて、幕明く）

□　コウ、手前《てめえ》たちは知っているか。このごろ大層安い見世《みせ》が出来たぜ。四《し》[七]百《ひゃく》ごろ寝に湯豆腐に酒一本[八]、おまけに湯へ入《い》れるというのだ。なんと、すてきじゃあないか。

○　そいつはめっぽう安いものだ、しかし廓《なか》[九]となると、気[一〇]が張っていけねえ。行きゃあまんざらそればかりでも帰《けえ》られねえから、ぜひ一枚一本[一一]と来るから、やっぱり小塚《こつ》[一二]がいゝのよ。

△　小塚《こつ》と言やあこの間、五人一座[一三]で押し上がったところが、みんな酔《え》って大騒ぎ。その中で、喜三《きさ》の野郎がいやみ[一四]をしやあがって、いめえましい野郎よ。

□　そりゃあそうと、これからどこぞへ泊まり[一五]を付けようじゃあねえか。

○　手前《てめえ》、勤め[一六]はあるのかえ。

□　馬鹿を言え。女[一七]が本物だ。

両人　こいつは、大笑いだ、ハヽヽ。

三人　サア〳〵、行こう〳〵。

一　よしず（葭簀）を立て掛けて囲んだ。よしずは葭を太糸で編み簾（す）としたもの。

二　路傍などに設けた、簡略な造りの、客が茶を飲み休息する店。

三　三之輪（台東区三の輪一）より浅草聖天町（同区浅草七）までの堤。荒川の防水堤として築かれたが、吉原通いの道として利用された。全長十三町ほどながら聖天町から衣紋坂（五十間道を経て大門に至る）までが八丁のため、土手八丁という。出茶屋が多く人出で賑わった。

四　腰をかける台。横に長く両端に脚があり、背もたれや肘掛けは無い。

五　置き。

六　立ち話に興ずる。

七　揚代が四百文のちょんの間（短時間）の遊び。

八　燗徳利一本。

九　新吉原。大坂の新町を中と呼ぶのに倣った称。

一〇　吉原は公許の遊廓のため、万事に格式ばっていた。

一一　並台一つに酒一本。並台は台の物の中で最も安いもの。『新吉原画報』（『世事画報』臨時増刊、明治三十一年七月刊）に、並台二十五銭、大小はその一倍半、大台

（トやはり、右鳴物にて、若い衆、上手《かみて》へ入る。通り神楽、[一八]鳥追い唄《うた》になり、向こうより与九兵衛、羽織、ぱっち、尻端折《しりはしょ》りにて、出て来る。少し後《あと》より、利助、損料屋にて、縞《しま》の風呂敷を肩へ掛け、出て来たり、花道にて）

利助　モシ〳〵、そこへ行きなさるは、研屋《とぎや》の与九兵衛さんじゃあないか。

与九兵衛　オヽ、誰かと思ったら、損料屋の利助さんか。お前どこへ行きなさるのだ。

利助　どこへ行くにも気が気でなく、お前をどんなに捜したか知れやあしない。

与九　アヽ、この間借りた[一九]しろもののことでかえ。

利助　そうさ。今日《きょう》で五日になるが、[二〇]料銭《りょうせん》はよこしなさらず、内へ行けば、留守で分からず。お前、また例の[二一]度胸で、しろものを[二二]曲げなさりゃあしないかえ。

与九　コレサ、なんぼおれが[二三]悪い顔でも、年中人の物を預かる研屋商売。人のしろものを曲げるようなことでは、[二四]家業が出来ない。そんな[二五]やけなことはしない。

利助　そりゃあもう、なんぼお前が悪い人でも、[二六]商売が商売だけ、[二七]よもやと

は二倍とある。

一二　小塚原（荒川区南千住六・七）の略。千住宿の一部で、飯盛女郎がおり、安直に遊べた。

一三　五人連れ。

一四　不快感を与える行為。

一五　娼妓を買って泊まる。

一六　揚代金。

一七　真実惚れているので揚代は娼妓持ち。

一八　初春の雰囲気を醸し出すために、門付け芸の鳥追い唄「海上遥かに見渡せば七福神の宝船」を流用。

一九　品物。

二〇　借り賃。

二一　図々しさ。

二二　質に入れる。

二三　しみったれ。

二四　商売。

二五　捨て鉢な。無茶な。

二六　他人の刀剣を預かる商売柄、預かり物を質屋に入れたとなると、信用を失うので。

二七　まさか（しまいと）。

思うけれど、貸してから今日《きょう》で五日、一沙汰《さた》なしにしておかれては、おいらだって案じようじゃあないか。

与九　なるほどそれはもっともだ。なにしろ向こうの茶見世へ行って、話をしよう。

（トやはり右の鳴物にて、両人、舞台へ来たり、床几へ掛け）

利助　そうしてあのしろものは、一体どうなっているのだ。

与九　あれはこういう訳だ。実はおれが借りたのではない。なにを隠そう、今では二下谷《したや》に三逼塞《ひっそく》をしている、四本町《ほんちょう》通りの小道具屋、以前おれが得意先であった、木屋文蔵《きやぶんぞう》という人に頼まれたのだが、今では以前に変わる貧乏暮らし。実はおれも不安心なれど、昔の五よしみにいやとも言わず、よんどころなく貸した訳よ。

利助　ア、、そりゃあ今この廓《くるわ》で、文里《ぶんり》〳〵と人の言う、丁子屋の一重という花魁《おいらん》の、六間夫《まぶ》だという噂のある人のことじゃあないか。

与九　そうよ。その文里の女房が、年始に出るに困ると言って頼むから、それでお前に借りたのだが、おれも気がかりだから七如才なく、今日《きょう》も催促に行ったところが留守さ。なんでも見えがかり八に脱がせようと、方々《ほうぐ》捜して歩くところさ。

一　連絡なしで。
二　湯島・本郷・上野の高台の下に当たる地域。北は小塚原、東は浅草、南は神田川に及ぶ（荒川区南部・台東区）。
三　落ちぶれて世間から隠れて見すぼらしく暮らして。
四　江戸屈指の目抜き通り（中央区本石町三丁目より本町三丁目）。西北方向に伸びる日本橋通りと、本町二・三丁目の間で交差。金座・桝座の他、薬種問屋などの豪商が多く土蔵が並び、四丁目まであった。
五　親しい交際。
六　娼妓の情夫。娼妓は商売そっちのけ、会うことを楽しみにし、真実を尽くす。その一方、他の客に対する勤めが疎かになり勝ち等の理由により、楼主や遣手からは嫌われる。
七　機転を利して。
八　見付け次第。

利助　なんにしろ、そいつぁ、とんだ者に貸した〇しかしながら、与九兵衛さん、先の相手は見ず知らず、お前と見込んで貸したしろもの。わたしに損は掛けまいね。
与九　[九]なんのつけ、貴様に損を掛けるものか。なんでも、こっちの方へその女房が来たというから、お前《めえ》もちっとは掛かり合いだ。[一〇]土手下の[一一]吉本《よしもと》で一《いっ》ぺいやって、いっしょに探してください。
利助　その吉本はわたしも馴染《なじ》みだ。
与九　馴染みとあれば、ちょうど幸い。
利助　それじゃあ、すぐに行きましょう。
（ト右鳴物にて、両人上手へ入る。向こうより、文蔵女房おしづ、人柄のよき世話女房のこしらえにて、出て来る。八百屋久兵衛、付き添い、出て来たり、花道にて）
久兵衛　モシ、[一二]御新造《ごしんぞ》様、あなたは今日《こんにち》、どちらへおいでなさるのでござりまする。
おしづ　今日《きょう》は[一三]よんどころない用事があって、廓《くるわ》の丁子屋まで参るわいの。
久兵　さようでござりましたか。ちょうど幸いわたくしもこの近所まで参りがけ、そこらまでお供致しましょう。

九　どうして。
一〇　日本堤の下。
一一　未詳。居酒屋の名か。
一二　上・中流の町人の若い妻に対する敬称。
一三　やむを得ない。

しづ　オヽ、そうであったか。それはよい所で逢いましたわいの。

久兵　まずなんに致せ、往来中《なか》[一]でろく〱に、御挨拶も致されませぬ。向こうの茶見世へ行って、御休息なされませ。

しづ　ほんに、そうして行きましょうわいの。

（トやはり右鳴物にて、おしづ先に、久兵衛付き、舞台へ来たり、久兵衛、[二]手《て》拭《ぬぐ》いにて床几の塵《ちり》を払い）

久兵　御新造《ごしんぞ》様、これへお掛けなされませ○

（トおしづ、会釈して、床几へ掛ける。このうち、久兵衛、自身に茶を汲み、持ち来たり）

あいにく茶屋の者もおりませず、おぬるうはござりましょうが、お息つぎ[三]にお茶一つ、おあがりなされませ。

しづ　もうわしに構わず[四]、そなたも休息したがよいわいの。

久兵　へイ〱、さようなら、御免なされませ○

（ト久兵衛、下手《しもて》の床几へ住まう。合方になり）

さて、改めましてまだ御挨拶も致しませぬが、旦那様お子様方にも、お変わりはござりませぬか。たゞ陰ながらお案じ申しておるばかり、手前にか[五]まけまして、存じのほか[六]の御無沙汰《ごぶさた》を致しましてござりまする。

一　道路上で。
二　多くは木綿一幅（ひとの。鯨尺一尺から八寸ほど）を鯨尺三尺（約一〇九センチ）の長さに切って使う。
三　少し休んで、息を入れて。
四　気を遣わずに。
五　自分のことだけにかかずらわって。
六　思いがけずに。

（ト久兵衛、ていねいに辞儀をなす）

しづ　深切にかたじけのうござる。しあわせと皆息災[七]でござんす。そのうちにもわしなどは知ってのとおりの病身なれど、今の身の上になってから、ほんにどこ[八]とも言いませぬが、これが[九]御方便《ごほうべん》とやらであろうわいの。

久兵　さようでござりまする。昔に変わり只今では、お内のことはあなたの手一つ。もしもお前様におわずらいでもござりましては、それは〳〵大変でござりまする。そのようにお達者におなりなされたは、やはり信心をなさる神仏《かみほとけ》の御利益《ごりやく》でござりましょう。

しづ　ほんに、そなたの言《い》やるとおり御利益でもあろうかいの◯

（ト少し愁いのこなし）

その神仏《かみほとけ》の御利益なら、わしが身はい[一〇]とわねど、今の貧苦に引き替えて、昔の身分に立ち返り、早うそなた衆《しゅ》の、よろこぶ顔が見たいわいのう。

久兵　おっしゃるとおり、そうなりましたら、どのようなよろこびでござりましょう◯

（ト思入れあって）

それにつけても申し訳もなきは、倅《せがれ》十三郎が不始末にて、失いました百両の金。だん〳〵と延引《えんにん》致し、只今にては、以前に変わる御身分ゆえ、どう

七　無事で、達者。
八　どこも悪くない。
九　息災で暮らせるように、仏様が現在の窮状をお与え下さったのは、私をお救い下さる巧みな手段。
一〇　どうなってもよいが。「いとふ」は、体を大切にする。

ぞして一日も早くと存じますれど、御存知のとおりの貧乏暮らし。なにを言うても大枚《たいまい》百両、心に[一]絶え間はございませねど、つい[二]延引《えんにん》致しまして、申し訳もございませぬ。

しづ　それはもう言わいでも、そなた衆《しゅ》親子の心をば、主《ぬし》もよう知ってござんすゆえ、決して悪くは思いませぬほどに、[三]都合次第に、持って来たがよいわいの。

久兵　有難いそのお言葉。お主《しゅう》様が貧苦に迫り、[四]御《ご》艱難《かんなん》遊ばすを、見捨てておくは倅が不忠。それさえあるにお金の[五]恩借《おんしゃく》。

しづ　これはしたり。そのようなことをきな〲と思い続け、わずらいでも出ようなら、常から孝行な十三郎、案じるは[六]知れてある。必ず[七]苦労にせぬがよいぞや。

久兵　そのようにおっしゃるほど、なお〲どうも済みませぬ。

しづ　ハテ、済まぬというて、しようがないわいの。

（ト通り神楽、鳥追い唄になり、上手より、与九兵衛、利助、出て来たり、おしづを見て）

与九　モシ、木屋の御内儀[八]、お前の行方を[九]一《いっ》ぺんと尋ねました。

（ト言いながら、前へ出る。おしづ見て）

一　いつも気にしておりますが。
二　心ならずも。
三　金の都合がつき次第。
四　苦しみなさる。
五　情けによって借り得た金。
六　分かりきっている。
七　心配しない。
八　町家の妻に対する一般的な呼称。苗村丈伯『女重宝記』（元禄五年刊、一六九二）一に、天子が女御・后、将軍が御台所・北の御方、大名が奥様、百姓が御方・藺鞋（いわらじ）、町人が内義、下様が呵（かか）、寺が妙・大黒などと見える。
九　そこら中。

しづ　お前は研屋の与九兵衛様。
与九　オヽ、いゝ所で逢いました。今日《きょう》も内へ行ったところ、錠[一〇]がおりて誰もいず、たった一日と言わっしゃるゆえ、借りてあげた身の回り[一一]、[一二]今日《きょう》が日までも音沙汰なしで、こりゃあ一体どうさっしゃるつもりだえ。
（ト与九兵衛、[一三]ずっと床几へ腰を掛け、[一四]居《い》丈高《たけだか》に言う。おしづ与九兵衛に向かい）
しづ　御催促を受けまして、[一五]面目次第もございませぬが、一日のお約束で拝借を致しましたけれど、[一六]ふだん出つけぬ女子《おなご》のことゆえ、出ますついでにそれからそれ、無沙汰の[一七]かどを[一八]済まそうと存じまして、[一九]つい〳〵延引《えんにん》になりましたが、全く疎略に致す心でもございませぬ。[二〇]申してあげぬはこちらの[二一]不念《ぶねん》、なにともう一両日《いちりょうにち》のうち。
（ト言いかけるを）
利助　アヽ、モシ〳〵、それじゃあお前がお借り主かえ。わたしゃあ損料屋の利助という者でござりますが、そりゃあ幾日《いつか》でも貸すのが商売だが、料銭も入れず、そうべん〳〵と引っ張られては、商売になりませぬ。
与九　お前《めえ》方に口入れを、したばかりでおれまでが、[二二]面皮《めんぴ》をかいて、こんな馬鹿〳〵しいことはない。

一〇　錠前がかかっていて。錠は戸や蓋などに取り付け、鍵を使うことにより、開かないようにする金具。
一一　衣類・履き物など身に着ける物。
一二　今日という、この日まで。
一三　無造作に、素早く。
一四　相手を威圧するような態度で。
一五　非常に恥ずかしい。全く人に合わせる顔がない。
一六　外出に慣れていない。
一七　〇〇の点。〇〇の件。
一八　決着をつけようと。
一九　「つい」（一二六頁注三）を強調した副詞。
二〇　事情をお伝えしなかったのは。
二一　うっかり。ぼんやり。
二二　面目を失って。

両人　サア〳〵、脱いでもらおう〳〵。
（ト[一]大きく言う。このうち、始終、おしづは久兵衛へ、面目なき思入れ。久兵衛も、気の毒なるこなし）
しづ　あなた方のおっしゃるところは、ごもっともでござりまするが、さようなれば、今日《こんにち》一日お貸しなされてくださるよう、お前様からあのお方へ、どうぞお頼みなされてくださりませ。
（ト手を突き、与九兵衛へ頼む）
与九　[二]どうして〳〵。たとえこの人が貸そうと言っても、もうおれが不承知だ。貸すことはなりませぬ〳〵。
利助　わしゃあお前は見ず知らず、与九兵衛さんに貸したしろもの。当人があゝ言うから、もう[三]片時も貸されねえ。
両人　サア〳〵、脱ぎなせえ〳〵。
（ト両人、おしづに立ち掛かる。おしづは脱ぐまいと、三人争うを、久兵衛[四]支えて、おしづを囲う。両人見て）
与九　コレ〳〵とっつぁん、貸した物を取ろうと言うに、邪魔をしてはいけませぬ。
利助　お前方の知ったことじゃあない。[五]往来の者なら通らっせえ。

一　大声で。
二　とんでもない。
三　ちょっとの間。
四　妨げて。
五　無関係な単なる通行人なら行ってしまいなさい。

両人　サア〳〵、[六]のいていな〳〵。

（トまたおしづへ掛かるを、久兵衛支えて）

久兵　マア〳〵、待ってくださりませ。なにか様子は存じませぬが、[七]女儀《にょぎ》のことなり、ことには往来。どうぞ待ちにくうもござろうが、今日《きょう》[八]一日のところを、待ってあげてくだされ。わたくしがお願い申しまする○

（トこれにて、両人、どうしようという相談のこなし。このうち、久兵衛はおしづの介抱[九]しながら）

御新造《ごしんぞ》様、わたしが悪いようには、はからいませぬほどに、落ち着いておいでなされませ。

しづ　久兵衛殿、面目のうござるわいの。

（トうつむきいる）

与九　モシ、お前がたって頼みなさるものだから、損料屋さんに待ってもらうように言いましょうが、たゞはどうも言われない。今日《きょう》で、五日の損料を、残らずこゝで払いなせえ。そうしたことなら頼んでやろう。

久兵　そりゃもう、[一〇]随分払いましょうが、シテ、その損料は何ほどでござりまするな。

利助　そうさ、[一一]身ぐるみいっしょで、一日が三分《ぶ》[一二]と言うのを二朱引いて、二

六　退け。
七　女性。
八　一日の間。
九　世話をする。
一〇　精一杯。
一一　体を包んでいる物の一切。
一二　一両は四分。一分は四朱。

分二朱ずつ、五日でちょうど三両二朱、たった今貰いましょう。
久兵　それは高いものだなあ。
利助　悪くすりゃあ着逃げ[一]を食うから、そこらの差し引き勘定[二]して、たんと[三]取らにゃあ商売にならねえ。
与九　サア、待ってやるから、料銭を払いなせえ。
久兵　サア、その料銭は、
　（ト久兵衛、当惑の思入れにて[四]、もじ〱している）
与九　お前、金はないのかえ。
久兵　ハイ、こゝに持ち合わせは、しかも小《こ》銭《せん》で二百四、五十[五]よりほかはございませぬ。
　（ト言いながら、懐より財布を出し、中より銭を出し見せる）
与九　エヽ、なんのことだ[六]。すっ込んで[七]いやあがれ。
　（ト久兵衛を突き倒す）
利助　とんだまぜっけえし[八]で、暇がいった[九]○サア、この上はおかみさん、湯もじ[一〇]一つになってくだせえ。
　（ト利助、おしづに立ち掛かる）
しづ　そこをどうぞ。

一　借りた着物を返さずに、着たまま逃げられるので。
二　損得の計算。
三　沢山に。
四　困り切った表情で。
五　二百四、五十文ほどしか。一両を六千文とすれば、三両二朱は一万八千七百五十文。
六　なんと言うことだ。
七　引っ込んでいやがれ。
八　余計な口出しで混乱させること。
九　無駄な時間を過ごした。
一〇　腰巻。女性の下半身用の肌着。

（ト利助にすがって頼む）

利助　それじゃあ勘定しなさるか。

しづ　今と言っては、どうもこゝに。

与九　たゞし[一一]は着物を脱ぎなさるか。

しづ　サア、それは。

両人　サア、

三人　サア〳〵。

両人　アヽ、面倒な。脱ぎなせえ。

（ト両人、また、おしづに掛かるを、久兵衛支える。与九兵衛は、久兵衛を引き付け、利助は、おしづを引っ立てる。この以前より、上手へ、紅屋の倅《せがれ》与吉、窺《うかゞ》[一二]いいて）

紅屋与吉　イヤ、その勘定は、わしがして[一三]進ぜましょう。

与九・利助　どうしたとえ。

（トこれにて、皆々ほぐれ[一四]、与吉、床几へ住まう。おしづ、与吉を見て）

しづ　そなたは弟《おとゝ》〇アヽ、面目ない〳〵。

（トおしづ、そのまゝひかえる。与九兵衛、利助は与吉に向かい）

一一　それとも。
一二　様子を見ていて。
一三　払って上げましょう。
一四　九行目のト書きに、「与九兵衛は、久兵衛を引き付け、利助は、おしづを引っ立てる」とあるように、四人が絡み合った行動をとっていたが、互いに手を放し、ばらける。

与九　モシ〳〵、お前どこのお方か知らないが、ほかの借り貸しとは違いますよ。悪く[一]口を利き[二]なさると、目串《めぐし》[三]は抜けませぬぞ。

利助　大概なことなら見ぬふりで、行きなさるのが上分別[四]。それともお前が料銭を、見事[五]この場で払いなさるか。

（ト与吉、思入れあって）

与吉　なるほど、わしが年が行かぬから、とんだ口を利き出して、あとで後悔しようかと、お前方のその御意見。しかし、御念[六]には及びませぬ。まん[七]ざらお前方に損も掛けまいから、まあ、落ち着いていなさるがいゝ。

与九　そりゃあ、大きに有難うござります。

利助　お礼から先へ申しておきます。

（ト与吉こなしあって）

与吉　モシ、姉様《あね》。とうから返そう〳〵と、心に思えどついそれなり、いつぞやお借り申したこの紙入れ○

（ト懐中より、紙入れを出し）

長く大きに有難うござりました。これはお前にお返し申しまする。その中には、お前から小遣[八]いにくださった、お金も入っておりまする。それで勘定しておやりなされませ。

一　下手に。
二　仲裁に入る。間に立って解決しようとする。
三　身を引くことができなくなる。
四　的確な判断。
五　ちゃんと。
六　御心配。
七　必ずしも。打消し表現と呼応して、婉曲的に肯定を示す。
八　読売本では、序幕笹目が谷新井橋の場で、おしづが紙入れごと金を与える。

（ト与吉、紙入れをおしづに渡す）

しづ　それじゃといって、そなたにこれを。

与吉　ハテ、借りたものを返すのに、いらぬ御遠慮なさいまするな○

（トおしづにのみ込ませ[九]）

少しも早く、それで勘定なされませ。

（トおしづ、紙入れを頂き）

しづ　弟《おとゝ》、[一〇]なんにも言わぬ。うれしいわいの○

（トおしづ、手早く紙入れより金を出し、紙に包み）

サ、与九兵衛殿、三両二朱渡しまする。たしかに受け取ってくださんせ。

（ト与九兵衛、金を受け取り）

与九　これは大きに有難うございます○

（ト金を改め[一一]見て）

思いがけない料銭が、耳を揃《そろ》えて三両二朱○利助さん、結構なお得意じゃあないか。

利助　イヤ、もうこれなれば、いつまでもお置[一二]きなされませ○モシ、[一三]縞柄《しまがら》がお気にいらずば、[一四]御召縮緬《おめしちりめん》でも[一五]結城紬《ゆうきつむぎ》でも、よい物と取り替えて差し上げます。

九　納得させる。
一〇　礼の言いようもない。
一一　金額を確かめて。
一二　借りておいて下さいませ。
一三　縞の模様。縞は縦または横に織り出した筋。万筋、千筋、格子縞など。
一四　染めた練り糸（生糸に熱水処理を施して得る艶があり、しなやかな糸）で織り、しぼ（表面の凸凹）を出した高級品。
一五　結城地方（下総国。茨城県西部）で産する紬（真綿などから紡いだ、太さが一定しない糸で織った絹織物）。ざっくりした風合いで、軽くて着心地よく、渋好みの町人が着用。

与九　実はわたくしも、お世話になった文里様が、お困りなさるとのことゆえ、お口入れをしたのだ。もしまた御用がござりましたら、なんなりともお口入れを致しますから、旦那へよろしく、おっしゃってくださりませ。
久兵　[一]テモ、薄情な人たちだなあ。
（トあきれしこなし。与九兵衛、久兵衛に向かい）
与九　これはお前さん、只今は大きに、失礼を致しました。
利助　皆さんへよろしく、おっしゃってくださりませ。
与九　そんなら利助さん、[二]そろ〳〵出かけよう。
両人　こりゃあ大きに、[三]おやかましゅうござりました。
与吉　ア、、モシ〳〵、ちょっと待っておくんなさいまし。
（ト行きかける）
両人　まだなんぞ、御用がござりまするか。
与吉　お前方の方は、勘定取れば、言い分はありますまいね。
両人　なに、言い分がござりましょう。
与吉　そっちになければこっちにある○[四]トサア、[五]おやじなれば言いましょうが、見なさるとおりの[六]若輩者。よしまた若気《わかげ》の向こう見ずに、お前方を打擲《ちょうちゃく》したら、[七]この場の花は咲くにもしろ、[八]達者衆《たてものしゅう》の真似をするようで、

一　それにしても。
二　ぼつぼつ。
三　お騒がせ致しました。
四　とまあ、こういう風に。「そっちになければこっちにある」をきっぱりと言い、ここで柔らかく砕ける。
五　与吉役の関花助の養父三代目関三十郎。本作で、伝吉と長兵衛を勤める。三十郎（文化二年出生、明治三年十二月十八日没、六十六歳）は容貌が五代目松本幸四郎に似て鼻が高く、敵役を得意とし、『小袖曾我薊色縫』の大寺庄兵衛、『青砥稿花紅彩画（あおとぞうしはなのにしきえ）』の日本駄右衛門等に扮し、科白回しに長じていた。黙阿弥は最も上手な役者として、名人関三を挙げる。
六　若くて、人生経験の浅い者。花助は当時二十三歳。明治六年三月、四代目三十郎を襲名するが病身で大成しなかった。『青砥稿花紅彩画』では浜松屋幸之助に扮し、三十郎と役の上でも親子となる。
七　賑やかで派手な見せ場になるにもせよ。
八　侠客。
九　御見物のお客様方のお気持ちはいかがなものでしょうか。
一〇　自分で言うのも変なものだが。

[九]いずれも様の思《おぼ》し召し。[一〇]こう言うとおかしいが、[一一]ものに出過ぎぬ気質ゆえ、お前方もわたしでしあわせ。怪我のないのを[一二]儲《もう》けにして、少しも早く、帰りなさるがよい。

両人　へイ〳〵、帰りますとも〳〵。

（ト両人よき所まで行き）

与九　なるほど、さっぱり気が付かなんだ。言われてみると[一三]違いない。[一四]いつもいじめたそのあとは、ぶたれるのが当たりまいな仕組みだ。

利助　そこを一番新しく、このまゝ入るその上に、この料銭の儲けの金で、[一五]重箱へ行って、[一六]鯰《なまず》でも食いましょう。

与九　鯰とは有難いが、実は今夜誘われて、[一七]廓《ちょう》へ付き合わねばならねえから、おれはこゝで別れよう。

利助　遊びなら、まだ早い。鯰で[一八]精分付けて行くがいゝじゃあないか。

与九　待たせるだけ罪になるわな。

利助　あんまりもてもしまいに、よしなさればいゝに。

与九　これは御挨拶。

利助　それじゃあこれでお別れかね。

両人　大きに、おやかましゅうございました。

一一　花助の性格を当て込んでいるのであろう。
一二　幸いにして。
一三　その通り。
一四　端敵（安手で軽薄な敵役）は、弱い者いじめの後で、弱者を救う者によって懲らしめられるのが歌舞伎の定型。
一五　浅草山谷町（台東区東浅草二）の川魚問屋、鮒屋儀右衛門経営の料理屋、鮒儀の俗称。鰻の樺焼の他に玉子焼なども売り物とした。現在は港区赤坂二で営業。荻原仙子「明治前後の食通」（『漫談明治初年』）に、「（鰻屋では）山谷の重箱が一番よかった。種彦や、黙阿弥が本の中にかいてゐる位意気のあるものでした」。
一六　鯰の旬は冬、すっぽん煮（鯰をぶつ切りにし、酒・味醂・醤油・砂糖等で味濃く煮て、生姜汁をかけて食す）が好まれた。「重箱の角ミで地震を喰ッている」（『柳多留』百四十二篇。天保六年刊、一八三五）。
一七　新吉原。
一八　鯰の補精の効能について、曲直瀬道三『宜禁本草』（江戸初期刊）坤に、「臛（アツモノ）ト為シテ美ナリ。且ツ補ス」。

（ト通り神楽、鳥追い唄になり、両人、足早に、向こうへ入る。あと、
合方になり）

しづ　コレ弟《おとゝ》、いかに親身[一]であればとて、面目ない今の始末。どうしようと思うたところ、そなたが見えたばかりに、さのみに恥もかゝずにしまい、このようなうれしいことはないわいの。

久兵　御新造《ごしんぞ》様のおっしゃるとおり、よいところへ、あなた様がおいでくだされましたゆえ、実にわたくしまで、安心致しましてござりまする。

しづ　ほんに、この恩は忘れはせぬ。かたじけないわいの。

与吉　なに、そのお礼[二]に及びましょう○とは言うものの、その以前は、本《ほん》町《ちょう》[三]で指折りの小道具商売。ふとしたことから文里殿が、廓《くるわ》通いに身上《しんしょう》[四]しつれ、それからついには[五]見世をしまい、逼塞《ひっそく》なしてかすかなお暮らし。今[六]も今とて往来中《なか》で、恥をかくのもおいといなされず、文里殿へ操を立て、いかい御苦労なさるのが、おいとしゅうござりまする○

（トほろりと思入れ）

なぜこのようなことなれば、内へ言ってはおいでなされませぬ。便[七]りないあなたはよけれども、紅屋という里[八]がありながら、見捨てておきそうもないものじゃと、世間の人に言われゝば、内の[九]暖簾《のれん》に疵《きず》が付きまする。こと

一　身内。
二　お礼などとはとんでもありません。
三　多くの中で特に傑出した。
四　暮らし向きが左前になり。
五　廃業し。
六　たった今も。
七　何の連絡もしない。
八　実家。
九　店名・商標などを木綿地に染め抜き、商家の軒先に垂らした日除け。転じて店の信用・格式。

さら親身の弟《おとゝ》へ、なに御遠慮がござりましょう。なぜそのように、隔[一〇]てて
はくださりまする、お恨みに存じまする。

しづ　わしがような者でも、姉と思えばこそ深切に、よう言うてたもった。さりながらわしの身は、いったん木屋へ嫁入るからは、たとえどのような難儀をしても、夫に従う[一一]が女房の常。またこのような悪い耳[一二]を、とゝさんにお聞かせ申すは不孝ゆえ、それで内へは言うてはやらぬ。必ずそなたを隔てるのではないほどに、悪う思うてくれぬがよいぞや。

久兵　その御苦労を聞くにつけ、少しも早く調達《ちょうだつ》[一三]して、お返し申したき百両の金。わたくしども親子[一四]ゆえ、御苦労をなさるかと、思えば生きてはおられませぬ。

しづ　これはしたり、またそのようなことを言《い》やる。今弟《おとゝ》が言うとおり、里へ言うてやれば、どうかなれど、言ってやらぬは、今も言う、親へ悪い耳を聞かさぬため。まさかの時は、言ってやれば、少しも困ることはないほどに、そのことは、案じぬがよいわいの。

（トこのうち、与吉、紙入れ[一五]より金を出し、紙に包み）

与吉　姉《あね》様、これは少しばかりなれど、お小遣いになされてくださりませ。

（ト出す。おしづ、そのまゝ突き戻し）

一〇　遠ざけて。
一一　女性の生涯にわたる教えである三従（幼い時は親に、嫁しては夫に、老いては子に従うべきもの）の一つ。
一二　不愉快な話。
一三　こしらえて。
一四　親子のせいで。
一五　一三三頁で、与吉がおしづに渡したのと同じ財布。ト書きにはおしづが与吉に返した旨は記されていない。

しづ　イヤ〳〵、これは受けにくい。今も今とてあのように、世話になりしその上にて、これまで貰《もろ》うては済まぬわいの。
与吉　只今も申すとおり、その御遠慮が悪うござりまする。他人に貰うというではなし、弟《おとゝ》のわたくしが上げまするもの、納めておきなされませ。
しづ　そんならそなたの言葉に任せ、これは貰《もろ》うておきましょうわいの。
（トおしづ、金をしまう）
与吉　モシ、お前様には、今日《こんにち》、どちらへおいでなされまする。
しづ　サア、聞いてたも。そなたも知っていやるとおり、丁子屋の一重という傾城《けいせい》に、文里殿が[一]馴染《なじ》みを重ね、[二]身重でいると聞いたゆえ、明け暮れ案じる[三]女子《おなご》の大役。ことには[四]勤めの身の上なれば、[五]身二つになったとて、[六]手しおに掛けて育てもならず。幸いわしに乳もあれば、産み落としたらその[七]やゝは、わしが引き取り世話しようと、そのことで今廓《くるわ》に行くところじゃわいのう。
（トこれを聞き、与吉、久兵衛、感心のこなし）
与吉　[八]悋気《りんき》は女のつゝしみなれど、現在、夫を[九]寝とられし、女郎のもとへわざ〳〵と。
久兵　世間に女子《おなご》も多けれど、あなたのようには、[一〇]気は持てますまい。

一　なれ親しみ。
二　妊娠した。遊女の妊娠は実際には稀れ。
三　出産は女性の命がけの任務。
四　遊女勤め。
五　出産したとしても。
六　気を配りながら自身の手で養育すること。
七　赤ん坊。
八　女性は元来、嫉妬深いものなので、焼餅は慎まないといけないことだが。嫉妬は七去（妻を離縁する七つの条件）の中に数えられる。
九　肉体関係を通じて奪い取られた。
一〇　気持ちを抱けないでしょう。

しづ　これも夫のためなれば、[一一]ねたむ心はござんせぬ◯

（[一二]卜時の鐘）

もはや[一三]入《い》り相《あい》。そんならわしは、日暮れぬうちに行きましょう。

与吉　随分道を、気を付けておいでなされませ。

しづ　そなた、内へ帰っても、今日《きょう》のことはとゝさんへ、沙汰なしにしてくださんせ。

与吉　それはお案じなされまするな。申すことではござりませぬ。

久兵　御《ご》新造《しんぞ》様、わたくしも、これでお別れ申しまする。

しづ　久兵衛殿、大きに御苦労でござんしたわいの。

与吉　さようなれば、お姉《あね》え様。

しづ　そんなら弟《おとゝ》。

久兵　お二人様。

三人　また、お目に掛かりましょう。

（卜唄になり、おしづは上手、与吉は向こうへ入る。久兵衛残り、思入れあって）

久兵　いかに浮世とは言いながら、[一五]移れば変わるお身の上。木屋文蔵と言われては、なに御不自由もない[一六]分《ぶ》限《げん》。その御《ご》新造《しんぞ》が今のお恥辱《ちじょく》。それもしよ

一一　嫉妬する。
一二　暮六つの鐘。銅羅で表現する。暮六つは日の入り後三十六分ほど。東京の冬至では五時七分。
一三　暮れ方。
一四　暗くならない内に。
一五　「移れば変わる世の中」（時が経過するにつれて世の中も変わる意の諺）を踏まえる。
一六　大金持ちで家業のある人。

うがないことか、立派なお里がありながら、あの御様子では今日《きょう》までも、まだ御無心もおっしゃらぬ、お堅[一]い気性の文里様。これにつけても、わしが養子、十三郎が失いし、百両の金子《きんす》さえ、御催促もなされずに、いつでもよいと、情けのお言葉。たとえよいとおっしゃっても、どうも今の様子を見ては、こりゃもう打ち捨ててはおかれぬ。膝《ひざ》とも談合《だんこう》伝吉殿へ、くわしい話をした上で、急に調達《ちょうだつ》せねばならぬ○ドレ暮れぬうち、急いで行きましょう。

（ト時の鐘になり、久兵衛、下手へ入る。通り神楽、鳥追い唄になり、向こうより、釜屋武兵衛、ぱっち、尻端折《しりはしょ》りにて出て来る。あとより伝吉、半天、股引《もゝひき》、尻端折りにて、出て来たり、花道にて）

伝吉　武兵衛様、よいとこでお目に掛かりました。ちょっと向こうの茶見世まで、来てくださりませ。

武兵衛　どんな用か知らないが、ちっと心がせくことがある。明日《あした》では悪いのかえ。

伝吉　なにさ、手間[二]は取らせません。すぐ分かることでござりまする。

（ト言いながら、両人、舞台へ来たり、床几へ腰を掛ける。武兵衛、気のせくこなし）

一　義理堅く、律儀な。
二　それほど時間は要しません。

武兵　サアとっつぁん、気がせいてならぬ、早く言わっせえ。

伝吉　その用というのは、ほかのことでもござりませぬが、かねてお前様《めえ》が、わたしどものあまっちょ[三]をくれるなら、望みしだい、金を出そうと言いなすったが、金を取ってもなくなりやすく、あいつさえありゃあ、その日〱を、楽にして暮らされるから、今までは辛抱しましたが、この節、ちっと金が入り用だが、なんと娘を百両で、買っておくんなさらねえか。

武兵　そりゃあちっとおそまき[四]唐がらしだ。[五]この間うちは、貴様の娘おとせに惚《ほ》れて、百両が二百両でも出す気だったが、くれぬと言うから癇癪《かんしゃく》で、一晩廓《なか》へ行ったところ、丁子屋の内の一重という女郎を買ったが、また別[六]なもの。そこでおれも乗り[七]が来て、今じゃあ馴染みで末始終《すえしじゅう》は、女房に持とう、なろうという仲だ。

伝吉　モシ〱、もうようござります。そののろけは、またゆっくり聞きましょう。年寄りは気が短けえ。無駄なことを言わないで、真剣なことを言っておくんなせえ。

武兵　イヤ、無駄じゃあない、真剣の話だ。[八]先度《せんど》もおれに無心を言うから、これ見さっせえ、この金を○

（ト懐より胴巻の百両を出し）

三　娘。年少の女を軽んじていう。
四　手遅れの意の洒落。
五　先頃は。
六　夜鷹などとは違った良さがある。
七　気乗りがして。
八　この間も。

今夜、その一重にやって、女房約束をするつもり。こうならねえ前ならば、また話し合いもあったれど、今じゃあ百両はさておき、一両も出せねえ。

（ト百両を見せびらかして、しまう）

伝吉　人じらしなことをしちゃあいけません。無いものなら仕方がねえが、それほど持っていなさるじゃあございませぬか。

武兵　イヤサ、あってもこれは今言った、丁子屋の一重という女郎にやる金。どうして貴様に貸されるものか。

（トこれにて伝吉、少しむっとしたるこなし）

伝吉　いゝかげんになさいましな。わっちも土左衛門伝吉だ。無ければならぬ百両の金、よくせき[一]なことだから、さっきから手を下げて、頼むじゃあございませぬか。

（ト武兵衛も少し腹の立つこなし）

武兵　いくら頼んでも、無駄だから、よさっせえ。

（ト武兵衛、知らぬ顔をしている。伝吉、思入れあって）

伝吉　訳をお話し申さねば、わたくし風情の貧乏人が、どうしてそんな大金がいるだろうと、お疑ぐりはごもっともでございますが、なにをお隠し申しましょう。わしの一人の倅めが、奉公先の引き負い[二]で、なさねばならぬ[三]

一　よくよくの。
二　取引き上で主人に与えた損。
三　返済しなければならない。

せつない義理。今日《きょう》この金が出来ぬ日には、首でもくゝって死なにゃあなりませぬ。それも年寄りのことだから、死ぬのはいといはしませぬが、そうなる日には三方《さんぽう》四方、難儀の上に難儀を掛け、実にそりゃあ[四]浮かべませぬ。これもやっぱり[五]子ゆえの闇。無理なことだがこのお願い、どうぞかなえてくださりませ。

（ト武兵衛の袖を[六]ひかえ、頼む。武兵衛、袖を振り払い）

武兵　エヽ、しつこい。出来ぬと言うに。

（ト言いながら、武兵衛、ずっと立つ。これにて[七]床几返り、伝吉、下《した》へ[八]どうとなる。武兵はついと上手へ入る。伝吉、[九]下《した》にいたまゝ、[一〇]ホッと溜め息をつき）

伝吉　こりゃ思案をせにゃあならぬわえ。

（ト腕を組み、きっと思入れ。時の鐘にて、この道具回る）

（本舞台三間。向こう、上《かみ》の方《かた》、三尺の床の間。真ん中に、違い棚。下手《しもて》、[一一]油単《ゆたん》を掛けし夜具棚。この下《した》、黒塗りの箪笥《たんす》。上下《かみしも》、一間の障子屋体。花道の[一二]付け際《ぎわ》へ、二階の[一三]手《て》摺《す》りを出し、すべて一重部屋の模様。こゝに一重、胴抜き、女郎部屋着のなり、以前のおしづに、[一四]煙草《たばこ》

四　成仏できない。
五　子への愛に引かされて理性を失った行動をすること。『後撰集』十五、藤原兼輔「人の親の心は闇にあらねども子を思ふ道にまどひぬる哉」による表現。
六　押さえて。
七　武兵衛の座して居た端が平衡を失って勢いよく上がって。
八　どんと尻餅をつく。
九　座ったままで。
一〇　大きく溜め息をつき。
一一　紺などの木綿地に家紋や唐草模様を白く染め抜いた覆い。
一二　花道が舞台と接するところ。
一三　階段の降り口に転落防止のために設けた手摺り。
一四　煙草に火をつけ一口吸ってから客に差し出す。男客への馳走にするのを女客にもついしてしまった。お歯黒が奇麗につくというので、既婚者は喫煙した。

を吸い付け、出している。下手に、花の香、番新、花琴、花鶴の新造《しんぞう》、火鉢にて、[一]茶をこしらえいる。この模様、流行唄《はやりうた》にて、道具止まる）

一重　ほんにおかみさん、よう来てくださんした。久しゅうお見えなさらぬゆえ、おあんばいでも悪いかと、[二]このじゅうからお噂ばかり、申しくらしておりましたわいな。

しづ　わたしもとうから、ちょっと間《ま》を見て、来ようとは思うていたれど、何やかやとせわしなく、それゆえに存じながら、御無沙汰《ごぶさた》をしましたわいの。

花の香　実に花魁《おいらん》も毎日〳〵、あなたのことばかりお案じ申して、ちょっと[三]人でも上げてくれろと、おっしゃってでござりましたが、[四]物日《ものび》〳〵でわたくしが忙しく、それゆえ人も上げませぬが、堪忍してくんなまし。

花琴　この間も花魁が、お文《ふみ》を上げるとおっしゃって、[五]便《たよ》り屋どんに頼みましたら、あいにくお宅の辺へ便りがないと、それで御無沙汰になりんしたわいな。

しづ　どう致して、その御無沙汰はお互いのことでござんす。

（ト花鶴、茶をくみ、持ち来たり）

花鶴　お茶一つおあがんなんし。

一　茶を焙じる。
二　この間から。
三　誰か様子を見に行かしてくれ。
四　八五頁注七参照。
五　町飛脚の一種で安政（一八五四―）より盛んになった。所名・家名などを書いた、横二尺・縦一尺・高さ一尺余の箱を棒に付けて肩に担い、箱を背にして前に出た棒の先に風鈴を吊るす。その音を聞きつけて書簡を託したり、直接便り屋の店に持参したりした。

しづ　どうぞ構《かも》うてくださんすな。

（ト花鶴、湯飲みへ茶をくみ、一重の前に置く）

一重　もうお前方はよいほどに、早う[六]見世《みせ》の仕度をしなんし。

花鶴　そして花魁、あなた身じまいはようござんすかえ。

花の　それはわたしがしてあげるほどに、早う見世へ行きなさんせ。

花鶴　そんなら、花の香さん、頼みんしたぞえ。

花琴　さようなればおかみさん、ゆるりとこれに。

両人　花魁お先へ。

（トやはり流行唄にて、両人階子《はしご》の口へ入る。あと三人残り）

しづ　ほんにまあ賑やかなこと。苦界《くがい》とは言いながら、このような所で暮らすは一生の徳。女子《おなご》でさえこう思うもの、殿御たちの来たがるは、これを思えば無理ではないわいなあ。

一重　それにつけても文里さんは、久しゅうお見えなさらぬが、お変わりはござんせぬか。この間から[七]夢見の悪さ、お案じ申しております。

しづ　有難うござんす。別に変わることはなけれど、なにを言うにも今の身の上。人に顔を見らるゝも面目ないと、内にばかりおられまする。

花の　それにこちらの方も茶屋へ遠慮で、おいでなさんせぬか知らぬけれど、

六　張り見世に出る仕度。

七　不吉な夢を見たので。『万徳雑書三世相』（正徳五年刊、一七一五）には、「鏡のくもると見れば思ふこと叶わず」などと見える。

ちょっと格子[一]までも来てくださんすりゃ、ようござんすなあ。

しづ　少しでも都合がよくば、茶屋の方へも少々なりとも勘定をして、それにまた、お前もたゞならぬ身の上ゆえ、逢いたいと言うてじゃけれど、自由にならぬはお金の才覚。

（ト少し涙ぐみて言う。一重も愁いの思入れ）

一重　産は女子《おなご》の大役なれば、ひょっとこれぎりにでもなったならば、この世でお目に掛かられぬゆえ、一目逢いとうござんすわいなあ。

（ト言いさして泣き伏す）

しづ　エヽ、モ、そんないまわしいこと〇ア、、鶴亀《つるかめ》〳〵〇
（ト袖を払いこなしあって、懐より守り[二]を出し）

これ見やしゃんせ。お前の産に怪我[三]のないよう、今日《きょう》も浅草の観音様で、お腹帯[四]《はらおび》を頂いて来たほどに、これさえあれば、心丈夫に思うていやしゃんせ。

（ト一重、涙ながら、顔を上げ）

一重　御深切に有難うござんす。ほんに、お前様のようなお方が、またと一人ござんしょうか。言わば憎まにゃならぬわたしを、それほどまで思うてくださんすお志、忘れは致しませぬわいなあ。

一　八二頁注一〇参照。
二　注四とともに授けられた、安産の守り札。
三　過失。
四　岩田帯。懐妊五か月目の戌の日に腹に締めるが、それを帯祝いという。江戸では有馬家上屋敷内（港区三田一丁目、中の橋南詰。現在は中央区蠣殻町三丁目に移遷）の水天宮で授けるのが著名。

しづ　なんのまあ、憎いことがござんしょう。[五]こちの人をいとしがり、[六]世にある昔は知らぬこと、今はこの身になり下がれば、[七]愛想《あいそ》づかしは遊女の常。それをお前に限りては、以前にまさる今の[八]真実。ほめてこそいれ、悪うは思わぬ。ほんにわたしゃ、妹《いもと》のように思うていますわいの。

一重　ふつゝかなわたしをば、そのように思うてくださんすお志。[九]女郎の癖かしらねども、わたしもお前さんの心に惚《ほ》れ、実の姉《あね》さまのように思うておりまする。

しづ　ほんに、[一〇]思えば思わるゝでござんす○またお前が身二つになったなら、そのやゝはわたしに預けてくださんせ。また乳も沢山出れば、[一一]どうぞわたしが育てたいわいなあ。

一重　有難うござんす。どうせわたしも勤めのうちは、手しおに掛けて、育てもならず、他人の乳を頼まねばならぬところ、お前さんなら、わたしも安心しておりまする。

花の　花魁も、そのことばかり、[一二]いっそ苦労にしていなさいましたが、それではまあ、さぞおうれしゅうござんしょう。それにまた、わたくしどもはなんにも知らず、お産の時はどうしたらよかろうと、今から苦労になりまする。

五　うちの人（亭主）。
六　その存在が世間で認められていた。
七　縁切り。
八　真心。
九　先輩後輩を姉女郎妹女郎と呼び実の姉妹のような感情を持つ。
一〇　相手のことを思っていれば必ず相手も思ってくれるもの。
一一　どうかして。
一二　大層。

しづ　案[一]じるより産むが安いと、その心遣いにはおよばねど、なんでも産み月までは、体が大切。食べ物に気を付けて、決《け》して高い所《とこ》へなど、手をあげては悪いぞや。

花の　それはお案じなされまするな。内証《ないしょう》[二]のおかみさんが、それは〳〵よく気を付けてくださいまする。この間もわたしを呼んで、腰[三]へ灸をすえてやれ、必ず軽はずみなことさせてはならぬと、たび〳〵わたしへおっしゃってでござんす。

しづ　ハ、、それではお前の身重のこと、内証とやらでも知っていやしゃんすのかえ。

一重　旦那さんもおかみさんも御存知にて、産み月前になったなら、すぐに根岸の別荘へ、病気の体《てい》で行って産めとおっしゃってでござんす。

しづ　それはマア、よい御主人で、一つの安堵じゃわいなあ。

（トまた流行唄になり、下手より、忠七、茶屋若い者にて、出て来たり）

忠七　モシ、花魁、武兵衛さんがやかましくていけませぬ。ちょっと顔をお出しなすってくださいませ。

（トこれを聞き、一重じれしこなしにて）

一　諺。出産は心配なものだが実際に生んでしまうと楽なもの。
二　八二頁注四参照。
三　腰椎やその近くにある経穴（命門・十七椎下・腰陽関など）への灸は女性器の炎症や子宮出血、婦人科疾患に効能がある。

一重　エヽ、もううっとうしいじゃあないかね。なんとか言っておいてくんなまし。
忠七　どうしてなんと言ったって、帰る〳〵と言って、なか〳〵聞きゃあしません。あゝいう腎助《じんすけ》[四]な客には、消し炭[五]は実《じつ》[六]困りますよ。
一重　帰ると言うなら帰し申すがいゝじゃあありませんか。
花の　アヽ、モシ、花魁、それでは悪うござんす。それに今夜は、かの[七]を持ってのはずじゃあありませんか。
（ト一重へ金を持って来たろうとこなし。一重うなずき）
一重　アイ、今行きんしょうわいなあ。
（ト花の香立って、鏡台を持って来て、一重の前へ直し、衣《い》桁《こう》[八]の仕掛[九]けを取って着せる。このうち、忠七、おしづを見て）
忠七　オヤ、あなたは文里様の御《ご》新造《しんぞ》ではござりませぬか。
しづ　忠七殿、大目に見てくださんせ。
忠七　これはよくいらっしゃりました。久しくお目に掛かりませぬが、文里様にもお変わりはござりませぬか。
しづ　有難うござんす。いつもお前の噂をしていなさんすわいなあ。
忠七　悪くではござりませぬか。

四　すけべったらしい。
五　引手茶屋の若い者。夜中眠っていても、用があると「起こせばすぐに起きる」ところからいう。
六　実に。
七　例の物（武兵衛が百両を）。
八　着物や帯などを懸ける家具。
九　打掛け（帯を締めた衣服の上に着る裾の長い上着）をさす吉原語。

しづ　なんでお前を。
花の　ほんに、忠七どんのような人はござんせぬ。
忠七　モシ、花の香さん、そんなことを言ってくださいますな。[一]二階を止められると困ります。
花の　オヤ、きついうぬぼれだねえ。
（トこのうち、一重、仕度をしまい、おしづに向かい）
一重　お前さん、じき行って来るほどに、少し待っていてくださんせ。
しづ　イヽエ、わたしももう、おいとましましょうわいなあ。
花の　まだよいではござんせぬか。ちょうど[二]御時分時《ごじぶんどき》でござんす○
（ト一重に向かい、少し小声になり）
モシ、花魁、[三]梶田屋《かじたや》へでも、[四]そう言ってやりましょうか。
（ト一重、うなずき）
一重　そうさ、それがようござんしょう。
（ト花の香、立ちかゝるを、おしづ引き止め）
しづ　なにか知らぬが、わたしはもうそうしてはいぬほどに、必ず心配してくださんすな。
（トこれにて、花の香、下《した》にいて）

一　借金のかさんだ客などが（遊女の部屋は二階にあるので）登楼を差し止められる意。茶屋の若い者が遊女と懇ろな間柄になることは禁じられていた。
二　お食事どき。
三　引手茶屋。『新吉原細見記』（安政七年春版）では仲之町の左側、江戸町二丁目入口より十一軒目に梶田屋がある。
四　料理を注文する。

花の　まあ、よろしいではござりませんか。
一重　今宵《こよい》はこちらへ、お泊まりなさんせいなあ。
しづ　イエ〳〵、子供が内で待っているわいなあ。
忠七　モシ、お子さん方より、旦那様がお待ちかねじゃあござりませんかえ。
しづ　ホ、、〇そりゃ昔のことじゃわいなあ。
忠七　しかしこりゃあ、花魁の前では、禁句でござりましたねえ。
一重　忠七どん、あんまりなぶってくださんすな。
（ト少しつんとする）
忠七　これは粗相、真っ平御免なすってくださいまし〇モシ、御新造《ごしんぞ》さん、どうぞ旦那へよろしくおっしゃってくださいませ。
しづ　主《ぬし》[五]もお前の内[六]へ、済まぬと言っていやしゃんすが、いずれそのうち、少しなりとも入れるほどに、お前も内へよく言うてくださんせ。
（トこれを聞き、一重思入れあって）
一重　そのことなら、お案じなさんすな。今夜少し、心当てがござんすゆえ、首尾よう行《い》たら、忠七どんの方は、わたしが道[七]を開けましょうわいな。
しづ　お前にもこれまで、色々世話になりながら、苦労を掛けては済まねども、出来ることならよいように。

五　主人も。
六　店。
七　手段を講じて解決する。

(トこのうち、一重、花の香にさゝやいて、花の香立ち上がり、菓子[一]箪笥《だんす》と人形を持ち来る。一重、菓子を紙に包み)

一重　これはつまらぬものなれど、子供衆にお土産にあげてくださんせ。

(トくだんの人形と菓子を出す)

しづ　これはまあ、なによりなもの、さぞよろこぶでござんしょう。

(トおしづ、人形と菓子をしまい、身繕い[二]して立ち上がる)

一重　しかし、夜道をお一人では。

(ト心遣い[三]の思入れ)

忠七　イエ、お案じなさいますな。わたくしが大門《おおもん》[四]までお供致し、お駕《かご》[五]でお帰し申しまする。

一重　どうぞそうしてあげてくださんせ。

しづ　なにのそれには、及びませぬわいの。

忠七　イエ、お駕でお帰りなされませ。

一重　さようなれば御機嫌よく。

しづ　お前も寒さをいといなさんせ。

花の　どうぞ文里様へよろしく。

しづ　大きにおやかましゅうござんした。

一　衣裳箪笥を極く小型にしたような菓子器。蒔絵を施した高雅のもある。

二　身仕度。

三　心配な。

四　吉原の唯一の出入り口となる門。目印に「門」とある旗を立てる。夜四つ時に閉じ、潜り戸も九つに締めた。入って直ぐの右手に遊女が脱廓しないよう監視する番人（四郎兵衛）の詰めている事務所（会所）があった。

五　駕籠には大門口の外から乗り降りする（医者などを除く）。

忠七　ドレ、御案内致しましょう。

（トやはり流行唄にて、忠七先に、おしづ階子の口へ入る。一重、花の香、残り）

花の　モシ、花魁○

（ト一重にさゝやき）

ようござんすかえ。それも文里さんのためでありんすぞえ。

一重　それはわたしも承知でありんす。

（トやはり流行唄にて、下手より新造《しんぞう》花琴出て来たり）

花琴　モシ、花魁、武兵衛さんがやかましくていけません[六]。花巻さんが困っていなさいますから、早くおいでなすっておくんなまし。

（ト一重、腹の立つこなし）

一重　エヽ、モ、せわしない[七]ことでありんす。

（ト一重ずっと立って、仕掛けをさばく[八]。花の香は一重の後ろより仕掛けの衿《えり》を直している。花琴は上草履《うわぞうり》[九]をよき所へ直す。三人この模様よろしく、流行唄にて、道具回る）

（本舞台三間。向こう[一〇]、通しの襖《ふすま》。上《かみ》の方《かた》、一間、襖にて見切り[一一]。こ

六　しょうがない。
七　大そう忙しい。
八　長い裾を上手に足で揃える。
九　遊女が廊下などを歩く際に素足に履く。秀山人『柳花通誌』（天保十五年写、一八四四）には、草履の裏を九枚より十三枚重ねるが、内証懸り（諸出費は主人の負担）の場合は上草履を許さない旨あり、喜田川守貞『守貞謾稿』（嘉永六年写、一八五三）三十によると「二十枚ヨリ二十五枚バカリ」を重ねるものの厚みは同じ、草履の良し悪しは歩く際の音で解るという。
一〇　舞台の正面全体を襖だけで飾る。
一一　舞台の裏を隠すために飾る大道具。

の上《かみ》、隣座敷の心《こゝろ》。下手折り回し、一間の障子屋体。すべて回し[一]部屋の模様。よき所に台の物など、取り散らしあり。こゝに以前の武兵衛、立ち[二]かゝりいるを、新造《しんぞう》花巻抱き止めている。遣手《やりて》おつめ、研屋《とぎや》与九兵衛下着[三]なり、新造花鶴、皆々止めている。この見得、所作[四]の切れにて、道具止まる）

皆々　マア〱、お待ちなさいまし〱。

武兵　イヤ、止めるな。帰るぞ〱。

（ト立ち騒ぐを、おつめ、止めて）

おつめ　お前さんをお帰し申しては、遣手のわたくしが済みませぬから、どうぞ待ってくださいませ。

与九　みんなこうして止めているから、もういゝかげんに了見しなさい〱。

花巻　お待ちなんしと言ったら待ってくんなまし。

花鶴　花巻さんが困りんすから、待ってあげてくんなまし。

武兵　花巻[五]でも、しっぽこ[六]でも、こう言い出しちゃあ了見ならぬ。どこの国にか宵っから、おれを揚げぼし[七]にしやあがって、面《つら》も出さねえで、済もうと思やあがるか。

与九　それはお前ばかりではない。おれも宵から枕[八]と首っ引きだ。仕方がね

一 回し（同時に複数の客を取って順に勤めること）の客を入れる部屋。四畳半ほどの小部屋で本部屋に対していう。名代部屋とも。
二 立ち上がって帰ろうとしている。
三 床入りの姿のままで。
四 仕草が一区切りついたところ。
五 人名を料理の名に転じた表現。揉み海苔を掛けた掛け蕎麦。
六 掛けの蕎麦・温飩の上に卵焼き・椎茸・蒲鉾・浅草海苔などを置いた料理。
七 遊女が床に来ず当て外れの目にあわされること。
八 専ら枕と向きあって。

えから、了見しなせえ。
つめ　こう申しては済みませぬが、あいにくお客が落ち合いましたものだから、ついお粗末になりまする。どうぞ御免なすってくださいましよ。
与九　込み合い候《そろ》節は、[九]前後御《ご》用捨《ようしゃ》はなに商売でもお定まりだ。
つめ　ほんに、花魁はどうしたのだろう。いゝかげんに来なさるがいゝじゃあねえか。
武兵　来てもらわなくっても困らねえ。[一〇]もう帰《けえ》るから、止めるな〳〵。
（トまた立ちかゝるを、花巻、止めて）
花巻　おまはんも聞き分けがないじゃありませんか。そりゃあ花魁に当たりはありましょうが、なにもわちきに科《とが》はありますまいじゃあないか。
武兵　べらぼうめ。こうなって、どいつこいつのなんで用捨があるものか。
花巻　それだって、わちきも[一一]名代《みょうだい》に出て、おまはんを帰し申しては、あんまり手[一二]がないようで、外聞が悪うざます。この[一三]中低《なかびく》の鼻がなお〳〵低くなりますからさあ。
（ト花巻少しじれて、泣き声になって言う）
つめ　この子も骨を折っておりますし、内証へ知れても済みませぬから、どうぞ待っておくんなさいましよ。

九　順番が入れ違うのはお許し下さい。店先などに張り出すのであろう。
一〇　こういう場合に帰ると言い出すのを「駈け出す」、そのような客を「駈け出す客」という。
一一　花魁に客が重なった場合、代理として客に出る妹分の新造のこと。客は名代に手出ししてはならない。しかし花魁は客の気持ちを柔らげるため「埒を明ける」と称し一度は情交する。全く拒絶するように仕組むのは、客を振るのと同じく芝居のウソ。
一二　客扱いの手腕。
一三　花巻役の嵐吉六の鼻が低くてしゃくれた顔を当て込んだ科白（一五七頁注九参照）。

武兵　済むも済まねえもあるものか。なんと言っても帰《けえ》るのだ。放せ〳〵。

（トまた立ちかゝるを、皆々捨てぜりふにて止める。この時、一重、新造《しんぞう》付き出て来たり、一重、武兵衛の後ろより止め）

一重　外聞の悪い、おまはん、どうしたと言うのだねえ。

（トこれにて、武兵衛、一重の顔を見て、ぐにゃ〳〵となり）

武兵　どうするものか、帰るのよ。

（トやわらかに言う）

一重　なぜそんなことを言いなますの。

（ト一重武兵衛を無理に下《した》[一]に置く。これにて、皆々、下《した》にいて、おつめ一重に向かい）

つめ　お前さんもまあ、どうなすったのでございます。なんぼお客が落ち合っても、ちょっと顔でもお出しなさるがいゝじゃあありませんか。お馴染《なじ》みの武兵衛さんだからよけれ、ほかのお客で[二]ごろうじまし、遣手のわたしが済みませぬ。

（ト叩き[三]立てて言う）

一重　堪忍してくんなまし。実《じつ》[四]、こうする訳じゃあないけれど、あちらの座敷の長酒《ながざけ》で、つい遅うなりんして、悪く思うておくんなんすな。

一　座らせる。
二　（ほかの客で）あって御覧なさい。
三　激しい口調でしゃべる。
四　実際にこういうことになるはずではなかったのだけれども。

与九　なんぼ流行子《はやりつこ》のお前だというて、そうもったいを付けて客をじらすものじゃあない。罪になるわな。

花巻　実に花魁、どんなに困りましたろう。ほんに〳〵腎助で○

（ト言いかけて、口を押さえ）

イ、エ、五尋常《じんじよう》でやさがたな、六武兵衛さんのような客人だと、わちきなら命でもほんにやる気になりますに、馬鹿らしいじゃあありませんか。七

（ト花巻、脇を向いて、舌を出す。一重は、武兵衛に向かい）

一重　主《ぬし》もまあ、大概じゃあありませんか。宵にあれほどまで、今夜は茶屋のお頼みで、義理一遍の客人だから、すこし手間が取れましょうが、あちらの座敷をしまってから、しみ〴〵話がありますと、申しておいたではありませんか。

（トこれにて、武兵衛、心の解けしこなし）

武兵　それだといって宵っから、少しも顔を出さないで、こんな者を名代《みようだい》に、押っ付けておかれては、なんぼおれでも、腹が立つ。

（トこれを聞き、花巻、腹の立つこなし）

花巻　オヤ、武兵衛さん、大概にしなまし。さん〴〵わちきに気をもませ、こんな者もすさまじい。八なんぼわちきの顔が足の裏に似たといって、あん九

五　「腎助」と本音を言ったのを後悔し「尋常」（上品で）とごまかす。
六　優雅な。
七　馬鹿げている。
八　「こんな者」を強く否定して、「こんな者」とは、とんでもない。
九　一五五頁注三と同様、吉六の容貌の当て込み。

まり踏み付けにしてくんなますな。馬鹿〳〵しい、しやあつくやあ。[一]

一重　これはしたり。花巻さん、いゝかげんにしなましよ。

花巻　それだといって、あんまりだからくやしくってなりんせん。

（ト大声にて泣き出す）

つめ　エ、、この子はどうしたと言うのだ。おいらの前でお客へ対し、ふざけたことをしなさりゃあ、このぶんにしちゃあおかれねえ。

（トおつめ、きせるを持って立ち掛かるを、与九兵衛止めて）

与九　コウ〳〵、折角座敷が静かになって、これからうまく飲み直そうと思ったところで、折檻《せっかん》されてはこの場の興がさめるから、どうぞ了見してやってくだせえ。

（トおつめ、つぶやきながら下《した》にいる）

武兵　こりゃあおれが悪かった◯

（ト紙入れより金を出し、紙に包み）

仲直りに、花巻さん、煙草でも買ってくだせえ。

（ト花巻の前に投げてやる）

つめ　およしなさいましよ。癖[二]になりますわね。

（ト花巻金を見て）

一　厚顔無恥な奴。
二　悪い習慣になる。

花巻　オヤ〳〵、これは大きに有難う○ホヽヽ。
（ト笑いながら、金をしまう）
与九　イヤ、あきれたものだ。泣くかと思えばすぐに笑う、まことに重宝な顔だ。
花巻　イエ、わちきの泣くのは癖でありんす。
花琴・花鶴　オヤまあ、どうしたらよかろう。
花巻　花魁、武兵衛さんへよろしく。
（トおつめ、新造《しんぞう》両人に向かい）
つめ　お前方はもうようござんす、早う見世へ行きなんせ。
花琴　そんならおつめどん、頼みましたぞえ。
花琴・花鶴　ドレ、見世へ行きましょう。
（ト両人立ち上がる。花巻も立ち上がり）
花巻　モシ、わたしは三髪部屋《かみべや》にいるから、四かのが格子へ来たら、ちょっと知らしてくんなましよ。
つめ　花巻さん、見世で買い食いはならねえよ。
花巻　オヤ、おつめどん、恋知らずだねえ。
与九　なんだかちっとも分からない。

三　二階にある遊女達の溜まり場。寄せ場とも。談笑や休息、昼寝などに用い、訛ってカン部屋ともいう。
四　あの人。間夫のように取れるが実は菓子売り。

花巻　じれったいんだよう○
（ト大きく言い）
皆さん、おやかましゅう。
三人　さようなれば、御機嫌よう。
（ト三人下手へ入る。あと、合方になり、このうち、始終、一重はき[一]せるを突き、じっとうつむきいる。おつめ、思入れあって）
つめ　モシ、花魁、お前さんさっきから、なにをふさいでいなさいます。わたしも遣手の役目だから、言[二]うのは知っておりますが、ほかの者のいる前で、言われたらば、おまえの恥。そこを思って、大目に見ればいゝかと思って、[三]ふてなさるが、もう大概にしなさいましな。
与九　コレ〳〵、そりゃあ言うだけ野暮だ。この一重には文里という悪足《わるあし》のあることは、この廓《くるわ》は言うに及ばず、世間の人まで知っているのだ。どうしてほかの客が手[四]に付くものか。
武兵　それを馬[五]鹿のろくなって来るのは、言わばこっちが間抜けというもの。[六]とても嫌がられるくらいなら、こゝばかり女郎屋《じょろや》というではなし、この広い廓内《うち》、ほかへ巣[七]を替えて遊ぼうよ。
一重　モシ、武兵衛さん、人を疑ぐるも、大概にしなさんせ。二言《ふたこと》めには文

一　吸い口を握り雁首を下にして煙管を畳に突き体を支える。
二　叱言を言うこと。
三　すねて強情を張る。
四　馴染みを重ねようか。
五　ひどく女に甘く。
六　どうせ。
七　馴染みの店。

里さんのことを言わしゃんすが、切れてしまえば未練もなし。また一人の男を守れぬは、替[八]わる枕の勤めの習い。それをとやこう言わしゃんすは、あんまり分からぬではありんせんか。

つめ　それほど文里さんのことについて、思い切りのいゝお前さんなら、なぜふさいでいなさいます。替わる枕が常ならば、お客を大事になさいましな。

一重　お前までがそのように、わたしのことを言いなんすが、勤めは苦労にはなりいせん。わたしじゃとて、親もあり、兄弟もござんすから、ふさぐこともあり[九]いしょう。

与九　イヤハヤ、これは大笑いだ。金を出して遊びに来て、親兄弟の述[一〇]懐を、並べ立って言われては、こんな埋[一一]まらないことはない。

（トこのうち、武兵衛、思入れあって）

武兵　イヤ〳〵、こりゃあこっちが悪かった。その親兄弟の話については、先度《せんど》一重がおれへの無心。一人の弟《おとゝ》が道楽[一二]で、なにかむずかし[一三]い訳のある、金をつかったその穴を、ぜひとも、埋めねばならぬから、母親が気をもむので、その身の年[一四]季を入れねばならぬと、涙をこぼしておれへの頼み。それゆえ百両持って来たが、お主《ぬし》の心を疑ぐって、実は今まで出さずにいた

八　寝る相手の男が次々と替わること。

九　底本「有いせん」を意により、「有いせう」と判断し改めた（河竹繁俊校訂、岩波文庫本「ありいせう」）。

一〇　愚痴。

一一　引き合わない。

一二　身を持ちくずして。

一三　複雑な事情。

一四　借金のため年季を切り替えて当初の契約期限を延長する。年季を正味九年足掛け十年、年明けを二十五歳から二十七歳とするのが標準。

が、そうことが分かるからは、この百両はお主《ぬし》にやろう〇
（卜懐より、胴巻の百両を出し）
ちと、うけさせるようだけれど、以前おれが世話をした女があったが、その親父《おやじ》土左衛門爺《じゝ》い伝吉という者に、さっき途中で無心を言われ、貸さにゃあならぬ義理なれど、それを断り、この百両、お主《ぬし》にやろうと持って来た、なんと一心中者《しんじゆうもの》じゃねえか。
つめ　ほんにマア、御深切な。よく〳〵に思えばこそ。誰が百両という金を、くださるお方がござりましょう。これほど実《じつ》のある武兵衛さんを、粗末にすると罰《ばち》が当たりますよ。
一重　有難うござんす。お前さんへこのようなことを、お願い申しては済みんせんが、知ってのとおり、これぞという、ためになるお客はなし。お願い申すは、よく〳〵なことだと推《すい》してくんなまし。
与九　しかし、その百両は結納代わり、今日《きょう》からしてはお前の体、勤めのうちでも女房同然。武兵衛さんの言うことは、これからなんでも聞かずばなるまい。
武兵　そりゃあ、かりにも大枚《たいまい》百両、このまゝたゞはやられねえ。そっちからもおれにまた、二たしかな心中《しんじゆう》立ててみせやれ。

一　真心を尽くす男。
二　具体的な行為により真心を見せなさい。

一重　心中《しんじゅう》立てろと言わしゃんすが、浮気らしいことをするより、互いに誠の心と心。これがなにより誓いでござんす。

与九　それはなによりうろん[三]なものだ。その頼みにする心と言えば、嘘をつくのが商売だもの、なんの当てになるものか。

一重　お前までがわたしの心を疑ぐっていなさんすは、誓いを立てろと言いなんすのかえ。

武兵　イヽヤ、それはお主《ぬし》が不承知なら、かれこれは言わねえが、ちっときざなことがあるから、それでおれもこう言うのだ。忘れもしまいこの間、お主《ぬし》が腕の入れぼくろ[四]、ちょっと見せろと手を取ったら、そんな野暮なことをするなと、けんもほろゝの挨拶ゆえ、それなりに済ましたが、今夜[五]は一番流れの身の、ちりあくた[六]の無《ね》えとこをそゝぎ上げ、水際立って[七]もらいたい。

つめ　なるほど、これは武兵衛さんが、気にお掛けなさるのは、ごもっともでござんす。花魁、こりゃあ面晴《めんば》れ[八]に、さっぱりとした心中《しんじゅう》を、お立てなさらずばなりますまい。

一重　それほどまで、わたしの心を疑ぐっていなんすなら、ようざんす。たしかな心中《しんじゅう》、お目に掛けましょう◯

三　胡乱。信用できない。
四　針で刺して墨を入れ相手の名前（一字の下に様命をつけるなど）を互いの二の腕に彫り真心を表す方法の一つ。
五　以下、流れの縁語で「真心を見せろ」と迫る。
六　塵芥。ごみ。
七　一段と鮮やかに目立って。
八　疑いを晴らす証拠に。

（ト[一]あり合う鏡台の引き出しより、剃刀《かみそり》を出し、煙草箱へ小指を当て）

そうじゃ。

（ト切[二]ろうとするを、武兵衛、あわてて止め）

武兵　こりゃあお主《ぬし》は、どうするのだ。

一重　わたしが心の誠をば、お目に掛けるのでござんす。

武兵　イヤ、そんなことで指は切れねえ。しら〴〵しい野暮をするな○

（ト剃刀をもぎ取り）

かわいゝお主《ぬし》に指を切らせ、かたわにしてつまるものか。

一重　さりとてその心中《しんじゅう》は、どうすればよいのでありんす。

武兵　おれが望みはほかにある○

（トあつらえ合方になり、武兵衛、一重の手を取り、袖をまくり）

サ、この文里[三]二世《にせ》の妻を消し、おれが名を、その通り彫りかえてもらいたい。

（トきっと言う。一重思入れあって）

一重　それじゃというて。

与九　それじゃあ文里に心が残るか。

一　その場にある。
二　八九頁では実際に切る。
三　夫婦は二世（現世と来世）の縁による。

一重　サア、それは。
両人　サア、
三人　サア〳〵〳〵。
武兵　きり〳〵と、返事をしろ。
（トきっと言う。一重、当惑のこなし、思入れあって）
一重　もう、金はいりんせん。
武兵　どうしたと。
一重　たとえ今は切れたにせよ、お世話になった文里さんのお名を、金ゆえ消しましては、世間[四]の手前がありんすから、金はお貰い申しんすまい。
（トくだんの百両を突き戻す）
つめ　そりゃ、なにを言いなさいます。お客へそんなことを言って、済もうと思いなさんすか。遣手のわたしが済まぬわいなあ。
一重　エヽモ、済むも済まぬもいりんせん。
（ト脇を向き、知らぬ顔をしている）
つめ　テモ、マア、あきれたものだねえ。
（ト武兵衛、思入れあって）
武兵　それほどいらぬ金ならば、それ[五]〳〵持って帰りましょう。

四　世間体。ことさら遊女は気にする。
五　相手に注意を促す「それ」を強調。

（ト金を懐へ入れ、立ちかゝるを、おつめ止めて）
つめ　まあ〳〵お腹も立ちましょうが、わたくしの方からまた、お詫びの致しようもございますから、どうぞ待ってくださりませ。
与九　コウ〳〵、止めなさんな〳〵。帰すも帰さぬも、あの女の了見にあることだ。
一重　おつめどん、帰ると言うなら帰し申すがようざんす。
武兵　帰らなくってどうするものか◯
（ト立ち蹴《げ》[一]に、台の物を引っくり返し）
あまめ、覚えていろ。
（ト枕を持って立ち掛かるを、与九兵衛、これを止め、一重、脇を向き、煙草をのみいる。おつめは、散乱したる皿小鉢を片付けいる。この模様、流行唄にて、道具回る）

（本舞台三間。向こう、上《かみ》の方《かた》、三尺の床棚《とこだな》[二]。下手《しもて》、上《うえ》に地袋《じぶくろ》[三]のある違い棚。上下《かみしも》、一間の障子屋体。すべて、以前の部屋、隣座敷[四]の体《てい》。よき所へこゝにお坊吉三、中月代《ちゅうざかやき》、寝巻きなりにて、腕ぐみをしている。吉野、胴抜き、女郎のこしらえ、煙草《たばこ》を吸い付けている。この見

一　立ったまま足で蹴ること。
二　床の間の脇にしつらえた棚。
三　正しくは天袋。違い棚の上部に取り付ける小さな戸棚。掛軸などを入れる。
四　一五四頁一行目の隣座敷と同じ部屋。

得、[五]端《は》唄《うた》の合方にて、道具止まる）

お坊吉三　さっきから隣の様子、馴染《なじ》みの客へ一重が無心。その金高《かねだか》も大枚《たいまい》百両。なんであんなに金がいるか。

（ト合点のゆかぬこなし）

吉野　なに、ありゃあこうざます。お前も知っていなさんす、文里さんというお方が、今ではしがない暮らしになりんしたゆえ、方々《ほうぐ》はふさがるし、その道も開けたり、また、文里さんにみつぎなさんす気で、あの嫌な武兵衛の機嫌を、取っていなさんすのでありんす。

お坊　そりゃあなんにしても気の毒なことだ。そういう身分になり下がるも、元はと言えば妹《いもと》一重。おれも以前は妹《いもと》の縁で、お世話になったこともあった。およばずながらどうかして、恩返しをしてあげたいものだ。

（トお坊吉三、思案のこなし）

吉野　わたしも都合が出来るなら、どうぞしてあげたいが、[六]南と違ってこちらへ来ては、これぞという客もなし。人のことよりわたしの身の上、[七]物前《ものまえ》ごとに困るゆえ、心に思うばかりで、ほんにじれったいようでありんす。

お坊　またこのおれもその通り。[八]いゝ目が出りゃあどうでもなるが、知ってのとおり間《ま》が悪く、手前《てめえ》の世話でこうやっているが、実は手前《てめえ》にも気の毒

五　唄を除き三味線の聴かせどころを演奏。
六　品川。
七　物日の前。八五頁注七参照。
八　望み通りにさいころの目が出ること。

よ。
吉野　なんだね、他人行儀なことを言って。好きで苦労をするのだから、お前のことはどうでもいゝが、一重さんのことが気になって、どうしたらようおざりんしょう。
（ト吉野、じっとなる。お坊吉三思入れあって）
お坊　いくら苦労をしたとこが、さきだつものは金なれば、[一]知らぬ昔と諦めて、不実なようだが、捨てておくがいゝ。
吉野　ほんに、そう思い切るよりほか、仕方がありんせんね。
（ト吉野、吉三に寄り添う。この時上手《かみて》にて）
武兵　帰る〳〵。止めるな〳〵。
[二]新造《しんぞう》　それでは、悪うおざりんす。
一重　帰り[三]なさんなら、帰し申しなよ。
武兵　帰らねえで、どうするものだ。
（ト流行唄《はやりうた》になり、上手より武兵衛、腹の立つ思入れにて、畳をけたてて出て来る。あとより、[四]新造捨てぜりふにて、止めながら出て、下手、階子《はしご》の口へ入る。このうち、吉三、武兵衛のあとを見送り）
お坊　吉野、一重の客はあれか。

一　出会う以前。
二　四参照。
三　「なさる」がナ行音に連なるため撥音便形に変わった例。
四　読売本では花琴・花鶴の二人となっているので、二も二人か。

吉野　アイ、あれが武兵衛というのでありんす。
お坊　なるほど、生利《なまぎ》[五]きらしい野郎だなあ。
吉野　きざな人だが、れこ[六]はしっかり持っているんです。
（ト金[七]はあるというこなし）
お坊　そうだろうよ。ちょっと無心に百両も、手放そうという客だから、よっぽど懐[八]がいゝとみえる○ア、、これ、どうぞ仕様はねえかしら[九]ぬ。
（ト お坊吉三、腕を組んで思入れ）
吉野　どうして〳〵、恐ろしい強情だから、あゝ言い出しては、なか〳〵聞くことではござんせん。
（トこのうち吉三思入れあって）
お坊　しかし今夜も、かれこれ引け過ぎ、どこへ帰るか知らねえが、この物騒だと噂のあるに、百両という大金を持って、夜道をするというは、よっぽど度胸のいゝ野郎だ○そうしてあいつの内はどこだ。
吉野　たしか内は本郷だということだわ。
お坊　それじゃあ内は本郷か。
吉野　アイ。
お坊　ム、、本郷ならば帰る道は○

五　通ぶる客で嘲笑の的。半可通。不通は通になり得るが、半可通は自らを通と確信しているので、通に成り得ない。
六　「これ」の倒置語。はっきりとは言いにくい時に指の仕草を伴って用いる。
七　親指と人差し指で輪を作って金銭を表現。
八　懐具合。
九　自問の際の連語。であろうか。

(ト思入れあって)

そうだ。

(トずっと立ち上がる)

吉野　エヽモ、びっくりするわね。どうしたのだえ。

お坊　南無三、おらあとんだことをした。今夜は友達の民《たみ》[一]がおふくろの通夜[二]をしてやるつもりだった。さっぱりと忘れたが、今から行って、ちょっと顔を出して来よう。

(ト吉三言いながら立ち上がるを吉野引き止め)

吉野　お前、今夜は遅いから、明日《あした》にしたがようざます。

お坊　イヤ、今夜行かにゃあ、義理が済まねえ。

(ト帯をしめながら行きかゝるを)

吉野　そんならどうでも行きなんすのかえ。

(ト言えども吉三は、始終[三]、向こうへ思入れあって)

お坊　これよりすぐにあと追っかけ、

吉野　エ[四]。

(ト思入れ。吉三、心付き、気を変え)

お坊　イヤサ、あと[五]を気を付けろよ。

一　民の母親の。
二　荼毘に付す前、読経などで夜通し死者の霊を弔うこと。
三　ずっと武兵衛の入った揚幕の方を見つめて。
四　お坊吉三の独り言を聞いて驚く。
五　自分が出て行った後。

（ト言い捨て階子の口へ入る。吉野も心ならぬ思入れにて、吉三のあとを追うて、階子の口へ入る。この道具回る）

（本舞台、元の回し部屋の道具へ戻る）

（ト一重片手にて、癪《しゃく》を押さえながら、湯飲みにて、酒を飲みいる。新造両人、一重を介抱している）

花琴　モシ、花魁《おいらん》、癪の起こるにお酒は悪うありんすぞえ。もうよしにおしなんし。

花鶴　お心持ちが悪ければ、[六]玉屋《たまや》へ、[七]袖の梅でも取りにやりんしょうかえ。

（ト色々心遣いのこなし）

一重　もう、ようおざりんすから、構《かも》うてくんなますな。ほんにお前方も、わたしのような者につかわるゝゆえ、色々な苦労をしなさんす。堪忍しておくんなんし。

花琴　花魁としたことが、わたしどもへその御遠慮には及びませぬ。

花鶴　お心遣いをしなさんすと、かえって悪うおざんすから、気を静めておいでなんし。

（ト両人言いながら、介抱する。この時下手より吉野出て来たり）

六　廓内の商店の名であろう。袖の梅は専門店で売られるのではなく、各種の商店で扱った。

七　袖の梅三礼湯。吉原名物の酔いざまし、二日酔いの妙薬で振り出して用いる。正徳年中（一七一一―一七一六）、廓内伏見町の隠者、天渓が製し広めたという。寛閑楼佳孝『北里見聞録』（文化十四年序写、一八一七）七に効能書を載せるが、血の道・打ち身・毒消し等に効くという万能薬。なお『守貞謾稿』二十二には、丸薬の類とし、それをうけて鈴木昶『江戸の医療風俗事典』は梅肉エキスと推定。

吉野　一重さん、くわしい様子は残らず部屋で聞いておりんしたが、折角辛抱しなさんしたも、今となっては無駄となり、実にお前のこゝろの内を、御推量しておりんす。

一重　それも主《ぬし》のためなれば、少しもいといはせぬけれど、あんまりな武兵衛の言い条[一]、くやしゅうおざりんす。

（ト身をもんで、くやしきこなし）

吉野　もっともでおざりんすが、そんなにお前、気をもむと、必ず体に障るから、気をもまずにおいでなんし。

一重　なまなか[二]生きていようより、いっそ死にとうおざりんす。

吉野　エヽ、つまらない。死のうなどと、そんな気を出しなんすな。

（ト一重を介抱する）

一重　エヽ、じれったい○

（ト湯飲みを打ち付け）

どうしたらようおざりんしょう。

（ト泣き伏す。吉野初め新造二人、介抱する。流行唄にて、道具回る）

一　言い分。
二　なまじっか。
三　藪の茂みを表す大道具。葉の茂った高さ三尺ほどの竹を重ねて木枠に打ちつけたものを幾つか並べて、陰惨な雰囲気を醸成する。
四　昭和四十七年一月、国立劇場上演の「お竹蔵の場」では、時の鐘、更けてノ合方（長唄「門傾城」。「四季詠寄三大（しきのながめよせてみつだい）」の内）に水ノ音を冠せる。
五　二本差すべきところ窮屈なので脇差しのみを差す。
六　昭和四十七年一月、国立劇場では、更けてノ合方の弾き流し。
七　午前二時頃。
八　現行のお竹蔵の場は時間的に伝吉内の場（一一八頁）と連続することとなるため、科白がかわる。「金といえば不思議なことがあるものだ。今土佐衛門爺いが門口で、思いがけなく拾った百両、ほんに夢に牡丹餅と言おうか、これを貸し出し金をふやし、廓の相場を狂わしてやらにゃあならねえ。何にしろ、このあたりは物騒だというに、夜道に百両とは剣呑なものだ」。
九　思いがけない儲け物。
一〇　相手にされないのがかえって

（本舞台三間、後ろ一面の藪畳《やぶだたみ》[三]。この奥、向こう廓《くるわ》を見たるたんぼの遠見。日覆《ひおお》いより、松の釣り枝。上下《かみしも》に、藪畳。すべて、大恩寺前通り、夜の体《てい》。時の鐘にて、道具回る）

（トやはり、時の鐘[四]。ばた〳〵になり、以前のお坊吉三、尻端折《しりはしょ》り、一本差し[五]にて走り出て、すぐに舞台へ来たり、向こうを窺《うかゞ》い、うなずいて、頬かむりをなし、下《しも》の方《かた》の藪へ忍ぶ。すぐに時の鐘、端唄[六]の合方になり、向こうより、以前の武兵衛出て来たり、花道にて）

武兵　あの鐘はもう八つ[七]か。夜《よ》は短くなったな○オヽ、金と言やあこの春[八]だったが、土左衛門爺いが門口で、思いがけなく拾った百両。ほんに夢[九]に牡丹餅《ぼたもち》で、それを貸し出し、金がふえ、わずか一年立つか立たぬに、百両ぐらいはいつ何時《なんどき》でも、内に遊んでいるようになって、今夜も一重が無心ゆえ、百両やって、文里が手を切らせようと思いのほか、得心せぬゆえ、やらなんだが、ふられて帰る果報者[一〇]だ○

（ト舞台へ来たり、向こうへ、思入れあって）

あの、与九兵衛はどうしやあがったか。察するところ、おれをまいて[一一]、どこへか上がった[一二]とみえる。なんにしろ、物騒だというに、夜道に百両、剣呑《けんのん》なものだ。

幸せ者。なまじもてると財産を減らしてしまう。為永春水作人情本『春色辰巳園』四（天保六年刊、一八三五）に、「傾城にふられて帰る福の神」。

一一　同行者の目を巧みにごまかして気付かれないように姿を消すこと。

一二　どこかの妓楼の客になる。

（トこのうち、お坊吉三出て、後ろに窺いいて）[一]
お坊　剣呑なら預かってやろう。
武兵　エ。
（トぎょっとこなし）
お坊　イ、ヤ、今、われがぬかした百両を、預かろうということよ。
（トお坊吉三、一腰《ひとこし》を抜き、武兵衛の目先へ突き付ける）
武兵　ハア、大恩寺前は物騒だと、とうから噂に聞いていたが、そんならお前《めえ》は物取《ものど》りかえ。
お坊　オ、、知れたこと。盗人《ぬすびと》だ。われが百両持っているを、たしかに知って付けて来た。隠さずこゝへ出してしまやれ。
（トこれにて吉三、頬かむりを取る。武兵衛、是非がない[二]という思入れ）
武兵　そう見抜かれりゃあ仕方がねえ。いかにも百両持っているが、たゞこの金を渡すのは、あんまり知恵がない[三]ようだが、見込まれたれば命が大事。素直に百両あげましょう。
（ト言いながら百両出し、吉三へ渡す）
お坊　そうまた、きれいに[四]出されちゃあ、取りにくいのは人情だが、命をも

一　様子を観察していて。
二　やむを得ない。
三　事態を打開する能力に欠ける。
四　潔く。

とでにするからにゃあ、そうかといっても返されねえ。こりゃあおれが貰
っておこうよ。
（ト金を懐へ入れる）
武兵　金は渡したその代わり、命と着物は助けてくだせえ。
お坊　身ぐるみ脱げと言うところだが、金を器用[五]に渡したから、命と衣類《きるい》は
土産にやろう。
武兵　そりゃあかたじけねえ○そんならこれでお別れ申します。ア、、初《はつ》
春早々《はるそうく》、
お坊　エ。
（ト両人顔見合わせ、思入れ）
武兵　とんだ厄落としをした。
（ト時の鐘[六]にて、武兵衛上手へ入る。お坊吉三あと見送り）
お坊　ドレ、更けねえうちに、行こうか。
（ト行きかゝるを、この以前より、返し前[七]の伝吉、後ろに出かゝり、
窺いいいて）
伝吉　モシ、お侍様、ちょっと待ってくださりませ。
お坊　エ○

五　潔く。六三頁注三参照。
六　昭和四十七年一月、国立劇場では、水ノ音。
七　返し幕の前（新吉原八丁堤の場）に登場した伝吉。返し幕は時間的に連続している場合の場面転換。

（トびっくりなし、月影[一]に伝吉を透かし見て）
おれを呼んだは、なんぞ用か。

伝吉　ヘイ、ちっとお願いがござりまする。

お坊　なに、おれに願いとは。

（ト[二]あつらえの合方になり）

伝吉　まあ、下《した》においでなされてくださりませ○

（トお坊吉三思入れあって、下《した》にいる）

さてお願いと申すは、ほかでもござりませぬが、只今お手に入《い》った百両を、なんとお貸しなされては、くださりませぬか。

お坊　ヤ○スリャ今の様子をば、

伝吉　後ろで残らず聞いておりました。

お坊　ム、。

（トじっと思入れ）

伝吉　なにを隠しましょう。あの百両は、わしが昼から借りよう〳〵と、付けておった金でござりまする。それがお前様のお手に入《はい》りまして、わしも望みを失い、よんどころなく、御無心を申すのでござりまする。

お坊　コウ〳〵、とっつぁん、そりゃあたゞ取った金ゆえ、たゞ貸せと言う

一　月の光。
二　昭和四十七年一月、国立劇場では、粋な月夜ノ合方（長唄「初子日（はつねのひ）」）。

のだろうが、命を元手に取った金。それも余儀[三]ない入り用ゆえ、気の毒ながら、こればかりはお断りだよ。

伝吉　サヽ、そうでもござりましょうが、わしが方にもせつない[四]訳。まあ一[五]通り、聞いてくださりませ ○

（ト合方、きっぱり[六]となり）

わしの実の倅《せがれ》が、養子先から奉公に出まして、主人の金を百両失い、わしが所へ引き取って[七]あるところ、見なさる通りの貧乏人、大枚《たいまい》百両という金ゆえ、盗みかたりをしたら知らず[八]、しょせん出来ぬ金なれど、その御主人という人が、それは〳〵よい人で、今ではかすかな暮らしなれど、失《うしの》うたのは是非がないと、その日の煙[九]に困る身で、ついに一度[一〇]、催促をさっしゃったことはござりませぬ。それだけなおさら一日も、早くと思えど出来ぬは金。主人の難儀、養父の迷惑、見ていられぬが実の親。どうぞふびんと思《おぼ》し召し、無理なことだがお侍様、わしに貸してくださりませ。娘を売ってもこの金は、きっとお返し申しまする。どうぞ貸してくださりませ。

（ト手を合わせ、お坊吉三へ頼む）

お坊　そんな哀れっぽいことを言いなさるが、こっちも義理あるその人に、みつぎたいばかりに、きゃつをおどして取った金。いくら言っても無駄だ

三　どうしても必要な金。
四　胸が締めつけられるように苦しい。
五　おおよその事情。
六　以下の科白を際立たせるため弾き出しの音を大きくする。
七　預かっている。
八　泥棒や詐欺をすればともかくも。
九　日々の暮らし。
一〇　いまだに一度も。

から、[一]出来ねえ昔と諦めねえ。

伝吉　ごもっともではござりまするが、そこをどうぞお慈悲をもって。

（トお坊吉三へすがって頼むを、振り払い、あり合う石に腰を掛け）

お坊　コレ、とっつぁん、見りゃあこなたも年寄りだが、眉間の傷を見るにつけ、[二]堅気と見えぬ[三]ぐれ仲間。出してやりてえものなれど、露見すりゃあもうそれまで。身を捨て札《ふだ》の[四]高台へ、首を乗せにゃあならねえ仕事。素人《しろと》ならばふびんと思い、小遣いぐらいはくれもしようが、[五]こしらえごとの哀れな話。そんな[六]甘口な筋じゃあ、[七]びた三文でも貸されねえ。

（トこれを聞き伝吉思入れ）

伝吉　そんならこれほどお願い申しても、どうでも貸してはくださりませぬか。

お坊　知れたことだ。おれを[八]只の者だと、思やあがるか。[九]十四の年から[一〇]檻《おり》へ入り、[一一]禁足なしたも幾度《いくたび》か。悪いことなら抜け目はねえ、うぬらに[一二]けじめをくうような、そんな[一三]二才じゃあねえぞ。人を見そこなやあがったか、[一四]はっつけおやじめ。

（トこのうち伝吉、このまゝではゆかぬという思入れあって、お坊吉三を見て、せゝら笑い）

一　金の調達が出来なかった過去が現在も続いていると仮定して。
二　正業に従事している人物。
三　脇道に外れた。
四　獄門台。高さ六尺の柱（その内二尺五寸を土中に埋める）二本の上に長さ四尺幅八寸の首掛け台を載せ獄門釘二本で首を固定する。
五　作り事。
六　人の同情を引くようにでっち上げた筋。
七　ごく僅かな金額。びた銭は鋳造の際の欠損、火災にあうなどの結果、欠陥を生じた銭貨。
八　普通の人間。
九　十五歳で成人の扱いとなる。それまでは殺人・放火も預け（親族などに預けて自由を拘束）に処する。ここは未成年の時から非行に走っていたと威しているところ。
一〇　座敷牢。
一一　外出禁止に処せられた。
一二　馬鹿にされる。
一三　青二才のこと。若僧。
一四　罵って言う語。磔けに処せらるべき親爺。

伝吉　小僧、もうせりふはそれぎりか。

お坊　なんだと。

（トきっと思入れ）

伝吉　こんなせりふも幾度《いくたび》か、もう言うめえとこのごとく、数珠《じゅず》を掛けて信心するが、貸さぬとあればもうこれまで○

（ト数珠を出し、二つに切って投げ付け）

いかにもうぬが推量のとおり、おれも以前は悪党だ。若い時から[一五]性根が悪[一六]く、あるいは[一七]押し借り[一八]ぶったくり。[一九]暗い所《とこ》へも行き飽きて、今度行きゃあ[二〇]百年め。[二一]命の蔓《つる》のさんだんに、[二二]風を食らって旅へ出て、[二三]長脇差しの付き合いに、[二四]場《ば》業《ごう》の上の[二五]立て引きにゃあ、[二六]一六勝負の命のやり取り。その時受けた[二七]向こう傷、悪事にかけちゃあし飽きた体。うぬらがようなかけ出しの、すり同様な[二八]小野郎《こやろう》とは、また悪党の[二九]立てが違う。それほど悪い身性《みじょう》でも、ふとしたことから後生を願い、片時放さぬ肌の数珠、切ったからにゃあ以前の悪党。[三〇]すべよくおれに渡さにゃあ、腕ずくでも取らにゃあならねえ。

お坊　うぬ、そうぬかしゃあ命がねえぞ。

（トきっとなって、立ち上がる）

伝吉　まだ餓鬼《がき》同様に[三一]ひよむきも、固まらねえ分際で、ふざけたことを抜か

一五　根性が曲がって。
一六　そこで。
一七　無理矢理に人の金品を借りること。
一八　強奪。
一九　牢屋。江戸は小伝馬町（中央区）にあった。
二〇　運の尽き。
二一　命の蔓（入牢の際、囚人が隠し持っている金）の工夫。
二二　素早く逃げて。
二三　（博奕打ちが差しているので）博徒。
二四　盆ござ（壺皿を伏せるための敷物）の上の意か。
二五　意地の張り合い。
二六　（一か六かの目を争う賭博から）一か八かの。
二七　顔の正面の傷で、（後ろ傷と異なり）勇ましさの証し。
二八　若僧。
二九　やり方。
三〇　手際よく。
三一　ひよめき。新生児の前頭部の骨と骨の透き間で脈拍と同時にぴこぴこと動く部分。

しゃあがるな。

お坊　なにをこしゃくな。

（ト切って掛かるを、伝吉、身をかわし）

伝吉　[一]大人《おとな》そばえをしゃあがるな。

（ト垣根の[二]卒塔婆《そとば》を取り、打って掛かる。ちょっと立ち回って、きっと見得、[三]あつらえの鳴物になり、両人よろしく立ち回りのうち、吉三、[四]目貫《めぬき》を落とすこと。とゞ、伝吉、卒塔婆を打ち落とされ、[五]一刀《ひとかたな》切られる。伝吉、[六]のり紅《べに》になり）

人殺しだ〳〵。

（ト言いながら逃げるを、吉三追い回して切り付け、とゞ、伝吉を切り倒し、乗り掛かってとゞめを刺し、吉三[七]ホッと思入れ。伝吉[八]仕掛けにて、のどへ刀の通ったまゝ、すっくと、立ち上がり、よろ〳〵となり、吉三をきっと見て、ばったり倒れ、[九]落ち入る。吉三、刀の[一〇]のりをぬぐい）

お坊　思いがけねえ殺生《せっしょう》をした。

（ト言いながら、刀を鞘《さや》へ納める。この時、人音《ひとおと》するゆえ、吉三下手の藪へ[一一]小隠れする。[一二]時の鐘、合方になり、向こうより、十三郎提灯《ちょうちん》を

一　子供の癖に大人をからかう。

二　死者の供養・追善のため墓の後ろに立てる塔形の細長い板で、梵字などを墨書してある。

三　昭和四十七年一月、国立劇場では、早木魚ノ合方に早木魚を打ち合わせ、水ノ音。

四　刀の留め釘（刀身が柄から抜けないようにする）の釘隠しとなる装飾的な金具。

五　一太刀。

六　血の代わりに使う小道具。蘇芳に明礬と硫黄などを入れて煮てつくる。小さく丸めた紙に包み使用前に後見から役者に渡す。

七　安心して息をつく様子。

八　「鍋づる」と呼ぶ湾曲させた武具（小道具）を用いる。「喉へ刀をつきさされる時、さす方でなく、さされる方がかくし持った刀の柄をにぎり、喉へ刀をさすのでなく鍋づるを首にかけるのである。鍋づるの反対側が見物の方に向いて見物はこれで喉へささつた様に見えるわけである（略）。刀先き二寸程で次は鍋づるのような形をし、針金で作った上に布がまいてある」（藤浪与兵衛『小道具藤浪与兵衛』、昭和二十九年、演劇出版社刊）。

九　死ぬ。

　　持ち、あとよりおとせ出て来たり）

おとせ　わたしゃ、きつう胸騒ぎがしてならぬが、とゝさんはどうなさんしたか、案じられるわいなあ。

十三　もう、そこらまで行《い》たら、お目に掛かるであろうわいの○

　　（ト提灯にてあたりを見て）

なんにしろ道がわるい。滑らぬようにするがよいぞや○

　　（ト言いながら、両人舞台へ来たり。おとせのりに滑る）

それ見たことか。それだから言[一三]わぬことではない。気を付けて歩くがよい○

　　（ト提灯の明かりにて、死骸を見付け）

なにやら人が倒れているが○

　　（トよく見てびっくりなし）

ヤ、コリャとゝさんが。

　　（ト両人かけ寄って、死骸に取り付き）

両人　とゝさまい[一四]のう〳〵。

　　（ト呼[一五]び生《い》けながら、十三郎涙をぬぐい）

十三　エヽ、これむごたらしゅう、とゝさんを何者が殺せしか○

一〇　血。
一一　ちょっと隠れる。
一二　昭和四十七年一月、国立劇場では、新内様ノ合方に水ノ音。
一三　先程注意しておいた通りに。
一四　呼びかけの表現。
一五　大声をかけて生き返らせようとしながら。

（ト思わずあたりを見て、吉三の落とせし目貫を見付け、取り上げて、提灯の明かし[一]に透かし見て）

死骸のそばに落ちたるは、吉《きち》の字《じ》菱《びし》の片《かた》[二]しの目貫。

（トこの時、上手の藪を押し分け、以前の武兵衛出《い》で）

武兵　そんなら、さっきのどろぼうが、落とした目貫は後日《ごにち》の証拠。

（トこのうち、吉三はそっと花道へ行き、これを聞き、エイとつぶて[三]を打つ。このつぶて、提灯に当たり、明かり消ゆる。これにて十三郎、目貫をくわえ、おとせを囲い、きっと思入れ。藪の中より、武兵衛、片足踏み出すを柝《き》の頭《かしら》。吉三はいっさんに向こうへ走り入る。舞台は武兵衛、十三、向こうを見送る。時[四]の鐘、忍[五]び三重にて、よろしく拍子幕）

一　明かり。
二　片方。
三　小石。そのようなつもりで仕草をするのであって、実際には投げない。
四　忍び三重の弾き出しの初めに打つのが慣わし。昭和四十七年一月、国立劇場では、新内様ノ合方に水ノ音。
五　⇨用語集（三重）。寂しさや凄味を表し、三味線は三下りで「チ、、、」と弾く。ひぐらしの声を模したといわれ、蜩（せみ）三重とも呼ぶ。
六　台東区根岸界隈。上野の山陰で音無川が流れ、鶯や蛍、竹を初め四季の雅趣に富み、文人墨客が隠棲する地として知られる。
七　医者なので、「病（やまい）良うせん」。
八　かぶろ。七歳前後より出、十三歳ごろまで勤め、つき従う花魁（部屋持ち以上）の用を足す。少年がなる坊主禿、臨時雇いの雇禿などもあった。
九　同じ花魁に二人つく禿を対（つい）の禿とよび、一対となる名をつける。
一〇　花園宇治太夫を中心とし、気品のある語り口で好評を得た新内節の一派。吾妻路富士太夫が五代

四幕目　六根岸丁子屋別荘《ねぎしちょうじゃべっそう》の場

一　丁子屋《ちょうじゃ》の一重《ひとえ》
一　文蔵女房《ぶんぞう》　おしづ
一　丁子屋の吉野《よしの》
一　同《おなじく》　初瀬路《はつせじ》
一　同　飛鳥野《あすかの》
一　番頭新造《ばんとうしんぞう》　花の香《はなのか》
一　新造　花琴《はなこと》
一　同　花鶴《はなづる》
一〇花園連中《はなぞのれんじゅう》

一　木屋文蔵《きやぶんぞう》　俳名《はいみょう》文里《ぶんり》
一　丁子屋　長兵衛《ちょうべえ》
一　同若い者　喜助《きすけ》
一　新造　花巻《はなまき》
一　医者　七山井養仙《やまいようせん》
一　文蔵娘　おたつ
一　同　倅《せがれ》　鉄之助《てつのすけ》
一　八禿《かむろ》　ゆかり九
一　同　たより

（本舞台四間《しけん》、一一通し、常足《つねあし》の二重。雪の積もりし一二本庇《ほんびさし》、一三本縁付《ほんえんつ》き。向こう、床の間地袋《じぶくろ》戸棚。一四腰張《ば》りの一五茶壁。一六三尺口、一七太鼓張《ば》りの襖《ふすま》、一八出入《ではい》り。この前側、一面に塗り骨障子。上《かみ》の方《かた》、雪の積もりし梅の一九台幹《だいみき》。

目尾上菊五郎や河竹黙阿弥の贔屓を受け、安政四年（一八五七）七月市村座興行、『網模様灯籠菊桐』等に出演していたが、鶴賀派から横槍が入ったため花園宇治太夫と改め、その披露を本曲で行うとともに中村座にも掛け持ちで出演する等劇場語りとして活躍したが、文久元年（一八六一）九月、市村座興行『吾住森野辺乱菊（わがすむもりのべのらんぎく）』を最後に劇場への出勤に終止符を打った。岩沙慎一『江戸豊後浄瑠璃史』（一九六八年、くろしお出版刊）。

一一　幅一ぱいに。

一二　実物の庇（縁側の上の小屋根）に似せて作ったもの。

一三　実物の縁側に似せて作ったもの。

一四　壁の下の方に張る紙。壁砂の落ちるのを防ぎ装飾もかねる。

一五　茶色の壁。

一六　間口三尺の出入り口。

一七　両面に上張りの襖紙を張った襖。

一八　実際に役者の出入りが可能なようにして置く。

一九　張物の幹に枝（実物や小道具）を打ちつけ台に差し込んだ立ち木。

この前に、石の井筒[一]。いつもの所、枝折戸《しおりど》[二]。下《しも》の方《かた》、浄瑠璃台[三]の隣の二階家、伊予簾《いよす》[四]、上げ[五]下ろし。この下《しも》、建仁寺垣《けんにんじがき》[六]。舞台、花道とも、雪布《ゆきぬの》[七]をしき、すべて、初音《はつね》[八]の里、丁子屋別荘の体《てい》。こゝに二幕目の初瀬路、飛鳥野、花巻、花琴、花鶴、禿《かむろ》ゆかり、たより、皆々、こより[九]の百度ざしを持ち、はだしにて、庭の内を百度[一〇]を踏みいる。この見得、一中節《いっちゅうぶし》[一一]模様の端唄《はうた》にて、幕明く）

（ト右の合方弾き[一二]流し）

皆々　南無妙法蓮華経〳〵。

ゆかり　早く花魁《おいらん》のよくなりますよう、

たより　御利益《ごりやく》をお願い申します。

両人　南無妙法蓮華経〳〵。

飛鳥野　ほんに、この子たちは感心だよ。さぞ一重さんが聞きなんしたら、うれしいことでありんしょう。

花琴　話してお聞かせ申したいが、病のせいかこのごろは、じきに涙をこぼしなんすゆえ。

花鶴　この子たちのことを話したら、どんなに泣きなんすか知れんせん。

初瀬路　そりゃもう、一重さんばかりじゃない。わたしらまでも、あのよう

一　石造りに似せて作った井戸囲い。
二　庭と外部との境を表す簡略な戸。
三　花園連中の語る場所が隣家の二階に設けられている。浄瑠璃台のある隣の二階家。
四　伊予の露峰（愛媛県上浮穴郡久万高原町）の伊予竹は節間が長く真っ直ぐで白く艶があり、侘びた感じがするので、殊に茶室の簾に好まれる。
五　上げ下ろしが可能なように作る。
六　割り竹の皮を外にして柱と柱の間に透き間なく並べ、押縁（横に取り付けた竹）と棕櫚（しゅろ）縄で結び固定した垣根。
七　雪を表現する白い布。
八　根岸の雅名。嘉永元年（一八四八）建碑の「初音里鶯之記」（根岸三―二十二―七に現存）中に「ながく初音の里の名をとどめむ」とある。
九　百度参りの回数を数えるのに使う紙撚（こよ）り。百本を束にし、お参りの度ごとに一本ずつ折り曲げる。
一〇　一日に百回お参りして願を懸けること。通常は百度石と本堂の間などを裸足で百回往復する。

に、二人が真《しん》[一三]にお祖師様へ、お願い申す心根を、思いやると悲しくなりんす。

飛鳥　泣き顔をするは悪いから、泣くまいと思いんしても、つい涙が出てなりんせん。

花巻　もう〳〵そんなことを、お言いでないよ。わたしなぞは泣き虫だから、じきに涙が流れて困りんす。

花琴　オヤ、お前、涙が流れるかえ。

花巻　わたしだって流れなくってさ。

花琴　わたしゃあ散り蓮花《れんげ》のように、たまっているかと、思いした。

花巻　花琴さん、大概におしよ。なんぼ、わたしが中低《なかびく》だって、涙が水《みず》ためのようにたまるものかね。

初瀬　たまらないことはありんせんよ。この間、花巻さんがあおむけに寝ていなんした時、横山町《ちょう》[一四]の若旦那がおいでなすって、なるほど花巻は中低《なかびく》な顔だ、どのくらい低いか、酒をついでみろとおっしゃって、低い所へ酒をついだら、ちょうど二銚子半《ふたちょうしはん》[一五]、五合入《ごんごうはい》[一六]りんした。

花巻　エヽモ、黙っていればいゝことにして、五合入《ごごうい》りという顔が、どこにあるものかね。

一一　浄瑠璃の一流派。元禄ごろ（一六八八―一七〇四）京で初代都太夫一中が語り出し、道行や景事を得意とし江戸にも下った。三味線は中棹、素朴で上品、重厚な味合いがあり、常盤津・清元・新内などの母体となる。

一二　演奏されている曲を、そのまま連続して弾くこと。

一三　真底。

一四　中央区日本橋横山町・同東日本橋二・三丁目の内、呉服・足袋・小間物・煙管などの問屋が多く土蔵の建ち並ぶ街。

一五　二合入り徳利、二本半。

一六　ゴンと唱えることもある。玉置哲二・石橋梅吉『珠算精義』（大正二年、文永館刊）に、数字の読み方はなるべく普通がよいとした上で、例外としてヨン（四）、ゴン（五）、ナナ（七）、キウ（九）を列挙し、そのように読むよう勧めている。

初瀬　ほかにはないが、こゝにありんすよ。

花巻　わたしゃあ、もうきく[一]こっちゃないよ。

(ト花巻立ち掛かるを、初瀬路、突く。これにて、あお向けに後ろへひっくり返る。禿、これを見て)

ゆかり　それ、お開帳[二]だ。

ゆかり・たより　南無妙法蓮華経〳〵。

(ト花巻の前を拝む[三]。花巻、起き上がり)

花巻　エヽ、子供まで馬鹿にするか。

(ト雪[四]を取って、禿に打ち付ける。右の合方にて、奥より、吉野、序[五]幕のなりにて、出て来たり)

吉野　コレサ、お前方はどうしたのだ。一重さんが昨日《きのう》より、今日《きょう》は悪いと言いなんすに、ちっと静かにしなんしよ。

花巻　それでもわたしのことをみんなが寄って、中低《なかびく》だと言って。

(ト花巻、泣きながら言う)

吉野　なにも中低《なかびく》でないものを、中低だと言いはしまいし、そんなに泣かずとも、いゝじゃあありませんか。

花巻　それだって、わたしゃ、くやしくって〳〵なりいせんものを。

一　全く納得できない。
二　陰部が見えることを、本尊などの開扉に喩えた表現。
三　陰部（があると思われる辺り）に向かって）。
四　三角形の紙片。一九〇頁注七参照。
五　第二番目序幕、新吉原丁子屋二階の場。
六　くぼんで水の溜まっているところ。
七　（来世が安楽に暮らせると信じて）思い悩まず、のんきに生きている人。
八　それまでも鞠唄の合方と思われる。
九　世話狂言の初春の場面の幕明けや人物の出入りに用いる。「一つとや一夜明ければ賑かで賑かで、お飾り立てたる松飾り松飾り」。
一〇　着物の下部まで覆う袖付きの合羽。武士（小身は半合羽）・医者（旅では半合羽を用いる場合もある）・僧等が着用した。
一一　脇差し。武陽隠士『世事見聞録』（文化十三年序写、一八一六）三に、幕初の頃は小脇差しのみであったが近来は「医師の大小を帯し武士の如く」と批判する。養仙は町医なので大名の抱え医者のように二本差せない。

吉野　くやしいと言ったとて、仕方がないわね。まあゝ[六]窪たまりの涙でもおふきよ。

花巻　エ、モ、吉野さんまでおんなじように。覚えておいでなんしよう。

（ト右の合方にて、花巻、上手《かみて》へ入る）

吉野　ほんに、花巻さんのように気を持つと、苦労がなくてようありんす。

飛鳥　あれがほんの、[七]後生楽《ごしょうらく》と言うのでありんすね。

（ト障子の内にて）

養仙　ア、イヤ〳〵、送るには及びませぬ。

（ト[八]やはり、[九]鞠唄《まりうた》の合方にて、障子を開け、養仙、[一〇]長合羽《ながかっぱ》、[一一]一本差し、[一二]医者のこしらえにて、出て来たり）

吉野　これは養仙様、雪の降りますのに、御苦労様でございます。

養仙　イヤ、雨と違って雪が降ると、いつまでも[一三]道が悪くって、[一四]医者などにははなはだ迷惑だて。

花琴　モシ、お供さん、お帰りでありますよ。

八助《はちすけ》　ハイ〳〵、かしこまりました。

（ト下手《しもて》庭口より、[一五]紙合羽《かみがっぱ》を着たる供、[一六]爪掛《つまが》け付きの[一七]下駄と、[一八]渋蛇《しぶじゃ》の目の傘を持ち、出て来たり、[一九]足駄《あしだ》を直す）

一二　髷は慈姑（くわい）の取っ手（総髪を後頭部で束ねて結び、くわいの芽のように垂らす）。

一三　江戸の街は降雨の際にはぬかるみ、女乞食が通行を妨げ下駄を高く売ったり貸し付けたりした。雪では融けるまで日数がかかる。

一四　往診の時に駕籠を使う乗物医者と、専ら歩く徒（かち）医者の別があり、養仙は徒医者。

一五　荏の油（えのゆ。かつては油桐から得た桐油を使っていた）を塗って防水とした袖無し合羽。

一六　下駄などの先端部を覆う防水具。革や油紙製、紐で後歯に結び付ける。

一七　一九では足駄。

一八　弁柄（酸化鉄を主成分とする赤褐色顔料）を混ぜた柿渋を塗った蛇の目の傘（中心部と周辺部を青や黒で染める）。女持ちで男性では主に僧と医者。

一九　高下駄を揃える。高下駄の男性用は角形、長さ七寸二、三分。桐の台に欅や樫の差し歯、高さは台ともに三寸三、四分。

養仙　さようなら、大事になさい。
皆々　有難うございます。
養仙　ドリヤ、[一]藤寺《ふじでら》へ回って行こうか。
（ト合方にて、養仙、花道へ。後《あと》より、吉野、付いて来て）
吉野　モシ、養仙様、お待ちなすってくださいまし。
養仙　ハア、なんぞ用でござるか。
吉野　ほかのことでもござりませんが、一重さんはどうでござりましょう。
養仙　あれはしょせん、[二]むずかしいて。
吉野　エ、むずかしゅうござりますとえ。
養仙　されば。[三]産後の血の納まらぬところへ、なにか心配なことがあって、気から出た病で、俗に言う[四]血労《ちろう》というのじゃ。[五]愚老《ぐろう》も旦那からお頼みゆえ、色々と骨を折って、[六]配剤をしてみたが、どうも[七]薬が届かぬて。[八]ところへ、この寒気《かんき》を受けて、なお〳〵むずかしくなったて。
吉野　エ、○
（トびっくりなし）
こりゃマア、どうしたらようござりましょう。
養仙　どうと言って、寿命ばかりは[九]耆婆《ぎば》扁鵲《へんじゃく》でも仕方がない。愚老も帰りに

一　臨済宗円光寺（台東区根岸三―十一―四）。岡山鳥『江戸名所花暦』（文政十年刊、一八二七）二に、庭中に棚廿間余にかけ渡したりとある。
二　治癒しまい。
三　弛緩性出血。出産後子宮の収縮がうまく行かず、胎盤の剝離箇所からの出血が止まらない。
四　心労による病気（結核と同じく労咳とも呼ぶ）。食もとらず引き籠もる。
五　私（老人が謙遜して）。
六　独参湯など人参を使った薬を用いる。
七　薬効がない。
八　丁度そういう時に。
九　天下の名医。耆婆は印度の名医で深く仏教を信じ釈迦（紀元前三八三年入滅）を治した。扁鵲は唐土の名医（紀元前四世紀頃）で、『史記』にその伝が立てられている。

廓《くるわ》へ回って、内証へくわしくお話し申すが、もし身寄りでもあるならば、知らしてやるがようござる。
吉野　有難うございます。
（ト泣きいる）
養仙　もし変[一〇]がまいったら、早速にお人をください。お見舞いに参るでござろう。
吉野　なにぶんお頼み申します。
養仙　さようなら、おいとま申す。
吉野　これは御苦労さまでござりました。
養仙　サア、八助、参ろう。
（ト鞠唄になり、養仙先に、供付いて、向こうへ入る。吉野、涙をぬぐいながら、舞台へ来る。皆々そばへ寄り）
初瀬　モシ、養仙様はなんと言いなんしたえ。
吉野　しょせん、一重さんは治らないとさ。どうしたらよかろうね。
（ト泣く）
飛鳥　なんぞいゝお薬はありませんかね。
花琴　明日《あした》、お張り御符《ごふう》[一一]の張り替えだから、堀の内様[一二]へお参り申し、

一〇　容態の急変。
一一　妙法寺祖師堂で授ける札。万寿亭正二『江戸神仏　願懸重宝記』（文化十一年刊、一八一四）によると、病人の枕元に張り七日目ごとに、その上に重ねて張ると二十一日目には平癒するが、難病の人は改めてお札を請けて古い札と取り替え代参も認められていた。
一二　日蓮宗妙法寺。武蔵国多摩郡堀之内村（杉並区堀ノ内三―四十八―八）にあり、境内四千六百八十八坪。祖師堂には日蓮四十二歳の折の木像を安置し、厄除けの、お祖師様として他宗の人々の信仰をも集める。

花鶴　よくお祖師さんへ、お願い申して参りんしょう。
吉野　明日《あした》お願い申されゝばよいが。
初瀬　そんなら今宵《こよい》が。
皆々　ハア、。
（ト泣く）
吉野　ア、モシ。静かにしなんし。一重さんへ聞こえると悪うざます。
ゆかり　花魁が死なしゃんしたら、
たより　わたしらはどうしましょう。
（ト同じく泣く）
吉野　ほんに、この子たちがかわいそうだね。
（ト[一]雪おろし。[二]雪は巴《ともえ》の端唄になり、向こうより、丁子屋の亭主長兵衛、[三]毛織りの半合羽、ぱっち、尻端折《しりはしょ》り、[四]山刀《やまがたな》をさし、爪掛《つまが》けの下駄、蛇の目の傘をさし、喜助、股引《もゝひき》、尻端折り、[五]下駄がけ、風呂敷包みを背負い、[六]番傘をさし、出て来る。日覆《ひおお》い[七]より雪を降らす。花道へ止まり）
長兵衛　今しがた、いゝあんばいに[八]雲切れがして、やみそうだったが、また強く降ってきたな。

一　雪の降りしきる感じを大太鼓で表現する。
二　端唄の代表的な曲で本調子、中立ちで、「雪は巴に降しきる、屏風を恋の中立ちで、蝶と千鳥の三つ蒲団　もと木に帰るねぐら鳥　まだ口青いじゃないかいな」。歌沢能六斎『改正哇袖鏡』（安政六年序刊、一八五九）。
三　羅紗（地を厚く密に織った毛織物）で仕立てた半合羽。
四　木や竹を切るのに用いる刀。根岸の山茶花や寒竹に因む趣向（二〇二頁注六）。
五　下駄履き。
六　粗製の骨に白い紙を張り荏の油を引き屋号などを記入した粗末な、大坂下りの傘。
七　元結用の紙の両端を三角に裁ち、その裁ち屑を焙じて雪籠に入れ日覆いから吊り、呼び綱を揺すって降らせる。現在の雪は四角が多い。
八　雲に切れ目ができること。

喜助　これでは今夜は積もりましょう。お帰りは、お駕《かご》でなくてはいけませぬ。

長兵　オヽ、日が暮れたら、迎えに来いと、油屋[九]へ言い付けておいた○そりゃあそうと、今日《きょう》文里さんの所《とこ》へ、使いに行ったのは、手前《てめえ》か。

喜助　イエ、わたくしではございませぬ。与助《よすけ》でございます。

長兵　ぜひおいでなさるよう、そう申したかしらぬ。

喜助　たしか、お預け申してある、一重さんのちいさい[一〇]のもお連れなさるよう、そう申してまいったそうでございます。

長兵　わずかなうちに零落《れいらく》なされ、お困りなさるということだが、今じゃあ、どんなお暮らしかしらん。

喜助　与助から承りましたが、今では今戸《いまど》[一一]の瓦屋《かわらや》の裏で、しがないお暮らしだそうでございまする。

長兵　それじゃあ、お駕とも行くまいかの。

喜助　どうして[一二]、お傘があればようございますが。

長兵　アヽ、それはお気の毒なことだな。

（ト右の唄にて、両人舞台へ来たり）

喜助　ハイ、旦那様がいらっしゃりました。

九　未詳。吉原辺りの駕籠屋であろう。
一〇　赤ん坊。
一一　台東区今戸一・二丁目の内。隅田川（川幅三百間ほど）の西岸で山谷堀の北。瓦や土人形の今戸焼は江戸の名物で、竈から上る煙に風情があった。
一二　それどころか。

（ト門口を開ける。長兵衛、内へ入る。皆々見て）
吉野　これはまあお寒いのに、
皆々　ようおいでなさんしたな。
長兵　アイ〳〵、悪いもの[一]が降ったな。イヤ、悪くもねえか、はだしで寒いのに、雪ぶっつけか。
（ト言いながら、縁側へ上がる）
初瀬　イエ、一重さんのあんばいが、ちっとも早く治るようにと、
飛鳥　堀の内様へ、お願い申し、庭の内でさっきから、
花琴　お百度を上げたのでござります。
長兵　そりゃあよくしてやってくれた。
喜助　モシ、旦那、子供らもいっしょでござりますぜ。
禿両人　旦那さん、おいでなさいまし。
長兵　オヽ、手前《てめえ》たちもいっしょか。ヤレ、奇特《きどく》なことだ。その一心《いっしん》じゃあ花魁も、今に全快するだろう。
（ト奥へ聞こえるように大きく言う）
吉野　その全快があればよいが。
長兵　[二]ア、コレ。そのことは養仙様に。

一　雪。
二　「全快が期待できればよいが」と吉野が言ったので、言うなと制止する。

吉野　そんなら様子を。
長兵　今、道で聞いて来た。
（ト思入れ。やはり、右の合方にて、奥より、花の香、番頭新造《ばんとうしんぞう》のこしらえにて、出て来たり）
花の香　旦那さん、おいでなさいまし。
長兵　オヽ、花の香か。どうだえ、花魁は。
花の　[三]とかく、同じことでございますよ。
長兵　さぞ手前《てめえ》も心配だろう。
花の　いっそお目に掛かりたいと、言っていなさいました。
長兵　おれもこの間から逢いたかった○
（トこのうち、花の香、障子を開けに掛かる）
ア、コレ、障子を開けたら、寒かろうに。
花の　イエ、雪の降るにしては、寒くありませんよ。
（トこのうち皆々も足をぬぐい、上へ上がり、障子を残らず開ける。よき所に、[四]六枚屏風《ろくまいびょうぶ》、[五]立て回しあるを、花の香、開ける。内に、[六]二つ蒲団、[七]本夜具。こゝに、一重、[八]病鉢巻《やまいはちまき》、[九]病気のこしらえにている）
長兵　花魁どうだ。少しはいゝかの。

三　とにかく。
四　六つに折り畳む屏風。
五　周りを取り囲む。
六　二枚重ねた敷き蒲団。
七　本物の夜具（蒲団の類）。
八　病中を示す鉢巻（京劇の影響であろうか）。紫や黒の羽二重や縮緬などを、顔の左側に結び目が来るようにして結び下げる。
九　寝巻に前帯。

一重　旦那さん、よく来ておくんなんした。
長兵　ア、、起きるにゃあ及ばねえ、寝ていればいゝに。
一重　イエ、さっきから寝ていたゆえ、起きた方がようざます。
（ト夜着《よぎ》[一]に寄り[二]掛かり、起き直る）
長兵　どうだ。薬は飲んだろうの。
一重　アイ。
（ト思入れ）
花の　イエ、とかく嫌だと言いなまして。
長兵　そりゃあ悪いことだ。薬を飲まにゃあよくならねえぜ。
一重　どうでよくはなりませんから、薬は堪忍しておくんなんし。
（ト長兵衛、思入れあって）
長兵　ムウ、それじゃあまあ、気まかせにするがいゝ。
一重　モシ、花の香さん。なぜこんなに皆さんが、寮[三]へ来ていなさんすのだえ。
花の　花魁が寂しかろうと、旦那さんの言い付けで。
一重　それはうれしゅうおすが、お気の毒でありんすね。
長兵　なにさ、多く病[四]は気から出るもの。そこでお主《ぬし》が気をはらそうと、仲

一　形が掻巻きに似て、より大きく、厚い。掛け蒲団に取ってかわられた。
二　畳んだ夜着に。
三　妓楼の別荘。一二頁注一三。
四　諺「病は気から」による。気持ちの持ちようで発病もし、重くも軽くもなる。

のいゝ者をよこしておくのだ○コレ、その風呂敷包みを。

喜助　かしこまりました○

（ト風呂敷包みを出し）

花魁いかゞでござりまする。つい忙しいので、お見舞いも申しませぬ。

（ト長兵衛、風呂敷より杉折[五]を出し）

長兵　こりゃあ、花魁、養生糖《ようせいとう》[六]といって、桐山三了《きりやまさんりょう》[七]で売る薬菓子《くすりがし》[八]だ。病人の食い物にゃあいっちいゝ。益になるから食べなせえ。

一重　有難うおすが、どうも食べたくありません。

吉野　折角旦那がお持ちなんしたのだから、一つ嫌なら半分でも。

（ト一重に勧める）

長兵　ア、コレ。嫌なら無理にはよすがいゝが、そう物を食べねえじゃあ、薬の回りが悪いから、治る病も治らねえぜ。それにつけてお主《ぬし》にも、言っておきてえことがある。みんなもこゝにいるこそ幸い、聞き役に聞いてくれ○

（トあつらえ、尺八[九]の入《い》りし合方になり）

いまさら言わねえでものことだが、勤めの身にて、子までなした文里さんのことなれば、毎日顔の見たいのを、だん〳〵たまる勘定に、ほかの者へ

五　薄く剝いだ杉板で作った折り箱。

六　京都長浜屋の益寿糖の類の新発売の薬であろうか。益寿糖は諸病に効き無病の人は病に罹らないという唐土伝来の薬菓子。振り仮名は、底本、合巻を尊重した。

七　室町三丁目浮世小路角（中央区日本橋室町二丁目）にあった薬屋。江戸製薬店元祖を称した老舗で、地黄丸（強精剤）で知られるが、痰切り薬や化粧品も扱った。

八　薬の成分を含む菓子。

九　篠笛で尺八らしい音色を出す。普化宗の法器たる尺八を劇場で使用することに横槍が入れられたためであろう。

[一]しめしにならねば、よんどころなく[二]二階をせき、久しく[三]足を止めたうちも、ア、、文里さんは[四]突き出しから、二年このかた通いつめ、内証のためにもなったお方。いかに商売とは言いながら、[五]不実な者と思わっしゃろう○また、女の狭い心から、[六]無分別でも出しはしめえかと、案じたのも、[七]四年あと、[八]中万字屋《なかまんじや》の[九]玉菊《たまぎく》が、新之丞《しんのじよう》という客ゆえ、義理にせまって非業《ひごう》な最期。[一〇]あっぱれ遊女の鑑《かゞみ》ぞと、[一一]世の人ごとにほめれども、[一二]なろうことならそのような、憂き目を見まい、見せまいため、病気の体《てい》にこの寮で、産をさせたもありようは、[一三]廓《くるわ》と違って人目もなければ、文里さんに逢わせるため。産まれた子をば深切に、内儀が引き取り世話すると、聞いても聞かぬ顔をして、[一四]寝物語に女房と、喜んでいるおれが心は、無分別を出させまいため。ハテ、人間の一生は、[一五]七転び八起きとやら。文里さんもまた元の、身分になったらその時は、[一六]手かけ妾《めかけ》もある習い、お主《ぬし》を引き取り世話もなさろう。おれも男、そうなれば、立派に仕度をしてやろう。とかく[一七]命が物種だ。そりゃもう、朋輩はじめ子供らまで、この雪の中を[一八]はだし参り。その一心でもお主《ぬし》が病、治るは知れたことなれど○

(ト思入れあって)

こゝがまた[一九]人の覚悟。死なねえのは知れていれど、命は限りのあるものだ。

一 お手本。
二 二階（遊女の部屋がある）へ行くことを妨げる。
三 寄せつけない。
四 十四、五歳以上で吉原へ売られて来たり、引込み禿として諸芸を仕込まれていたのが十四、五歳以上になったので初めて見世に出ること。
五 薄情な。
六 思慮がないこと（ここは自殺）。
七 四年前。安政四年（一八五七）七月、市村座初演『網模様灯籠菊桐』をさす。五幕目に玉菊が間夫稲木新之丞への真情、身請けを望む渋川軍十郎への嫌悪感、新之丞の妻お民・養父治左衛門や楼主弥兵衛への義理が絡みあった末に自害する場面がある。
八 新吉原角町（仲之町より向かって左側の中ほど）にあった妓楼中万字屋勘兵衛。
九 享保十一年（一七二六）三月二十九日、二十五歳で没した散茶女郎（太夫・格子に次ぐ妓格）。生存中に伝えられた行動は皆無に等しいが、三回忌追句集『袖さうし』、同浄瑠璃の河東節「水てうし」の存在から次第に伝説化され、玉菊灯籠（吉原の代表的な行事で

おれなぞはついちょっと、風邪を引いても死ぬかと思い、おれが死んだらこう〲しろと、遺言をするとじきに治り、あとで女房に笑われるが、なんとめでたいじゃあねえか。それだによってお主《ぬし》もまた、言いおくことでもあるならば、なんなりともおれに言《い》やれ○ハテ、よくなったその時に、お主《ぬし》はこんなことを言ったと、どうぞおれに笑わしてくれよ、よ○こう言うのもお主《ぬし》をば、娘と思う心からだ。世間の人は[三〇]遊女屋の亭主は鬼かなんぞのように、無慈悲な者に思えども、鬼ばかり世にはねえ。[三一]心置かずになんなりと、言うことあらば言ったがいゝ。ノウ吉野、そんなものじゃあねえか。

（ト長兵衛、よろしく思入れあって言う。一重初め、皆々泣きいる）

吉野　アヽ、有難い旦那さんの御意見、みんなお前のためなれば、[三二]悪う聞いては済まぬぞえ。

一重　なんの悪う聞きましょう。その御深切をあだにして、こうしているがもったいない。少しも早くよくなって、[三三]御恩送りがしとうざます。

長兵　ムヽ、よくなったらば稼いでくりゃれ。寝ているうちはいらぬ心配。それが病の大毒《だいどく》だ○

（ト懐から[三四]年季証文《じょうもん》を出し）

七月中行われる）の起源と結び付けられて著名な存在となった。
二〇　弥兵衛の科白。
二一　世間のどんな人も。
二二　誉めるけれども。
二三　実のところを言えば。
二四　寝ながらの会話。
二五　何度失敗しても諦めずに奮起することの比喩。
二六　妾に同じ。遊女を妾にするのもよくある例。
二七　「命あっての物種」。何事につけても命があっての上のこと。
二八　特別に願を懸けて素足で神仏に参詣すること。
二九　覚悟のしどころ。
三〇　当て字で「亡八」と書くのは、仁義礼智忠信孝悌の八つの徳目を失っているからとの説があるほどであった。
三一　遠慮せずに。
三二　悪意に解釈してはいけない。
三三　御恩返し。一〇八頁注三参照。
三四　契約書の一種。身売りの期間や金額、当人の宗旨や菩提寺などを書き入れ、親権者・保証人などの署名捺印がある。実例は石井良助『続江戸時代漫筆』。

その心配をさせぬため、お主《ぬし》へ土産の年季証文《じょうもん》。[一]これをやった上からは、
[二]身儘《みまゝ》の体に遠慮はねえ。一年なりと二年なりと、よくなるまでは、寝てい
やれ。

一重　なんと申そうようもない。

吉野　旦那さんの思《おぼ》し召し、

初瀬　わたしらまでも、

皆々　有難うおざりんす。

長兵　オヽ、まだ肝心なことを忘れた。文里さんのお内[三]が知れて、今日《きょう》おいでなさるよう、お約束を申しておいた。

一重　そんなら、文里さんが、

花の　おいでなさんすとかえ。

長兵　さだめてお主《ぬし》も逢いたかろうし、また文里さんも一生の〇イヤサ、いっしょに今夜はこゝへ寝て、ゆっくり話をするがいゝ。

一重　エヽ、なにからなにまで。

長兵　ハテ、おりゃあ娘と思っていれば、その礼にゃあ及ばねえ。
（トこの時、奥より、以前の花巻、走り出て）

花巻　アヽ、どうしたらようざましょう。[四]香煎《こうせん》と間違えて、[五]振り出しの粉唐《ことう》

一　証文を返す。契約した効力の消滅を意味する。
二　自由な境遇になった上は気兼ねはいらない。
三　お住居。
四　米（多くは赤米）の煎り粉に蜜柑の皮・鳩麦・山椒などの粉末を混ぜて白湯に入れて飲む。
五　振って小さな孔から中身を出す容器。

辛子《がらし》を、お湯へ入れて飲んだので、口がひり〳〵してなりんせん。

初瀬　花巻さんのまたお株[六]で、そゝっかしいことばかり。

花の　ちっと性《しょう》[七]を付けなんし。

花巻　オ、辛い〳〵。なんぞ甘い物を一つくんなんし。

長兵　花魁の見舞いに持って来た、養生糖《ようせいとう》はどうだ。

（ト長兵衛、折を出す）

花巻　そりゃあちょうど、ようざます。

（ト花巻、一つかみ取ろうとするを、喜助止めて）

喜助　オッと、花巻さん、待ちなせえ。養生糖に唐辛子は、煤掃《すゝは》[八]きに鰒《ふぐ》[九]を食うようなもので、大敵薬《たいてきやく》[一〇]だ。

花巻　なに敵薬でもよいよ。

喜助　お前《めえ》はよかろうが勤めの身、旦那さんがつまらねえ。

花巻　イエ〳〵、敵薬でも死にゃあしない。実は唐辛子を食べないのだよ。

長兵　それじゃあ養生糖はやられねえ。

（ト折を片付ける）

花巻　エ、、いま〳〵しい食べそこなったか。

喜助　見出《みだ》[一一]してやった。

六　独特の癖。

七　しっかりしなさい。

八　正月を迎える準備の大掃除で十二月十三日に行う家が多く、餡餅や蕎麦を食し、終われば胴上げをして羽目を外す。

九　河豚（ふぐ）鍋の中に煤や鍋墨が入ると必ず中毒すると信じられていた。

一〇　食い合わせ。同時に食すと中毒を起こすと信じられている食物。

一一　虚偽を暴く。

皆々　ホヽヽ、ハヽヽ。

（ト皆々笑う。これにて、一重もにっこり笑う）

長兵　イヤ、思いがけなく花魁の、笑い顔を見ておれもうれしい。しかしこれが、

一重　エ。

長兵　イヤサ、こんなことでなくっちゃあ気が晴れねえ。

吉野　晴れると言えばこの雪は、いつまで降るのでありんしょう。

長兵　イヤ、もう今にやむだろう。そうしたら文里さんも、出かけておいでなさるから、冷えねえように寝ているがいゝ。

一重　アイ。ちっと横になりんしょう。

長兵　ドレ、おれも笹の雪[一]で、一口[二]やろうか。

（ト長兵衛、立ち上がる）

皆々　そんなら旦那さん。

長兵　気を付けてやりゃれ。

（ト唄になり、長兵衛、先、新造《しんぞう》四人禿《かむろ》付いて、奥へ入る。吉野花の香は、屏風を立て回し、内へ入る。花巻喜助、障子をしめながら）

花巻　喜助面《づら》[三]覚えていろよ。

一　豊島郡金杉村根岸新田にあった豆腐料理の玉屋忠兵衛製の豆腐の名、店名としても通用。大正十年頃現在地（台東区根岸二―十五―十）に移転。吉原の朝帰り客に好まれた。

二　笹の雪を肴に雪見酒を一杯。

三　罵って名前や身分などの下に付ける。

四　すっと。

五　諺「食い物の意趣は恐ろしい」。食物に関する恨みは根深く仕返しが恐ろしい。

六　落語や落ちのある短い笑話。黙阿弥は落とし咄に関心があり、三題咄を好み粋興連に参加、柳亭左楽・春風亭柳枝などと出来ばえを競い、「鰍沢（かじかざわ）」は名作と評されており、文久三年（一八六三）二月、市村座初演『三題噺高座新作』は自作を脚色したもの。

七　健康状態の意の塩梅（あんばい）を「あばい」というのは（二三一頁注七）、落語「女郎の文」の類の笑いであろう。女郎から文を受け取った男の友達連中が無理に取り上げ読み出すが、悪筆の上に片言なので意味が解らない滑稽を描いた作。現在は改作して「ラブレター」「女給の文」として演じ

（ト背中を叩き、ついと[四]奥へ入る。この時口上の文《ふみ》を落とす）

喜助　イヤ、食[五]い物の意趣はひどいものだ○

（ト喜助、花巻の文を取り上げ見て）

花巻さんが文を落としたが、どんなことを書いてやるか。大方落[六]とし話でよく言う、あ[七]ばいが悪い類《るい》だろう○

（ト言いながら、開き見て）

浄瑠璃名題《なだい》[八]○文[九]里一重が子ゆえの闇に○夜[一〇]の鶴姿の泡雪。相勤《あい》めまする太夫《たゆう》[一一]、花園宇治太夫《うじだゆう》[一二]、ワキ[一三]花園遊賀《ゆうが》、ワキ[一四]花園多喜太夫《たきだゆう》、三絃《さみせん》[一五]花園豊造《とよぞう》[一六]、上調子《うわぢょうし》[一七]花園栄造《えいぞう》。相勤めまする役人[一八]、

（ト役[一九]人替え名を読み）

こりゃあ、今度吾妻路《あづまじ》が、花園と改名した浄[二〇]瑠璃の触れ書きだ。それじゃあこゝに浄瑠璃があるか、さっぱりと知らなんだ。しかし、黙っても引き込まれまい○いよ〳〵、この所浄瑠璃はじまり、そ[二一]のため口上さ[二二]よう。

（ト知[二三]らせに付き、下手《しもて》二階家の伊予簾《いよす》を巻き上げる。内に、花園連中羽織袴《はかま》にて居並び、浄[二四]瑠璃になり、喜助このうち奥へ入る）

浄るり〽立[二五]つ春に、景色替わりて枝ながら、恵[二六]みの雪に花[二七]の園、色音《いろね》優しき

られる。

八　題名。

九　角書。二行に割って対句とし、内容を示唆する。「文里一重が」で一行。

一〇　子を思う親の情愛の深いこと。鶴は子を憶って夜起きて鳴くとされる。白楽天『白氏長慶集』（明暦三年刊、一六五七）三の「五絃弾」の「夜鶴子ヲ憶ヒテ鳴ク」による。

一一　『続々歌舞伎年代記』では、他に、千歳・尾上・春・秀・美世の各太夫を掲げる。

一二　芝神明前（港区浜松町一丁目）の茶屋岡本の主人の薩摩常とも、七、八年前に九州から江戸に出て来た大工ともいわれるが通称から判断して同一人物の可能性がある。一八三頁注一〇参照。

一三　タテの次に位置する太夫。

一四　宇治太夫の劇場初出演（吾妻路富士太夫の名で）、安政四年（一八五七）七月、市村座『網模様灯籠菊桐』中の浄瑠璃「星逢瀬恋柵」に出演の滝太夫と同一人物であろうか。

一五　『続々歌舞伎年代記』では、総て花園で豊造・扇頂・菊蔵・小藤次を掲げ栄造は見えない。

一六　富士太夫の劇場再出演となる、

鶯《うぐいす》や、哀れ文里は去年《こぞ》のまゝ、[一]ほころぶ梅のすそに綿、替わらぬ姿しょんぼりと。

(ト本釣鐘、合方、雪おろし。雪しきりに降り、向こうより、文里、[二]やつしなり、頬かむり、尻端折《しりはしょり》り、安下駄を履き、破れし番傘をさし、懐にあつらえの[三]抱き子《こ》を入れ、出て来たり、花道へ止まり)

文里　ア、誰やらが[四]雑俳の句に、[五]鶯や同じ垣根の幾曲がりと、初音の里ほど同じように、[六]垣根のある所《とこ》はない。[七]たゞでさえ知れにくいに、この雪で真っ白ゆえ、どこがどうやらさっぱり分からぬ。[八]今あとの酒屋で聞いたら、角から二軒目とあるからは、こゝの寮に違いない○

(トこの時、抱き子[九]泣くを[一〇]いぶり付けながら)

オ、、泣くな〳〵、内でしっかり飲まして来たが、一里余り抱いて来たゆえ、飲みたくなって来たとみえる○[一一]アレ、泣くは〳〵。コリャア、尿《しい》がしたくなったのか知らぬ。ア、、[一二]ぐっすり抜いたわえ○

浄〽野辺の[一三]緑子《みどりご》懐に、吹雪いとうてさす傘も、ぬれじと横に人の目を、[一四]忍ぶが岡の山の陰、心細くも水涸《か》れし、[一五]流れに沿うて来たりける。

(前頁注続き)安政五年(一八五八)三月、市村座『江戸桜清水清玄』中の浄瑠璃「忍岡恋曲者」の三味線を花垣豊造社中が勤めている。富士太夫が花園と改称したのと合わせての改称であろう。

一七　三味線を高低二音で合奏する際、本手より四度高い音域で演奏する。そのために枷(かせ。細い棒)を絃の途中にかける。

一八　出演者。

一九　配役一覧。

二〇　浄瑠璃名題や役人を記したもの。

二一　口上の最後に述べる極まり文句。

二二　では(始まります)。

二三　拍子木をチョンと打つ。情景に合わせて柔らかく打った後で少し弾ませて打つ。

二四　折しも聞こえて来る隣家の浄瑠璃が、登場人物の行為や心理の表現を助けるような設定を、余所事(よそごと)浄瑠璃という。

二五　この年の立春は正月十三日、初日の前日に当たる。

二六　諺「雪は豊年の貢ぎ」。雪が多く降れば豊年になると信じられていた。

二七　花園連中を効かせる。

（ト雪おろし、文里よろしく思入れあって、本舞台へ来たり）

ハイ、お頼み申します〳〵。

浄へ音[一六]なう声は聞きなれし、ゆ[一七]かしき人に吉野は立ち出《い》で、

（ト屏風の内より吉野出て）

吉野　どうやら今のは聞[一八]いた声○

（ト言いながら下駄をはき、枝折《しおり》のそばへ来て）

モシ、そこへおいでなんしたは。

文里　吉野さん、文里だよ。

（ト手《て》拭《ぬぐ》いを取る。吉野見て）

吉野　オヽ、よくおいでなんした。さっきからお待ち申しておりました。

文里　入ってもいゝかえ。

吉野　よいどころか、サア〳〵こゝへ。

文里　アヽ、お前方に逢うのも面目ない、このざまだ○

（ト言いながら、内へ入る。抱き子泣く）

一　梅の開花と着物の破れの意の掛け詞。

二　零落して見すぼらしい姿で。

三　赤子の人形、丈は一尺五寸。

四　雑体の俳諧の意で、多様な短詩型の総称。これは発句であるが、雑俳の前句付興行でも発句を募集していた。岩田秀行「対談　川柳こんにゃく問答」（『国文学』二〇〇七年八月号）。

五　未詳。大槻文彦が『東京下谷根岸及近傍図』（明治三十四年刊）に付した文の冒頭に「田舎路はまがりくねりておとづるゝ人のたづねわぶること吾が根岸のみかは抱一が句に『山茶花や根岸はおなじ垣つゞき』」とあり往時の根岸を偲ばせる。同地の鶯横丁に住んだ正岡子規に「燕や根岸の町の幾曲り」の作がある。

六　山茶花、寒竹の生け垣が多い。

七　田圃の埋立て地のため、元の農道が残り複雑に入り込んでおり、現在もその名残を止めている。

八　先程の。

九　竹で作った赤子笛で表現する。

一〇　揺さぶって寝かせつける。

一一　ぐっしょり。

オ、、今におっかあに逢わせるから、泣くな〱。
吉野　一重さんの産みなんした梅吉《うめきち》さんとは、その子かえ。ちょっと抱かしておくんなんし。
文里　手が変わったら泣くだろうが、それじゃあ、足をふくうち頼もうか。
（ト懐から出して、吉野へ渡す。吉野抱いて）
吉野　オヤ、こりゃ尿《しい》をしなんしたのかえ。
文里　冷たかろう。これを当ててくんな。
（ト袂《たもと》よりしめし[一]を渡す）
吉野　テモ、親子とて一重さんに、よく似ていなんすね。
（ト吉野、泣く子をいぶり付けいる。文里、足をぬぐいながら）
文里　ほんに、お前に逢ったら、礼を言おうと思っていた。この間吉三さんが深切に、金を持って、見舞いに来てくんなすったが、大枚《たいまい》百両という金をお貰い申す訳がないゆえ、お断り申したが、[二]なんとか思いなさりゃあしねえか。よくお前から来なすったら、言い訳をしてくんなせえ。
吉野　オヤ、そうでありましたか。久しくこっちへ来なさらないから、一重さんの病気も知らしたし、また、わたしも逢いたく思えども、悪い身性《みじょう》に。
（トふさぐ思入れ）

〔二〇二―二〇三頁注続き〕
一二　小便をする。
一三　四、五歳までの幼児。緑（新芽）と掛ける。
一四　上野台地（現在は上野公園・上野動物園・寛永寺などが存在）。
一五　音無川。一八三頁注六参照。
一六　案内を乞う声。
一七　懐かしい。
一八　聞き馴れた。

一　おしめ。
二　気を悪くしてはいまいか。

文里　サア、それゆえこっちも気[三]味悪く、
吉野　エ。
文里　イヤサ、気[四]の毒だから、お返し申した。
　（ト文里、足をぬぐい、上へ上がる。屏風の内より、花の香出て）
花の　文里さん、よく来ておくんなんした、待[五]ちきっておりました。
文里　そっちよりおれがまた、どんなに逢いたかったか知れねえ。
吉野　花の香さん、一重さんは。
花の　すや〳〵寝入っていなんすよ。
　（トこの時抱き子、しきりに泣く）
吉野　オヽ、た[六]がよ〳〵。なぜこんなにお泣きだね。
文里　そりゃあ乳が飲みたくなったのだ。
花の　ちょうど幸い、寮[七]番のかみさんに乳があれば。
文里　そんなら一[八]ぱい貰ってくんな。
花の　アイ、た[九]んのうさせてあげんしょう。
　（ト花の香、抱き子を抱き、奥へ入る。吉野、屏風のそでへ来て）
吉野　モシ、一重さん、文里さんがおいでなんした。モシ、一重さん〳〵○

三　不安で。
四　吉野につられて吉三を案じる言葉を言ってしまったものの、聞き咎められてごまかした。
五　待ち続ける。
六　「誰が、誰が（泣かせたのか）」。あやす際の文句。
七　別荘の番人。
八　腹一杯。
九　堪能させて。満足させて。

浄〽開ける屏風もやつれたる、互いの姿にふさがる胸。一重は恋しきその人に、飛び立つ思いも病の床。

（ト吉野、屏風を開ける。文里、一重を見て、こなし。一重はうれしく、起き上がろうとして、起きかねる思入れ）

モシ、文里さんがおいでなんしたよ。

文里　コレ一重、かわいそうに、とんだ目に逢ったな。

一重　文里さん、

浄〽逢いたかったと、胸せまり、先立つ涙にくれければ、

（ト一重うれし泣きに泣く。文里そばへ来て）

文里　おれも思っていると聞いて、逢いたく思っていたけれど、来るに来られぬ、今の身の上。ところへ御亭主から迎えゆえ、飛び立つ思いで、逢いに来たが、昨日《きのう》若い衆《しゅ》に聞いたより、お主《ぬし》は大層やつれたな。

一重　お前もわずか逢わぬうち、みすぼらしいなりにならんしたな。

吉野　ほんに、以前の文里さんの面影《おもかげ》はありんせん。

文里　サア、これゆえなんぼ逢いたくても、どうも逢いに来られねえ。
一重　そうして今日《きょう》はおしづさんも、いっしょにおいでなんしたかえ。
文里　あれにも来いと言ったれど、雪で頭痛がすると言って、いっしょに来ぬは久しぶり、お主《ぬし》に話もあろうと思い、一粋《すい》を通して来ぬ様子。それゆえ道で坊主に泣かれ、どんなに困ったか知れねえ。
一重　そんなら連れて来てくんなんしたか。
文里　お主《ぬし》に見せようと、懐へ入れて来た。
一重　さぞ大きくなりんしたろう。早う見せておくんなんし。
文里　今ひもじがって泣いたゆえ、花の香が寮番へ、乳を貰いに抱いて行った。二飲ましたら連れて来るだろう。
吉野　お前に早く見せとうござんす、どんなに太っていなんすだろう。
一重　オヤ、そうざますかえ。
文里　その太ったに引き替えて、お主《ぬし》ゃあ大層やせたな。
一重　それゆえ体が痛《いと》うざます。
文里　さぞこれじゃあ痛かろう。ドレ、おれがさすってやろうか。
浄〽いたわる手さえやわらかに、積もるそばから消えて行く、春のなら

一　気をきかせる。
二　空腹を訴えて乳を飲みたがる。

いに泡[一]雪も、軒の雫《しずく》と[二]鳴る鐘に、哀れを添ゆる相《あい》[三]の山。

(トこのうち文里、一重の介抱をしながら吉野としょせん助からぬという思入れあって、涙をぬぐう浄瑠璃の切れ、時の鐘[四]。合方雪おろしにて、向こうよりおしづ一文字《いちもんじ》[五]の編み笠をかぶり、安下駄をはき、胡弓[六]を持ち出て来たり、あとより娘おたつ、絹やつし[七]、芥子《けし》[八]坊主の島田、手拭いを頰かむりにして、弟《おとゝ》鉄之助、芥子坊主、同じく絹やつし。娘、これを背負い、破れたる番傘をさし、出て来たり、花道にて)

おたつ　モシ、おっかさん、鉄がなにか食べたいと言いますわいな。

おしづ　なんの鉄がそのような、さもしいことを言《い》やるものか、お主《ぬし》が大方言うのであろう。行儀の悪い。往来中《なか》でものを食べると言うがあるものか。ノウ、鉄、姉《あね》さんが言うたのであろうの。

鉄之助　アイ、おいらじゃない、姉《あね》さんじゃや。

たつ　エ、この子は。なんでわたしがそのような、さもしいことを言うものかいの。

しづ　ハテ、そなたの言うたにしておきゃいの○

一　雪と鐘声の取合せは、藤原公任『和漢朗詠集』(寛仁頃成、一〇〇四—一〇二〇)下、「遺愛寺の鐘は枕を敧(そばた)てて聴く　香鑪峯の雪は簾を撥(かか)げて看る」による。出典は白楽天『白氏文集』十六。

二　「雫となる」と「鳴る鐘」を掛ける。

三　伊勢(三重県)の間の山(内宮と外宮の間)で小屋掛けをした女たちが物乞いに唄った俗謡。「夕べ朝(あした)の、鐘の声、寂滅、為楽と響けども、聞きて驚く人もなし」(『新投節』、延宝六年以後刊、一六七八)などと仏教臭が強く、三味線と胡弓で哀切に奏でた。一二二頁注二四。

四　寛永寺の時の鐘。天明七年(一七八七)改鋳の時の鐘は今も一日三度(朝夕六時、正午)時刻を報じている。

五　円板を二つ折りにし横から見て頭頂部が「一」の文字の形となる編み笠。菅や竹の皮などで造る。

六　膝前に置き、弓(馬の尾で作る)で擦って奏する弦楽器の一。箏と合奏の際、三弦のは生田流と、四弦のは山田流と合わせる。

七　一切を絹で仕立てた黒い衣裳。

八　百会(ひゃくえ)と盆の窪の

浄〽おしづは夫のあとを追い、こゝへきぎす[九]の小鳥さえ、[一〇]十《とお》と五つにまだ春も、[一一]二十日《はつか》を越さず冴え返る[一二]、寒さ忍びてよう〳〵と、枝折《しおり》の外にたゝずみて、

（トこのうち、おしづは両人をいたわりながら、舞台へ来て）

浄〽たしかにこゝとさしのぞく、内には尋ぬる文里の声。

文里　コレ、一重、ちっと横になればいゝ。

一重　イエ、この方がようざます。

吉野　ちっと替わってさすりんしょう。

文里　まだ、くたびれねえからいゝ。

（トこの時、おたつ、文里を見付けて）

たつ　アレ、おとっつぁんが。

しづ　ア、コレ。

（トおたつを止め、胡弓をしゃん[一三]と構える。これにて、相の山になり）

毛を残した幼児の髪型。男女ともにし、三歳の髪置きからは耳の上のを残す場合もある。また島田は髪を折り曲げて髷をつくり元結で締めつける結髪法。つまり百会の頭髪を延ばして折り曲げて結び、他は芥子坊主のままの髪型。

九　「雉」と「来」を掛ける。親が子を思う情の強さを表す喩えに、「焼け野の雉子（きぎす）、夜の鶴」があるように雉は雛を慈しむ思いの強い鳥とされる。

一〇　おたつ・鉄之助の年齢と正月十五日を掛けている。

一一　二十日正月。雑煮を祝う。

一二　余寒が厳しく。

一三　正しい位置に。

相の山〽[一]ゆうべあしたの鐘の声、[二]寂滅為楽《じゃくめついらく》と響けども、聞いて驚く人もなし。

（トこのうち、一重、苦しき思入れ。文里いろ〳〵介抱する。吉野は口の内で題目を唱え、[三]盆の米をかぞえいる。おたつは眠がる鉄之助をいぶり付けながら、寒き思入れ、よろしく）

文里　コレ一重、だいぶ息遣いが悪いが、[四]差し込みでもするのか。

（ト一重思入れあって）

一重　アイ、久しぶりで来なんした、お前に案じさすまいと、こらえにこらえていたれども、しょせんわたしゃ助からぬぞえ。

文里　なに、助からねえことがあるものか。おれが欲目か知らねえが、顔の色なぞは不断のようだ。そんな弱い気を出しちゃあいけねえ。

一重　イエ〳〵、助からぬということは、とうから。

吉野　エ、そんならお前は、アノ、とうから。

一重　[五]お洗米《せんまい》さえたゞ一粒《いちりゅう》〇

浄〽三度の食も見たばかり、のどへ通らぬ病ゆえ、この世を[六]申《さる》の御縁日、

一　この件りは近松門左衛門作『夕霧阿波鳴渡』（正徳二年初春、竹本座。一七一二）下の巻による。藤屋伊左衛門は夕霧との間に出来た源之介を伴い、門付けとなって扇屋を訪れ、間の山節を唄い、病臥している夕霧との今生の別れを惜しむ。

二　生死の迷いを離れた境地が真の楽しみの境界であるという意で、曇無讖訳『大般涅槃経』十四に見える。

三　「南無妙法蓮華経」と唱えながらその回数を米粒で数える。

四　癪（しゃく）の症状。八七頁注八参照。

五　水で洗い清め神前に供える白米。お下がりを入れて飯を炊く。

六　「去る」と庚「申」の掛け詞。

[七]帝釈《たいしゃく》様のお水をば、[八]末期《まつご》の水と心にて、
頂いて飲むわたしが覚悟。

吉野　アレ、あのようなこと言うて〇

浄〽妙法蓮華[九]きょうあすと、繰《く》る数珠《じゅず》よりも[一〇]玉の緒の、今にも切れるか
なんぞのように、祖師さん願う死に急ぎ、
そばで聞く身のわたしが悲しさ。

浄〽推量してと共々に、なみだは雪解《ゆきげ》の[一一]にわたずみ。

（トこのうち、一重、吉野、[一二]よろしくあって）

文里　お前までが同じように、春早う[一三]縁起《えんぎ》でもねえ。ア、、鶴亀《つるかめ》〳〵。

浄〽いう表には相の山、寒さに声もふるわれて、

相の山〽[一四]花は散りても春は咲く、鳥は古巣へ帰れども、行きて帰らぬ[一五]死出の旅。

七　題経寺（葛飾区柴又七―十―三）は寛永年間（一六二四―一六四四）創建、日蓮自刻の帝釈天の板仏を本尊とする。その帝釈天は仏法の守護神の一で東方を守り、須弥山（仏教の宇宙観では世界の中央にそびえる高山）の頂きの喜見城に住む。縁日は庚申で、信徒は前夜より本堂でお籠りをし翌朝には御神水を頂いて帰る。
八　臨終の人の口に含ませたり、唇を湿らせたりする水。
九　「経」と「今日」を掛ける。
一〇　命。
一一　（雪解けなどで）庭にたまって流れる水。行潦。
一二　役者に工夫を任せる場合のト書き。
一三　不吉だ。
一四　「花は散りても、春咲きて、鳥はな古巣に帰れども、行きてな帰らぬ死出の道」（『新投節』）。
一五　死ぬこと。

（トこれを聞き、一重、思入れ。文里吉野、悪いものが来たと言うこなし。おしづ、内の様子を窺《うかが》いいる。おたつはこのうち、袂《たもと》より銭独楽《ぜにごま》[一]を出し、雪釣[二]りをして、鉄之助に見せ、始終、口にて手を温め、寒さをこらえるこなし、よろしく）

吉野　エ、モ、心に掛かるあの唱歌《しょうが》[三]、

一重　行きて帰らぬ死出の旅。

（ト一重愁いの思入れ。吉野気に掛かるこなし。文里よろしく思入れ。このうち表の三人よろしくあって）

鉄之　かゝさま、寒いわいの。

しづ　オヽ、寒かろう〳〵、ようおとなしくしていやった。

（トこのうち文里こなしあって）

文里　アヽ、哀れな文句につまされて、よけいに涙をこぼさせる。ドレ、手[四]の内をやって行ってもらおう○

浄〽連れ添う妻や我が子とも、思いがけなく白雪[五]に、文里は枝折《しおり》のそばへ来て、

一　一文銭を数枚から十枚重ね、穴に管を通し、それに紐を巻いて回転させる。右を模した土製もある。
二　たこ糸の先に木炭の小片を結び付けて雪の中に投げると雪は次第にくっつき塊となるのを興じる遊び。ここは銭独楽に雪を付着させて遊ぶ。
三　歌の文句。
四　物乞いに施すごく僅かの銭や米。
五　「知る」と「白雪」を掛ける。

（ト文里懐より財布を出し、内より小銭《こぜに》を出して、これを持ち、枝折のそばへ来る。おしづ、二人を後ろへ隠し、編み笠にて顔を背ける）

コレ〳〵、相の山どの、ちっと内に取り込み[六]があるから、早く隣へ行ってくだせえ。

浄〽差し出す銭におしづは、はっと、顔を隠せば頑是《がんぜ》[七]なき、子供はそばへかけ寄って、

（ト文里、銭を出す。おたつ、そばへ来て）

娘・弟　ヤ、おとっつぁんか。

（ト文里見て）

文里　ヤヽ、そちは、

（トびっくりなす）

しづ　文里殿。

文里　ア、コレ。

六　非日常な事態でごたごたすること。
七　幼くて分別のない。

浄〽あたりはゞかり、目で押さえ、そこにしばしと教ゆれば、おしづは我が子の口に袖、松の木陰《こかげ》に忍びいる。

（ト文里、思入れあって、そこに待っていろと教ゆる。おしづ、鉄之助の口を袖で押さえ、おたつにさゝやき、両人、思入れあって、下手へ忍ぶ。文里、元へ来る）

吉野　モシ、文里さん、今の相の山は、子供を連れて来いしたのか。

文里　オヽ、なんか様子のあるかは知らぬが、この雪も構わずに、かわいそうに子供を連れて。

吉野　袖乞い一をして歩くとは、御亭主でもない人か。

文里　イヤ、あってもどうで不甲斐《ふがい》二ない、おれのような者とみえる。

（トほろりと三思入れ）

一重　さぞ寒いことでありんしょう。

（ト言いながら、一重、泣き伏す）

文里　アヽ、また泣くのか。

一重　なにを聞いても悲しくなって。

文里　その悲しいはお主《ぬし》四より、

一　物乞い。
二　役に立たない。
三　無意識に涙をこぼす。
四「後に残される自分の方が」と言いかけて、言いまぎらす。

一重　エ。

文里　イヤお主《ぬし》の体へ開け放しで、[五]雪風が染《し》みては悪い。ちっと障子をしめておこう。

吉野　ほんにそれがようざます。

浄〽立てる障子の紙[六]一重《ひとえ》、薄きえにしの別れとは、後《のち》にぞ思い[七]白妙《しろたえ》の、雪はしだいに。

（ト文里、一重を見て、助からぬという思入れ。吉野、障子を立て、[八]三重、雪おろしにて、この道具、[九]半分回し、下手の枝折《しおり》、上手になる）

（本舞台、向こう一面、雪の積もりし建仁寺垣《けんにんじがき》、後ろ、[一〇]見越しの松、前の屋体の屋根を見せ、日覆《ひおお》いより、同じく、雪の積もりし松の釣り枝を下ろし、こゝに、おしづ、鉄之助を抱き、おたつ、傘をさしかけいる。三重、雪おろし。雪しきりに降りいる。よろしく、道具止まる）

浄〽[一一]降りしきり、風もはげしく親と子が、さす傘よりも破《や》れ衣《ぎぬ》に、寒さ

五　雪をともなって吹く風。
六　「紙一重」と「一重」を掛け、「薄い」とは縁語。
七　「知られる」と雪の枕詞「白妙の」を掛ける。
八　詞章を伴わない旋律型で、大道具の変わり目などに用い、愁い三重など種類が多い。一八二頁注五参照。
九　半回し。回り舞台を半分回す。
一〇　塀や垣根越しに見える庭木の松。
一一　「雪はしだいに」から続く。以下、近松半二等合作浄瑠璃『奥州安達原』（宝暦十二年九月、竹本座初演。一七六二）三段目による。前九年の役（一〇五四—六二）の後、皇弟環の宮が何者かに奪われ、その落ち度により平直方は閉門。そこへ姉娘の袖萩が雪の中訪れる。袖萩は父の許さぬ安倍貞任を夫としたため家を出、今は盲目となり娘のお君を連れての物乞いにまで零落している身で、祭文に託して父への不幸を詫びる。

は骨にしみ渡り、こらえるおたつは歯の根も合わず。

たつ　モシおっかさん、雪でつかえ[一]が起こったと言わしゃんしたが、どうじゃぞえ。

しづ　オヽ、よう尋ねてくりゃった。きついこともないけれど、この寒さゆえ、どうもまだ。

鉄之　寒くば坊[二]があっためてあげよう。

（トおしづの手をとり、顔へ当てる）

しづ　オヽ、あったかになったわいの。

たつ　お寒ければわたしの半天、肩へ掛けてあげましょう。

しづ　ア、イヤ〳〵、わしよりはそなたが、さぞ寒いことであろうわいの。

たつ　イエ〳〵、わたしゃ寒うはござんせぬ。

しづ　なに、ないことがあるものか。歯の根も合わぬ胴震い[三]。

浄〽ふびんのものやと右左、[四]伏見《ふしみ》常盤《ときわ》の悲しみも、かくやとばかり泣き沈む。折からこゝへ若い者、門《かど》の掃除に目に角立て、

一　癪。八七頁注八参照。
二　幼児の自称。
三　寒気などで全身が震えること。近松門左衛門作浄瑠璃『平家女護島』（享保四年八月、竹本座初演。一七一九）三段目に常盤・牛若が登場し「歯の根も合はぬ胴ぶるひ」の表現もある。
四　常盤御前は平安末期の女性。美人の誉れ高く源義朝との間に生まれた牛若など三人の男児を救うため、夫の敵、平清盛になびいて一女を得、更に藤原長成との間に一男をあげたとされるなど伝説に包まれている。その常盤が永暦元年正月十七日（一一六〇）の夜、清水寺に参籠し翌朝、雪の中三人の子を伴い伏見に落ち賤が家で懇ろに持て成されたとの『平治物語』下を典拠とする作品（幸若舞曲「伏見常盤」など）を伏見常盤物と称し、画題にもなっている。

（トおしづ、両人を抱き、よろしく思入れ。下手《しもて》より、喜助、竹ぼう[五]きを持ち、庭を掃除に出て来たり）

喜助　コレ〳〵、いつまでそこに休んでいるのだ。たくさん降らねえうちに行かねえか。

しづ　ハイ、癪《しゃく》が起こって困りますれば、どうぞもう少々。

喜助　イヤ、置くことはならねえの。この間もこの先の寮へ、そんなことを言って子を一人、置いて行ったということだ。

しづ　イエ、さような者ではござりませぬわいな。

喜助　誰もさような者だと、言っている奴があるものか。サア〳〵早く、行ったり〳〵。

たつ　どうぞそう言わずと、もうちっと。

喜助　エヽ、しつこい、ならねえと言うに。

（ト娘をむごく突き倒す）

たつ　アレ、痛いわいの。

しづ　エヽ、かわいそうに、科《とが》もないものを。

喜助　なに、ねえことがあるものか。行けと言うに行かねえからだ。

しづ　イエ、行かぬとは申しませぬわいな。

五　竹の幹を中心にして葉を落とした竹の細枝を束ねた外箒。

喜助　エヽ、きり〳〵と、行きやあがらねえか。

浄〽ほうき[一]おっとり立ち掛かれば、

(ト喜助、[二]竹ぼうきを持って、立ち掛かる。この時、文里、障子屋体より出て、喜助を止め)

文里　アヽコレ喜助、かわいそうに、ひどいことをするな。

喜助　イエ、子でも捨てられると、掛かり合いになります。

文里　そうでもあろうが一重が病気、まあ静かにしたがよい。

喜助　それだといって。

文里　ハテ、待てと言ったら待ったがいゝ。

(ト喜助を止める)

鉄之　とゝさま、なんぞくだされや。

しづ　ア、コレ。

(ト口を押さえる。喜助、びっくりして)

喜助　ヤ、そんならもしや。

文里　喜助、面目ないわい。

一　急に持ち直して。

二　零落した伊左衛門が吉田屋の内をのぞいていると、奉公人が竹箒で打って掛かるのを主人が止めるとの、『夕霧阿波鳴渡』上を踏まえる。

たつ　もう、おとっつぁんと言うてもようござんすかえ。
文里　ムヽ、知れたる上は仕方がない。
（ト喜助びっくりなし、下《した》にいて手を付き）
喜助　これはとんだ粗相致しました。御新造様、御免なすってくださりませ。
アヽ、お嬢さんといいお坊さんといい、
浄〽よいお子様と若い者、追従《ついしょう》[三]たら〳〵雪の中、汗をぬぐうて入《い》りにける。
（ト喜助、気[四]の毒なる思入れにて、こそ〳〵と下手へ入る）
浄〽あと見送りて、親と子が、三筋《みすじ》[五]四筋《よすじ》に相の山。
（トあつらえの合方）
鉄之　とゝさん冷たい、抱いてくだされ。
文里　アヽ、抱いてやりましょう。サア、おたつもこゝへ、手を出しやれ。
たつ　アイ〳〵。

三　お世辞。
四　きまりが悪い。
五　三人四人と、三味線胡弓（四弦は関東系）の弦の本数と身過ぎ世過ぎ（境遇、生活の手段）を掛けた表現。

（ト文里、鉄之助を抱き、片手におたつの手をとり、懐へ入れ温めながら）

文里　シテマアそちはこの雪に、なんでそんななりをして、どういう訳でこゝへ来たのだ。

しづ　サア、一重さんがむずかしいと、知らせの人にお前より、わたしが逢いたく思えども、久しぶりで行かしゃんすに、女房がいてはよい仲でも、話のしにくいこともあろうと、癪を幸い、内にいたれど気にするゆえか烏[一]鳴き、聞く[二]辻占《つじうら》もよいことなく、一重さんが悪いのか、たゞしは梅が泣き入《い》って、ひょっと虫[三]でも出はせぬかと、心に掛かって内にいられず、せめて門《かど》からよそながら、様子を見ようとこのおたつが、踊りに使《つこ》うた冬編[四]み笠、これ幸いと相の山。大概様子も聞いたゆえ、早う帰ればよいことを、長居をしたでお前にまで、女房が袖乞いするように、恥をかゝせしわたしが誤り。なんと言うたらよかろうぞ。

文里　ム、、そんなら梅吉を案じて、そなたはこの雪もいとわず、こゝへ来やったのか。

しづ　アイ、悪い心でせぬことなれば、どうぞ堪忍してくださんせいな。

文里　ア、イヤ、その詫び言はそなたより、おれが方から言わねばならぬ。

一　烏が鳴くのは不吉として忌まれる。

二　往来の人の言葉や偶然の出来事に関連させて吉凶を判断すること。

三　疳（かん）の病の原因を虫が起こすと考えての表現。疳の病は、幼児の栄養障害で、四肢は痩せ、腹ばかり膨れると命を失うという。

四　『夕霧阿波鳴渡』上で、伊左衛門の零落した様子を「冬編笠も垢張りて」と表現。右を踏まえた富本節「春夜障子梅」（天明四年正月、森田座初演。一七八四）を、おたつが踊った際に伊左衛門に扮したのであろう。本曲は通称「夕ぎり」、現在は清元節に直して演奏される。物事が逆様の状態を表す諺に「冬編笠に夏頭巾」があるように、編笠は夏にふさわしい物。夏買ったままのを冬も使っているので汚れている。「冬、編笠」であって、「冬編笠」があるわけではないが、夕霧物によって、存在するかのように思ったために生じた表現。

ふとしたことから二年越し、廓《くるわ》へ通うそのうちも、男の高下《こうげ》[五]と諦めて、内へ帰れば水雑水《みずぞうすい》[六]、迎い酒のと手当てして、たゞ一言《ひとこと》の悋気《りんき》もせず○

浄〽いかに亭主は女房子《にょうぼこ》を、養うものとは言いながら、おのが勝手に夜《よ》[七]泊《ど》まり日泊まり。もうふっつり[八]と廓へは、

決《け》して足をば向けまいと、思ったことは幾度《いくたび》か。聞けばそなたの親たちも、おれにふつ〳〵[九]愛想《あいそ》がつき、別れて帰れと言うとのこと○

浄〽里へ帰れば、楽々と、暑さ寒さの苦労もなく、暮らされる身を共々に、

苦労するのも、皆おれゆえ。それを恨まず梅吉まで、我が子に替えて世話する深切、あだに[一〇]思わば女房《にょうぼ》の罰《ばち》。今日《きょう》という今日、手を下げて、そなたにおれが詫びるぞよ。

浄〽許してくれと雪の中、残る手形[一一]のもみじ葉《ば》や、涙に誠の色ませば、

五　目上の者の威光。
六　水分の多い雑炊。酔い覚ましに食する。
七　夜も昼も廓に入りびたること。
八　断固とした決意を表す。
九　きっぱりと。
一〇　疎略に。
一一　文里が雪の上に手をついたので、その跡が残る。

しづ　アヽ、もったいない女房に、なんの礼に及びましょう。わたしに罰《ばち》が当たるわいな。
鉄之　コレとゝさま、眠うなったわいの。
文里　オヽ、眠くなったら寝るがいゝ。
しづ　梅をわたしが抱いて寝るので、鉄がお前に馴染《なじ》んだこと。
文里　世帯《せたい》の苦労を忘れるのは、今の身では子供ばかり。
しづ　それはそうと一重さんは、どういう様子でござんすぞえ。
文里　[一]労という字の付く病に、見たところはさのみでもないが、今朋輩の吉野に聞いたが、さっきお医者様のおっしゃるのに、今夜あたりということだ。
しづ　エ、スリャ、あの一重さんには。
文里　[二]こっちのものじゃああるめえよ。
浄〽[三]はっとばかりに[四]差し込む癪。
（トおしづ、癪にて[五]取り詰める。文里びっくりなせど子供ゆえ、起こ

一　血労。一八八頁注四参照。
二　回復する見込みはあるまいよ。
三　急に。
四　（癪を）起こす。
五　気を失う。

されぬ思入れ。おたつ、介抱なす）

文里　コレ〱、おしづどうしたのだ。

しづ　今朝《けさ》から雪で癪気《しやくき》のところ、一重さんのことを聞いて、はっと思うたらアイタ、、。

たつ　モシ、わたしが押［六］してあげましょうか。

（トおたつ、おしづの介抱する）

文里　おたつが力じゃあ効くめえが、押してやりたいにもこの坊主。ア、困ったものだなあ。

しづ　ア、、このように強く差し込んではアイタ、、。

（トおしづ苦しむ。文里片手で押してやる）

鉄之　とゝさん、抱っこしてくだされ。

文里　エ、、抱いていると言うに。

浄〽足［七］手まといの幼子に、いかゞはせんと立ちつ居つ、気をもむ折から一間《ひとま》の内。

（トこのうち、雪おろし、あつらえの合方。文里よろしく、気をもむ

六　痛いところを押す。

七　手足にまとわりついて行動の自由を妨げる。

思入れ。この時、上手《かみて》にて)

吉野　モシ〳〵文里さん、一重さんが取り詰めなんした。ちょっと来ておくんなんし。

花の　花魁《おいらん》、気をしっかり持ちなましよ。

浄〽聞くにびっくり、どきつく[一]胸。

文里　スリャ、一重には取り詰めたとか、ホイ。

しづ　モシ、早く行ってあげてくださんせ。

(ト文里、上手へ思入れあって、行きかねるこなし)

文里　なに、あっちゃあ大勢いるから、おれがいなくってもいゝ。

しづ　イエ〳〵、たとえ幾人《いくたり》いようと、たよりに思うはお前一人。わたしが身に覚えがある。早う行ってあげてくださんせ。

文里　それだといって、これを見捨てて、どう[二]おれが行かれるものか。

たつ　イエ、、、わたしが押しておりますから、おとっつぁんは構わずに。

文里　そんなら手前《てめえ》を頼むぞよ。

(ト文里行きかゝるを、鉄之助止めて)

一　どきどきする。
二　どうして。

鉄之　とゝさん、こゝにいておくれよ。

文里　オヽ案じるな。どこへも行きはしねえ○

浄〽行くに行かれず桓山《かんざん》[三]の、四鳥《しちよう》の別れ恩愛に、身をしぼらるゝ[四]血筋[五]の縄。

（トこのうち、文里、上手へ行こうとするを、鉄之助、袖にすがるゆえ、振り返り見ると、おしづ、苦しみいるを、おたつ、介抱している。これにて行きつ戻りつ、よろしくあって）

アヽ、あちらも気遣い、こちらも気遣い、こりゃどうしたら、よかろうなあ。

（ト茫然と思入れ。おしづも思入れあって）

しづ　アヽ、おたつが押してくれたので、大きにわたしゃようござんすから、早く行ってあげてくださんせ。

（トおしづ、苦しみをこらえる思入れ。文里も行きたき思入れにて）

文里　そんなら行ってよかろうか。

しづ　アヽ、ようござんすから、鉄をこゝへ。

三　親子の悲しい別れの喩え。桓山（中国江蘇省銅山県にある山）に棲む鳥が、四羽の雛が巣立つ際に泣き悲しんで送ったとの故事による。黙阿弥は『天衣紛上野初花（くもにまごううえののはつはな）』（明治十四年三月、新富座初演）六幕目には、男女の別れに「げに桓山の悲しみも」と使う。

四　読売本は「縛らるる」。

五　「血筋」と「千筋」は掛け詞。

鉄之　イ、ヤ、おいらはおとっつぁんといっしょに寝たい。

文里　オ、、おとっつぁんはお医者様へ行って、お灸をすえて来るほどに、ちっとのうち、待っていや。

鉄之　アイ〳〵。

しづ　サ、これに構わず。

文里　オ、、行って来るぞよ。

浄〽妻子《つまこ》に心残《のこ》んの雪、消えぬうちにと急ぎ行く。

（ト文里、よろしく思入れあって、上《かみ》の方《かた》へ入る。おしづ、あと見送り、苦しき思入れ）

しづ　アイタ、、。

たつ　また差し込んで参りましたか。

しづ　おとっつぁんをあげようと、我慢をしたが、もうどうも。

（ト雪おろし、雪しきりに降る。おたつ、さすりながら）

たつ　アレ、お天道様《てんとう》も意地の悪い。また大層降って来た。

鉄之　坊が傘をさしてやろう。

一　「残り」の音便。「心」と「残りの雪」の両方に掛かる。
二　一重のもとへ行かせようと。
三　お日様。『奥州安達原』三段目「折から頻りに降る雪に身は濡れ鷺の芦垣や。中を隔つる白妙も天道様のお憎しみ」。

たつ　オヽ、そうしてくりゃいの。

しづ　コレおたつ、肩を貸してたも。こゝへ長くいたならば、おとっつぁんの心がかり、そろ〳〵そこらまで行こうわいの。

浄〽我が子を杖の力竹《ちからだけ》[四]。姿は野辺に冬枯《が》れし、案山子《かゝし》の蓑《みの》[五]の総[六]毛立ち、いとゞ哀れに始終をば、後ろに窺《うかゞ》うこの家《や》の主《あるじ》。

（トおしづ、おたつの肩へすがり、立ち上がり、苦痛の思入れにて、行きかねる。この時、後ろへ長兵衛出て、これを見て）

長兵　ア、イヤ、おしづ様とやら、まず〳〵お待ちくださりませ。

しづ　そうおっしゃるは一重さんの。

長兵　ハイ、文里様には御恩になった長兵衛でござりまする。

しづ　わたしをお呼びなされしは。

長兵　イヤ、別のことでもござりませぬが、この雪降りに持病のお悩み、いずれへおいでなされますか。まんざら知らぬとこでもなく、文里様もおいでなされば、むさくろしゅうとも、この寮で、まあ、お休みなされませ。

しづ　お志はうれしいけれど、以前に変わる今の身の上、御覧のとおりの姿

四　物を支える竹の棒。

五　茅や藁などで編んだ雨具で肩に掛けるものが多い。

六　蓑の編み残しの部分は乱れ髪のようになっている。風が吹いて、その部分の藁などが逆立つ有様を、おしづの震えている様子に喩える。

ゆえ。

長兵　その御遠慮には及びませぬ。[一]綾羅《りようら》[二]錦繍《きんしゆう》身にまとい、[三]綺羅《きら》を飾ったお人でも、けがれた心でござりましては、[四]襤褸《つゞれ》に劣るようなもの。たとえ以前に変わればとて、変わらぬあなたのお心は、実に錦でござります。

しづ　それじゃというて、どうもお内へ。

長兵　まだそんなことをおっしゃりますか。ことには一重も今夜らが、別れになろうかも知れませぬから、逢ってやってくださいまし。

しづ　サア、その一重さんには逢いたいけれど。

長兵　その思《おぼ》し召しなら少しも早く。

しづ　そんならこのまゝ。

長兵　サア、おいでなされませ。

浄〽さすが廓《くるわ》の主《あるじ》とて、[五]粋《すい》もあまいも味わいしは、[六]色香もうせぬ[七]梅暮里《うめぼり》の、谷峨《こくが》が作の二筋道、四方《よも》にその名や、香るらん。

（トおしづ行こうとするを、長兵衛引き止め、いっしょに来いという思入れ。これにておしづ、おたつに鉄之助を背負わせ、胡弓、編み笠

一　美しい着物。綾は文様を織り出した美しい絹織物。羅は薄くて軽い絹織物。
二　美しい着物。錦は色糸で美しい文様を織り出した絹織物。綉は繡に通じ、美しい刺繡を施した布。
三　美しい着物を身にまとう。
四　継ぎはぎだらけの粗末な着物。
五　種々の体験を重ね人情に通じ、世の中の裏表を十分に知っている。
六　「粋」を「酸い」に掛け、「梅(干)」の縁語とした。
七　本作、文里一重の筋の粉本『傾城買二筋道』の作者。反町氏、名は峨、通称与左衛門。久留里藩士(千葉県君津市久留里。黒田家三万石)。下屋敷が埋堀(墨田区横網二丁目)にあったので、梅暮里、母方の谷氏の名に因み谷峨。梅月堂梶人の名でも洒落本『青楼五雁金』(天明八年刊、一七八八)などの作がある。寛政三年(一七九一)出生、文政四年(一八二一)九月三日没とも伝えられる。

を持って、長兵衛先に上手へ入る。知らせに付き、太夫座《たゆうざ》へ、伊予簾《いよす》をおろし、連中《れんじゅう》[八]を消す。雪おろしにて、道具回る）

（本舞台、元の二重の道具。床《とこ》の上に、文里、一重を抱き、そばに吉野共々介抱している。上下《かみしも》、新造《しんぞう》四人、禿《かむろ》二人泣きいる。花の香、同じく泣きながら、薬を煎《せん》[九]じいる。この見得、あつらえしっぽりしたる合方にて、道具回る）

一重　文里さん、わたしゃもう死にまする。

文里　オヽ、助かると言いたいが、この様子じゃあむずかしい○言いおくことでもあるならば、おれに言っておくがいゝ。

一重　死ぬるいまわの心がかりは身持ちの悪い兄《あに》さんのこと。

文里　そりゃあ決《け》して案じねえがいゝ。身持ちの悪いもいつか一度は、根[一〇]が馬鹿でねえ人だから、直るには違いねえ。また話に聞いている末子《ばっし》[一一]殿も、深切な若党《わかとう》[一二]が預かっていれば、やがて尋ねる短刀も、手に入《い》って帰参[一三]が出来よう。及ばずながらおれもまた、相談相手になるほどに、必ず〳〵案じねえがいゝ。

一重　それでわたしゃ心残りは○オヽ、この世の別れ、梅吉に、どうぞ逢

八　花園連中を隠す。
九　薬分がしみ出るまで薬草などを煮ること。
一〇　生まれつきの能力や性質。
一一　末っ子。安森森之助。
一二　武家の奉公人で、半年か一年限りの契約による。弥次兵衛・弥作父子。
一三　主家を去った武士が、許されて再び仕えること。

わしておくんなんし。
花の　寮番さんに預けてあるから、誰ぞちょっと。
花琴　アイ、お連れ申して参りんしょう。
（トこの時奥にて）
長兵　イヤ、迎いに来るにゃあ及ばねえ。今そこへ連れて行こう。
吉野　あの声は、
皆々　旦那さん。
（トやはり、合方にて、長兵衛、先に、おしづ、抱き子《こ》を抱き、おたつ、胡弓と編み笠を持ち、鉄之助の手を引き、出て来る）
文里　ヤ、そなたどうして。
しづ　長兵衛様のお勧めゆえ。一重さんの顔も見たく、それゆえ参りましたわいな。
長兵　さて文里さん、その後《のち》は久しくお目に掛かりませぬが、いつもながらお変わりなく。
（ト一重を吉野に抱かせ、文里前へ出て）
文里　イエモウ、変わりがなければようござりますが、変わりはてたるこの姿、お目に掛かるも面目ない。

長兵　[一]なに、面目ないことがござりましょう。[二]七《しち》百貫目の借銭《しゃくせん》した、藤屋《ふじや》の
　伊左衛門《いざえもん》がこの編み笠◯
　　（トおたつが持ってきた笠を見せる）
[三]手前勝手を言うようだが、使いはたして[四]紙子《かみこ》を着ねば、[五]粋《すい》の粋とは言われ
　ませぬ。
文里　イエモ、そのお言葉で肩身を広う、これに夫婦がおられまする。
長兵　ヤ、[六]余事《よじ》な話はまあ後で◯サア、おかみさん、一重に逢ってやって
　おくんなせえ。
しづ　ハイ、有難うござります◯
　　（ト一重のそばへ来て）
　一重さん、わたしでござんす。
一重　オヽ、おかみさんか。よく来ておくんなんした。
しづ　アヽ、大層やつれなさんしたな。
たつ　おばさん、お[七]あんばいはようござりますか。
一重　アイ、有難う◯モシ、花の香さん、子供衆になんぞ。
花の　アイ〳〵。
文里　アヽ、苦しい中でそんなことまで。

一　どうして。
二　『夕霧阿波鳴渡』上に「七百貫目の借銭負うて、ぎくともせぬは恐らく藤屋の伊左衛門」。七百貫目は一両を六十匁とすると、約一万一千六百六十七両。
三　自分に好都合なこと。妓楼の主人である長兵衛が「廓遊びで財産を遣い果たした伊左衛門のように、零落して紙子を着ないと真の粋とは言わない」と言うので。
四　厚紙を蒟蒻の糊で張り合わせ、柿渋を塗り重ねて乾かし夜露に晒して臭気を去り、揉み柔らげて小袖、夜具、頭巾などを作る。軽くて保温力があり廉価なのが魅力であるが、中には金襴などを使った高価なのもある。
五　真の粋。
六　外の話。
七　病気の具合。

長兵　これがやっぱり病の種だ。
しづ　サア、一重さん、梅を連れて来ましたよ。
一重　ドレ、どこに〇
　（トおしづ、吉野、介錯《かいしゃく》[一]して抱き子を抱かせる。一重、顔を見て）
　オ、、梅かよ。
　（ト顔をじっと見て、泣く。皆々、これを見て、愁いの思入れ）
長兵　アレ、親子とて争われぬ。一重におとなしく、抱かっている。
吉野　モシ、文里さん、ちょっとお見なんし。乳が飲みとうありんすか、紅葉《もみじ》[二]のような手を広げ、いっそ胸を探しなんす。
　（ト文里、これを聞き、たまらぬ思入れにて、わざと顔を背けいる）
一重　コレ、梅、わたしゃお前の親ではないぞえ。お前の親は、おしづさまじゃぞ。
　（ト梅吉を見て泣く）
初瀬　アレ、一重さんが顔を見て、あのように泣きなさんすに、
飛鳥　なんにも知らず、にこ〳〵と、笑《わろ》うていなんす、梅吉さん、
花の　ほんに、仏様[三]でありんすね。
一重　その仏様[四]になるわたし、よう顔を見て、おこうぞよ。ハア、、。

一　傍に居て手助けをする。
二　幼児の可愛らしい手の喩え。二二一頁下一行の「もみじ葉」は文里の手であるが、通常は幼児。
三　子供が利欲の念がないのを喩える諺「子供と仏は無欲なもの」による。
四　死ぬ。

しづ　[五]黄泉路《よみじ》の障りはこの子であろうが、今日《きょう》袖乞いの姿となり、逢いに来たが[六]前表《ぜんぴょう》で、この末乞食になればとても、我が子を捨ててもこの梅は、わたしが立派に育てるほどに、必ず案じなさんすな。

一重　それで[七]迷わず死にまする。

しづ　なんぞほかに言い置くことは。

一重　言い置くことはなけれども、この子が大きくなったなら、この[八]書き置きを。

（ト蒲団の下より文《ふみ》を出し、おしづへ渡す）

しづ　この書き置きを読んでみたけれど、わたしゃ涙で読みかねる。モシ、お前読んでくださんせ。

（ト文里これまで[九]締め泣きに泣いていて、涙をぬぐい、これを取って）

文里　アヽ、おれも涙で、読めればいゝが○

（トあつらえ、[一〇]竹笛入り合方になり、書き置きを開き）

[一一]書き残す教訓のこと。一つ、[一二]そもじの母、我が身ことは、吉原の遊女丁子屋の[一三]抱えにて、一重と申し候。文里様に馴染みを重ね、ついにそもじをみごもりて、産み落とし候ところ、文里様の[一四]お内様が、他人の手しおに掛け

五　成仏を妨げる、この世への執着。
六　前知らせ。
七　気持ちがあれこれと乱れず安らかに。
八　遺言状を渡して下さい。
九　忍び泣き。
一〇　篠竹でつくった七孔の横笛を、物哀れに吹き流す。切腹などの愁嘆場に用いる。
一一　「□□の事　一　」と書く書式に従う。例えば名古屋藩々祖徳川義直の長男光友あて遺言状（慶安三年二月十二日、一六五〇）は、「申遺之事　一　我等病気急迫に候」で始まる。「一」で書き列ねるのを「一つ書き」という。
一二　同等や目下に用いる。「そなた」の文字詞。
一三　身売りして、その店に雇われた遊女。
一四　他人の妻への敬称。

候より、幸い乳も沢山に候《そうら》えば、我ら引き取り世話致し候と、藁《わら》の上より御養育くだされ候。しかるにその頃は文里様も以前に変わり、まずしきお暮らしなされ候。これ皆、廓通いより起こりしことなれば、我が身をお恨みあるべきはずを、実の兄弟[一]も及びなきほど、御深切になしくだされ候。その御恩のほど、海山[二]にも尽くし難く、長く御恩送りと存じ候かいもなく、産後の大病にて、わずか十九歳《じゅうく》[三]を一期《いちご》[四]として、この世を短く相《あい》果て候まゝ、そもじは我が身になり代わり、文里様は言うに及ばず、大恩のあるおしづ様へ、孝行つくし申すべく候○モシ、丁子屋の[五]。どうぞこのあとを読んでおくんなせえ。

（ト長兵衛へ、書き置きを渡す。開き見て）

長兵　なに〳〵[六]○また、丁子屋の御夫婦様は、突き出しのその日より、一《ひと》方《かた》ならずお世話なしくだされ候。御恩送りも致さず、あまつさえ、年《ねん》[七]のあるうち御損を掛け、相果て候えば、暑さ寒さには御機嫌伺い[八]に参るべく、しかしながら、文里様御夫婦が大切なれば、たとえ野暮者《やぼもの》と言われ候とも、おとっつぁまが手本なれば、廓通いなど、致すまじく候。もし御苦労掛け候と、我が身こと、草葉の陰[九]にて、浮かみ申さず候。くれ〴〵[一〇]このこと忘れ申すまじく候。まだ書き残したきことやま〳〵御座候えども、病に筆も

一　姉妹の意にも用いる。
二　海よりも深く山よりも高い。
三　女の厄年に当たる。
四　一生。
五　人を略した表現。丁子屋さん。
六　手紙の類を読み始める際の発語。改まった態度で臨むことを表す。
七　年季を残して死ぬので損をさせたことになる。
八　御様子を見舞う。
九　墓の下。
一〇　返す返す。

回りかね候まゝ、[一一]十《とお》が一つ、教訓に書き残しまいらせ候。[一二]あら〳〵めでたくかしく、梅吉殿へ、母一重○

（ト読みしまい、文里と顔見合わせ）

さすがは、[一三]以前が以前だけ、遊女にまれなこの書き置き。

文里　そんなら、とうから死ぬ覚悟で。

一重　アイ、書いておいたその教訓。

長兵　まだ[一四]生《お》いさきの長い身で、思い切ったるこの書き置き。立派な覚悟を世間の人に、話して自慢がしたいわい。

（ト長兵衛、よろしく思入れ。本釣鐘）

一重　これで思いおくことなし。

（ト[一五]薄き風の音になる）

吉野　風が寒くはありいせんか。

一重　屏風《びょうぶ》を立っておくんなんし。

吉野　アイ〳〵。

（ト屏風を立て回し、中へ入る。長兵衛文里思入れあって）

文里　男も及ばぬ一重が覚悟。どうか達者にしてやりたいが、しょせんあれは助かりませんぜ。

一一　十分の一。一部分。
一二　女性の手紙の結びの文句。「あらあら」は、ざっと。
一三　武士の出だけあって。
一四　長い将来のある身。
一五　弱い風の音。風が物に当たる音で、大太鼓で表現する。

長兵　明日《あした》来ようと思ったを、雪をいとわず今日《きょう》来たは、別れになるを虫[一]が知ったか。

しづ　相の山の編み笠を、この子に着せたくないものだ。

（トこの時、屏風の内より、吉野出て来るを見て）

長兵　一重はどうだ。

吉野　差し込みがありんせんから、よい方でござんす。

長兵　よいというのはなによりだ。

（ト下座《げざ》[二]にて獅子[三]の囃子《はやし》になる）

鉄之　とゝさま、獅子[四]が来ました。

文里　この雪降りに珍しい。どこか家[五]例で行くとこでも、あって大方来たのだろう。

長兵　なんにしろ縁起《えんぎ》直しに、獅子に悪魔を払ってもらおう。

吉野　ほんに、それがようざます。

（ト獅子[六]の鳴物変わって）

文里　今まで陰《いん》[七]に閉じられて、

しづ　雪より湿りしお座敷も、

長兵　獅子の囃子に陽気を招ぎ、

一　予感がする。
二　舞台の下手、歌舞伎伴奏音楽を奏する場所。演奏の様子は客から直接には見えない。
三　獅子の鳴物。二五頁注七参照。
四　獅子舞。赤い獅子頭をつけた幌（緑色の地に華鬘を白く染め抜く）の中に入り（一人立ち・二人立ちなど人数により区別する）、太鼓・笛・鉦などの囃子に乗って悪魔退散、家内安全を念じて舞う。門獅子舞は年末から松の内にかけて家々を回る。「二足獅子かぶりをふると十二文」（『柳多留』百一篇、文政十一年刊、一八二八）によると一人立ちで十二文のお捻り。太神楽（伊勢や熱田の信仰を広めるのが本来の目的）は正月以外にも訪れ、曲芸なども演ずる。
五　その家の仕来り。岡本綺堂『綺堂随筆　江戸の思い出』（二〇〇二年、河出書房刊）には、正月に必ず呼び入れ近所の子供にも見物させる竹内家に筆を及ぼすが、太神楽と思われる。
六　望月太意之助『歌舞伎下座音楽』（昭和五十年、演劇出版社刊）によると、獅子舞の囃子には大きく分けて、乱序と狂いがあり、その狂いが更に五段に区分されるという。ここは荘重静寂な乱序や露

文里　思わず愁いを〇払いました。

（ト立ち上がるを、柝《き》の頭《かしら》）

（ト皆々愁いを忘れし思入れ。獅子の囃子で賑やかに、拍子幕）

の拍子から、勇壮な狂いに変わるのであろうか。

七　じめじめと暗い雰囲気であること。

一　お嬢吉三《じょうきちさ》
一　伝吉《でんきち》娘　おとせ
一　捕手《とりて》
一　同《おなじく》
一　同
一　同

五幕目　[一]巣鴨在《すがもざい》[二]吉祥院《きちじょういん》の場

一　和尚吉三《おしょうきちさ》
一　お坊吉三《ぼうきちさ》
一　木屋《きや》の手代《てだい》　十三郎《じゅうざぶろう》
一　[三]捕手頭《とりてがしら》　長沼六郎《ながぬまろくろう》
一　[四]堂守《どうもり》　源次坊《げんじぼう》

（本舞台三間の間、古びたる[五]金襴巻《きんらんまき》の柱、あつらえ、[六]天人の[七]大欄間《おおらんま》、[八]出入《ではい》りあり。上下《かみしも》、蓮《はす》の絵の[九]杉戸《すぎど》。正面、大机の上に[一〇]三《み》つ具足。この後ろ、[一一]戸帳《とちょう》のおりし[一二]厨子《ずし》。所々《しょしょ》に古びたる[一三]幡《はた》を下げ、すべて吉祥院、古寺《ふるでら》、好みの道具。こゝに、源次すいの[一四]張《ば》りの坊主、鼠布子《ねずみぬのこ》、[一五]丸ぐけ、紋羽《もんぱ》の頭巾《ずきん》をかぶり、大《おお》[一六]囲炉裏《いろり》で、古びたる卒塔婆《そとば》を焚《た》いている。あつらえ、[一七]禅の勤めにて、幕明く）

一　豊島区巣鴨一～五丁目、西巣鴨一～四丁目、北大塚一～三丁目、南大塚一～三丁目、東池袋二～五丁目、西池袋二丁目、目白二・三丁目、文京区千石三・四丁目、本駒込六丁目などの内。植木屋や苗樹園が多く菊見で賑わい、幕府の薬園が置かれていた。
二　曹洞宗吉祥寺（文京区本駒込三―十九―十七）による架空の寺院名。八百屋お七が自宅焼失の後、旦那寺の吉祥寺に身を寄せ、そこで若衆の吉三郎と恋に陥るとの伝承による（井原西鶴『好色五人女』四。貞享三年刊、一六八六）。吉祥寺は明暦三年（一六五七）の大火により駿河台で焼失、現在地に移る。学林は駒沢大学の母体の一つとなり多数の僧侶を養成した。
三　罪人を召し捕る役人の頭。
四　堂（神仏を祀ってある建物）の番人。
五　金襴を巻きつけた円柱。金襴は絹地に金糸を織り込んで模様を表した豪華な織物で、西陣の特産。
六　天上界（人間界の上にある理想的世界）に住む者。上に住むほど優れた存在で寿命も長い。男女の相はないとされるが通常、美女と考えられる。
七　天人を彫った大きな欄間。欄

源次坊　今年は節《せつ》[一八]が若いせえか、一夜明けたらなお寒い。門松[一九]へ雪が掛かると、七度《なゝたび》降るとよく言うが、今夜はまた雪かしらん。暮れねえうちに卒塔婆[二〇]をこなし、焚木《たきぎ》をしっかりこしらえておこう。和尚が帰りに五[二一]んつくも、さげて来てくれりゃあいゝが。酒でなけりゃあしのげねえ。オヽ、寒い〳〵。

（ト火にあたりいる。やはり右の鳴物にて、向こうより、お坊吉三、頬かむり、大小、尻端折《しりはしょ》りにて出て来たる、花道にて）

お坊吉三　天高[二二]しといえど背をくゞめ、地厚しと言えど荒く踏まずと、よく芝居[二三]で落人《おちうど》[二四]のせりふに言うが違[二五]いねえ。その身にならにゃあ知れねえが、実にだん〳〵食い詰めて、こう忍んで歩いてみると、広い往来がせめえようだ。兄貴がこの寺にいるというから、いとま乞いに酒でも飲んで、旅[二六]かせぎに出にゃあならねえ◯

（ト本舞台へ来たり、源次坊を見て）

お頼み、申します。

源次　アイ、なんだえ。

お坊　以前この寺に勤めていた、弁長《べんちょう》という和尚はいませぬかえ。

源次　今、湯へ入りに行きましたが、用ならこゝへ来て待っていなせえ。

間は天井と鴨居や長押（なげし）の間で、格子や透かし彫りの板などを取りつけてある部分。通風・採光に役立ち、装飾を兼ねる。

八　取り外して、お嬢吉三が出入りする。

九　黒塗りの外枠に杉板を入れた戸。

一〇　仏前に置く燭台・香炉・花瓶の三点揃い。

一一　厨子の前に垂らす、金襴などで作られた美しい布。

一二　仏像・経巻などを安置する、両開きの扉の付いている箱型の仏具。

一三　「ばん」とも読む。仏・菩薩の威徳を示し招徳を祈願するために堂内に垂らす布製の飾りで、触れると滅罪するという。多くは三角形の幡首部の下に細長い幡身を付け、左右に幡手、下に複数の幡足を出す。冥福を祈るべく死者の衣類で仕立てることもある。

一四　水嚢張り。月代がやや伸びた様子を表す鬘。台金に紙を張って青黛（せいたい）を塗り、その上に黒い紗を張る。

一五　綿を入れ円筒形になるよう絎（くけ）縫いにした帯。絎縫いは針目が目立たないように布の折り目の中をくぐらせる縫い方。

お坊　それじゃあ、お邪魔ながら御免なせえ。
源次　[一]空き寺で寒いから、こゝへ来て当たんなせえ。
お坊　イヤ、[二]当たれとは有難い○
（ト手拭《てぬぐ》いを取り、囲炉裏の下手《しもて》へ住まい、源次の顔を見て）
ヤ、手前《てめえ》は[三]漁師の源次じゃあねえか。
源次　ほんに、お前《めえ》は吉三さんかえ。思いがけねえとこで逢うものだ。
お坊　見りゃあ、変わった姿になったな。
源次　わっちも[四]網打ちの七五郎が、死霊《しりょう》のたゝりで親子とも、非業《ひごう》に死んだところから、漁に出るのもこわくなり、ちょうど体も悪いから、御覧なせえ○
（ト頭巾を取って、坊主頭を見せ）
[五]くり〳〵坊主に[六]そりこくって、この空き寺の堂守さ。
お坊　七五郎にも世話になったが、かわいそうなことをしたなあ。
源次　なんにしろ、お前《めえ》さんにも久しぶりで、お目に掛かったから、御酒《ごしゅ》の一つもあげてえが。
お坊　イヤ、おれが方も和尚の土産に、[七]樽でもさげて来るのだが、なにをいうにも勝手が知れねえ。源公御苦労ながら、二升ばかり買ってくれねえか。

〔二三八―二三九頁注続き〕
一六　床を箱型に切って暖房や炊事のために火を燃やす場所。
一七　寺院や寂しい場所、僧侶の出入りなどに用いる下座音楽。銅羅と大太鼓を打つが、多くは禅の勤めの合方など三味線を伴う。昭和四十七年一月、国立劇場では、木魚ノ合方に木魚を打ち合わせる。
一八　立春の遅い年の正月は寒い。本作初演の年の立春は正月十三日（新暦では一八六〇年二月四日）と十二月二十五日（一八六一年二月四日）。
一九　正月に家々の出入口に立てる松、飾り竹を添える等、各種ある。松の内に雪が降ると終雪までに七回降るとの俗信。「門松に雪がかゝれば七たびふる」（蜂屋椎園『国字分類　諺語』幕末成立写。加藤定彦・外村展子『俚諺大成』、平成元年、青裳堂書店刊）。
二〇　処分する。
二一　酒五合。一八五頁注一六参照。
二二　高い天にも頭を打たないようにと背を曲げ、厚い地も踏み破らないようにそっと歩く意で、世を恐れ身を潜めて生きていく様を表す喩え。出典は『詩経（小雅・正月）』、「天ヲ蓋シ高シト謂ヘドモ敢ヘテ局ラズンバアラズ。地ヲ蓋

源次　なに、御苦労のことがあるものか。酒と聞いちゃあ、すぐに行きやす。

お坊　ついでになんぞ、これで肴《さかな》を。

（ト[八]びろうどの[九]丼《どんぶり》から、[一〇]一分《いちぶ》銀《ぎん》を出してやる）

源次　寒いから、[一一]しゃもでも買って来ましょう。

（ト源次立ち上がり、下手から、[一二]鼠鼻緒の[一三]草履《ぞうり》下駄を出し）

それじゃあわっちゃあ行って来やすが、お前《めえ》、こゝにいなすってい〻かえ。

お坊　イヤ、この間から、おれが行方を、捜していることだから、うっかり人にゃあ逢われねえ。

源次　逢って悪くば帰るまで、[一四]須弥《しゅみ》壇《だん》の下に隠れていねえ。

お坊　合点《がってん》だ。

源次　ドレ、一走り行って来ようか。

（トやはり、右の鳴物にて、源次、向こうへ入る。お坊、あたりを見て）

お坊　以前は立派な寺だそうだが、久しい間、無住《むじゅう》になって、見る影もなく荒れ果てたが、しかし、狐狸《きつねたぬき》やお尋ね者、昼間[一五]徘徊出来ねえものが、隠れているにゃあ[一六]妙なとこだ〇

（ト向こうを見て）

シ厚シト謂ヘドモ敢ヘテ蹐セズンバアラズ」。

二三　たとえば平賀源内作浄瑠璃『神霊矢口渡』（明和七年正月、外記座初演。一七七〇）三段目、南朝方の南瀬六郎が落人となり、「天にくぐまり地に抜き足」云々と述懐する。

二四　戦いに破れるなどして人目を忍んで逃げて行く人。

二五　その通りだ。

二六　よその土地で働くこと。

一　住職のいない寺。

二　「成功する」等の意味があるので。

三　『網模様灯籠菊桐』では、お坊吉三と知合い。源次は漁師の網打ち七五郎の子分で、一つ長屋に住み病気の七五郎の世話をしている。七五郎はお坊吉三の父渋川軍十郎に恩がある身。乳母の娘で品川の飯盛り女郎のお杉と駆落ちし三年後に江戸に戻った吉三は、そこで七五郎宅に身を寄せる。

四　『網模様灯籠菊桐』の初演時（『黙阿弥全集』三）には、七五郎は長煩い、七之助は剃髪、お波は盲目との結末であったが、明治二十年前後に風教上の取締りを顧慮

ヤ、向こうへ誰か来るようだ。うっかりこゝにゃあいられねえわえ。ドレ、須弥壇の下へ隠れていようか。

（トまた禅[一]の勤めになり、お坊須弥壇の下へ隠れる。右鳴物にて、向こうより、和尚吉三、いが栗[二]、花色[三]の布子、鼠の帯、繻子《しゅす》[四]はぎ合わせ[五]の半天、草履下駄にて、出て来る。あとより黒四天《くろよてん》[六]、捕手《とりて》四人十手《じって》[七]を持ち、窺《うかゞ》い出る。このあとより、捕手頭、半天、ぶっさき[八]、大小にて、付き添い出て来たり、花道にて）

長沼六郎[九]　ソレ、召し捕れ。

捕手[一〇]　ハッ〇とった[一一]。

（ト四人、十手にて、和尚吉三へ打って掛かる。身をかわして左右へ投げのけ、また二人掛かるを、立ち回りながら、本舞台へ来たり、ちょっと立ち回り、四人を投げのけ、下《した》にいて）

和尚吉三　コリャ、なんとなされまする。

長沼　なんとするとは、知れたこと。三人吉三と世に名高く、悪事を働くその一人。以前は当寺の所化《しょけ》[一二]弁長、只今にては和尚吉三、のがれぬ旧悪[一三]。

捕手　縄、かゝれ。

（ト四人、十手を振り上げ、取り巻く。和尚吉三、思入れあって）

〔二四〇―二四一頁注続き〕して、七五郎は病死、七之助は自ら召捕りを願うと改めたというが、柳水亭種清の合巻には（安政四年刊、一八五七）、七五郎とお波は入水、七之助は抵抗するが召捕りとあり、本作と合致。大沢美夫「正本仕立草双紙にみる『網模様灯籠菊桐』大詰」（『経済集志』一九八四年号）。

五　丸坊主。

六　すっかり剃り落として。

七　酒の贈答に用いる角樽。上部は朱塗り、下部は黒塗りで取っ手が二本、角のように突き出ている。

八　ポルトガル語 veludo に由来する。南蛮船により持たらされたが京都でも織られるようになった。柔らかな質感を持った光沢のある絹織物。三宅也来『万金産業袋』（享保十七年序刊、一七三二）四に、「唐よりは和織の方はるかによろし」とする。

九　六二頁注八参照。

一〇　当時の通用は天保一分銀（天保八年十月創鋳、一八三七）と安政一分銀（安政六年八月創鋳、一八五九）。ともに長方形で周囲を桜花で縁取った意匠で、特に天保一分銀を額または額銀とよび、安政一分銀は粗悪なので知られた。

和尚　只今にては、善心に立ち返ったる、和尚吉三、旧悪ゆえに、召し捕るとおっしゃりますれば、是非がない。イザ、縄をお掛けくだされ。

（ト和尚吉三、後ろへ手を回す。捕手頭これを見て）

長沼　ハテ、あっぱれなそちが覚悟。その[13]心底《しんてい》を見る上は、[14]縄目はかけぬ、許してくれる。

和尚　スリャ、このまゝに、わたくしを。

長沼　イヤ、たゞは許さぬその代わり、そちが兄弟の義を結びし、安森源次《やすもりげんじ》兵衛《べえ》が倅《せがれ》、武家お構いのお坊吉三、また八百屋久兵衛《きゅうべえ》が娘、お七と名乗るお嬢吉三、種々の悪事を働くゆえ、からめ捕らんとこのほどより、[15]草を分けて[16]詮議致せど、一向に行方知れず。ことにはまた彼らが[17]面体《めんてい》、身どもしかと存ぜぬ、汝《なんじ》に詮議を申し付ける。からめ捕らば[18]重畳《ちょうじょう》なれど、[19]手にあまらば[20]打ちとって、首になしても苦しゅうない。[21]手柄次第でこれまでの、汝が旧悪許せし上、[22]褒美《ほうび》の金子《きんす》、[23]遣わす間、命に代えて詮議致せ。

和尚　スリャ、わたくしが旧悪を、お許しあって両人の、詮議をなせとおっしゃりますか。

長沼　いかにも。

（ト和尚思入れあって）

一一　江戸時代初期にシャム（タイ）より輸入され日本で改良された鶏。気性が荒く蹴爪も大きく闘鶏に用いられたが食肉としても美味。文化頃（一八〇四―一八一八）より江戸で葱などを入れて鍋物として賞味された。

一二　『守貞謾稿』三十に、草履下駄の鼻緒について、「木綿真田紐緒、鼠染」とある。真田紐は太い木綿糸で平たく粗く編んだ紐。

一三　藁の袴を取り去って編んだ表を、松などの小判形の台に打ち付けた安価で低い無歯下駄。市田京子「江戸時代の下駄」（『江戸文化の考古学』、二〇〇〇年、吉川弘文館刊）。

一四　仏像を安置する台。方形など各種あり須弥山を象るという。

一五　うろつく。

一六　絶好の。

一　昭和四十七年一月、国立劇場では、木魚ノ合方に木魚を打ち合わせる。

二　月代の延びた坊主頭を表す鬘。

三　薄い藍色。

四　表面に縦糸または横糸のみを浮かせた織物で帯などに用いる。厚く光沢があり肌触りがよいもの

和尚　[一一]背に腹は代えられぬ。たとえいずくに隠るゝとも、元が三人[一二]一つ穴。[一三]蛇《じゃ》の道はへびとやら。きっと尋ねて差し出しましょう。

長沼　万一以前のよしみを思い、彼らを助けるその時は、汝が罪は十倍だぞ。

和尚　そりゃあ御案じなされますな。身の旧悪が消えたうえ、褒美の金になることとなれば、そこが元が悪党だけ、なに助けますものか○シテ、御褒美は幾らくださります。

長沼　まず一人前《いちにんまえ》が五両ずつだ。

和尚　なに、たった五両かえ。

長沼　五両ずつでは不足と申すか。

和尚　言わねえでも知れたことさ。兄弟分のよしみを捨て、人に悪く言われるのを承知で詮議を受け合うのは、褒美の金が欲しいゆえ。たんとはいらねえ[一四]一本なら、詮議をしだして差し上げましょう。

長沼　高い物だが仕方がねえ。望みのとおり遣わす間、からめ捕って差し出せ。

和尚　金にさえなることなら、明日《あす》とも言わず、今夜中に。

長沼　しからばそちが[一五]吉左右《きっそう》を、

〔二四二―二四三頁注続き〕の脆い。
五　端切れを継ぎ合わせた半天。
六　黒無地木綿で仕立てた四天。四天は衽（おくみ）がなく裾脇を縫い合わせない広袖の衣裳で各種あり、黒四天は捕手などが着用。
七　与力や同心などの捕吏が捕者（捕物）に用いる武具。短いのは九寸、長十手は二尺一寸ほど、定寸は一尺二寸ほどの鉄や真鍮の棒。枝鈎の有無、房紐の有無や色合いなどで各種ある。名和弓雄『十手・捕縄事典』（一九九六年、雄山閣出版刊）。
八　打っ裂き羽織。背縫いの下半分が縫い合わされていない羽織で、帯刀しての旅や乗馬に都合がよい。背縫いの終わる箇所に正方形の火打ち（角を上にする）を縫い付けるが、衿との共切れが通常。
九　以下「捕手頭」とあるのを改めた。
一〇　以下「四人」とあるのを改めた。
一一　召捕りの際に発する掛け声。
一二　過去に行った悪事。
一三　心の奥底。
一四　縄で縛らない。死罪以上の旧悪にほぼ時効はないが、その他の罪の多くは、犯行後十二カ月が経

和尚　お待ちなされてくださりませ。
長沼　承知致した ○ 家来参れ。
捕手　ハア、。
（ト時[六]の太鼓になり、捕手一同、向こうへ入る。和尚あと見送り）
和尚　お嬢お坊二人とも、こう詮議が厳しくなっちゃあ、もううかく／＼と、この江戸に、足[七]を留《と》めちゃあおかれめえ。
（トこの時、須弥壇の下よりお坊出て来たり）
お坊　兄貴、帰りなすったか。
和尚　ヤ、こりゃお坊にゃあいつの間に。
お坊　さっき来たが人目があるゆえ、須弥壇の下に隠れていた。
和尚　よく尋ねて来てくれた。久しく手前《てめえ》に逢わねえから、逢いたく思っていたとこだ。二、三日泊まって行くがいゝ。
お坊　イヤ、そううかく／＼としちゃあいられねえ。おれもだんく／＼食い詰めて、この江戸にもいられねえから、旅へでも出かけようと、いとま乞いながら、尋ねて来たが、どうでいつかは捕られる体。サア、おれに縄を掛けてくれろ。
和尚　なに、おれに縄を掛けろとは。

過し犯罪より遠ざかって通常の生活に復帰していることが立証された場合、罪を免じた。なお十二カ月は吟味開始の前月までに完成している必要がある。平松義郎『近世刑事訴訟法の研究』。
二五　隅々まで。
二六　捜索する。
二七　顔つき。
二八　この上ない喜び。
二九　能力を超えているならば。
三〇　斬り殺して。佐久間長敬『江戸町奉行事蹟問答』（南和男校注、昭和四十二年、東洋書院刊）四には、「同心捕もの手余りの時は、与力切捨の令を発し、自身も鑓を入て同心を助け働く定法なり。捕へ来る時は、同心の働きを奉行へ具上して功を賞すなり。与力検役なき平常捕ものは同心臨機の働きなり」とある。縄目をかけるのは江戸時代は同心の役（注二四参照）。
三一　私人による犯罪者の申告や逮捕を奨励し褒美などを与えた。共犯者の場合も罪を免じ、主人や親の犯罪を申告した場合、その主人や親の罪を軽くした。平松義郎『近世刑事訴訟法の研究』。
三二　嘱託（そくたく）という。
三三　与えるので。

お坊　他人[一]の手に掛かって行こうより、兄弟分の手前《てめえ》の手に掛かって、おれも行きてえから、縄を掛けて送ってくれろ。

和尚　ハア、、そんなら今の話を聞いてか。イヤ、手前《てめえ》も分からねえ者だぞ。いったん兄弟になったからにゃあ、おれが命を捨てればとて、手前《てめえ》たちを出すものか。そんなしみたれた[二]根性の和尚吉三と思っているか。

お坊　そうだろうとは知ってはいるが、どうで一度は行く体、とても命を捨てるなら、いったん兄と頼んだゆえ、[三]手前《てめえ》の悪事を消して行く気だ。

和尚　その志はかたじけないが、そんなそでねえことはしねえ。褒美を百両くれるなら、捜し出そうと言ったのは、欲に迷ってするように、気を許させてそのうちに、どこへなりとも逃がす気だ。とても草鞋《わらじ》をはくならば、近くにいずと遠くへ行って、手足を伸ばしてゆっくりと、枕を高く寝る[四]がいゝ。聞[五]きゃあ手前《てめえ》は武家育ち、安森源次兵衛が倅だというが、それに違《ちげ》えはねえかえ。

お坊　いかにもおらあ元は[六]昵近《じっきん》。おやじは安森源次兵衛といって、[七]堅蔵《かたぞう》な人であったが、その頃刀の[八]目利《めき》き者《しゃ》で、将軍家から預かりし、庚申丸《こうしんまる》という短刀を盗まれたので、言い訳なく切腹なして、家は断絶[九]。浪人してからお袋の、長の病気に妹は、その身を売って苦界《くがい》の勤め。高い薬のかいもなく、

〔二四四―二四五頁注〕
一　差し迫った大事のために他を犠牲にしてもやむを得ないことの喩え。
二　一つ穴の狐（貉・狸）の略。悪党の同類。二五頁注五参照。
三　（蛇の通り道は蛇が良く知っているように）同類のものは互いにその事情に通じているとの喩え。
四　二人分合わせて百両。
五　良い知らせ。吉報。
六　城で時刻を報ずる太鼓を模した鳴物。城の内外や白洲の場に用い大太鼓を打つ。昭和四十七年一月、国立劇場では、木魚ノ合方に木魚を打ち合わせる。
七　滞在する。

一　他人に捕らえられ果ては刑場に送られる。
二　しみったれた。
三　お前を無罪にして。
四　熟睡する。
五　人の噂で聞けば。
六　主君の身近に仕えて雑用を足す近習や側役。
七　物堅い。
八　鑑定家。本阿弥家が著名。
九　武門としての実質を失い家系が絶えること。

ついに死なれて仕方なく、末子《ばっし》の弟《おとゝ》、森之助《もりのすけ》を、若党《わかとう》のおやじに預け、それから気儘《きまゝ》に[一〇]ぐれだして、してえ三昧《ざんめえ》するうちにも、その短刀を尋ね出し、再び家を興そうと、心に忘れはしねえけれど、いまだにありかが知れねえから、おれが望みはかなうめえよ。

（トこれを聞き、和尚さてはという思入れあって）

和尚　それじゃあ手前《てめえ》は昵近の、安森源次兵衛という人の倅であったか。ハテ、知らねえこととて、

お坊　[一一]ムウ、手前《てめえ》おやじを知っているか。

和尚　おれがおやじが、

お坊　エ。

和尚　[一二]イヤサ、[一三]おやじが噂に聞いたばかり。そのしろものは知らねえが、そうしてその短刀の格好は。

お坊　[一四]相州物の[一五]無銘にして、しかも[一六]焼き刃に三匹の、猿の形の[一七]乱れ焼き。ちょうど長さはこの位だ。

（ト出し[一八]目貫《めぬき》の[一九]差し添えを出す。和尚取って）

和尚　ムヽ、それじゃあ長さはこの位か○

（ト見て）

一〇　不良になる。
一一　驚きの表現。「ム」「ウ」と言うのではなく唇を固く結んで、鼻に息を抜いて「ウ」。
一二　聞き咎められて言い紛らす。
一三　父親の噂話で。
一四　相州（神奈川県の大部分）鎌倉住まいの刀工達の鍛えた刀剣の総称。鎌倉時代中期（十三世紀末）の新藤五国光に始まり岡崎五郎正宗が大成した技術によって鍛えられた。
一五　刀身の茎（なかご。柄の内部に入っている部分）に刀工の名を刻み付けていないこと。正宗作の無銘の短刀で著名なのは、国宝の庖丁正宗。
一六　粘土を塗った地鉄を焼き、ぬるま湯に入れて冷却すると、粘土の薄い部分（刃）は硬く、厚い部分（刃以外）はそれより軟らかくなるが、その境目を研ぎ上げると現れる刃文。最も日本刀の美しさが発揮されるという。
一七　乱焼刃（みだれやきば）の略。刃文は、刃に沿って直線に近い直焼刃（すぐやきば）と乱焼刃に別れる。後者は変化に富み、三本杉・丁字など形状により種々の名称がある。
一八　柄糸（つかいと。柄に巻く組

ヤ、吉《きち》の字菱《じびし》のこの目貫は、片しねえがどうしたのだ。
お坊　そりゃあこの間[一]高麗寺《こうらいじ》前で、
和尚　エ。
お坊　犬に[二]吠《ほ》えられ追い散らす、はずみにどこへか落としたが、[三]差し裏だから、そのまゝ置いた。
和尚　そいつあ惜しいことをしたな。
お坊　オヽ、なんだか話が[四]理に落ちた。早く一《いっ》ぺい飲みてえが、源次はどこまで行ったしらぬ。
和尚　ほんに源次はその以前、手前《てめえ》とは馴染《なじ》みだそうだが、なんぞ買いにやったのか。
お坊　あんまり寒いから、酒を買いにやった。
和尚　そいつは悪い者に買いにやったな。[五]口がもろいからしゃべらにゃあいゝが○なんにしろ日が暮れて、ゆっくりと話そうから、まあそれまで窮屈でも、今のとこへ隠れていろ。
お坊　それじゃあ一寝入りやって待とう。
和尚　寝るならこれを抱いて寝ろ。
（ト[六]打敷《うちしき》と[七]辻番火鉢をやる）

〔前頁注続き〕糸）の間から見えるようにした目貫（一八〇頁注四）。装飾性が強く目に立つ。
一九　脇差し。一尺以上二尺未満の小刀で大刀に添えて差す。

一　大恩（音）寺とあるべきところ。読売本の高麗寺を底本では大恩寺と改めるが、ここは訂正洩れ。高麗寺は天台宗、相模国淘綾（ゆるぎ）郡高麗寺村に在ったが、明治元年の神仏分離令により高麗神社となり、更に同三十年高来（たかく）神社と改称（神奈川県中郡大磯町高麗二—九—四十七）。
二　「人を斬ったはずみに」と言いかけ、「エ」と聞き咎められたので言い紛らす。
三　差した刀の体と接する側。差し表の反対。
四　理屈っぽくなった。
五　口軽だから。
六　仏前の卓などを覆う高価な織物。寺院のは金襴などで豪奢、その上に仏具などを置く。
七　狭い場所で用いる土製の行火（あんか）。丸みを帯び箱や桶に似、中に火入れを置く。

お坊　こいつあ有難い。

（ト木魚[八]入りの合方になり、お坊須弥壇の下へ隠れる。この鳴物にて、向こうより、以前の源次、二升樽、しゃもと葱《ねぎ》をさげて出て来る。あとより前幕[九]の十三郎、おとせ、付き添い出て来たり）

源次　モシ、お前《めえ》方が尋ねなさる、吉祥院は向こうだよ。

十三郎　これは有難うございます。シテ、弁長殿はいられますかな。

源次　さっき湯[一〇]へ行くと言って出られたが、もう大方帰られましたろう。

おとせ　はゞかりながら、妹《いもと》が参りましたと、おっしゃってくださりませ。

源次　アイ〳〵、承知しました○

（ト本舞台へ来たり、十三、おとせは下手に、源次は囲炉裏のそばへ来たり）

アイ、今帰りましたよ。

和尚　オヽ、源次坊、なにを買って来た。

源次　さっきお前《めえ》の留守に、お坊吉三が、

和尚　ア、コレ。

（ト言っては悪いという思入れ）

源次　酒を買って来てくれと言うから、寒さしのぎに、しゃもと葱を買って

八　寺院の場の人物の出入りなどに用い、木魚を打ち合わせる。
九　三幕目（一八一頁）。
一〇　銭湯。当時大人八文。長く十文であったが天保の改革で下げられた。文久三年（一八六三）には十二文に値上げ。

来た。
和尚　そいつあ妙だ。しかし、たれ[一]がなくっちゃあいかねえが、源次のことだから、貰って来たろうな。
源次　ところがすっかり忘れて来た。
和尚　気のきかねえ奴だな。
源次　オヽ、忘れねえうち言っておくが、今そこで、お前《めえ》の妹《いもと》だというのが尋ねて来たから、連れて来たよ。
和尚　なに、妹《いもと》が来た。
とせ　兄《あに》さん、わたしでござんす。
和尚　オヽ、おとせか、よく来た○モシ、こっちへお入りなさい。
十三　御免くださりませ。
（ト下手へ入り住まう）
源次　ドレ、忘れねえうちに、しゃもをこせえようか。
和尚　手前《てめえ》出来るか。
源次　出来なくってさ。坊主しゃも[二]に二年いやした。
（ト右鳴物にて、源次、しゃもと葱と、酒を持ちて奥へ入る。和尚あとを見送り）

一　味噌に醤油、味醂などを加えて摺り、料理の味を引き立てる汁。
二　回向院門前にあり現在も盛業（墨田区両国一―九―七）。初代平山弥五郎が幕末に創業、屋号は丸屋ながら、主人の坊主頭に因む愛称で知られる。黙阿弥と初代とは親しく、二代弥五郎は黙阿弥に入門して竹柴善吉。味噌だれで金町葱、爪の生える前の雄雛を使った。一つ目通り拡幅のため現在の敷地は、往時の半分ほどという。吉村武夫『今ものこる江戸の老舗』（昭和六十二年、河出書房刊）。

和尚　サア妹、遠慮はねえ。こゝへ来い。
とせ　兄《あに》さん、御免なさいまし○サア十三《じゅうざ》さん、お前もこゝへ。
（ト十三、前へ出て）
十三　これは初めてお目に掛かりますが、わたくしは十三と申しまして、
和尚　その挨拶には及ばねえ。友達から聞きましたが、不思議な縁で妹《いもと》と○
（ト和尚二人を見て、思入れ）
たった一人の妹《いもと》ゆえ、かわいがってやっておくんなせえ。
十三　イエ、もうわたしとても頼りのない者。おとせを縁にこれからは、あなたを力にお頼み申しまする。
和尚　そりゃあ兄弟になるからは、言わねえでもお前方《めえ》の、力にならねえでどうするものだ。
十三　それは有難うござりまする。
和尚　シテ、とっつぁんにゃあ変わりはねえか。
とせ　エ○そんならお前、知んなさらぬか。
和尚　なに、知らねえかとは。
十三　おやじさまにはこの間、人手に掛かってあえない御最期。

和尚　エ、そりゃマアどこで。
とせ　しかも先月三日の夜《よ》、大恩寺前でむごたらしゅう、人に殺されなさんしたわいな。
和尚　エヽ、そんならとっつぁんは死なれたか。ヤレ、かわいそうに◯
（ト両人を見て）
しかし、その方がしあわせだ。シテ、殺した者は知れねえか。
とせ　主《ぬし》は誰とも知れねども、死骸のそばにあったのは、
十三　吉の字菱の片しの目貫。これがすなわち敵《かたき》の手掛かり。
（ト十三郎、紙入れより、吉の字菱の目貫の片しを出す。和尚見て）
和尚　そんなら、これが。
（トびっくり思入れ）
十三　エ。
（トこなし。和尚は須弥壇へ思入れあって）
和尚　こりゃあいゝ手掛かりだ◯
（ト十三へ目貫を渡し）
こうとは知らずとっつぁんが、金に困ると聞いたゆえ、昔に返って[一]◯イヤサ、昔に返って今では坊主。餓鬼《がき》の折から苦労を掛けた、せめて不孝の

一　盗みを働いたと言いかけて言い直す。

恩返し。来世の苦患《くげん》[二]を助かるよう、菩提《ぼだい》はおれがとむらおう〇

（トほろりとして）

それにつけても二人が身の上、また百両の金の入《い》り訳、

十三　お尋ねなくとも身の上を、お話し申しに参った二人。

とせ　金の入り訳だん〴〵[三]の、せつない話の一通り、

十三　お聞きなされて、

両人　くださりませ。

（トあつらえ、笙《しょう》[四]の入《い》りし合方になり）

十三　もと、わたくしは木屋文蔵《きやぶんぞう》が召仕《めしつか》い。先達《せんだっ》て御昵近《ごじっきん》の、海老名軍蔵《えびなぐんぞう》様というお武家様へ、短刀を売りましたその代金、百両を受け取り帰る道すがら、引かるゝ袖に大事を忘れ、これなるおとせの小屋の内、語らう間《ま》もなく喧嘩の騒ぎ。あわてて逃げるそのはずみ、取り落としたる百両金。

とせ　それをわたしが拾いしゆえ、大方尋ねてござんしょうと、その明くる夜に金を持ち、小屋へ行《い》たれど巡り逢わず、すご〳〵帰る両国橋、道から連れになったのは、年の頃が十七、八で、丸の内に封じ文《ぶみ》の、五所紋《いつところもん》[五]の振袖着た、人柄[六]向きのよい娘御。油断のならぬは盗人《ぬすびと》にて、金を取られたその上に、わたしゃ川へ突き落とされ、死ぬところをば縁[七]でがな、この十三

二　苦しみ。
三　いろいろの。
四　唐土より渡来の雅楽用、縦吹きの管楽器。長短十七本の竹管（十五本の下部には舌を備える）を縦に並べ、その下には木の空室があり、その側面に吹口が存する。歌舞伎では調子の高い篠笛で代用し寺院の場などで用いる。昭和四十七年一月、国立劇場では、木魚ノ合方。
五　着物の五か所（両胸・両袖の表・背）に紋を付けた着物。紋の直径は女物で一寸一分、男物で一寸二分が通常であるが、一定しない。
六　上品な。
七　縁があったのだろうか。

さんの親御、八百屋久兵衛様に助けられ、危うい命を拾いました。

十三　また、わたくしはそうとも知らず、身を投げ死のうと致したところ、伝吉様に助けられ、娘が金を拾ったゆえ、我が家《や》へ来いと聞くうれしさ、参ってみれば右の始末。それから金の出来るまで、こっちにいろと御深切な、そのお言葉が縁となり、[一]仲人なしの夫婦の約束。

とせ　それから金の才覚に、朝から晩までとゝさんは、所々方々へ行かしゃんすれど、なにを言うにも百両ゆえ、容易なことで手に入《い》らず、苦労苦患のかいもなく、大恩寺前で、むごたらしゅう人に殺され、非業《ひごう》な御最期。こうしていてもその時の、姿が目先へちらついて、くやしゅうて〳〵なりませぬわいな。

十三　[二]かてゝ加えてわたくしの主人、木屋の文蔵様。ふとしたことから丁子《ちょうじ》屋《や》の、一重《ひとえ》という女郎に馴染《なじ》み、引くに引かれぬ意地となり、[三]廓《くるわ》の金にはつまるのならい。それから内は[四]左前。だん〳〵続く不時の物入り。ついには家もしまわれて、今では今戸《いまど》にかすかな暮らし。どうぞしてその金を、少しも早くあげたいと、心に思えど出来ぬは金。

とせ　とゝさんのない上からは、ほかに頼みにする人も、[五]泣いてばかり[六]二月《ふたつき》越《ご》し。[七]四十九日もたったゆえ、

一　「転び合い」として恥ずべきものとされた。
二　その上に。
三　文耕堂地合作『ひらかな盛衰記』（元文五年四月、竹本座初演。一七四〇）の遊女梅が枝の科白「仮（たと）へ世に有る人でも里の金にはつまるもならひ」を踏まえる。
四　金回りが悪くなり。
五　「人も無い」との掛け詞。
六　二か月にわたって。
七　没後四十九日の間で、未だ魂はさ迷っており、追善供養によって死者は速やかに往生を遂げる。

十三　おやじさまの敵《かたき》をば、尋ねて討ちとうござりますれど、御覧のとおりの弱い体、助太刀をしてくださるよう、
とせ　また二つには文里《ぶんり》様も、御難儀ゆえにあげたいお金。
十三　御迷惑ではござりましょうが、頼みに思うはお前様、
とせ　どうぞ、二人が力となり、
十三　敵《かたき》の助太刀、
とせ　金の調達《ちょうだつ》、
十三　ひとえにお頼み、
両人　申しまする。
（ト両人、思入れあって言う。このうち、和尚も思入れあって）
和尚　手前《てめえ》たちが頼まずとも、おれにも親の敵《かたき》なれば、討たねえでどうするものだ。また、たった一人の妹に、つながる縁のこなたのこと。金もおれがのみ込んだ。必ず〳〵案じるな。
十三　そんなら二人が頼みをば、
とせ　聞き届けてくださんすとか。
両人　エヽ、有難うござりまする。
（ト両人よろこぶ。和尚これを見て、愁いの思入れあって）

和尚　そのよろこびがもうこの世の、
両人　エ。
和尚　イヤサ、これにつけて、二人に話さにゃならぬことがあるが、奥に今の坊主がいれば、これから裏の墓場へ行き、一三《み》つがなわで相談しよう。
十三　それは〴〵かたじけない。さぞや草葉の陰にても、おやじさまのおよろこび。
とせ　少しも早う裏の墓場へ。
和尚　あとから行くから二人は先へ。
両人　そんなら兄《あに》さん。
和尚　二湯灌場《ゆかんば》で待っていやれ〇
（ト三禅の勤めになり、十三、おとせ、下手へ入る。あと見送り）
ア、なんにも知らず睦《むつ》まじく、連れ立ってゆく二人が身の上。これというのも親の報い。ア、、悪いことは出来ねえなあ。
（ト思入れ。奥より源次、四砂鉢へしゃもを入れ、上へ庖丁を乗せ、持ち出て来たり）
源次　なに、出来ねえことがあるものか。
和尚　ヤ。

一　三人座って話し合う。かなわは鉄輪で三本脚の五徳。
二　遺体を洗い浄めるための三畳ほどの小屋で、墓地の傍らに建てられた。黙阿弥『小袖曾我薊色縫』（安政六年二月、市村座。一八五九）二番目二幕目のト書きに、間口を一間とする。遺体を洗った微温湯（ぬるまゆ）を他人の土地に流すことへの憚りより借地人が利用した。
三　昭和四十七年一月、国立劇場では、木魚ノ合方に木魚を打ち合わせる。
四　砂のような色合いの、焼き方の粗雑な浅い鉢。

（ト[五]びっくりなす）

源次　それ、見なせえ。すっかり出来た。

（トしゃもの皿を出し、見せる）

和尚　ム、、こりゃあよく出来た。

源次　そのかわり庖丁を、どんなに骨を折って研いだか知れねえ。

和尚　ム、、こいつあ切れそうだ。

源次　切れるどころか人でも切れらあ。

（ト和尚、庖丁を取って、思入れあって）

和尚　オ、、さっぱりと忘れていたが、御苦労ながら源次坊、[六]駒込まで行ってくだっしな。

源次　今っからかえ。

和尚　暮れねえうちに、行ってもらいてえ。

源次　行くなら行きやすが、しゃもを食って行きてえね。

和尚　道で食って行ってくれ ○ それ、[七]万《よろず》の鍋が二枚に酒が五合、残りは使い賃だ。

（ト和尚、一分《いちぶ》を出してやる）

源次　オヤ、あの額かえ。こいつあ有難い。そうして用はなんだえ。

五　出来ない（悪い事と軍鶏をさばくこと）の意味の取り違えを、独り言を聞き咎められたのかとびっくり。

六　豊島郡上駒込村・下駒込村、駒込片町・駒込浅嘉町などを含む広い地域名（豊島区駒込や文京区本駒込・千駄木・向丘など）。苗樹園が多く青物市・魚市が立ち、御鷹匠屋敷など鷹狩り関連の人々が住し名産に茄子がある。

七　「一」の意の符丁であるが、一文とは考えにくいので、ここでは一百文と思われる。それが二枚に酒五合と使い賃を足して一分。十返舎一九『狂歌絵入商人尽』（文政十年刊、一八二七）中の「諸商人通り賦帳」に、魚などの行商人（ボテイ）の符丁として「一　よろづ」を掲げる。

和尚　駒込の早桶屋《はやおけや》へ行って、早桶に経帷子《きようかたびら》、一式揃《そろ》えて二人前《ふたりまえ》、買って来てくだせえ。

（ト一分やる）

源次　エ〇なんにしなさるのだ。

和尚　亡者のこしらえで、仕事があるのだ。

源次　それじゃあ行って来やすよ。

和尚　遅くっても大事ねえよ。

源次　どうで一《いっ》ぺいやっちゃあ、急にゃあ行かねえ。

（ト下駄をはき、付け際《ぎわ》まで行き、和尚、庖丁の刃を見てうなずき、手拭いへ巻き）

和尚　ア、嫌ながら殺生《せっしょう》を。

（ト二人を殺そうという思入れ）

源次　エ。

（ト振り返る）

和尚　エヽ、まだ行かねえのか。

源次　急がなくっても、いゝと言うじゃあねえか。

和尚　ぐず〳〵言わずと早く行けよ。

一　葬儀屋。早桶は粗雑な座棺で、肥満者用の大一番、女性用の並二番など各種ある。

二　死者に着せる衣。罪障消滅、極楽往生を願って陀羅尼や名号などを書く。

源次　アイ○なんだかさっぱり分からねえ。

（ト[三]禅の勤めにて、源次、向こうへ入る。和尚思入れあって）

和尚　源次が研いだ庖丁で、コリャアひとつがい、しめにゃあならねえ。

（トやはり[三]禅の勤めにて、和尚下手へ入る。あと、あつらえ、[四]音楽になり、須弥壇の下より、お坊吉三、出て来たり）

お坊　知らぬこととてこの間、大恩寺前で殺したおやじ、只の者とは思わなんだが、和尚の親とは知らなんだ。その夜取ったる百両も、妹《いもと》が縁に文里殿へ、みつぎのための恩返し。また伝吉があの折に、[五]わっつくどいつ貸せと言ったも、やっぱり同じ文里殿へ、落とした金を償《つぐの》う百両。[六]あかし合ったら命をば、捨てずにことの済もうのに、言って返らぬ互いの因果。まだその上に百両も、噂の悪いおれが手で、出来たと聞いて文里殿も、気味を悪がり受け取らず、[七]重ったらしに持って来て、この入り訳を聞くというは、こゝで死ねとの知らせなるか、吉の字菱の目貫が証拠に、和尚はおれが殺したと、推量したに違《ちげ》えねえ。知らぬ先はともかくも、それと知った上からは、[八]未練に[九]影は隠されねえ。どうでこの身も食い詰めて、長く生きちゃあいられぬ体。とても死ぬならこの金を、おやじを殺した言い訳に、和尚へ渡して今こゝで、死なにゃあ義理が済まぬわえ。

三　昭和四十七年一月、国立劇場では、木魚ノ合方に木魚を打ち合わせる。

四　篠笛・大太鼓・鈴などで雅楽めかし、天人の出現や寺院の場に用いる鳴物。昭和四十七年一月、国立劇場では、素（音楽を欠く）。

五　「割りっ口説いっ」の音便化。事情を打ち明けて丁寧に説明して。

六　率直に打ち明けて話し合ったら。

七　重い思いをして。

八　諦め切れずに。

九　姿を消す。

（トじっと思入れ。やはり、あつらえ、変[一]わった音楽になり、欄間《らんま》の天人の彫り物を取り、内より[二]お嬢吉三、乱れたる島田鬘《かづら》、[三]振袖なりにて、[四]半身《はんしん》出し）

お嬢　オイ、吉三〳〵。

お坊　ハテ、誰か呼んだようだが。

（トあたりへ思入れ）

お嬢　オイ、吉三〳〵。

お坊　また呼ぶようだが、どこだ知らぬ。

お嬢　オイ、こゝだよ。

（トこれにてお嬢を見て）

お坊　ヤ、そこにいるのはお嬢吉三か。

お嬢　コレ。

（ト押さえ、[五]磬《けい》を打ち込み、あと笙《しょう》になり、あたりを窺《うかゞ》い）

お坊　そんなら手前《てめえ》も。

お嬢　二、三日あとからこゝへ来て、この欄間に隠れていた。

お坊　アヽ、手前《てめえ》にも逢いたかった。

お嬢　おれもお前《めえ》に逢いたかったよ。

一　通常とは異なる。昭和四十七年一月、国立劇場では、素。
二　福森久助作『其往昔恋江戸染（そのむかしこいのえどぞめ）』（文化六年三月、森田座）序幕の趣向（八百屋お七が欄間の天人と入れ替わる）を借用。
三　振袖姿のままで。
四　上半身。
五　「きん」（慣用音）とも言い、直径一、二尺の銅鉢で、皮を巻いた桴（ふ。棒状のもの）で縁を打ち鳴らす仏具。昭和四十七年一月、国立劇場では、鏧（正しくはロウであるが、歌舞伎では慣習的にキンと読む。磬に同じ）ノ合方に鏧を打ち合わせる。

お坊　まあ、なんにしろこの下へ。
お嬢　オヽ、そこへ行こうか。
（ト お嬢、そばに下がってある幡《はた》をたよりに飛び下り、そばへ来て）
お坊　手前《てめえ》に逢ったもいつだっけか。
お嬢　明け暮れ思い出すけれど、
お坊　互いに忍ぶ身の上に、
お嬢　どこにいるやら、
お坊　便りもしれぬ。
両人　アヽ、なつかしかったなあ。[六]
（ト両人よろしく思入れ。あつらえ合方になる）[七]
お坊　欄間の内にいたからは、手前《てめえ》も今の様子をば、
お嬢　残らず聞いてびっくりなし、生きていられず、いっしょに死ぬ気だ。
お坊　手前《てめえ》が死ぬとは、どういう訳で。
お嬢　訳というのはほかでもねえ。和尚吉三が妹《いもと》の、金を百両取ったのは、娘姿のこの吉三。丸の内に封じ文《ぶみ》の、紋が証拠に我が業《わざ》と、和尚は知ったに違《ちげ》えねえ。つく〴〵寝ながら考えれば、おれが金せえ取らねえけりゃあ、落とした十三が手に入り、波風なしに納まるところ、盗んだばかりその金

六　現行（文里一重の筋を抜き、大恩寺前の場の代わりにお竹蔵の場を上演する）では、大川端から数日後のこととなり、ほぼ一年が経過している底本とはこの科白の印象が異なる。
七　昭和四十七年一月、国立劇場では、鏧ノ合方に鏧を打ち合わせる。

ゆえ、和尚がおやじも非業な最期。おれがおやじの久兵衛にも、貧苦の中で苦労をさせ、義理ある弟《おとゝ》の十三が主人、文里様へ御難儀掛けしも、元はといえば皆おれゆえ。済まねえことと思う矢先、今もお前《めえ》が言うとおり、どうで清くは死なれぬ体、こゝで死ぬのはまだしも[一]死に花。[二]三方《さんぽう》四方へ言い訳に、おれも共々こゝで死ぬ気だ。

お坊　そう聞いてみるともっともだが、しかし手前《てめえ》は手をおろし、殺したという訳でもなけりゃあ、今死ぬにゃあ及ばねえ。盗んだ金も巡り〳〵て、和尚へおれが返すから、手前《てめえ》はあとに生きながらえ、くわしい訳を兄貴に話し、今日《きょう》をこの身の命日に、兄弟分のよしみを思い、水の一杯も手向けてくれ。

お嬢　そりゃあ手前《てめえ》でもねえことだ。手を下ろして殺さねえとて、それからことが起こったら、おれが殺したも同じこと。人も死ぬ時死なねえけりゃあ、余計な恥をかゝにゃあならねえ。生きながらえていろと言う、なぜその口で道連れに、いっしょに死ねと言ってくれねえ。

お坊　なるほど言やあそんなもの。そう心がすわったら、くどくは言わねえ。そんならこゝで、手前《てめえ》もおれといっしょに死ね。

お嬢　それでこそ兄弟のよしみ。止められるよりおらあうれしい。

一　立派な死に際。
二　四方八方へ。

（トお坊思入れあって）

お坊　ア、考えてみると、もってえねえ。これでも生まれたその時は、惣《そう》領《りょう》ゆえに安森の、家名を継がす大事の倅と、[三]お蚕《かいこ》ぐるみで育てられ、先祖の名だが源次兵衛は、若い者に似合わぬから、[四]四十を越えたら名を継げと、[五]百《いっそく》までも生かす心。それをこの身の悪事ゆえ、まだ[六]二十五の暁も、越さずに死ぬを冥土《めいど》にて、さぞ二親が恨んでいよう。

お嬢　それに引き替えおらあまた、五つの時にかどわかされ、他人を親に旅役者、[七]娘姿で歩いたを、女と間違え口説かれた、[八]ところでふっと[九]筒持たせ。悪いことは馴《な》れやすく、人の物は我が物と、積もり〳〵し悪事の終わり。実のおやじも知ってはいれど、名乗りあったらまさかの時、苦労を掛けねばならぬゆえ、逢わずにいたがこのことを、あとで聞いたら嘆くであろう。

お坊　たゞ何事も皆約束。いまさら言うはほんの愚痴。なぜその了見があるならば、盗みをしたと人ごとに、悪くこそ言えほめはしねえ。

お嬢　ほんにそりゃあ言うとおり、これがお主《しゅう》か親のため、死にでもしたら若いのに、ふびんなことと言おうけれど、非業に死ぬもその身の科《とが》。

お坊　これまで多くの金銀を、取られた人の了見では、[一〇]逆磔《さかばっつけ》にも掛けてえ心、

お嬢　畳の上で人らしく、身の言い訳に死んだと聞いたら、さぞやくやしく

三　絹物ばかり着せられる程、大切に。

四　四十を初老といい老境に入り、隠居する（例外もあるが）ように、人生の節目。

五　百の符丁。

六　四十二歳とともに男の厄年で、「人ノ長（タケ）ハ二十五ノ暁マデノブル」（『諺苑』、寛政九年序成立、一七九七）といわれた。人生の節目。

七　女形は外出の際は振袖を着た。お嬢に扮した三代目粂三郎は日常生活も女さながらであったので知られ、ほとんど自宅で過ごし、人形の着物を縫うのを好んだ。

八　そこでふっと思い付いて。

九　夫・情夫のある女が共謀して他の男を誘引し、情交に及ぼうとする直前に夫・情夫が現れ、言い掛かりをつけて金銭をゆすり取ること。

一〇　罪人を逆さまにしての磔刑。江戸時代初期には切支丹に対して行われたというが、寛保二年（一七四二）に完成した「御定書百箇条」にはない。

思おうが、
お坊　この世で苦患をうけぬ替わり、来世は二人[一]阿鼻地獄《あびじごく》。
お嬢　アレ、あの[二]掛け字に記しある、その身の罪は[三]浄玻璃《じょうはり》の、鏡に映って明白に、
お坊　血を吐く思い、[四]血の池の、淵《ふち》に望んでいだく[五]石、
お嬢　[六]天秤《てんびん》責めに掛けられて、[七]業《ごう》のはかりに罪科《つみとが》決まり、
お坊　畜生道の[八]赤馬に、[九]修羅《しゅら》[一〇]餓鬼《がき》道《どう》を引き回され、
お嬢　[一一]八寒《はちかん》地獄の氷より、[一二]剣《つるぎ》の山の錆《さび》となり、
お坊　果ては[一三]見る目や嗅《か》ぐ鼻と、[一四]台に並んでさらす首。
お嬢　今一時《いっとき》か半時の、
お坊　息あるうちが極楽世界。
お嬢　思えばはかない、
両人　身の上じゃなあ。
（ト両人、よろしく思入れ。[一五]寺鐘《てらがね》）
お坊　とはいえ二人が今こゝで、このまゝ死なば、なにゆえか、
お嬢　命を捨てる子細が分からず、
お坊　幸いこれなる白幡《しらはた》へ、

一　八熱地獄（熱気で苦しめられる地獄）の中で最も苦痛の激しい所。五逆（殺父・殺母など）の大罪を犯した者が堕ち、剣の山や銅の煮えたぎる鼎（かなえ）などがある。

二　初演の一番目大詰（底本には欠く）で和尚吉三が地獄変相の掛け物を持ったまま居眠りし、閻魔の庁（閻魔大王が死人を審判する役所）を夢見る場面がある。その掛け物と照応し、閻魔の庁と伝馬町の牢が重ね合わせられている。

三　死者の生前の行為を映し出す鏡で閻魔の庁にある。

四　生前の罪により、五体が爛らせられ、熱血を呑み腹を焼いて苦しめられる地獄。室町時代より出産で死んだ女性が堕ちる池の意が加わる。斬首の際、首と血を落とし入れる窪みの有様と重ね合わせる。

五　牢問い（拷問の一種）の石抱き—三角の松材を並べた上に座らせ膝の上に一枚三貫の石を置く（五枚であごに達する）—と重ね合わせる。

六　真の拷問の釣し責め（両手を縛って吊り下げる）。『其往昔恋江戸染』三幕目に「ぶり〳〵にかけて血吐かずば、白状せまい。天秤

お嬢　せめて一筆《ひとふで》、書き残さん。

両人　書き残さん。

（ト時の鐘。合方にて、お坊は白[一六]綸子《しろりんず》の幡をとり、お嬢は硯箱を出し、墨をすりに掛かる。この見得よろしく[一七]独吟にて、道具回る）

（本舞台三間の間、所々《しょく》に[一八]石塔。上手《かみて》にこわれかゝりし湯灌場《ゆかんば》、下手《しもて》に同じく崩れかゝりし[一九]車井戸、柳の立ち木、同じく釣り枝。後ろ藪畳《やぶだたみ》、[二〇]黒幕、日覆《ひおお》いより[二一]朧月《おぼろづき》をおろし、すべて本堂の裏手、墓場の体《てい》。こゝに以前の和尚吉三、出刃庖丁を振り上げ、上下《かみしも》に十三、おとせ、[二二]手を負いいる。この見得、[二三]禅の勤めにて、道具止まる）

（トちょっと立ち回って、見得よりあつらえの[二四]鳴物になり、和尚肌を脱ぎ、切って掛かる。これにて石塔の回りをまわり、車井戸をつかい、面白き立ち回り、よろしくあって、とゞ両人をまた切り倒し、きっとなり）

とせ　コリャ、兄《あに》さんには気が違ってか。

十三　なにゆえあって二人を、

とせ　お前は手に掛け、

責にさつしやい」とある。

七　死者の生前の罪を量るために地獄で用いる秤。

八　立て髪の赤い馬頭人身の獄卒と火事・放火の意の「赤馬」と放火犯に科す引回しの上火炙りの刑を重ね合わせる。

九　高慢な者、猜疑心の強い者、戦争を好む者などが死後に堕ちるとされる世界で六道（衆生が前世の業により生まれ変わる六種の迷いの世界）の一。常に闘争をこととする。

一〇　六道の一。慳貪と嫉妬の者が堕ちる所で地獄に次いで苦しみが多く常に飢えと渇きに苦しむ。

一一　体を裂くなどの苦痛を寒気で与える地獄。

一二　地獄にあるという（氷より鋭い）剣の林立した山。剣は罪人を切りさいなみ、鉄嘴鳥（てつしちょう）は両目をついばむ。

一三　閻魔の庁にある人頭幢（にんずどう）。高い台に載る男（見る目）、女（嗅ぐ鼻）で、よく見詰め、よく嗅いで死者の罪を判断する。

一四　一七八頁注四参照。二人の場合は六尺、三人は八尺と首掛けの長さを伸ばす。

一五　銅羅か本釣鐘を摺鉦の撥で早

両人　殺すのじゃ。

和尚　オヽ、気も違わぬが、二人を生けておかれぬその訳を、苦しかろうが、苦痛をこらえて、聞いてくれ◯

（トあつらえ[一]、竹笛入りの合方になり、和尚石塔へ腰を掛け）

さっき二人が物語、くわしく聞いて一々に、胸[二]に当たりし覚[三]えの証拠。おとせが金を盗んだる、丸の内に封じ文《ぶみ》の、五所紋《いつところもん》の振袖で、娘と見せる盗《ぬす》人《びと》は、お嬢吉三という若衆《わかしゅ》、またおやじを殺してその場所へ、吉《きち》の字菱《じびし》の片しの目貫《めぬき》、落とした主《ぬし》も同じ仲間、お坊吉三という浪人、この二人は、去年の春、義を結んだるおれが兄弟。しかも、たよって来たゆえに、欄間《らんま》の内と、須弥壇《しゅみだん》の下へ、隠して留《と》めてある。定めて二人が物語、敵《かたき》のあいらも聞いたろう、こゝが[四]素人《しろと》と訳が違って、悪党同士の付き合いに、敵《かたき》とねらう手前《てめえ》たちを、殺しておいて義理を立て、お嬢お坊の二人の吉三、討って敵《かたき》はおれが取る。悪い兄貴を持ったばかり、[五]よしねえ命を捨てるのも、親のためだと諦めて、無理なことだが命をくれ。コレ、手を合わして拝むぞよ。

（ト和尚よろしく思入れにて言う。両人も手負いの思入れにて）

十三　そういうことであるならば、なにしに命を惜しみましょう。思えばい

〔二六四―二六五頁注続き〕く打つ。昭和四十七年一月、国立劇場では、鏧ノ合方に鏧を打ち合わせるのを続ける。

一六　生糸を用いた最高級の紋織物。織った後で精練して染め、厚く滑らかで光沢がある。

一七　昭和四十七年一月、国立劇場では、「春告ぐる」の独吟。

一八　墓石。

一九　滑車を利用して汲み上げる井戸。

二〇　⇩用語集

二一　淡く霞んだ春の月。蠟燭を点じて月光を表す。

二二　刀で傷を受ける。

二三　昭和四十七年一月、国立劇場では、風ノ音。

二四　昭和四十七年一月、国立劇場では、葛西ノ合方に早木魚を冠せる。

一　昭和四十七年一月、国立劇場では、葛西ノ合方に早木魚を繰り返す。

二　思い当たった。

三　記憶のある。

四　堅気（かたぎ）。

五　失う理由のない。

つぞや、身を投げて、死ぬる命を助かったも、伝吉様のお陰ゆえ、

とせ　わたしもその折、死ぬところ、今日《きょう》の今まで生きたゆえ、十三さんと夫婦になり、あの世へまでも、手に手を取り、いっしょに行くがこの身のしあわせ。

和尚　いっそその折死んだなら、今の嘆きは見まいもの。

十三　それも定まる[六]前世の宿業《しゆくごう》。

とせ　思えば因果な、

三人　身の上じゃなあ。

（トこれより、[七]地蔵経のような独吟になり、和尚[八]墓手《はかて》桶《おけ》、茶碗を持って来て、水を汲み、両人に[九]水盃をさせる。両人、犬の思入れにて這《は》い寄り、水を飲む。和尚これを見て、情けないというこなし。十三思入れあって）

十三　たゞこの上のお願いは、十《とお》の年より御恩になった文里様へ、失《うしの》うた金を、済ましてくださりませ。

和尚　そのことならば、案じるな。命に掛けて百両は、久兵衛殿へ、おれが渡そう。

十三　それで思いおくことなし。迷わず往生致します。

六　このような報いを受ける原因となった前世の行い。

七　昭和四十七年一月、国立劇場では、地蔵経唄入り合方（奇妙頂礼地蔵尊）に松虫（小形の伏鉦）を冠せる。

八　墓参の際に用いる手桶で、各家が寺に預けておく。

九　再会出来ないことを予期して盃の水（酒ではなく）を飲み交わすこと。

和尚　妹《いもと》も敵《かたき》はおれが取るから、心残さず冥土《めいど》へ行け。
とせ　なんの残そう十三さんと、いっしょに行けばあの世にて、
十三　[一]一つ蓮《はちす》に[二]二世《にせ》のかため。
和尚　その極楽へは行かれぬ二人。
両人　なに、行かれぬとは。
和尚　親の因果が子に報い、あの世へ行けば畜生道。
両人　エ、。
和尚　イヤサ、犬畜生に劣ったる、和尚吉三も悪事をやめ、今は仏のあの世へ引導《いんどう》。
十三　その[三]功力《くりき》にて極楽へ、
とせ　二人連れ立つ旅立ちの、
和尚　行って帰らぬこの世の別れ。
（ト和尚両人のあごへ手を掛け、顔をじっと見て、愁いの思入れ、両人は苦しきこなしにて）
十三　苦痛を助けて、
両人　少しも早く。
和尚　言うにや及ぶ。

一　死後、極楽の同じ蓮の葉の上に一緒に生まれ変わること。
二　夫婦の契りを固く交わすこと。夫婦の縁は二世（現世と来世）続くとされた。
三　仏道修行によって得た力で。

（ト独吟[四]になり、和尚、庖丁を振り上げ、両人を殺そうとする。両人這いより、苦しむ。和尚殺しかねる思入れ。とゞ、両人ウンと倒れる。和尚庖丁を下へ打ち付け、どうとなり、涙をぬぐう。この見得、寺鐘《てらがね》[五]にて、道具元へ戻る）

お坊　おやじを殺した一部始終、こうしておきゃあ、二人が身の上。

（本舞台元の本堂の道具。こゝに以前のお坊、お嬢、書き置きを書きしまいたる体《てい》。独吟にて、道具止まる）

お嬢　これで兄貴の心も晴れ、

お坊　思いがけねえ義理立てで、

お嬢　畳の上で、

両人　死なれるわえ。

（トまた独吟[六]になり、お坊、机にしいてある赤地[七]の錦の打敷《うちしき》をしき、この上へ乗り）

お嬢　コレお坊、お前《めえ》は武家の息子だから、腹の切りようは知っていようか。

お坊　そりゃあ、話に聞いているから、まさか、死にそこなうようなこともしめえ。

四　昭和四十七年一月、国立劇場では、地蔵経唄入り合方（悪趣出現まし〳〵て）に松虫を冠せる。
五　昭和四十七年一月、国立劇場では、風ノ音。
六　昭和四十七年一月、国立劇場では、素。
七　赤糸で織った地に金糸などで模様を織り出した敷物。二四八頁注六参照。

お嬢　おらあ切りようを知らねえから、[一]つまらなく突っ込んで、[二]ひく〳〵するもみっともねえ。

お坊　知らざあおれが殺してやろう。お前《めえ》おれを先へ殺し、あとで死んでくれねえか。

お嬢　それじゃあ和尚の帰らぬうち、

お坊　ちっとも早く◯

（ト両人身《み》拵《ごしら》えして）

サア、覚悟はいゝか。

お嬢　未練はねえよ。

お坊　ドレ、一思いに。

（ト独吟の切れにて、お坊、脇差しを抜き、お嬢の[三]胸《むな》づくしを取り、両人、顔見合わせ、突こうとする。ばた〳〵になり、下手より、和尚、血のにじみたる白木綿の風呂敷に、二つの首を包み、これを抱え、走り出て、お坊の[四]手を止め）

和尚　ヤレ待った。早まるな。

お坊　イ、ヤ、死なにゃあならぬ訳。

お嬢　[五]放して二人、死なしてくれ。

和尚　イ、ヤ放さぬ。殺しゃあしねえ。

一　突っ込み損ねて。
二　体の一部が小刻みに動く。
三　左右の襟が打ち合わさる辺り。右手に脇差しを持つので左手でつかむ。
四　右手。
五　手を放して。

両人　それだといって。
和尚　エヽ、待てと言ったら待たねえか〇
（トお坊の脇差しを引ったくり）
コリャ二人は最前の、話を聞いて死ぬ覚悟か。
お坊　いかにも、生きていられぬ訳は、
お嬢　書き残したるこの書き置き。
（ト白幡《しらはた》の書き置きを出す。和尚、ドレと取って、これを読み）
和尚　さすがは二人、死のうとは、よくぞ覚悟をしてくれたが、もう死ぬには及ばねえ。
両人　なに、死ぬには及ばぬとは。
（トあつらえ[六]、音楽の合方になり）
和尚　お嬢吉三が妹《いもと》から、盗んだ金は三人が、出合った時におれへの寸志。思いがけねえ金ゆえに、おやじへみつぎに持って行ったを、その時十三が主人方《かた》へ、戻せばことの納まるに、そでねえ金は受けねえと、突き戻したはおやじが誤り。さすればお嬢に科《とが》はねえ。お坊吉三もおれがおやじを、大恩寺前で殺したは、すなわち親の敵討ち。
お坊　なんと。

六　昭和四十七年一月、国立劇場では、砧様ノ合方。

和尚　子細は十年以前のこと。お坊が屋敷へ忍び入り、庚申丸《こうしんまる》を盗みしは、
　おれがおやじの伝吉だ。
お坊　ム、、スリャ庚申丸を盗みしは、お主《ぬし》が親であったるか。
和尚　その落ち度にて、安森の家は断絶、親御は切腹。取りも直さずおやじ
　は敵《かたき》、非業《ひごう》な最期も悪事の報い。二人に恨みは少しもねえ。
お坊　たとえ敵《かたき》に当たればとて、おれも現在殺せし敵《かたき》。
お嬢　金はお前《めえ》にやったれど、いったん盗みし科《とが》あるこの身。
お坊　ことにはこれまで種々様々、つくせし悪事の重なりて、
お嬢　最前来たる詮議の役人、
お坊　縄目の恥を受けるより、
お嬢　身の言い訳に、
両人　死ぬのが本望[一]。
和尚　その食い詰めた[二]科《とが》をぬき、世間を広く歩けるよう[三]、二人が身代わり、
　それ。
　　　（ト十三おとせの切り首を出し、見せる）
両人　これは。
和尚　手に余ったら首にしろと、長沼からの言い付けに、お嬢お坊が身代わ

一　真の望み。
二　まともな暮らしを出来なくさせた原因となった罪を消し。
三　誰とでも付合いができるよう。

り首。

（ト風呂敷を開け、内より、十三、おとせの切り首を出す。両人びっくりなし）

お坊　ヤヽ、こりゃ現在の妹《いもと》に、

お嬢　縁につながる義理ある弟《おとゝ》、

お坊　四清い体をけがれたる、なんで二人が身代わりに、

お嬢　首を切るとは無慈悲なこと。

和尚　イヽヤ二人を殺したは、無慈悲にあらぬ兄が慈悲。

両人　なにゆえに。

和尚　この二人は畜生ゆえ。

両人　ヤヽ、なんと。

（ト両人詰め寄り、合方替わって、和尚愁いの思入れあって）

和尚　なにを隠そうこの二人は、おやじが胤《たね》の双子にて、藁《わら》の上より捨てたる十三。巡り〳〵て兄弟が、畜生道の交わりも、今も話した庚申丸、盗んだその夜、塀を越し、逃げ出るところへ吠《ほ》えつく犬。声立てさせじと殺したる、犬のたゝりとおやじの懺悔《ざんげ》。それと知ったら二人も、いかなる因果と泣きあかし、果ては死ぬよりほかはねえ。その悲しさはどのようと、思

四　罪のない身を罪を犯した俺たちのために。

い過ごしに親のため、命をくれといつわって、情けなれども現在の、我が兄弟を殺したは、せめてのことに犬死にを、させねえために首を切り、詮議厳しい二人が身代わり○幸いこれなる自筆の書き置き、先非《せんぴ》をくやんで死したりと、持って行ったら二人の、詮議もそれなりけりに世間[一]も晴れ、どこへなりとも行かれる体。向後《きょうこう》[二]おれも悪事をやめれば、二人も生まれ替わったつもりで、心を入れ替え堅気になり、いずく[三]の浦にいようとも、これら二人をふびんなと、思い出す日があったなら、すぐにその日を命日に、水でも手向けてやってくりゃれ。

（ト和尚よろしく思入れ。両人も愁いの思入れあって）

お坊　はじめて聞いた二人が身の上、兄の情けにそのことを、言わずに殺すはもっともながら、

お嬢　現在敵《かたき》の身代わりに、二人をして[四]は心が済まぬ。

お坊　我々二人も、

お嬢　冥土の道づれ。

（ト両人脇差しを抜き、これを、和尚止めて）

和尚　そんなら二人をこの世から、畜生道の犬死にさすか。

お坊　それだといって、

一　疑い晴れて肩身も広く。
二　これから先。今後。
三　どこの浜辺。
四　（身代わりに）立てては。

和尚　おれが心をむそくにするか。五

お嬢　サア、それは。

和尚　サア、

両人　サア、

三人　サア〳〵〳〵。

和尚　どうぞ、二人が畜生の、苦痛をのがれる放生会《ほうじょうえ》、六修羅《しゅら》の苦患《くげん》を助けてくだせい。

お坊　これほどまでに二人を、思ってくれる志。

お嬢　いかにも言葉に従って、ひとまずこの場を立ちのかん。

和尚　チエ、かたじけない。

（トお坊思入れあって、懐より百両包みを出し）

お坊　忘れていたが、この百両、落とせし金の償《つぐの》いに、死んだ二人へおれが香典。

お嬢　向後《きょうこう》悪事は思い切る、証拠はいらぬこの脇差し。これは兄貴へ置き土産。

（トお坊は百両包み、お嬢は脇差しを、和尚の前へ出す）

和尚　スリャ百両にこの脇差し。

五　無駄に。
六　捕らえた生き物を逃がしてやる法会。八月十五日、各所の八幡宮で行われる（神仏習合のため）。

（ト和尚脇差しを取って抜きかけ、見る。これへ、お坊、目をつけ）

お坊　ハテ、心得ぬその一腰《ひとこし》。似寄りし寸[一]に優れし金味《かなあじ》[二]。

和尚　ヤヽ、焼き刃にあり〳〵[三]三匹猿。

お坊　それぞ正《まさ》しく庚申丸。どうしてこれを、

お嬢　いつぞや百両盗みし折、途中で手に入《い》るその一腰。

和尚　思いがけなく今こゝへ、

お嬢　落とせし金に、

お坊　失う短刀、

和尚　二品揃《ふたしなそろ》う上からは、お嬢は金を久兵衛殿へ○

（トお嬢へ金を出し）

お坊は刀を実家へ早く。

（トお坊へ短刀を渡す）

両人　そんならこれより○

（トどん〳〵[四]になり）

ヤヽ、あの物音は。

和尚　たしかに捕手《とりて》。

お坊　こゝへ来ぬうち、

一　寸法。

二　刀身の表面に現れた文様で、鑑定の重要な根拠となる。

三　くっきりと。

四　「どん〳〵〳〵」と三つを一連として大太鼓を太撥で打つので三つ太鼓ともいう。江戸の市中では異変が起こると太鼓・拍子木などを打って他町内に通報するところより、捕者の雰囲気を醸し出すために打つ。

お嬢　道を違《ちが》えて、

和尚　ちっとも早く。

両人　合点《がってん》だ。

（トどん〳〵ばた〳〵にて、両人向こうへ走り入る。和尚あとを見送り、二つ首を下へ置き、思入れあって、奥へ入る。やはり、かすめてどん〳〵早めたる合方[五]になり、向こうより、以前の源次早桶《はやおけ》を二つ重ね、縄にて背負い、早桶の棒を、手に持ち出て来たり、どん〳〵を聞き、あとさきへ思入れあって、すぐに舞台へ来たり）

源次　オイ、兄貴今帰ったよ○オヽ、まっ暗で、さっぱり分からねえ。オイ、兄貴〳〵○

（ト舞台をうろ〳〵して、以前の首につまずき、どうとなる、早桶をほうり出す。中より経帷子《きょうかたびら》に編み笠など出る。源次探り〳〵、首に手がさわるゆえ、これを取り上げ、なでてみて、びっくりなし）

オヤ、こりゃあ生首だ○

（ト震える。このうち、和尚身拵《みごしら》えをして、出て来たり。源次の後ろより、首を引ったくる。これにて源次、びっくりなし、たじ〳〵[六]として、また首へ手がさわるゆえ、取り上げて）

五　切迫した情況下での動作につれて弾き出す合方で、世話物では三下りを用いる。

六　三七頁注七参照。底本「だち〳〵」とあるのを改めた。秋永一枝「黙阿弥の意図したことば」（『国文学研究』平成十五年六月号）。

ア、、またあった○

（ト言いながら、和尚を透かし見て）

兄貴か。

和尚　エ、、。

（ト源次の持っている首を引ったくり、突く。源次、突かれて早桶の中へぽんと入る。これを柝《き》の頭《かしら》。和尚は、首を持ち、向こうを見込む。この見得よろしく、寺鐘の刻みにて、拍子幕）

一　寺鐘（二六四頁注三五）を小刻みに続けて打つ。昭和四十七年一月、国立劇場では、早めノ合方に三つ太鼓、風ノ音を冠せる。

二　この日最後の幕。縁起をかついで「大喜利」とも書く。

三　出火の際の状況の把握、通報のために設けた櫓。このような町方の場合、十町四方に一か所、大火の見櫓（町並の屋根の上、九尺の高さ。二町ほど眺望がきくように）を配置し、それが出来ない場合は自身番の上に火の見梯子を設けた。

四　各町の境にあった町木戸の番人。俗に番太（郎）と呼ばれる。町に雇われ木戸の傍らの番小屋に住み、時刻を知らせたり防犯のために町内を巡回し、小屋では日用品の他に金魚や焼き芋などを商い小金を溜めていた。

五　底本には「八人」と人数が記入されている。

六　三つの巴を円形の中に同一方向に配した文様で太鼓に描く。巴は、水が渦巻いて外へ回り流れる様子の文様化。

七　初芝居（正月興行）の櫓。櫓は芝居小屋の正面入口の上に設けた官許の標識。江戸時代には大切なものであったが、明治十一年五

[二]大切《おおぎり》　[三]本郷火之見櫓《ほんごうひのみやぐら》の場

一　お嬢吉三《じょうきちさ》
一　長沼六郎《ながぬまろくろう》
一　[四]木戸番人　時助《ときすけ》
一　[五]捕手《とりて》
一　釜屋《かまや》武《ぶ》兵衛《へえ》

一　和尚吉三《おしょうきちさ》
一　お坊吉三《ぼうきちさ》
一　八百屋　久兵衛《きゅうべえ》
一　蛇山長次《へびやまちょうじ》
一　鷲《わし》の森熊蔵《もりくまぞう》
一　狸穴金太《まみあなきんた》

吉三〳〵の三人が
　太鼓に巡《めぐ》る
　　[六]三つ巴《どもえ》
[七]初櫓噂《はつやぐらうわさの》[八]高島《たかしま》

[九]清元連中《れんじゅう》
[一〇]竹本連中

（本舞台、真ん中に、雪の積もりしあつらえの火の見櫓。この前に、[一一]町木戸《まちきど》、[一二]触れ書きの板札《いたふだ》掛け、上手《かみて》、同じく、雪の積もりし[一三]本屋根、戸のしまりたる町家《まちや》。下《しも》の方《かた》、材木の[一四]書割、[一五]打ち返しにて、[一六]浄瑠璃台。

月落成の新富座が、重みのため屋根が破損しやすい、相撲取りが威張るなどの理由により撤廃してから、無い劇場の方が通常となった現在、歌舞伎座は十一月顔見せ興行の際のみ設ける。ここでは火の見櫓と掛ける。

八　市川小団次の屋号、高島屋とお嬢吉三の高島田とも掛ける。

九　清元節の太夫と三味線弾き達。文化十一年（一八一四）、初代清元延寿太夫が富本節より独立して創流した。粋で派手、甲高い声で語り、三味線は中棹。お嬢吉三につく。

一〇　竹本節の太夫と三味線弾き達。竹本節は歌舞伎専門の義太夫節。義太夫節は天和四年（一六八四）、竹本義太夫の創始になる浄瑠璃で人形芝居と提携したのに対して、歌舞伎の役者が演技し易いようにと発達した。三味線は太棹。お坊吉三につく。

一一　木戸番が守る木戸。六つ（およそ午前六時頃）に開け、四つ（およそ午後十時頃）に閉める。それ以後は潜り戸より出入りさせ、拍子木を打って次の木戸に知らせる。捕者の際には閉じて逃亡を妨げる。

一二　町触れ（町奉行から出された

上《かみ》の方《かた》、雪幕[一]を張りし出語《でがた》り台[二]。後ろ、黒幕。舞台、両花道[三]とも、雪《ゆき》布《ぬの》を敷き、すべて、本郷二丁目[四]、火の見櫓、雪降りの体《てい》。雪おろし、さんげ〳〵[五]の合方にて、幕明く)

(トこゝに、浪人長次、熊蔵、金太、頬かむり、一本差しにて、木戸のそばに、立ちかゝりいる)

長次　モシ、お頼み申します〳〵。

(ト上手より、番太[六]、栗下駄[七]をはき、火の番と記せしぶら[八]提灯《ちょうちん》をさげ、出て来たり)

番太　誰だ〳〵。

長次　ハイ、近所の者でござりますが、今女房が虫気付《むしけづ》いて[九]、取り上げ婆《ば》あ[一〇]さんを、呼びに参りますものでござります。どうぞお通しなされてくださりませ。

番太　そりゃあさぞ困るだろうが、この木戸は通されぬから、早く取り上げ[一一]爺《じゝ》いでも頼むがいゝ。

(ト言いながら、上手へ入る)

長次　大きに[一二]お世話なことを言《い》やあがる。

熊蔵　ドレ、今度はおれが頼んでみよう。モシ、お頼み申します〳〵。

〔前頁注続き〕
お触れ)の周知をはかるために書き付けてある札。

一三　本物の屋根のように作った大道具。

一四　⇩用語集

一五　書割に蝶番をつけ、上半分をパタンと折り返すと別の背景に変わる仕掛け。

一六　清元連中の乗る台。

一　白い布を張った幕。竹本節が演奏されない間、出語り台を隠すのに用いる。

二　太夫・三味線ともに姿を客に見せて竹本節を演奏するための台。

三　本花道(舞台下手)と仮花道(上手)とを合わせていう。

四　三五頁注五参照。

五　やくざな人物の出入りに用いる合方。「さんげ〳〵六根罪障、御注連縄(しめなわ)に八大金剛童子」。昭和四十七年一月、国立劇場では、あのや五郎さいどんノ合方に雪下ロシを冠せる。

六　番太郎の略。木戸番人。二七九頁注四参照。

七　中がくり抜いてある下駄で雪が着きにくい。安手なのは栗材でつくる。

（ト木戸を叩き、番太出て）

番太　エヽ、うっとうしい、また来たか。

熊蔵　モシ、今わたくしのおふくろが、息を引き取りかゝっておりますので、この先のお医者様へ参ります者。ちょっとお通しなされてくださいまし。

番太　そりゃあ気の毒なことだが、通すことはならねえから、医者様を呼びに行くより、お寺へ知らせに行くがいゝ。

熊蔵　一三おつうひやかしゃあがる。

金太　なんでこんなにやかましくなったか○モシ、どういう訳で宵っから、木戸を打一四って通さねえのだ。

番太　それ、そこにお触れが出ているが、三人吉三と名うての悪者。行方を御詮議なされるにつき、和尚吉三という者に、二人を捕らえて出したなら、その身の科《とが》は許してやろうと、お慈悲の言葉に残りの二人、お嬢お坊の首を切り、長沼様へ持って来たところ、釜屋武兵衛という者が、その首を知っていて、にせ首だと訴一五人をしたので、和尚吉三はすぐに縛られ、あとの二人を召し捕るために、木戸を打って往来止《ど》め。首尾よく三人召し捕れば、合図に櫓の太一六鼓を打ち、木戸を開けて通すのだ。いくらなんと言おうとも、太鼓が鳴らねば、通されぬ。

八　竹などの柄をつけて、ぶら提げる丸提灯。柄の端には鈎があり、ひっかけることができる。
九　産気づく。
一〇　産婆。町木戸が閉まった後でも医者とともに通行に便宜がはかられた。
一一　実際には有り得ない。長次の嘘を見抜いて軽くけなす科白。
一二　「余計な口出しをするな」の意の「大きにお世話（お茶でもあがれ）」によった言い方。
一三　変にからかいやがる。
一四　戸締まりをする。
一五　訴え出る。
一六　定火消（旗本が責任者に任ぜられた）では太鼓を打ったが、町方の火の見櫓では打たない。

（ト三人、これを聞き、びっくりなし）

長次　それじゃあ三人吉三の内、和尚吉三が食らい込んだか。

熊蔵　お坊吉三が捕られると、三人が身にもかゝわること。うか〳〵しちゃあいられねえ。

金太　なんにしろこの木戸を、どうかして通りてえものだ○

（ト思入れあって）

モシ、ちょっと一合買[一]いますが、内緒で通しちゃあくれめえか。

（ト木戸の間より、百[二]銭を出す。番太取って）

番太　通すことはならねえのだが、それじゃあこっそり一人ずつ、くゞりから通らっしゃい。

両人　それは有難うござります。

（ト長次、木戸のくゞりより、内へ入る。前幕の長沼、先に、黒四《くろよ》天《てん》の捕手《とりて》二人、出て）

長沼　怪しい者ども、ソレ、召し捕れ。

捕手　ハッ○とった。

（ト長次を十手《じって》で打ちすえる。長次びっくりなして、逃げようとするを、縄を掛ける）

一　おごる。

二　山中共古『砂払』（一九八七年、岩波書店刊）によると、万延文久の初め頃、上酒一合四十文、次は三十二文、二十八文という。百文では上酒が二合以上買える。

長次　エ、、いま〳〵しい。

（ト両人、これを見て）

熊蔵　こいつぁたまらぬ。

金太　早く逃げろ。

（ト逃げにかゝる。下手《しもて》より、同じく捕手二人出て）

捕手　とった。

（ト立ち回って、両人を打ちすえ、縄を掛ける）

両人　エ、、食らい込んだか。

三人　口惜《くちお》しい。

（ト時の太鼓になり、長沼、先に、捕手三人を引き立て、番太ついて上手へ入る。[三]時の太鼓打ち上げ、上手、雪幕切って落とす。竹本連《れん》中《じゅう》居並び、下手、材木の張物《はりもの》、打ち返す。清元連中居並び、掛け合いの浄瑠璃になる）

清元〽春の夜に、降る泡雪は軽《かろ》くとも、罪科《つみとが》重き身の上に、[四]吉三〳〵も世を忍び、派手な姿も色さめて、

竹本〽去年《こぞ》の[五]椿の花もろく、[六]落ちて行方も[七]白妙《しろたえ》の、

三　昭和四十七年一月、国立劇場では、（時の太鼓を打たず）雪下ロシの打ち上げ。
四　お坊吉三とお嬢吉三。
五　首が落ちるように散るため、屋敷内に植えたり、病気見舞いに忌む土地は多い。
六　椿が落ちるのと、逃げる意の落ちるを掛ける。
七　行方も「知らない」と、白色の意を掛ける。

清〽四《よ》[一]つのちまたや六《む》[二]つの花。

（ト本釣鐘を打ち込み、打[三]ち合わせの合方になり、花道より、お坊吉三、頬かむり、尻端折《しりはしょ》り、大小、米俵をかぶり、出て来たり。これと一時《いっとき》に、東[四]の歩みより、お嬢吉三、頬かむり、褄《つま》[五]を端折《はしお》り、糸[六]だてを着て、出て来たる、双方、一時《いっとき》に、花道へ止まる）

お坊　思[七]い出《い》だせば十年以前、盗み取られし庚申丸《こうしんまる》。今宵《こよい》はからず我が手に入《い》り、

お嬢　義[八]理ある弟《おとゝ》が失いし、その代金の百両も、巡り〳〵って持ちながら、

お坊　昼は人目を忍ぶ身に、夜明けぬうちに届けたく、

お嬢　思うばかりに行くことの、ならぬは二人が身代わり首、

お坊　水[九]の哀れやあらわれて、とりことなりし和尚吉三、

お嬢　助けたいにもこのごとく、

お坊　我々二人を捕らえんと、

お嬢　行く先々の木戸を打ち、

お坊　行くに行かれぬ、

両人　今宵の仕儀。

一　四つ辻。
二　雪。
三　清元と竹本をぴたりと合わせて同時に演奏する。昭和四十七年一月、国立劇場では、本釣鐘に雪下ロシを冠せる。
四　⇨用語集（西・東）。仮花道。
五　着物の裾の両端の部分。
六　縦に麻糸、横に藺（い）などを用いて織った筵。雨具などに使われる。
七　別々のことを述べている二人の科白が一つになる割りぜりふの例。庚申丸を届けたい（安森家の若党弥次兵衛に）との胸中を客に聞かせる。
八　十三郎が失った百両を久兵衛に届けたいとの胸中を客に聞かせる。
九　「努力が実らず無駄になる」意の「水の泡」と「哀れ」を掛ける。

竹〽後ろ見らるゝ落人《おちうど》に、軒のつらゝも影[一〇]すごく、

清〽ぞっと白刃《しらは》[一一]にあらねども、襟《えり》につめたき春風は、

竹〽筑波《つくば》[一二]ならいか、

清〽富士南[一三]、

竹〽吹雪いとうて、

清〽来たりける。

（ト雪おろしをかぶせ、両人、本舞台へ来たり、真ん中の木戸を見て）

お坊　ようやくあと[一四]の木戸を越し、ヤレうれしやと思いしに、

お嬢　またもやこゝに、しまりし木戸。

清〽ふさがる胸の晴れやらで、星はなけれど雪明かり。もしやと顔を見合わせて、

（ト両人、困る思入れあって、木戸の間より、互いに透かし見て、そ

一〇　光。つららの光も気味悪く。
一一　「ぞっとしない」と白刃を掛ける。
一二　冬季の北東方向からの寒冷な季節風を、江戸では筑波山から吹いてくると考えての呼称。
一三　江戸で南西方向からの風を富士山から吹いてくると考えての呼称。富士と筑波を江戸の人々は一対と見なしていた。
一四　前。

ばへ寄り、顔見合い）

お坊　ヤ、そこへ来たはお嬢吉三か。

お嬢　そう言う声は、お坊吉三。

お坊　ア、コレ。

（ト両人、あたりへ思入れ）

清〽逢いたかったと木戸越しに、すがる手さえもふるわれて、

竹〽まだ春寒く[一]温《ぬく》め鳥《どり》、[二]放れ片野《かたの》によそめには、

清〽[三]色とみ[四]よりの[五]片翼《かたつばさ》。

（ト木戸越しに手を取り交わし、雪にこゞえる思入れ。[六]床《ゆか》の合方にて）

お坊　和尚吉三が意見により、悪事に染まぬ[七]白糸《しらいと》の、心の元へ繰り返し、手に入《い》る短刀渡せし上、この江戸を立ち退いて、家名のけがれをすゝぐ了見。

お嬢　同じ心に百両を、親へ渡してこれからは、男姿に立ち返り、生まれ変わったつもりにて、善を尽くして亡き人の、菩提《ぼだい》を問わんと思いしに、

お坊　天道《てんとう》様がお許しなさらず、行くに行かれぬ[八]四鳥《しちょう》の四《よ》つ辻《つじ》。

一　鷹が寒夜に生きた小鳥で自分の足をあたためること。翌朝その鳥を放すという。

二　「離れ難い」と交野（かたの）を掛ける。交野（大阪府枚方市など）には宮廷の遊猟地があり、鷹狩りが行われた。

三　情人。

四　身寄り（鷹の右側の羽。鷹を左の手に据えるため）と「身を寄せる」「見える」とを掛ける。

五　比翼の鳥（雌雄それぞれが一目一足一翼で、常に一体となって飛ぶと想像されている）の片方の翼。

六　竹本の三味線が演奏する。

七　どんな色にも染まっていない純真さを喩える白糸と、「繰る」の枕詞の「白糸の」と、柄糸（刀の柄に巻く組糸）の白糸とを掛ける。

八　征（しちょう）。囲碁の術語で、一手も明けずに当たり（次の手で石を取るぞとの警告）を連発できる状態をいい、逃げ切れない。一二頁注三。二二五頁注三参照。

お嬢　のがるゝだけはと思えども、今宵のうちには捕らえられ、
お坊　縄目の恥に死ぬのも約束。
お嬢　いまさら言うも愚痴ながら、

清〽[九]五つの年にかどわかされ、故郷を離れ旅路にて、憂き年月《としつき》を[一〇]越路潟《こしじがた》、
苦労[一一]信濃《しなの》に遂《つい》いつか、欲には迷う[一二]陸奥《みちのおく》、
竹〽立ちし浮名《うきな》の[一三]白浪に、[一四]あとを隠してこの江戸で、同じ吉三に兄弟の、
結びし縁も[一五]薄氷、
清〽砕けて今日《きょう》は散り〴〵に、落とせし金の百両は、我が手に入《い》って[一六]行くことの、ならぬは何の因果ぞや。

（トこのうち、お嬢、こなしあって）

竹〽まだその上に[一七]花の兄、木咲《きざ》きにまごう[一八]室《むろ》の梅、その身代わりにとらえられ、
清〽散り行く覚悟と聞くからは、さきがけなして救いし上、死なばもろとも[一九]死出三途《しでさんず》。

九　二六三頁七行目参照。
一〇　北陸地方の海岸と「来し」を掛ける。
一一　現在の長野県に当たる国名と「しながら」の意を掛ける。
一二　東北地方の内の太平洋側の青森・岩手・宮城・福島の各県の意と「道の奥」を掛ける。
一三　盗人の意と「白浪」、白い浪と、「悪い噂が立ったのも知らない」の意を掛ける。
一四　（浜辺の）足跡。
一五　薄い氷と縁が薄い意を掛ける。
一六　届けに行く。
一七　梅（他の花々に先駆けて咲くので）。以下、花の縁語で綴る。
一八　室咲きの梅。四一頁注三参照。
一九　死出の山と三途の川。死出の山は冥途にあると考えられた険しい山。三途の川は死後十四日目に渡るという川、ここに二匹の鬼がおり亡者の衣を剝ぎ樹に掛ける。

竹〽ほんにこれまで親たちへ、孝行さえも白玉《しらたま》[一]の、身の詫び[二]すけは冥土《めいど》でと、

清〽心の根じめ[三]哀れにも、

竹〽落つる涙ぞ誠なる。

（トお坊、お嬢、木戸を隔てて、よろしくこなしあって）

竹〽しばし嘆きに沈みしが、ふっと目に付く櫓の太鼓。

（ト雪おろし、時の鐘[四]。雪しきりに降る。両人、後ろの櫓を見て）

お坊　ム、、あれに掛けたる触れ書きに、我々二人を捕らえなば、合図に櫓の太鼓を打ち、四方の木戸を開けとある。

お嬢　もしまたみだりに打つ者は、曲事《きよくじ》[五]なりと記しあれど、どうでのがれぬ上からは、罪に罪を重ぬるとも、

お坊　四方の木戸を開かせて、首尾よく二品《ふたしな》渡せし上、

お嬢　命を捨てて和尚吉三を、

お坊　助けてやらねば義理が済まぬ。

一　白玉椿（白い花の椿）と「知らず」を掛ける。

二　侘助椿（小ぶりの一重椿、赤・白などの花をつけ気品があり茶人が好む）と「詫び」を掛ける。

三　心根（心の奥底）と根じめを掛ける。根締めは、盛り花の際、下部に安定感を与えたり剣山を隠すために挿す低い花や枝。

四　昭和四十七年一月、国立劇場では、雪下ロシのみで時の鐘は打たない。

五　違法行為に対しての処罰。

お嬢　幸いこれに階子《はしご》もあり、
お坊　打てば打たるゝ櫓の太鼓、
お嬢　[六]やわか打たいでおくべきか。

清〽見上げる空に吹き下ろす、夜風に邪魔な[七]振りの袖、帯に挟んで裾《すそ》引き上げ、
竹〽登る後ろに窺《うかゞ》う捕手。

（トお嬢櫓を見上げて、きっと思入れ。身拵《みごしら》えして階子へ[八]かゝる。お坊はあたりを窺いいる。この時、上下《かみしも》より、黒四天の捕手、四人出て）

捕手　ヤア、櫓へ登る[九]狼藉者《ろうぜきもの》。そこ一寸《いっすん》も、
四人　動くまいぞ。

（ト取り巻く。両人きっとなり）

お坊　ム、、見とがめられたら、もうこれまで。

竹〽命一つを[一〇]捨て鐘と、[一一]胸に時うつ左右より、

六　どうして。
七　振袖。
八　上り始める。
九　無法者。
一〇　「命を捨てる」と捨て鐘を掛ける。捨て鐘は時の鐘の前触れとして時報に先立ち三つ打つ鐘。時報と区別するために、間を空け打ち方を変えた。
一一　「動悸を打つ」と「時を打つ」を掛ける。

（ト両人、身拵えする）

捕手　ソレ、打ってとれ。

（トどん〳〵[一]になり、捕手二人ずつ掛かり、ちょっと立ち回り、見得より、あつらえの鳴物になり、両人立ち回って、上手へ捕手を追いながら入る。知らせ[二]に付き、右の鳴物にて、この道具せり下げ[三]、櫓の上になり、左右屋根、[四]雨落《あまおち》より[五]霞《かすみ》を出し、向こう、打ち抜き[六]、町家《まちや》、灯《ひ》入りの遠見。子持ち筋[七]の提灯[八]あまた見せ、道具納まる）

竹〽降り積もる、雪に山なす屋根の上、お坊吉三は邪魔[九]させじと、さゝゆる捕手を追い散らす、吹雪はげしき働きに、

（トこのうち、お坊、下手の屋根へ捕手四人を相手に、立ち回りながら出て来たり）

竹〽打って掛かるを、身をかわし、[一〇]小腕《こがいな》取って、右左、雪によろこぶえ[一一]のころ投げ。シャ[一二]、こざかしと、前後より、むんずと組むを、切り払

一　昭和四十七年一月、国立劇場では、三つ太鼓に雪下ロシを冠せる。

二　道具替わりの合図。三つ柝を打ち、二つ目でせり下げが始まり三つ目で止まる。

三　せり上げの反対。舞台を方形に切り、役者や大道具を載せて下がる機構。

四　最前列の桝（ます）席。本水を使う時に客は濡れるところからの称。

五　霞幕を出して舞台前面を覆い、櫓や屋根を高く見せる。霞幕は白地に青い横線の霞を描いた幕で、棒（幕串）に引っかけて張り、山台などを隠すのに用いる。

六　輪郭（雪の降り積もった町家が列なっている）を模した張物。

七　太い筋と細い筋を平行に描く文様。菊岡沾涼『本朝俗諺志』（延享四年刊、一七四七）二に「嫁娵の衣服器物に大小の筋二を以て祝ひ事の紋とするは是陰陽なり。上のふときは天なり、下の細きは地なり。陰陽和合して子を生ず、よつて是れを子持筋と号づく」とあり、五月幟にも祝ってつける。

八　御用提灯めかした小道具。御用提灯は捕り方が奉行所の者であ

う、[一三]刃《は》風《かぜ》するどき屋根伝《づた》い、

（トどん〳〵にて、お坊捕手と立ち回りあって、屋根伝いに後ろへ捕手を追うて、入る）

清〽裾もほら〳〵[一四]、よう〳〵と、お嬢吉三が[一五]竹階子《たけはしご》、登ればすべる[一六]水氷《みずごおり》、足に覚えもなく[一七]、雁《かり》の声も[一八]乱れて後《あと》や先。

（トお嬢、上手の屋根へ、捕手四人と立ち回り、出て、どん〳〵にて、立ち回りあって）

竹〽あしらいかねし後ろより、お坊吉三が助太刀に、こなたはなんなく火の見の上、撥《ばち》おっとって打つ太鼓。

（トこのうちお坊、後ろから出て、捕手を投げのける。お嬢、櫓へ上がり、太鼓を打つ。お坊、捕手を追い込み、櫓の柱へ取り付き、きっと見得。揚幕にて、どん〳〵になる）

ることを示すもので、例えば南町奉行所のは、上肩の張り出した弓張提灯。正面に「南町奉行所」、左右に「御用」と書き、上部に黒、白地を残して、更に赤で山形を描く（三つの波でミナミ）。名和弓雄『十手・捕縄事典』（一九九六年、雄山閣刊）。

九　お嬢吉三の邪魔をさせまいと。

一〇　腕の肘から先の部分。

一一　犬の子を転がすように簡単に人を投げる有様。

一二　嘲けり罵って発する語。

一三　鋭く刀を振るう時に発する音。

一四　階子を上る際に裾がまくれて翻る様子。

一五　二本の竹に踏み子を縄で結び付けた梯子。

一六　薄く張った氷。

一七　「足に感覚が無く」と「鳴く雁」を掛ける。

一八　「乱れ（飛ぶ）雁の鳴く声」と「捕手の声も乱れ（飛ぶ）」を掛ける。

清〽[一]音に開きし木戸よりも、和尚吉三は武兵衛を討ち、遺恨《いこん》の胸を開かんと、かけ来る姿、見るよりも、

お坊　ヤア、そこへ来たは、

両人　和尚吉三か。

和尚　そういう声は、お坊お嬢か。

（ト下手の屋根へ、和尚吉三、出て来る）

お坊　こなたの命を救わんと、

お嬢　これなる櫓の太鼓を打ち、

和尚　スリャ、この木戸の開《あ》いたるは、二人が情けであったるか。

（トこの時上下《かみしも》へ、捕手四人ずつ出て）

捕手　ソレ、三人とも討って取れ。

皆々　合点《がってん》だ。

和尚・お坊　なにをこしゃくな。

（ト上手の屋根にお坊、下手の屋根に和尚、四人ずつ掛かる）

一　お嬢吉三が打つ太鼓の音。

清〽雨はふれ〳〵、ふれ〳〵小雨、濡《ぬ》[二]れてうれしき屋根の上、追いつ追われつ、戯《たわむ》[三]れ狂う、猫[四]の恋路の仇枕《あだまくら》[五]。ヨイ〳〵ヨイ〳〵、ヨイヤサ。

（トこのうち鳴物入りにて、立ち回りあって）

竹〽さすがの捕手も、かなわずして、逃げるをやらじと追うて行く。

（トどん〳〵になり、和尚、お坊、上下《かみしも》の後ろへ、捕手を追いながら、飛び下りる。お嬢、櫓より下《した》を見て）

お嬢　和尚吉三を救いし上は、少しも早く、この百両、手渡ししたいものじゃなあ。

（ト櫓の柱へ取り付き、下《した》を見込む。これをきっかけに、せり上げ[六]の鳴物になり、知らせに付き、この道具せり上げ、元へ戻る。舞台真ん中へ和尚、武兵衛、切り結び、せり上げる。ちょっと立ち回って）

和尚　おのれ、武兵衛め、よくも訴人をしおったな。

武兵衛　オ、、にせ首だから訴人をした。

和尚　犬死にさせた返報は、うぬが命を貰ったぞ。

二「雨に濡れる」と情事を行う意の「濡れる」を掛ける。

三 いちゃつき、夢中になってじゃれる。

四 猫の本能の発露。猫が多く発情するのは正月、二月から四月にかけてで、雌猫は転げ回って鳴き、雄はこの雌を慕って鳴き、耳障りなほどである。

五 仮初めの情交。

六 せりの合方の鳴物が始まること。その鳴物は太鼓を主に大太鼓を従にし、能管などの鳴物を加えて賑やかにしたもので、時代物や時代世話物に使われる。

武兵　こしゃくなことを。

竹〽切り込む刃《やいば》ちょうと受け、訴人の遺恨覚えよと、

（ト和尚、武兵衛、立ち回り、このうち櫓より、お嬢、屋根へ下りる。捕手一人掛かるを、立ち回って、上手へ飛び下りる。下手へお坊、捕手一人と立ち回り出て、切り倒す。三方よろしく、和尚、武兵衛を切り倒し、とゞめを刺す）

竹〽なんなく武兵衛を刺し殺す、折から来たる八百屋久兵衛。

（トばた〳〵になり、下手より、八百屋久兵衛、八百久という弓張り提灯《ぢようちん》を持ち出て来たり、お嬢を見て）

久兵衛　ヤ、そちゃ別れし倅《せがれ》なるか。

お嬢　そう言うはおやじさまか。

久兵　あなたは安森様の若旦那、こなたは伝吉殿の息子殿か。

（トお坊、和尚へ思入れ）

お坊　さてはお嬢が、おやじと言うは、屋敷へ出入りの八百屋なるか。
和尚　思いがけない三人に、[一]つながる縁の久兵衛殿。
お嬢　弟《おとゝ》が失う百両が、手に入《い》ったれば、
（ト懐より、[二]前幕の金を出し、渡す）
お坊　また我が家《いえ》で紛失《ふんじつ》せし、この[三]短刀を弥次兵衛《やじべえ》へ。
（ト懐の内に差したる短刀を出し）
久兵　スリャ、噂に聞きし庚申丸、百両の金が手に入《い》りしか。チエ、、かたじけない。
和尚　[四]またも捕手の来たらぬうち、久兵衛殿には二品《ふたしな》を、
久兵　オ、、言うにや及ぶ。これさえあれば安森のお家再興に、木屋《きや》のお内も再び[五]立たん。心残れど長居は恐れ。
（ト金を懐へ入れ、短刀を腰へ差し）
三人　少しも早く。
久兵　オ、、合点《がってん》だ。
竹〽オ、、合点と勇み立ち、二品《ふたしな》携え久兵衛は、飛ぶがごとくにかけり行く。

一　お嬢吉三は息子、お坊吉三の実家へ出入りの商人、和尚吉三の父伝吉が捨てた十三郎を育て、双子のおとせを救った等の縁。
二　二七六頁十行目参照。
三　二七六頁四行目参照。
四　再び。
五　繁昌するだろう。

（ト雪おろし、ばた〳〵にて、久兵衛、花道まで行き、提灯を吹き消し、いっさんに向こうへ入る。[一]本釣鐘）

清〽はやこれまでと三人は、互いに手に手、取り交わし、

和尚　もはや思いおくことなし。

お坊　これまで尽くせし悪事の言い訳、

お嬢　[二]我と我が手に、

三人　身の[三]成敗。

清〽櫓太鼓の三つ巴、[四]巡る因果と三人が、

竹〽刺し違《ちご》うたる身の終わり、

清〽悪事は消える雪解けに、

清〽浮名ばかりぞ。

（ト三人名残を惜しむ思入れあって、和尚真ん中に、お坊、お嬢、下《した》

一　昭和四十七年一月、国立劇場では、竹本に雪下ロシを冠せる。
二　自分自身の手で。
三　斬罪に処すること。昭和四十七年一月、国立劇場では、竹本・清元に、三つ太鼓、雪下ロシを冠せる。
四　「三つ巴が巡る」と「因果が巡る」を掛ける。

にいて、三つ巴になり、刺し違う。この時、捕手出て）

捕手　動くな。

三人　なにを。

（トきっとなる。五頭取《とうどり》出て）

頭取　六まず今日《こんにち》は是切《これぎ》り。

（ト七めでたく八打ち出し）

五　楽屋全般の取締りや舞台の口上触れなどを勤める古参の役者で、楽屋入口の近くに頭取部屋があった。

六　裃姿の頭取が終演時に述べる決まり文句で、切り口上という。

七　一日の興行が無事に終わったことを祝って記す決まり文句。

八　大太鼓を「でてけ、でてけ」と聞こえるように打つなどし、最後に「カラカラ（空）」と縁を打つ。六代目田中伝左衛門『芝居囃子日記』（写。伝左衛門は嘉永六年没。一八五三）には「市村座打出之事」の一項を設け、市村座は大太鼓のみならず、小太鼓を入れる故事来歴を記す。

芸談

文里　十一代目片岡仁左衛門

今度の文里ですか、初役ですとも。これは黙阿弥さんが万延の昔、梅暮里《うめぼり》谷峨《こくが》の『契情買二筋道《けいせいかいふたすじみち》』から取り込んで『三人吉三』に挿み、執筆当時今紀文とうたわれた、黙阿弥さんの贔屓《ひいき》筋の随一であった、山城川《やましろが》岸《し》の津藤《つとう》さんの俤《おもかげ》を、〔四代目市川〕小団次《たかしまや》に嵌《は》めて書いたものだそうなのです。その以後〔九代目市川〕団十郎《くだいめ》も〔五代目尾上〕菊五郎《ごだいめ》も正本《しょうほん》を手にしてこの役は自分のものでないと断ったと言うから、余っぽど難役であろうと思いましたが、どうしても、わたくしが演《や》る事になってしまったのですが、「小団次の如き俳優ならでは演じ得られない役柄である」と、作者も言った位なものですから、今言った二人が遣《や》らなかったのも無理はないと思います。

ところでこの狂言として三人吉三の方には、黙阿弥式のツラネもあって、芝居をさせていますから、初役で和尚吉三を演った高島屋は、二役の文里の方で、極《ご》く極く地《じ》で演ったものだろうと思いますし、考えて見ますれば、それでないとこの役は演れないだろうと思われます。とにかく若い奇麗な〔八代目岩井〕半四郎の一重を相手にしたものですから、好《い》い釣合いだと思います。

今度の正本は、先にべらぼうに長かったのとは少し違うそうで、先の正本を見たら都合も好《よ》かろうと思って、見せて貰いたかったのですが、とうとう見ず仕舞いはひどいです。それに稽古を揃って遣ったのは、たった一度切りなのですから、初日も稽古みたいなもので、きょうあたりは、初日とはだいぶ直っていますから、その積もりで見て貰いたいのです。

一体この文里という役は、本町の小道具屋の主人《あるじ》で、吉原の丁字屋の一重という花魁の許《もと》へ通うのですが、その丁字屋というのが、今日で言って見ると、京一の河内楼《かわちや》位な格で、一重が仲の町で、人に知られるような花魁ではないというのですが、今度の立て方では万事大籬《おおまがき》のように出来ています。

ところで文里は、御覧の通り初めの内は一重に振られきっていて、それでも通っているのですが、ここに一重の友達女郎の吉野というのがあって、これが元品川にいたお玉といったもので、お坊吉三の色で、吉原へ住替えをした事になっています。そこで文里は、お坊吉三が操って悪事をさせた三人の浪人がねだりに来て困っている所を、十五両出して救う事がありますけれども、今言った吉野に文里は、今では商売の方も思わしくないし、それに妻子のある身で遊びに耽《ふけ》るのもどうかと思い、きょうは遊びも思い切って、別れの積もりで来たのだと語り、一重の意見を吉野へ頼みます。これを思わず立ち聞きをした一重は、文里の実意にほだされて靡《なび》く気になりますが、文里は諦めた女にもう用はないとなるので、一重は指を切って心中立てをしようとします。その時取り出した小柄《こづか》が証拠で、一重は文里に対して大恩のある主人安森源治兵衛の娘と分かり、どうして苦海《くがい》へ身を沈めたかと聞けば、父が預かった庚申丸を盗まれたので家が没落した次第を語り、その刀さえ手に入れば、兄の吉三郎（お坊吉三）に家を立てさせるはずだから力添えをしてくれと頼み、これから深くなって、二人の中に子が設けられるのです。ところでこの一重は、花魁になり切っては行けないと思いますが、書いてある気分では、酒をあおったりなんかして随分あかずれています。それにまた文里という男は皮肉でもあり、そうかと思うと男気もあるのですから一重が往生してその親切にあやまる所で、交わりをしない事にすると豪《えら》いと思いますが、しかしそれではこの芝居にならないから演りにくい役なので、もう一息文里が一重に親切を利かせる所があっても好《い》いと思うに付けても、文里の言った事の利き目が早いようで、本来は本当に指を切るのだそうです。それに金も手薄になったし、きょうは一つ奇麗に遊んで、遊び納めにしようと思って来た、それが交わりを結ぶ事になって、子が出来るというのですから、自分も年を取っているので、どうしても気恥ずかしい心にもなって、それで実は演りにくいのです、それに一重の兄のお坊吉三が吉野の色男という事も分かり悪《にく》いようです。

そこで年が立って初音の里の丁字屋の寮になって、一重が重い病気に罹《かか》っている、ここへ文里が零落して、一重との間に出来て、自分の妻が育てている梅吉という赤子を懐《ふところ》に、雪の中を尋ねて参りますが、お坊吉三も妹の身の上を案じられて来て、文里の窶《やつ》れ果てた姿を見、いつぞやの御恩返しと持っていた百両を遣ろうと言うのを文里が拒み、今にも息の絶えようという一重に久し振りで逢いますが、戸外《おもて》には文里の妻のおしづが娘のおたつを連れて来て合《あい》の山《やま》を唄いますが、昔は胡弓を使ったそうで、小団次の文里は、この寮の場ですっかり地で行って、ああいった人の事だから芝居をした事と思います。それに今度は文里一重の口説に清元の「吉田屋」を使っていますが、先には吾妻路連中の「夜鶴 姿 泡雪《よるのつるすがたのあわゆき》」かなんかで、やはり鳴物も極く地で行ったのでしょう。それにまた小団次は亡父〔八代目仁左衛門〕なぞと違って男前は悪かったのですから、江戸っ子のきざな奴で遣ったに違いないと思います。わたくしも最初の考えでは、極く地で行こうと思ったのですが、相手の都合やなにかでそう参りませんでした。そうしてわたくしの文里については、只の二枚目所でもない手強《てづよ》の所もある皮肉な役ですから、とかくの評もございましょうが、都の青々園さん〔本名、伊原敏郎。歌舞伎評論家・研究者、劇作家。『都新聞』記者〕は「文里は出るからその人らしく見えるが、原作とは場数や人物が少なくしてあるので徹底しないし、大勢を呼んで文里が暇乞いをする所で、舞台をシンとさして、それから一重が指を切りかけると、文里が大通《だいつう》の気焔を吐く、それが山になっているが、今度は指切りの前から文里が中っ腹《ちゅうっぱら》になっていて気焔を吐くので、狂言が上すべりがする」との評で、御尤《ごもっと》もには違いありませんが、正本の通りに演じているのですし、どんな心持ちで遣っているのだとおっしゃれれば、江戸で生まれたものが、江戸時代の芝居をしているのですと言うよりほか申し上げようもないのですから、江戸を知らない今の若い人達にはどんな風に感じられましょうか分からないのです。

（大正五年一月歌舞伎座所演『二筋道曲輪初夢』。『演芸画報』大正五年二月刊・「文里と慈悲蔵」より）

お嬢吉三　十五代目市村羽左衛門

あっしがこの役を初めて勤めたのは、明治三十四年東京座で〔六代目市村〕家橘時代、和尚が故〔二代目市川〕段四郎、お坊が〔七代目沢村〕訥子でした。それから歌舞伎座では今度で三度目ですが、初役の時から指折り数えると二十五年も立っていると思うと、お嬢でもあるまいというような気もしますが、そこが役者稼業、今後はお坊でも演《や》って見たいものです。

初役の時分わっしを奇麗は奇麗だが、あの欄間から覗《のぞ》くところが余り小娘の形に極《き》まり過ぎてうつりが悪いようだ――こういう拵《こしら》えは大川端で見せて、ここは髪も少しこわれ、着付もだらしないようにした方が天《てん》人染《にんじ》みて好《よ》くはないかと言ってくれた人があったと覚えています。

ところで今度の大川端の三人揃ったところが絵のようだといわれていますが、自分で自分は分かりません、果たして絵のようでありましょうか。絵のようといえば昔の錦絵のことで今日ではかき手もありませんが、写真でそうもみられましょう。

しかしお嬢というので、文金の高島田、橘《たちばな》の裾模様の黒縮緬《くろちりめん》の振袖、丸の中に封じ文《ぶみ》の紋赤地の帯という娘形《むすめがた》で、追い落としをするという奴ですから食えた代物ではありません。それゆえ言うまでもなく表面《うわべ》を優しく見せ、性根を図太く行こうというものなのですから、そういうところへ嵌《は》まるような心掛けで演っているわけで、書卸しの〔三代目岩井〕粂三郎《くめさぶろう》〔八代目岩井半四郎〕は女形《おやま》でいって作品の上から見て陰間でもあろうかといい、〔四代目沢村〕源之助は旅回りの女形《おやま》で演ったとやら、わっしとしたところで、本文《ほんもん》通り実の父は十三郎を拾って育った八百屋久兵衛、昔はよくある丈夫に育てるため、態《わざ》と女に仕立てたそれで、名もお七と呼んだのが、身持ちが悪く家出して旅役者になって女を粧《よそお》い悪いことをして世を渡っている奴なのです。

今日出ているところは昔と違って、いろいろと筋を食ってしまってあるから、見せ場はなんといっても大川端の三人の出会い、その前におとせから百両をすっかり女で行って巻き上げるべく財布はお嬢の手へ、二人争うそのはずみに、おとせを川へどんぶりこ、それを狙った金貸太郎右衛門が、その百両を奪いにかかるを、手早く腰の庚申丸を抜き取って突き放し、片足を杭《くい》に掛け、片手に庚申丸を閃《ひらめ》かし月を見上げ、お約束の黙阿弥一流の名台詞は鉄火になって「月も朧に白魚の篝《かがり》も霞む春の空、冷てえ風もほろ酔《え》いに、心持ちよくうかうかと、浮かれ鳥の只一羽、塒《ねぐら》へ帰る川端で、棹の雫か濡れ手で粟、思い掛けなく手に入《い》る百両」というと、「御厄払いましょう、厄落とし」と厄払いの声が聞こえるので気がつき「ほんに今夜は節分か、西の海より川の中、落ちた娘は厄落とし、豆沢山に一文の銭と違った金包み、こいつァ春から縁起が好《い》いわえ」は、すっかり自分自身としても好い心持ちになってしまいます。

それからお坊との遣《や》り取り、和尚の仲裁で、三人は互いに小柄《こづか》で腕を刺して庚申塚の土器《かわらけ》へ血汐を垂らして啜《すす》り交わし兄弟の義を結ぶのですが、元の名題は『三人吉三廓初買』で吉原の場があったのを除いたところから、更に『三人吉三巴白浪』と改題されたのは、どなたも御存じなわけです。

次にお嬢の出る幕は、前にも言った吉祥院の欄間から振袖姿でお坊に声を掛けるところ、ここも錦絵にあるところで、またここで三人の出会い、いろいろな事柄が解決してそれからが大詰の吹雪の中の火の見櫓、御覧の通り櫓へ上がって和尚を助けるべく太鼓を打ち、三人吉三が落ち合って捕手にかかられるというのですが、精々手っ取り早くけりをつけることにしています。

（大正十四年六月歌舞伎座所演『三人吉三巴白浪』。『演芸画報』大正十四年七月刊・「お嬢吉三」）

お坊吉三　初代中村吉右衛門

この役は〔九代目市川〕団十郎《ほりこしさん》が売出し時分に書き卸されたもので、役柄がすっかり嵌《は》まっていたそうです。さて私《わたし》として先年市村座で〔六代目尾上〕菊五郎《ろくだいめ》の和尚、故〔初代沢村〕宗之助のお嬢で勤めたのが初めてで、今度は〔二代目市川〕左団次《たかしまや》の和尚、〔十五代目市村〕羽左衛門《いちむら》のお嬢という、私《わたし》一枚が珍しい顔合わせなのです。

先ず演《す》るところとしては、お嬢がおとせから百両を奪って例の独白《ひとりせりふ》を済まして行こうとするのを、四ツ手駕籠の中ですっかり様子を見聞きして「若《も》し姐《ねえ》さん、一寸《ちよつと》待っておくんなせい」と呼び留《と》めて、五分月代《ごぶさかやき》に小豆色の着流し、吉《きち》の字菱《じびし》の紋付献上博多《はかた》の挟み帯小長い刀を落とし差《ざ》しは白《せりふ》でいう風で立ち現れますが、浪人安森の伜《せがれ》吉三郎、いずれ曰《いわく》付きの人間でしょう。

お竹蔵前でのお坊は、頭巾《ずきん》を被って鼠小紋の着付、落差《おとしざし》で、釜屋武兵衛が拾って来た例の百両を脅して奪うと、武兵衛の跡を追って来た土左衛門伝吉が陰で見ていて、その金を返せというも、お坊が肯《き》かないので、伝吉が昔の伝吉に立ち返って、首にかけていた法華《ほつけ》の数珠を取って切り、腕ずくで掛かるのを斬《き》り殺して引っ込みには大いに注意を払っているのです。

吉祥院でも三人の出会い、火の見櫓でも三人が捕手に取り囲まれるというのが結末なのですが、私《わたし》のお坊については、秀れたものと言って下すった方もあり、もう一段の凄味をと望まれる方もあり、二番目の中《うち》では伝吉殺しが一番面白いと褒めて下すった方もあり、悪侍《わるざむらい》で色気のある役として嵌まっているとおっしゃられた方もあって、いろいろと見て下さるのは有難いことです。

〔同前・「お坊吉三」〕

和尚吉三　　二代目市川左団次

これは書卸しに祖父〔四代目市川〕小団次が勤め、亡父〔初代市川〕左団次も勤めましたが、二人とも一度きりなのでした。

私《わたし》はお坊を一度、和尚は今度で三回目、祖父及び父の持ち役を襲っているわけですから、決しておろそかに勤めてはいられないわけなのです。

聞くところに拠ると、書卸しの時は見物が来なかったそうですが、それは嘉永時代で世の中が騒がしく、人心の落ち着いていなかったせいもありましょうか。それゆえ以来出ないで、大阪で一家《け》の〔初代市川〕右団治が、二度程演《や》ったのみです。

それから明治三十二年父が和尚を勤めて、〔初代市川〕権十郎《かわさきや》がお坊、〔四代目沢村〕源之助《たんぼ》がお嬢で、書卸しとはやや違った節《ふし》もあったとかですが、見た目が面白いというので大当たり、それで三人吉三が復活されたという事に帰着するのです。

それにしても第一は黙阿弥の研究熱が盛んになって来たというのも原因の一つであろうと思います。

今日出幕の三人吉三では、和尚が中心になっていますが、なんといっても大川端が一番見せ場でしょう。

しかし今日のようにこの狂言を生かしたのは、なんといっても父の時の源之助《たんぼ》と〔十五代目市村〕羽左衛門《いちむら》に与《あずか》って力ありといって差支えはないと思います。

錦絵で祖父のを見ますと、いが栗頭のもありますが、あの錦絵というものが事実そうか、どの点まで信用されましょうか、まア参考になるという訳です。

私《わたし》の知ってからは、一つ竈《べつつい》、鬘《かつら》、藍微塵《あいみじん》の黒襟付きの着付、献上の帯、紺の腹掛《はらがけ》に股引《ももひき》、革羽織に豆絞りの手拭い頬被《ほほかぶ》りという形でのらくら坊主の遊び人といった風俗《なり》で、大川端へそれと見て花道から駆けつけ、お嬢、お坊の白刃《しらは》を納めさして仲裁し、義兄弟になりますが、ここでの白に「根が吉祥院の味噌すりで、弁長といった小坊主さ、賽銭箱から段々と祠堂金《しどうきん》まで盗み出し、とうとう寺をだりむくり、鼠布子《ねずみぬのこ》もお仕着せの浅黄と変わり二三度はもっそう飯も食って来たが、非道な悪事をしねえゆえ、お上の御慈悲で命が助かり、こうしているが何より楽しみ、盗みの科《とが》で取らるるなら仕方もねえが、己《おの》が手に命を捨てるは悪い了見、子細は後で聞こうから不肖であろうがこの白刃預けて引いて下せえ」と二人に納得させるのです。

この芝居で百両の金の運びが面白く出来ているというのは、御覧の通り十三郎が忘れたその金を、おとせが持って出る、それをお嬢に奪《と》られ、仲裁した和尚の手にはいる。土左衛門の伝吉は十三郎のため百両の工面に苦心しているところへ、和尚が父伝吉を久し振りで訪ね、土産に百両置こうとするも、伝吉はいずれ不正の金であろうと目にも掛けず、和尚はまくり出され、後で父の困苦を立ち聞きして、そっと置いて行くと、伝吉はそれを見付けて腹を立て、門口へ来た武兵衛を和尚と間違えて叩きつけて戸を締めると、武兵衛はそれを拾って大喜びで去ります。

それからその金をお坊が奪って伝吉を殺す。それが和尚の親と知って百両返して死のうと決心する。お嬢が止めて、自分がその百両をおとせから奪ったために、和尚の親も非業な最期を遂げたと、深く感じます。

何しろこの百両を旨《うま》く使ったのは作者の腕前ですから、これだけの脚本をおろそかに取り扱っては、祖父、父にも済まないと思うにつけ、どこまでも自分としては懸命に御覧に入れてるのです。

（同前・「和尚吉三」）

たしか親父〔六代目尾上菊五郎〕の死ぬ前の年〔昭和二十三年〕でしたか、名古屋で一度お嬢をやったことがあります。その時は川端だけでしたが、ともかく、僕のお嬢は二度目ということになります。

大体このお嬢吉三という役の、黙阿弥が八代目の岩井半四郎に当てはめて書いたものと思われます。台辞《せりふ》の中にも「八百屋お七の名を借りて、振袖姿で稼ぐゆえ……」とあるように半四郎の当たり役だった八百屋お七に当て込んで、お嬢吉三という人物を作り出したことは明らかなのですから、女形のやる役と見てよいと思うのです。

市村のおじさん（先代〔十五代目〕羽左衛門）は、ああした明るい芸の方でしたのでこの役で女から男にキッパリ変わって大評判をとって居られました。それ以来、お嬢というと立役のやるものと思われて来たようですが、今も言ったように、そもそもは女形のために書き卸された役なのですから弁天小僧のように女から男へ変わるのがキッパリ行かなくてもかまわないのではないでしょうか。

お嬢吉三というのは、お坊吉三と同性愛になる人間です。その意味でも、どこか優しさを持って居なければならないでしょう。つまり、弁天小僧になってしまってはいけないと思うのです。

だから、例の大川端で「月も朧に……」の台辞にかかる前に杭《くい》に足をかける時も、真っ直ぐにのせて、それから内輪に見込むというやり方でやっています。ここは、最初おとせを落としてその財布を持って見込むというやり方もあって、初日にはそれでやってみたのですが、演出の久保田〔万太郎〕先生の御意見もあり自分の考えもあって、前に述べたやり方に直したわけです。

初めは出るはずだった二幕目が時間の関係で全部削られてしまったのは、演《や》る方として誠に残念です。何のことはない、最初と最後だけで中身抜きということになってしまったわけですが、あれでは御見物に筋が解らないでしょう。吉祥院が出ないと、八百屋お七の洒落も解らないし、土左衛門伝吉の件《くだり》が無いとおとせ十三郎の因果関係も解らないし、つまり芝居としての筋が全然通らなくなってしまうのです。今度の演《だ》し方だったら、まあ見た目本位の芝居というだけに止《とど》まるでしょう。

（昭和二十六年十月歌舞伎座所演『三人吉三巴白浪』。『劇評』昭和二十六年十月刊・「女形のお嬢吉三」より）

お坊吉三　九代目市川海老蔵（十一代目市川団十郎）

『三人吉三』は一昨年〔昭和二十六年〕歌舞伎座で、やはりこの顔ぶれで演《や》りましたが、あの時は時間の関係で序幕の大川端と大詰の火の見櫓だけしか出ませんでした。

今度は三十八年ぶりとかで文里一重の件《くだ》りを入れていますが、通し狂言としてはやはりこの方が筋ははっきりします。

「文里さんがどうのこうの――」というようなセリフでも、通して演ってみてはじめて意味が分かるというものです。ですから何の芝居でも筋はよく知っておかないと困ります。

他の場面にからんだセリフなど、何気なくしゃべっても、それが大事なときもあるということが分かりますね。

お坊吉三は歌舞伎座のときは、大川端では浅黄に白の吉三格子の着付でしたがこんどは古い錦絵にもある通り小豆色にしましたが三人並んだ色彩はどんなでしょうか、浅黄は後の場に着ることにしています。誠ちゃん（〔七代目尾上〕梅幸）のお嬢も、豊（〔二代目尾上〕松緑）の和尚も肥っているので、病気上がりの私だけが余計やせてみえるなんていわれていますが、そんなにやせましたか。

（昭和二十八年一月新橋演舞場所演『三人吉三巴白浪』。『劇評』昭和二十八年二月刊・「道節とお坊吉三」より）

和尚吉三　四代目河原崎権三郎（三代目河原崎権十郎）

和尚吉三もまた、私には思いがけない役です。私としてはお嬢、お坊の順に勉強させてもらえるものとばかり思っていたのに、いきなり和尚が回って来たので驚きました。素人芝居にもよく出、歌舞伎を知らない人でもこれだけは知っているというくらい有名な狂言ですから、演《や》る方でもうっかりしたことは出来ません。この特別のハンディキャップもあり、さすがのあの名セリフも、私などではいい気持ちで唄うなどとても出来ないことです。

それに、和尚といえば三人の中でも貫禄が必要ですが、お坊とお嬢とから兄弟になってくれと頼まれて、「ならねいでどうするものか」と言う時など、何だかくすぐったくて、その時の気持ちの悪さといったらありません。貫禄を出すなど、思いも寄らないことです。

（昭和三十年十月東横ホール所演『三人吉三巴白浪』。『幕間』昭和三十年十一月刊・「苦しみづくめ」より）

お嬢吉三　　二代目大川橋蔵

お嬢吉三は私の好きな役で、前々からやりたいと思っていました。〔七代目尾上〕梅幸兄さんがやっていられるのを、私はおとせに出て、見せて貰っているものですから、私も大体は憶《おぼ》えていたのです。ところが、拝見しているととても気持ちのよさそうな役なのに、いざ自分がやるとなると、とても難しい、大へんな役なので驚きました。

けれどももともと私の好きな役でもありますし、それだけに嬉しくもあり、また責任も感じて、緊張しつつも楽しくこの役をやらせて貰っています。

（同前・「三通りの女方役」より）

お嬢吉三　　十七代目中村勘三郎

初役です。やり方は大体において六代目〔尾上菊五郎〕式です。

一体、この芝居はこゝ一幕だけやるものではないと思います。ですから、演《や》っていても、何だか身にしみないんです。「人魂よりは金だまを」というセリフ、あの段取りは、原作とは違いますが、これは先の〔四代目沢村〕源之助さんからだと聞きました。しかし、このセリフで金をとり、「俺ア盗ッ人だ」という源之助さんのよさは未だにアリ〳〵と目に残っています。

足をかける棒杭《ぼうくい》が高すぎ細すぎはしないかッて……？　いや、いつもあんなものですよ。月はおぼろは刀を抜かずにやります。〔十五代目〕市村〔羽左衛門〕のおじさんは抜いていました。かどの見得は女方出の役なので、幾分二人の吉三より内輪にしていますし、セリフも立役式の「冷てえ風」でなく「冷たい風」、「塒《ねぐら》いけえる」を「塒に帰る」と言うようにしていますが、しかし、いゝ気持ちになると、ついベランメエになって、「冷てえ風」「塒にけえる」と言ってしまいます。

幕切れに、駕屋《かごや》をお尻に敷くのはやりません。

しかし、こういうツラネは、芝居好きならみんなが知っているので、却《かえ》って覚えにくいですね。

全体としては、要するに、弁天小僧にならないようにということを何よりも第一に気をつけなければならない役でしょう。

（昭和三十三年十二月歌舞伎座所演『三人吉三巴白浪』。『演劇界』昭和三十四年一月刊・「お嬢吉三」）

土左衛門伝吉　八代目市川中車

この前にこの歌舞伎座で演《し》たのとで二度目です。今度は西河岸の場だけで、特にいう程の事もありませんが、一つ近頃の他の人と違っているのは、鳶口《とびぐち》を持って出ることです。昔は大抵持って出たもののようですが、この頃は持たない人が多いようですけれど、私は初役の時から持って出るようにしました。これは、土左衛門を引き揚げる時に使うつもりなので、セリフにある「土左衛門を見付ける度に引き揚げて葬るので、仇名を土左衛門伝吉……云々」とあるのだからで、普段往来を歩くにも、いつもその用意をしている心なのです。そして、この鳶口は、め組の鳶などが持っている銅がねのついているような大げさなのでなく、手かぎ程度のものを使っています。こんなことはさして大切なことでもないかも知れませんが、役をするのに、気持ちの上で満足し、安心出来るというものです。

こゝの伝吉は、全然仏性だけでいゝかというと、それだけではいけますまい。やっぱり、一見元悪党だった暗いかげがこの場だけにしろあった方がいゝと思います。言って見れば第一印象というわけで、それも、科《しぐ》さや表情などの技巧によってでなく、髪の結い方、顔の疵《きず》、それからどこかに粋なところがある、と言ったような点で、唯《ただ》の爺《じじ》いではないと思わせるものが必要なんですね。

「念仏は謗法《ほうぼう》だった」と原作にあるのを「念仏は宗旨違えだった」と言うのは、台本にそうあるからで、これは近年の台本はみんなそうなっていますね。意味は違って来ますが、分かり易くて、これでいゝのではないでしょうか。

この西河岸はいつも道具がチャチになりがちなので、それが気になります。ここを平舞台にする事もよくありますが、その方が、後の多田薬師の芝居が前向きなのとつかず、気が変わっていゝかも知れません。尤《もっと》も、よくある一杯道具ですますやり方なら、全部が前向きでも構わないわけですけれど。……

父（先代〔二代目市川〕段四郎）の伝吉は、お竹蔵のお坊との立回りに制札を使っていました。つまり、数珠を切ってから、そこに立ててある制札を抜き、上の方を叩きのけて棒にして使うのです。原作には割下水の家を出る時、心張《しんば》り棒を持って追いかけるとあるのですが、初めから得物を持って出るより、その場で得物を拵《こしら》える方が仏性になった伝吉には適した演出ではないかと思うのです。今の〔三代目市川〕左団次さんに、どうしていられますと訊《き》いたら、左団次さんは、やっぱり原作通り、だと言っていられました。

（同前・「土左衛門伝吉」）

十三郎　六代目尾上菊蔵

初役ですが、前に、黙阿弥物をアレンジしたシリーズ物として放送した時、一度勤めた事はあります。〔三代目市川〕左団次さんに教えを乞おうと思っていたところ、左団次さんは、この役は教え様がない。自分でやれ、お前もふだんから見ていればこの種のものもやれるだろうと言われたので、まァ、今まで見たこの手の役をいろ〳〵と総合してやっています。

序幕は先ずやりいゝと思います。後の方が難しいですね。うたわなくてはならずと言ってそれにこだわれば腹が薄くなる、この両方を平行させるのが難しいんです。これは他の役で、いつか左団次さんが仰有《おっしゃ》った事ですが、うたうだけで腹がなければ、声色になってしまうと言うわけで、その点が厄介ですね。

死ぬ時の悲痛な感じなど、テープに入れてあとで聞いて見ると、気が入るとうたになっていないんです。

おとせと同い年にならなければならないのも苦しいんです。何しろ、おとせの〔四代目沢村〕由次郎さんより私は十歳も年上なんですものね。襦袢《じゅばん》のブチ見たいなのは犬を狙っているので、これと動きで這《は》うような形が一箇所ある、このこつが趣向なんだそうです。この襦袢は私のは黒ですから模様めいていますけれど、本当は立回りの間に土や泥でよごれてそうなったという心なので、由次郎さんの方の色だと、それにそっているわけです。まァ、昔の方がむしろ写実だったんですね。

今度は墓場の方へ替わるのを回さずに暗転にしていますが、これは重い〔四代目坂東〕鶴之助〔五代目中村富十郎〕さんが欄間に乗っているので、回して大道具が倒れるといけないからなんです。ですから、元へ返る時には回します。で、回る時だと、ツケだけで立ち回りながら回り、回り切ると下座が入るのが、今度はそう出来ないので長々とやっているように見えるのでしょう。こしらえは、顔を余り白くしすぎないようにと言われ、そうしています。衣裳は、前はお店者ですから木綿の感じ、あとは借り物だから少し上等の物を着ています。

しかし、この役、やっていても、お芝居としてよくこゝまで書けていると感心します。こういう因果物というのは、していても面白いと思います。

（昭和三十四年二月東横ホール所演『三人吉三巴白浪』。『演劇界』昭和三十四年三月刊・「十三郎」）

〔編著者注〕　芸談の配列は年代順。その抜粋・引用に際しては、漢字表記、仮名遣い、振り仮名などを一部改めた。なお、文中の〔　〕内は編著者の補記である。

解説

三人吉三廓初買

〔通称・別名題〕　通称『三人吉三《さんにんきちさ》』。別名題『三人吉三巴白浪《ともえのしらなみ》』。

〔初演年月日・初演座〕　安政七年（万延元年。一八六〇）正月十四日、江戸市村座で初演。

〔作者〕　河竹新七（二代目。後の黙阿弥）。

〔初演の主な配役〕　和尚吉三・木屋文里二役（四代目市川小団次）、八百屋お七、実はお嬢吉三・丁子屋の一重二役（三代目岩井粂三郎、後の八代目岩井半四郎）、お坊吉三（初代河原崎権十郎、後の九代目市川団十郎）、土左衛門伝吉・丁子屋亭主長兵衛二役（三代目関三十郎）、木屋手代十三郎（十三代目市村羽左衛門、後の五代目尾上菊五郎）、丁子屋の吉野・伝吉娘おとせ二役（初代中村歌女之亟）、丁子屋の九重・文里女房おしづ二役（初代吾妻市之亟）、若党弥作・釜屋武兵衛二役（市川白猿、後の七代目市川海老蔵）、海老名軍蔵・八百屋久兵衛二役（二代目市川米十郎）、研師与九兵衛（松本国五郎）、丁子屋の花巻（初代嵐吉六）、鷺ノ首太郎右衛門（初代坂東村右衛門）など。

〔題材・実説〕　三人吉三の筋と文里一重の筋が交互に展開するテレコの手法によるが、後者は、梅暮里谷峨作洒落本『傾城買二筋道』（寛政十年刊、一七九八）、『二筋道後篇廓の癖』（同十一年刊）、『二筋道三篇宵の程』（同十二年刊）による。とは言え全く同じ筋と言うのではなく、例えば、一重は病気回復の後、めでたく妻妾同居との結末で、作者の谷峨も登場する。

〔先行または影響作品〕　曾我物の枠に八百屋お七の世界を持ち込み、『網模様灯籠菊桐《あみもようとうろのきくきり》』の拾遺として仕組んだ作（一二頁。以下、自ら作劇法に関わるので適宜本文を参照）。初春狂言の決まりとして曾我の世界と定め、しかも一番目大詰（本書未収録）に対面の場を設けるとの約束に本作も従うが、朝比奈の取持ちによる工藤祐経と曾我兄弟との対面という本格的なものではない。閻魔、地蔵、朝比奈による綟《もじ》りの上に総ては和尚吉三の見た夢と、曾我物の影は至って薄いように見えるが、決してそうではない。曾我物に付き物の、紛失した刀の詮議、金銭の欠乏による辛苦、仇討ちの達成が、本作の骨格を成しているのである。夢にしても、歌舞伎十八番の『矢の根』が、五郎の夢に十郎が顕れ急難を告げるように、曾我物と縁があり、語りの真《しん》に「吉例曾我初夢」と据え、その上に初夢に見ると縁起が良いとされる一富士二鷹三茄子に因む文言を記し正月気分を高める。一富士は、建久四年（一一九三）五月二十八日に本懐を遂げた三国一の富士の裾野を表すとともに、『吉原細見』では遊女の位付けに冠する山形を、二鷹は愛鷹山と街娼である夜鷹を、茄子は朝比奈の著名な科白「忝け茄子の鴫焼きだもさ」と八百屋お七を示し、「姉妹」「同胞」「兄弟」とキョウダイと読む三語を配し、数字の三と曾我物に欠かせないキョウダイの関係にある人々を巡って展開する作であることを、告げている。加えて文字に示さずとも、役者の動きで曾我物であることを示す場面もある。序幕大川端庚申塚の場で（四四頁）、お坊吉三とお嬢吉三が争うところへ和尚吉三が止めに入る際、和尚が立ち左右の二人が屈むのは、四代目鶴屋南北作『浮世柄比翼稲妻』（文政六年三月、市村座初演。一八二三）の、留め女が屈むのと好対象をなしている。一方、黙阿弥が先行作を整理して対面の言わば定本とした『寿曾我対面』（明治十八年正月、千歳座初演）の絵面の見得では、兄弟と朝比奈は五郎を中央にして富士を形作り、工藤祐経は鶴の見立てとなる。三人の吉三が邂逅の際、座頭役の和尚吉三を真ん中にして、富士に見立てるのは、曾我の枠組にあることを形で見せる趣向で、「名におう富士云々」(四四頁)は念押しである。

八百屋お七物の浄瑠璃『潤色江戸紫』(為永太郎兵衛他合作。延享元年四月、大坂豊竹座初演。一七四四)の猿若芝居の段に、お七吉三が『矢の根』を見物するという劇中劇の趣向があるが、歌舞伎で曾我とお七物の結び付くのは、元文三年(一七三八)正月、中村座初演『宝曾我女護島台』初め数多く作られている。兄弟の命日を毎年川開きとし、花火を揚げて鎮魂とした江戸の人々にとって、曾我と、江戸に生まれ江戸で死んだお七の取り合わせは、心躍りのする企画であるに相違ない。

では先行作との関係はどうであったのか、曾我物でもある福森久助作『其往昔恋江戸染《そのむかしこいのえどぞめ》』(文化六年三月、森田座初演。一八〇九)を例に取り上げよう。登場人物で共通するのは、土左衛門伝吉、釜屋武兵衛、海老名軍蔵、長沼六郎など、逆に『其往昔恋江戸染』に登場し本作に登場しないのは仁田四郎忠常、五尺染五郎、お七の母など。お七、実はお嬢吉三とは言うものの現し身の、お七・吉三郎の登場しない本作に比して、『其往昔恋江戸染』では、それぞれの人格を備えている。趣向の類似では、吉祥院(吉祥寺)の欄間の天女の彫り物とお七が入れ換わる(二六〇頁)、おしづ(吉三郎)が門付けで相の山節を唄う(二〇九頁)、お嬢吉三(お七)が櫓の太鼓を打って木戸を開ける(二九二頁)などの点を挙げ得るのに対し、三河守範頼公が吉祥寺の彫り物の天人に似る、お七を奉公に出せと命じたのが発端となるなど異なる点も多い。このように類似と異同の両面を持つ数多くのお七物の積み重ねの上に成り立つのが本作で、独創を是とする近代作家とは異なり、黙阿弥は伝承に拠りながら新味を盛る説話作家なのである。右に触れた天人お七の趣向は早く、延享四年(一七四七)正月、森田座初演『江戸紫根元曾我』に見られる。『其往昔恋江戸染』と同じく文化六年刊行、山東京伝作の合巻『松梅竹取談《まつとうめたけとりものがたり》』にも取り込まれているが、興味をそそられるのは口絵の一図（四丁オモテ）である。即ち、お七の兄、笄《かんざし》の甚五郎が自らの左腕に庖丁を当てて斬り、滴る血潮を、お雛（保森家相続人）が大盃に受け、髭題目からの光明はその盃にまで差し、猿が題目の彼方に向かって合掌する。恐らく大川端庚申塚の場に示唆を与えたのではあるまいか。更に右の作には、お雛の父など三人の魂が三猿（見猿、聞か猿、言わ猿）となり、お雛がその石像を建立したので庚申が原と呼ぶとの地名起源に筆が及ぶ。庚申信仰で現在最も知られるのは柴又（葛飾区）の帝釈天、つまり日蓮宗題経寺であるが、お七は法華信者というのが約束で、土左衛門伝吉を堅法華に描くのも、ここに起因する。三猿を彫った塔などを庚申の年に築くのが庚申塚で、語りの帯の庚と猿に関連し、安政七年の干支を効かせる。その庚申は、その夜に懐妊した子や、誕生した子は盗人になるとの言い伝えにより、盗賊と結び付く語で、黙阿弥作では『鼠小《ねずみこ》紋東君《もんはるの》新形《しんがた》』（安政四年正月、市村座初演。一八五七）の稲葉幸蔵（鼠小僧に該当）が庚申の夜の出生。庚申塚での結盟は、いかにも三人吉三にふさわしい。また庚申の年は女人にも富士詣でを許される年で、この年は開闢以来三十七度目に当たり、四月朔日より八月晦日まで諸国よりの参詣が夥しかった。女人の富士詣りから天の羽衣に連想が及ぶのは極く自然で、お嬢吉三の造型には、富士にも登れる力強い女人との印象が預かっていはしまいか。お嬢吉三と言えば、女装で強請《ゆす》りを働く弁天小僧を想起するが、その『青砥稿花紅彩画』は文久二年（一八六二）三月、市村座初演で本作の二年後。弁天小僧は式亭三馬作合巻『坂東太郎強盗譚』（文政七、八年刊。一八二四、五）などに依るとされているが、この作には同い年の幼な馴染みが再会の後、心を合わせて盗賊（次郎が女装）を働くとの展開が見られる。次郎と三郎が互いに殺し合うなど本作と悉皆同じというのではないが、無関係とは言い得まい。また帯の小猿拾遺とは、小猿七之助を主人公とする、松林伯円の講談『怪談天の網打』（三友舎、明治二十四年刊）による黙阿弥作『網模様灯籠菊桐』（安政四年七月、市村座初演。一八五七）の拾遺の意。お七物の一で、お坊吉三、お杉などは本作と共通するが、そのお坊吉三は『怪談天の網打』の登場人物でもある。小団次が和尚吉三と文里、粂三郎がお嬢吉三と一重というように、三人吉三の筋と文里一重の筋の双方に別人として登場するのに対して、お坊吉三の権十郎は同一人物として二つの筋に出るのは、お坊吉三の実家、安森家から伝吉が庚申丸を盗んだのが、悪因縁の始まりであることと関連しよう。なお干支に因む申（猿）と一対をなすのは犬で、伝吉が吠える孕み犬を斬ったのが、おとせ・十三郎の畜生道に堕ちる禍源をなし、曾我の世界では頼朝に願って五郎を殺させるのは犬坊丸（工藤祐経の子）で兄弟の宿敵、つまり犬猿の仲である。

このように書き綴って行くと、黙阿弥の思考回路は支離滅裂かとの誤解を与えるやも知れないが、そうではない。恐らく真っ先に脳裏に浮かんだのは、「庚申の年の初春狂言」であろう。曾我―富士―女人登山―天の羽衣―天人お七―吉三と言った風な連想が瞬時に起こり、貸本乱読の成果による雑知識、七代目市川団十郎を感心させ、出世の糸口となった比類ない強記、人情風俗に対する犀利な洞察力、雑俳や口上茶番、三題咄で磨きをかけた機転頓才が、たちまちに喚起され、浮かび上がった種々の趣向を世界の枠に納め、手際よい段取りをつけて巧緻な寄木細工を作り上げたのである。

最後に同名の三人が出会う趣向について触れたい。歌舞伎では三人茂右衛門を角書とする『当世八文字』（享和元年八月、大坂大西の芝居初演）、二代目三遊亭円生（文久二年八月十二日没、一八六二）初演の芝居咄『雨夜の引窓』は三人与兵衛で、黙阿弥と親交のあった三遊亭円朝に伝わり（速記本は明治二十三年、三遊社刊）、講談には『三甚内』『三人権三』などの読み物があるが成立時の手懸かりを得られない。因みに、芭蕉の「三人七郎兵衛懐紙」は同名の三人が落ち合った偶然に驚いて綴った一文で、吉三の出会いも起こり得ないことではあるまい。なお吉三郎には、お七に殉ずる寺小姓として知られる一方、講釈師の馬場文耕『近世江都著聞集』（宝暦七年序写、一七五七）には、小悪党の嫌われ者との記述がある。

因みに影響作には例えば、元禄の江戸に時代設定し赤穂浪士と絡ませる、鈴木輝一郎原作『三人吉三東青春《えどのあかつき》』（平成十五年十一月、明治座初演）などがある。

〔鑑賞〕現在多く行われているのは、大川端庚申塚の場のみか、三人吉三の筋を簡略にして通すかのいずれかであり、二つの筋をテレコで見せた初演とは印象を異にする。たとえば、四幕目（根岸丁子屋別荘の場）で、一重は人々に見守られて座敷で病死し、後には血を引く梅吉を残す。一方、大切（本郷火之見櫓の場）において三人は路上で自殺（差し違えたにせよ）をし、誰にも見守られず（逆に死骸は衆人の好奇の視線にさらされる）、子孫は残さない。同じ雪中の死だけにテレコの効果により、双々映発して強い印象を残す。

黙阿弥が元来、意図したのは義を結んだ三人の男が因果を断ち切った奇譚を、舞台上に展開することにあったと思われる。桃園結義（四八頁）の条を、『通俗三国志演義』（元禄二―五年刊、一六八九―九二）より引こう（『通俗二十一史』、早稲田大学出版部、明治四十四年刊。平仮名を片仮名に改めた）。

誓テ曰、イマ此三人姓氏異ナリト云ヘドモ、結ンデ兄弟トナリ、心ヲ合セ力ヲ協セテ、漢室ヲ扶ケ、上ハ国家ニ報ジ、下ハ万民ヲ救フベシ、同年同月同日ニ生ルルコトヲ望マズ、願ハクハ同年同月同日ニ死ナン、

劉備玄徳、関羽、張飛のように姓名を異にし、後には別々に死ぬことになる三人に比して、吉三は名も同じ、

同所同時に死ぬのであるから、本家の三人より結義の程は堅く、国家などとは一切無縁なだけに小悪党なりの正義は鮮明となる。文里と一重・おしづ、おとせ・十三郎などの恋情を描くのも、総ては男同士の結義の程を際立たせるために設けた筋と言えよう。なお、お嬢吉三とお坊吉三が同性愛の関係にあるとの解釈も行われているが、黙阿弥の意図には添うまい。とは言え、そのような解釈による上演も無意味ではない。種々の試みが本作に新たな生命を吹き込むに違いなく、それぞれの『三人吉三』を楽しめばよいのではあるまいか。ヤナギハラ（柳原）、キッショウイン（吉祥院）と言った発音を耳にするにつけ、歌舞伎は時代を写す鏡との思いがする。

次に因果は、すべては原因があって結果が生ずるとの仏教の根本原理で、因果の理を黙阿弥は堅く信じていた。この因果を題材とするのが因果物語で、周知ながら坪内逍遙「黙阿弥作『網模様灯籠菊桐』」（『文芸と教育』、春陽堂、明治三十五年刊。引用は『逍遙選集』十、春陽堂、昭和二年刊）を左に抄したい。

彼の「三人吉三」は不評不入りなりしにも係らず、作者黙阿弥は其いまは迄も私かに最愛児となし、其謙遜なる口頭にも間々ほのかに誇るが如き気味ありしは、畢竟最も苦心して作りし作なればならん。『三人吉三』は黙阿弥が作中にて所謂因果ばなしとしては最も複雑を極め、また最も巧緻を尽したるもの也。所謂因果とは徳川期の小説、脚本に具通せる一種の観念にて、其源は小乗仏教に所謂三世因果の説に出でたり。（略）例へば、前世の業因が後の世に応報して罪無き子孫が無慚なる死を遂ぐるが如き、更に例を挙げていへば、親の為しゝ悪業が罪無き其子らに報いて不思議の災難を蒙むるが如き、若しくは先きの世の業尽きずして再び現世に生れいで、殆ど前世同様の苦患を経験するが如き、又は怨霊の祟りにて当の悪人のみか罪なき其妻子までが非業の最期を遂ぐるが如き、其筋立及び主動者の種類は様々なれど、一種超自然の因果ありて此人間界を支配すといふ観念を基本となし、専ら之れに因りて筋を立つるもの、之を総名して因果物語風といふも不可なかるべし。

自らが犬を斬ったのが因となり、畜生道という果を招いた事実を知って諦観する土左衛門伝吉に対して、その子の和尚吉三は、おとせ・十三郎の命を奪って因果を断ち、差し違えて三人互いの因果を断つ際にも、全ての責任を一身に負うかのように真ん中に立つのは、いかにも座頭の役で、大川端庚申塚の場と響き合って大団円を告げる。

本作において因果を強く印象づけられるのは、金百両と庚申丸が、因果の糸を紡ぐかのように移動して行くためであるが、通しと称しても、現在多く行われている上演法では判然としない場合が多いように思える。因果を断ち切るという、いかにも重い主題によって生じる観客の緊張をほぐすのが、脇役の生き生きとした働きであり、視覚や聴覚を快く刺激する美しさである。お嬢吉三を例にとれば、月の大川端で白刃を振るい、雪の火の見櫓で太鼓を打ち、七五調の厄払いめく科白で初春の縁起を喜び、粋な清元と重厚な竹本の掛け合いで激しく立ち回る――黙阿弥が間々自負したのも当然ではないか。

〔衣裳と鬘〕　ここで主要な役の衣裳（『歌舞伎衣裳附帳』により、昭和四十七年一月、国立劇場上演時のを示す）と鬘（『鬘付帳』により、昭和七年二月、東京劇場上演時のを示す）を幕の進行に従い、紹介しておく。

序幕　両国橋西河岸の場

○十三郎――（衣裳）納戸色縮緬縞花色裾着付。黒博多一本独鈷男帯。黒羽二重衿勝色縮緬袖襦袢。白縮緬下り。真田紐紺木綿前掛。（鬘）袋付二つ折風。
○伝吉――（衣裳）茶弁慶格子千草裾着付。玉子色半纏。八端三尺。黒綿八丈衿絞袖襦袢。麻の葉腹巻。千草木綿長股引。麻の葉亀の子腹掛。（鬘）袋付半々の胡麻の髷（右の鬢に疵あり）。
○おとせ――（衣裳）黒繻子衿付き藤紫縮緬縦長格子納戸色五分裾着付。藤色縮緬と流水紅葉昼夜帯。紫縮緬衿友禅袖襦袢。白縮緬湯具《ゆぐ》。白縮緬裾除。白縮緬帯揚。白踏込み。（鬘）丸髷潰《たぼ》し、藤紫のざんざら。黒蒔絵の櫛。
○お嬢吉三――（衣裳）黒縮緬檜梅裾模様赤裾付《つけ》付き振袖着付。朱地織物振帯。赤縮緬衿振袖襦袢。赤縮緬湯具。赤縮緬裾除。玉子色縮緬扱《しごき》。赤踏込み。赤縮緬丸絎。（鬘）丸髷結綿、前髪赤のスガ糸緋鹿の子、白滝を輪にして掛ける。稲妻の丈長、摘《つま》みくす玉朱房の簪。

大川端庚申塚の場

○お坊吉三――（衣裳）小豆色縮緬花色裾着付。鼠博多献上男帯。黒羽二重衿浅葱縮緬袖襦袢。白羽二重下り。（鬘）袋付熊の葺毛《ふきげ》御家人髷。
○和尚吉三――（衣裳）薄鼠紬松緑格子千草裾着付（二代目尾上松緑が扮した）。革羽織。茶博多献上男帯。黒羽二重衿絞袖襦袢。紺木綿腹掛。紺木綿股引。（鬘）すっぽり絢い交ぜの一つ竈《べっつい》。

二幕目　割下水伝吉内の場

○おはぜ――（衣裳）黒繻子衿付き中縞花色裾下馬付き着付。黒繻子衿付き縮緬中縞半纏。引掛け帯。縮緬切継扱。白縮緬湯具。
○おてふ――（衣裳）黒繻子衿付き銘仙中縞花色裾着付。黒繻子衿付き縮緬縞半纏。引掛け帯。縮緬切継扱。赤縮緬湯具。
○おいぼ――（衣裳）黒木綿衿付き銘仙縞花色裾着付。黒木綿衿付き縮緬薬玉染半纏。引掛け帯。藤色縮緬衿玉糊袖襦袢。
○権次――（衣裳）松阪小縞花色木綿裾着付。紺白木三尺。紺木綿腹掛。千草木綿長股引。
○伝吉――（衣裳）白木綿褌。他は（鬘）ともに序幕に同じ。
○久兵衛――（衣裳）松阪花色木綿裾着付。松阪羽織。小倉帯。黒綿八丈衿鼠袖襦袢。千草木綿長股引。（鬘）袋付白勝胡麻の髷。
○おとせ――（鬘）に、つげの櫛の他は、序幕に同じ。
○十三郎――（衣裳）前掛なし。他は（鬘）も合わせて序幕に同じ。
○和尚吉三――（衣裳）結城紬小縞千草裾着付。結城紬羽織。紺博多献上男帯。黒羽二重衿紋袖襦袢。紺木綿腹掛。紺木綿股引。（鬘）序幕に同じ。
○釜屋武兵衛――（衣裳）御召小縞花色裾小紋付付き着付。御召縞羽織。茶博多献上帯。黒羽二重衿紺縮緬袖襦袢。紫紺羽二重パッチ。鼠縮緬衿巻。（鬘）中角袋付の髷。

（お竹蔵の場）

○お坊吉三――（衣裳）納戸色縮緬吉菱花色裾着付。納戸色博多献上男帯。黒羽二重衿浅葱縮緬袖襦袢。黒宗十郎頭巾。白羽二重下り。（鬘）序幕に同じ。

五幕目　巣鴨在吉祥院の場

○和尚吉三――（衣裳）鼠紬共裾着付。鼠紬帯。鼠紬衿覆輪付き平紬半纏。鼠紬衿袖丸襦袢。鼠紬下り。（鬘）墨吹きの丸坊主（または毬栗）。

○お坊吉三――（衣裳）黒羽二重花色裾着付。白博多献上男帯。黒羽二重衿浅葱縮緬袖丸襦袢。（鬘）袋付短目の逆熊、御家人髷（刷毛先少し曲がる）。

○長沼六郎（国立劇場では役名を柴田信十郎と改めた）――（衣裳）栗梅羽二重勝色上付付き半着付。革色羽二重割羽織。革色繻珍野袴。染博多献上男帯。勝色羽二重衿袖襦袢。鼠羽二重小紋紐付、手筒。（鬘）袋付侍髷。鉢巻。

○源次坊――（衣裳）鼠木綿共裾着付。鼠木綿衿袖襦袢。鼠紬下り。（鬘）墨吹きの丸坊主。

○お嬢吉三――（衣裳）黒繻子衿付き紫縮緬破れ麻の葉。折鶴中形赤縮緬裾赤付付き振袖着付。赤縮緬衿振袖丸襦袢。赤縮緬裾除。赤縮緬湯具。赤縮緬丸絎。赤踏込み。（鬘）丸髷がったり心の結綿（緋鹿の子少し解ける）。摘み渦巻橘、紫ぼかし房の簪（これは昭和七年二月、東京劇場で、十五代目市村羽左衛門が扮した際。昭和四十七年一月、国立劇場での尾上梅幸は、つまみの櫛、同玉簪朱房付）。前髪赤のスガ糸をかける。

○十三郎――（衣裳）紫紺縮緬縞花色裾着付。納戸色博多一本独鈷男帯。黒羽二重衿白縮緬黒犬暈袖丸襦袢（右肩血糊）。白縮緬下り。（鬘）序幕と同じ（殺し、がったり）。

○おとせ――（衣裳）黒繻子衿付き紺銘仙中縞花色裾着付。納戸色中形半幅帯。藤色縮緬衿白縮緬茶犬暈袖丸襦袢（左肩血糊）。白縮緬裾除。白縮緬湯具。浅葱縮緬帯揚。白踏込み。（鬘）二幕目に同じ（殺し、がったり）。

大切　本郷火之見櫓の場

○木戸番――（衣裳）松阪花色木綿裾着付。松阪袖無し。小倉男帯。黒綿八丈衿鼠袖襦袢。千草木綿長股引（膝当）、鼠耄碌頭巾。（鬘）袋付角丸ぼっと付の髷。

○捕手――（衣裳）黒木綿紫裏四天。白博多献上割帯。紺木綿紐付、手筒、胸当。紫木綿上締。白木綿襷、鉢巻。（鬘）袋付前茶筅。元結、茶筅紙。

○お坊吉三――（衣裳）は五幕目と同じ。（鬘）は五幕目より乱れる。

○お嬢吉三――（衣裳）黒繻子衿付き段鹿の子絞赤縮緬付き振袖着付。赤縮緬板締め浅葱筋入り振帯。赤縮緬衿枝梅板締め振袖丸襦袢。赤縮緬裾除。赤縮緬湯具。赤縮緬丸絎。赤踏込み。（鬘）丸髷がったりの結綿。

○和尚吉三――（衣裳・鬘）は五幕目に同じ。

〔底本〕　生前最後の刊行になる、『狂言百種』第七号による。明治二十五年十二月十五日出版。東京市日本橋区通四丁目五番地、春陽堂刊。菊判切付表紙、口絵一葉、木版画工名なし。本文百五十一頁、一頁十五行、一行三十七字が基準。総振り仮名（本書の振り仮名は原則として底本に準拠した）、句読点なし。日記（河竹繁俊『黙阿弥の手紙日記報条など』、演劇出版社、昭和四十一年刊）によると、明治二十五年十月二日に「七号三人吉三と極める、五号よく売れし由」、五号は『勧善懲悪孝子誉』。六日「太田筆耕料取りに来る」の編者注に、「『狂言百種』の原稿を書く為めや、正本の清書を依頼してあった人のこと」。七日「春陽堂より原稿紙三百枚来る」。十一月十三日「秀英舎へ三幕目原稿郵送なす」、秀英舎は印刷所。この日記は十二月三十一日で終わっているが、抄録部分に出来《しゅったい》に関する記述はない。

読売本（明治二十一年二月二十六日より、同年五月十七日まで四十二回連載。『新潮日本古典集成』の底本）と合わせて生前、再度活字化された唯一の作品となったのは、在りし日において、遂に江戸と東京を合わせて、大歌舞伎では再演を見なかったことと関連しよう。出来映えを自負していた本作の正当な評価を後世に期待したとおぼしい。なお、読売本の地名が鎌倉、役者名で書かれているのに対し、この『狂言百種』本は、地名は江戸、役名とする外、異同があり、読売本の誤植を訂し得る便がある。なお「お竹蔵の場」（二一九頁注七・一七三頁注八）は、河竹繁俊『歌舞伎名作集』下（講談社、昭和十一年刊）に拠り、合巻『三人吉三廓の初買』全三編（安政七年刊）は東京大学総合図書館本によったが、同書については近世文学読書会『東京大学所蔵草雙紙目録』四（青裳堂、平成十三年刊）に詳しい。

〔参考文献〕秋永一枝『東京弁辞典』（東京堂出版、二〇〇四年刊）、同「黙阿弥の意図したことば」（『国文学研究』一四〇、平成十五年六月刊）、石橋健一郎『歌舞伎見どころ聞きどころ』（淡交社、一九九三年刊）、井上啓治「馬琴への対抗と黙阿弥への影響」（『近世文芸』四六、昭和六十二年六月刊）、今岡謙太郎「『網模様灯籠菊桐』の独自性」（『歌舞伎』二九、二〇〇二年六月刊）、同「『三人吉三廓初買』考」（『同』三三、二〇〇四年八月刊）、大村雄之助『かつら』三（文化振興会、昭和四十九年刊）、越智治雄『近代文学の誕生』（講談社、昭和五十年刊）、加賀山直三『歌舞伎』（雄山閣、昭和四十三年序刊）、河竹繁俊『黙阿弥の手紙日記報条など』（演劇出版社、昭和四十一年刊）、国立劇場『上演資料集』（一四八、昭和五十三年刊。二二七、平成十三年刊）、佐谷真木人「生命と貨幣」（『歌舞伎』一五、一九九五年六月刊）、清水正男「『八百屋於七伝松梅竹取談』の天人お七」（『文学研究』八六、平成十年四月刊）、同「『八百屋於七伝松梅竹取談』の笄之甚五郎」（『同』八七、同十一年四月刊）、同「『八百屋於七伝松梅竹取談』の口絵をめぐって」（『同』八八、同十二年四月刊）、松竹衣裳『歌舞伎衣裳附帳』（松竹衣裳、平成三年刊）、土田牧子「河竹黙阿弥の白浪狂言における音楽演出」（『歌舞伎』三七、二〇〇六年七月刊）、延広真治「咄における継承と創造」（『比較文学研究』七〇、一九九七年八月刊）、福永酔剣『日本刀大百科事典』（雄山閣、平成五年刊）、藤浪与兵衛『小道具・藤浪与兵衛』（演劇出版社、昭和二十九年刊）、松田青風『鬘付帳』（国立劇場、昭和五十五年刊）、望月太意之助『歌舞伎下座音楽』（演劇出版社、昭和五十年刊）、横道万里雄・石橋健一郎「陰囃子総合付帳私案（三）」（『楽劇学』八、二〇〇一年三月刊）、梁嫣娴「『諸葛孔明鼎軍談』における『三国志演義』の受容とその変容」（『比較文学研究』八三、二〇〇四年三月刊）。

右の中で敢えて省いたのは、今尾哲也『三人吉三廓初買』（『新潮日本古典集成』六五、新潮社、昭和五十九年七月十日刊）です。私にとって参考文献として一括し得る書物ではないのです。とにもかくにも今日を迎え得ましたのは、北極星と仰いで参りました、同書の並々ならぬ学恩の賜物です。しかし、かくも遅くなりましたのも——再校の際の朱が日射しに曝され消えかかっています——同書の存在の所為です。と申しますのは、かくも見事に達成された成果が存在するのに、なぜ新たに刊行する必要があるのだろうかという疑問にこの二十余年、囚われて来たからです。勿論、安易にお引き受けしました罪は私にあります。少し進むと厭気がさして休筆、督促を受けては少し進むという繰り返しでした。かくて最終配本となりました。多年にわたりますため、どの文献によって得た知識か分明にし難く、失念致しております場合もありましょう、御指摘たまわりながら忘却致しておりますこともございましょう、御容赦下さい。また御示教を得ましたり資料収集等にお力添え賜りました、秋永一枝、浅川征一郎、倉田喜弘、小林匡子、小林ふみ子、新谷松雄、田辺孝治、土田衛、中村哲郎、矢内賢二の各氏に深謝致します。

編著者略歴
延広真治（のぶひろ　しんじ）
一九三九年生
東京大学文学部卒
江戸文学専攻
帝京大学教授
主要著書
「落語はいかにして形成されたか」
「落語怪談咄集」
（新日本古典文学大系 明治編六）

三人吉三廓初買　歌舞伎オン・ステージ14

二〇〇八年二月一〇日　印刷
二〇〇八年三月　一日　発行

編著者　©延広真治
装丁者　平野甲賀
発行者　川村雅之
発行所　株式会社　白水社
東京都千代田区神田小川町三―二四
電話　営業部(〇三)三二九一―七八一一
　　　編集部(〇三)三二九一―七八二一
振替〇〇一九〇―五―三三二二八
郵便番号一〇一―〇〇五二
http://www.hakusuisha.co.jp
乱丁・落丁本は、送料小社負担にてお取り替えいたします。

印刷　三秀舎・東京美術
製本　加瀬製本

Printed in Japan　ISBN978-4-560-03284-8

台本用語集　あ〜つ

合(相)方《あいかた》　三味線中心の下座音楽の一種。

揚幕《あげまく》　花道の出入り口にかけたのれん幕。舞台の左右の出入り口にある幕をいうこともある。

浅黄(葱)幕《あさぎまく》　水色一色の幕。昼の屋外を暗示する。舞台転換にも用いられる。

あつらえ　役者の好みで注文した道具や下座音楽。

一番目《いちばんめ》　一番目狂言の略。江戸時代中期以降、前狂言の時代物をいった。世話物中心の二番目の対。

大薩摩《おおざつま》　主として荒事に用いる伴奏音楽の一種。

大詰め《おおづめ》　一番目の最終幕。のち一日の興行の最終幕。

大道具《おおどうぐ》　舞台に固定された道具や装置。小道具の対。

置舞台《おきぶたい》　舞台の上に敷く低い舞台。

思(い)入れ　役者の自由にまかされた心理表現の演技。

書割り《かきわり》　紙や布に描かれた舞台の背景。

瓦燈口《かとうぐち》　時代物の御殿の場の正面に設ける出入り口。類型的な大道具の一種。

上手・下手《かみてしもて》　舞台に向って右を上《かみ》、左を下《しも》という。

柝(木)《き》　拍子木。幕の始め終り、効果音等を表現。

きっとなる　決然・厳然・毅然等を演技で示すこと。あるいは軽い意の〝きまり〟を示す。

柝の頭《きのかしら》　閉幕や道具替りに際して、狂言方がキッカケによって打つ第一の柝の音。

くどき　慕情・愛情等を表現する演出。

黒幕《くろまく》　黒一色の幕。夜の屋外を暗示する。

下座音楽《げざおんがく》　舞台に向って右手の囃子部屋で演奏される効果音楽の総称。幕末に左手の黒御簾《みす》内に移った。

こなし　「思い入れ」が多くは表情表現であるのに対し、その役のその場の感情を、しぐさで表現すること。

三重《さんじゅう》　人物の登退場、場面変りなどを示す三味線楽。

仕出し《しだし》　登場人物中の下っぱの役。

砂切《しゃぎり》　各一幕が終るごとに「止柝《とめぎ》」を聞くとただちに下座で囃子方が演奏する鳴物。

捨てぜりふ　台本に指定のないことばを役者が即興的に思いつきでいうこと。

大臣(尽)柱《だいじんばしら》　舞台中央に江戸中期まで残された柱。

たて　立回り、太刀打ちともいう。武器を用いた様式的な闘争場面。

つなぎ　拍子木の打法。いったん幕を閉め、次の幕をすぐに開ける場合、狂言方が間《ま》をおいて連続的に、軽く二つずつ打ち、観客にすぐ開くという合図を行う。